岛城往事

唐彦 —— 著

新星出版社　NEW STAR PRESS

我是一匹狼,把我抛弃在荒原吧!

——题记

目录

楔子 梦见那女子 _ 1

第一章 那个夏天 _ 4

第二章 桂冠的诞生 _ 8

第三章 去灵山 _ 17

第四章 东湖里 257 号 _ 24

第五章 怡人庄园 _ 33

第六章 青春虐爱 _ 42

第七章 乡野诗人 _ 50

第八章 报告局长 _ 58

第九章 做个农夫 _ 67

第十章 鸟择高枝而栖 _ 74

第十一章 人生最苦是惦念 _ 86

第十二章 探访当事人 _ 94

第十三章 简单的快乐 _ 101

第十四章 热爱台风 _ 108

第十五章 捕蛇者说 _ 114

第十六章 入赘的诗人 _ 120

第十七章 大爱之庄 _ 127

第十八章 如何坚挺 _ 133

第十九章 长大成狗 _ 139

第二十章 我不是渣男 _ 147

第二十一章 乡村的七夕 _ 156

第二十二章 大卫下台 _ 163

第二十三章 邹健探庄 _ 173

第二十四章 "夜电"花痴 _ 180

第二十五章 相见无杂言 _ 188

目录

第二十六章 "夜电"遇小菲 _ 196
第二十七章 无语泪自流 _ 205
第二十八章 说谎遭雷劈 _ 218
第二十九章 阿杰与黑虎 _ 234
第三十章 听天由命 _ 241
第三十一章 阿杰出走 _ 248
第三十二章 寄情河海 _ 253
第三十三章 灵山土地节 _ 262
第三十四章 财富新贵 _ 268
第三十五章 大风起兮 _ 274
第三十六章 我唱歌，你写诗 _ 281
第三十七章 大卫进庄 _ 287
第三十八章 邹健签约 _ 294

第三十九章 风云变幻 _ 302
第四十章 花痴已疯 _ 310
第四十一章 阿杰之死 _ 320
第四十二章 悲伤成河 _ 325
第四十三章 庄主出庄 _ 333
第四十四章 水落石出 _ 339
第四十五章 乘风归去 _ 346
第四十六章 缘来缘去 _ 353
第四十七章 殊途同归 _ 359
后 记 _ 367

楔子 梦见那女子

"哐啷"一声,巨大的夜幕被拉下。

夜色如黑白羽毛,在窗前纷纷坠落。月亮升起来了,原野上弥漫着一层淡淡的银色雾霭。机场那边隐约传来飞机升空的轰鸣,这总会让我涌出一些思绪:匆匆的夜归人,你将去向何方?你会有一次充满意味的旅途吗?透过夜色,你可否鸟瞰到原野上这抹微光?星光里,你可否看见如我一般飘浮着的无数不眠的灵魂?……

我觉得我的这些情绪莫名而可笑。

月光里,她美丽而精致。她越过田园,蹚过小溪,向我的竹寮走来。月色朦胧,我看得清她的微笑,眸如星辰;我听得见她的裙摆飞扬,脚步轻盈。她轻快地踅进我居住的竹寮,来到床边,她俯下身来,凝视着我——我几乎能够闻到她身上的一缕清新花香,她拧了拧我的鼻子,然后,在我额头上亲吻了一下。我睁开眼睛,她便轻盈一跃,从窗口遽然飘出……

我翻身起床,夺门而出,去追寻她的踪迹。

原野与夜色融为一体,地里疯长的狗尾巴草摇晃着毛茸茸的脑袋,远处的农家闪烁着几粒微弱的灯光。我看着她在原野那头随风飘逝,我真切地听得到夜风捎过来裙裾飘扬的"沙沙"声……

这个女子伴随我很多年。

她出现在我少年懵懂的梦境里,出现在我青春午夜的躁动里。后来,我来到这个城市,工作,恋爱,结婚成家,她便在我的梦里消失得无影无踪……而令我惊诧的是,当我来到这个名叫怡人庄的地方,寄居这幢水上竹寮，她便一次次重返我的梦境。

她是谁？

她为何总在我的梦里？

她在暗示什么？

……

我伫立原野，怅然若失。我知道，我的腿跑得再快，也追赶不到她；我的手伸得再长，也抱不住她。我迷惘而忧伤。

回到竹寮，我毫无睡意。穿上衣服，洗了把脸，然后扛起一把锄头走出竹寮。"睡不着就去挖地！"黄庄主这样说过。

是的，每次失眠，我总会效仿黄庄主做一件事——扛着锄头去挖地。在静谧的月夜下，每当挖开一块新的泥土，我的心里确实能够获得从未有过的感觉，宁静，充实，满足，舒畅。

月光静静地洒落，世界静寥。我屏息聆听，还是听到了许多声音：园子里的菜苗在偷偷生长，水塘里的鱼群正追逐一条游虫，树林子里的野鸟"扑楞扑楞"飞离枝丫，一阵风从原野游荡过来，夹杂着远处农家村妇催眠小儿的吟唱——夜幕下，万物并不都在梦里。

我扛着锄头来到水塘后面，这儿有一大片荒地，稀疏地生长着一些高大的木麻黄，树下长满灌木丛与野草。黄庄主原想利用这块荒地种些果树什么的，后来觉得庄里菜地太少，便决意将它开辟成菜地。地阔人手少，这块地一直抛荒。闲时，黄庄主带着二叔与阿杰过来挖上半天，开出几垄地，种点自己爱吃的菜蔬。

我举起锄头挖地。野草以飞机草为主，这种野草最难清理，而且生命力特强。草根相互纠缠着，泥土板结粘连。锄头落下，我听到泥土撕裂的颤音，一只蛰虫尖锐而急促的琴音戛然而止，泥土里散发出一股清新的香味。月光下，我看见一条粗壮的蚯蚓在暴露后笨拙地逃匿。这令我生出感慨：这就如我的逃匿啊——我悄无声息地逃离岛城，躲到这个偏僻、荒凉、寂静的庄园，握锄躬腰，翻垄挖地。

月光透过木麻黄枝叶的缝隙，将一段段或粗壮或修长或松弛或扭曲的影子洒落在地上，诡异而神秘。我看着那些影子，它们在无端地变化着，像人，像物，更像杂碎般的往事。

我挥锄下去，听到无数影子在锄下"哗啦啦"地破碎……

第一章　那个夏天

一切都从那个炎热的夏季开始。

那个夏季发生了一系列大事：美国国会同意总统出兵朝鲜的计划，联合国总部发生妓女向秘书长扔臭鸡蛋的恶性事件，我国政府抗议某国对我国四大发明的染指……不过，这些大事与我们岛城没有半毛钱的关系。

那是岛城炎热得变态的夏季。据说，一位农村大妈挑两筐鸡蛋进岛城贩卖，一不小心摔了一跤，鸡蛋落地而碎，老太太赶紧拾捡，却傻了眼：一地烤焦了的煎鸡蛋让大妈欲哭无泪。因为持续的高温天气，岛城政府颁布了放假避暑的公告。公告说，为了抵御高温的侵袭，岛城机关厂矿企业学校商场娱乐所有单位全部放假，避暑五天。这可是岛城有史以来最长的避暑假期，市民们欢呼雀跃。

白天，除了耀眼的阳光如一把把锐利的刀锋刺目地闪烁在建筑物上、水泥道上外，几乎难以见到活动的物体。时间似乎停滞，天空没有飞鸟，街道不见人影，几只流浪狗躲在城市幽暗的角落里喘着粗气、吐着舌头，路边的树木花草一片枯黄。那些日子，不用上班的岛城人要么待在家里看电视、嗑瓜子，要么去酒店开间空调房搓麻将，要么找个凉爽的茶楼，一边喔着老爸茶一边扯着不疼不痒的闲蛋。就连一向忠于职守躲在交通要害位置勤奋罚款的警察，也难觅踪影。

但到了晚上，岛城便涌现出一派蓬勃的生机。辽阔的海面吹来阵阵湿润的风，滨海大道上硕大的椰树像一架架巨型风车"哗哗"启动。人们倾巢而出，大街小巷车水马龙，楼堂馆所灯火辉煌。是的，这么凉爽舒适的夜晚来之不易，即便习惯于夜间出动的小偷、烂仔、混混们，也不愿在这样的晚上去偷鸡摸狗惹是生非。岛城人以最充分的理由，珍惜着、享受着这平和而安宁的昼伏夜出的生活。

假期的最后一天，岛城涌入了一群尊贵的客人。

他们是来自神秘商都的酷爱高尔夫球的富商。他们拥有古铜色的皮肤，戴着漂亮的帽子，身着奇异的短衫。他们肩上背着一根根宛若金箍棒的球杆，身后是一字儿排开如坦克般轰鸣的加长悍马。人车浩荡，场面壮观，黄尘弥漫了岛城湛蓝的天空，沉寂了多日的岛城出现了一派热闹繁忙的景象。尊贵的富商们在岛城掀起了一场高尔夫球热：白天，耀眼的阳光下，身着花花绿绿球衣的富商们挥起球杆，一只只小球宛如一颗颗金蛋旋转着、飞舞着砸落在枯蔫的草地上；晚上，富商们把宾馆酒楼歌舞厅夜总会挤得水泄不通。毫无疑问，因遭受持续高温重创而陷入低迷的岛城旅游业，创造出了一个激动人心的经济增长神话。国内外数十家媒体争相对这一事件做了报道。岛城政府及时向世界骄傲地宣布：岛城将全力发展高尔夫球事业，使其成为岛城经济的支柱产业。喜事接踵而至：很快，世界高尔夫球组织把岛城选为了"世界高尔夫球休闲圣地"……那个炎热的夏季，即将因高尔夫球而繁荣富强的幸福感在岛城人心中蔓延。也正是在那个炎热的夏季，我，谈天，一个平头小编，成了岛城的诗人。

诗歌在我心中无比神圣与高贵。我从少年时代起就迷恋诗歌，大学里我被称为"校园诗人"。随着年岁的增长，我觉得写一首好诗真的很难，因此，我对诗歌始终保持着敬畏之心。来到岛城后，我发现这是一座诗歌之城，是一片诗歌的海洋，大街小巷，到处是诗人，遍地诗朗诵。这样说吧，在岛城，你会写一手诗，真的很了不起。逢友必聚，逢聚必酒，逢酒必诗，逢诗必哭，此乃常态。

我找来岛城几位"大诗人"的作品认真研读，感觉他们的诗歌很不对我的胃口。再仔细琢磨，发现他们很精明，只是将散文的句子分行排列，便变成了诗。有个据说很有背景的"大诗人"更是卓越，干脆将读中学的儿子的一篇记叙文拿来，找了把刷子，一刷十行，再刷百行，刷了一千行。这首诗一出笼，立即引起岛城诗界的震惊，诗评家、演奏家、戏子们轮番上阵，吹拉弹唱、旗袍汉服、敲锣打鼓，庆祝了一百零八天，岛城被这班诗人闹腾得地动山摇人仰马翻。年底，岛城诗界在文艺大会堂为"大诗人"颁发了"皇冠奖"。

我恍然大悟：原来诗是这样写的！原来写诗这般容易！就如获得了金手指的点拨，我找到了进入诗坛的神秘钥匙。我激动难抑，意气风发，成竹在胸，斗志昂扬，奋笔疾书——

阿里巴巴
芝麻开门
老子也要写诗！
……

这是我发表在天涯诗坛网上的《诗人宣言》的开头。

可想而知，庄严的诗歌殿堂充斥了太多的臭鱼烂虾，神圣的诗歌女神受到了猥亵与侵害。以至于我得老实地告诉你们，有一阵子，在岛城，诗人并不是一个好的称谓。诗人成了二货的标志、神经病的代名词。出门上街，不小心撞了个人，人家瞪你道："你是个诗人吗？"这时候你一定要明白，人家不是恭维你，人家是在骂你。

那个炎热的夏季，还发生了一件更大的事——米国诗人高斯里获得了世界贝尔诺诗歌大奖。

岛城大小诗人都知道这个异国诗人，并读过他的一些诗歌，而且还知道他是一个形象猥琐的男同。那个夏季，诗协专门举办了高斯里诗歌朗诵会。一位年轻漂亮的女诗人，在台上香汗淋漓唾液横飞地朗读他的代表作《怀念流水》，台下的男诗人咽着一把把口水，沉浸在无限的意淫中。高斯里获得诗歌大奖的消息，严重地刺激了岛城部分雄性诗人，他们一派哗然，一片默然，最后一脸不屑。

我当然是这些诗人中的一员。我对高斯里的获奖充满了严重的妒忌。妒忌的自然不是他得到的那百万米钞——那个对我没啥吸引力，我住在这个远离米钞千万里的南方小岛，自从来到这个小岛后，就没打算离开这儿。所以，那些花花绿绿的票子我压根就花不出去。我妒忌的是电视里报道说：高诗人获奖后，竟然迷倒了世界的万千少女！

这真是最狗血的剧情——一个男同诗人，因几首诗获得了世界大奖，竟然迷倒了万千少女……这令如我一般正常的雄性诗人情何以堪？一股强烈的正义感在心中油然而生，我告诉自己：必须超越高斯里！必须拿下明年的贝尔诺诗歌奖！我想，如果我获奖了，不就可以改变男同诗人获奖后的乱世局面，拯救众多痴情少女于水深火热之中？当然，现实一点说，如果我获奖了，老婆蝶还不得对我低眉顺眼、轻言细语？岳母岳父还不得对我这个没出息的入赘女婿刮目相看，待我如三月阳春？我的事业、我的前途还不从此一马平川风起云涌？……

那真是一件令我睡着都能笑出屁来的事情。

目标定下，我就开始了行动。

那个夏天，我经常翘班把自己关在家里写诗，到了后来，我干脆辞职回家，一心写诗。由此，我成了报社的笑话。当然，我的辞职更惹怒了蝶与她的父母——可想而知，我这个入赘女婿将是如何熬度时日。

写诗很苦，我常常处于无端的焦虑与莫名的烦躁中。我没有吸毒，却总是感觉自己像个吸毒者。我的灵魂总是飘在空中，我的头脑总是跳着晕眩的舞。有一次，我甚至产生幻觉，自己被困在一只硕大的汽油桶里，胸口发闷、呼吸困难。于是，我发疯地在房间里寻找打火机，我几乎能够听到胸腔里有一个声音在恶狠狠地咆哮："毁——灭！毁——灭！"

是的，那个炎热得变态的夏天，我常常琢磨着如何与这个世界一同毁灭。难怪有人说，诗人歇斯底里起来，与恐怖分子毫无差别。那些日子，我一边痛骂着"狗日的诗歌"，一边又对它痴迷。

第二章　桂冠的诞生

"鸟诗人，在干吗呢？"

我的兄弟邹健打来电话时，我正汗流浃背垂头丧气地坐在书桌前生着闷气。那是一个燥热无比的黄昏，窗外流进来的一股股热风，令人心烦意乱。

"又被老婆抽了？"邹健在电话那边讥讽道。

我想象得出他那副幸灾乐祸的嘴脸。我懒得理他，挂掉电话，回味着刚才的一幕还心有余悸：蝶一声不吭地走进我的房间，将空调关闭，将书桌前的窗户打开。"你想想，这空调整日整夜地开着，得浪费多少电！"她几乎是看也不看我一眼地对着墙壁上的空调机吼道，然后"啪"的一声摔门而出。我心里清楚，她是因我辞职而找碴儿，她是因我立志写诗而羞辱我。都是我的错，怪不得她。

虽然很多人说蝶长得太过"富态"，但我确信她是美丽的。结婚这么多年，天地良心，我从不挑剔她的长相。我甚至闭着眼睛都能回忆出她曾经有一张红苹果般精美的圆脸与一双清澈含情的凤眼。是的，婚后这些年，那张曾经圆润与精致的脸已变得蜡黄与呆板，那双曾经温暖并融化过我的眼睛已变得冷漠与刻薄。而我心里明白，她变成这样，并不是她的本意，更不能完全怪她，是我的错，是我做得不好，是我与岁月一起折损了她的美好。为了弥补过错，每当遇到她脾气发作的时候，我除了内心战栗、恐惧、愤怒，绝不会多说一句话，多吭一声气，更不会以诸如摇头、苦笑等无意义的举止去激怒和伤害她。我唯一能做的就是忍耐，任她喧嚣与闹腾。当然，我的这种处理方式，在她看来，是我对自己的罪过无动于衷或者麻木不仁，因此，她对我更加充满了绝望与愤怒。

"下楼吧，我在你家小区门口。"邹健又打来电话。

"什么事啊？"我有些厌烦地问。

"我买了一辆车。"邹健说。

"买的奔奔吗？"我没好气地问。

"告诉你，是大奔！"

前些日子，邹健在我面前炫耀："我准备拿一百万买一辆车，你给个建议吧。"我想了想道："一百万，虽然不多，也不算少，但买一辆车有点可惜。"

"你的意思是……"

"你可以买几十辆奔奔。"

"那是干吗？"

"可以组个车队啊，每个女友开一辆。"

"咦，那是干吗？"邹健一脸困惑。

我说："造成轰动——每天让岛城人民围观你车队的队形。"

邹健问："什么队形？"

我竖起手指在空中画了个S，然后又画了个B。"这是什么队形？"我问他。

邹健念出声来："S——B——"他明白了，对着我的胸脯狠狠擂了一拳。

"出来吧，大奔带你去兜风！"邹健在电话里叫道。

"没兴趣。"我说。

"要不，带你去蓝风海岸酒吧街——看美女！"他继续勾引道。

我想起这家伙前几天跟我念叨过，他在饭局上认识了一位歌舞剧团的美女演员，说她如何如何迷死人，辞职在蓝风海岸酒吧街开了一家名叫"拾缘"的酒吧。我想，反正心情已经坏透了，诗是写不下去了，那就跟他去散心吧。

我关掉电脑。

出了小区，便一眼望见一辆锃亮的越野大奔，它很霸气地停在路对面一株高大的木棉树下。晚霞里，木棉树盛开着一树绚烂的花儿，穿着花衬衫梳着鸡公头的邹健，叉着腰站在树下打手机。见我来了，对我点了点头，伸出手对我打了个"等会儿"的手势。他瞪着眼睛，皱着眉头，对着电话那头很不耐烦地叫道："不说了，我很忙，明天到我办公室再说吧！"

他挂掉电话，将手机往花衬衫口袋里一插，对我道："鸟诗人，请都请不动了啊！"他拉开后座车门，做了个"请"的手势。

"这车咋样啊？"他一边启动引擎，一边迫不及待地问我。我知道他是想让我表扬一下他的车，但我懒得开口。大奔无声地向前行驶，"一看你这死样，就知道你又被老婆修理了。"他一边作践我，一边用手懒散地在方向盘上滑来滑去。

我望着窗外一闪而过的木棉树，那满树的花朵一片血红。

"婚姻啊，"邹健开着车，自言自语地感慨着，"我都不想结婚了。"

"别烦人。"我道。

"你这就是不知好歹喽——"他侧过脸来，对我一笑，"你这样会没有兄弟的！"见我仍不说话，他补充道："兄弟是啥？就是在你难过的时候，带你去看美女。"

我斜睨了他一眼。

驶过两条街，等了几个红灯，再拐两个弯，蓝风海岸酒吧街就到了。

邹健将车停在路边白色长条格子里，熟门熟路地带我走进了"拾缘"酒吧。"这就是那美女开的酒吧。"邹健压低声音道，"你可以在她身上……找找灵感！"声音有点猥琐，又补充道，"我得跟你说清楚，我对她有点……意思。"我想笑，这家伙太自作多情了。

那是一间装饰得有点前卫的酒吧，百来平方米开间，外带一个欧式露天阳台；黑白方格卡座飘浮着一抹抹斑驳陆离的光影，四周墙壁涂鸦着一群摇头晃脑、龇牙咧嘴的男女舞者，室内低旋着某个异域女孩忧郁而迷惘的歌声："let……to　　be……let……to……be……"

我们一落座，一个帅气的服务生便拿着一本精致的酒水单走过来，"两位先生来点什么？"

"来个老板娘！"邹健脱口而出。

我"噗"地笑出声来。邹健意识到自己说错了话，满脸通红，赶紧对服务生说："叫你们老板娘来。"邹健故意抬抬左手，腕上的金表在灯光里闪出无数道金光。

服务生显然见多了这种显摆的客人，彬彬有礼道："晴姐不在店里。"邹健显得极不满意，嘟囔道："怎么搞的，刚当上老板，就不守店了，太不敬业了！"

我想，这泡妞狂一发情就真不知天高地厚了，便接过服务生的酒水单看了看，对服务生说："这位先生是你们老板娘的粉丝，专门来找她要签名的。这样吧，先来两桶黑啤，外加一碟腰果，黑啤要冰镇的。"

服务生走了。

"我是她粉丝？我找她签名？哈哈，笑死人了，亏你想得出。"邹健嚷嚷着歪在沙发里，显出一副失落的样子，"每次来都不见人，啥意思嘛！"

"你别装了好不好，你以为你是谁啊？你还真以为全世界女人都是你的啊？"我讥讽道。

"我是谁？我是岛城钻石王老五！"他坐直身子，一脸坏笑，回敬我道，"你这个鸟诗人封的。"

"可以改称呼了，叫岛城淫贼吧。"我笑道。

服务生端来了啤酒与腰果，倒满两杯，说了句"先生慢用"，礼貌地退下。邹健啧啧感叹道："你看这服务，老板到底是演员出身的，就是讲究。"

我不以为然,服务好跟老板演员出身有毛关系。

邹健望着那啤酒杯,斜了斜身子,凑近我问:"这杯子有意思吧?"

我看了看那啤酒杯,愣了一下。这杯子的造型确实有点奇特。

"像不像女人的乳房?"他低声问我。

我笑了笑,"你满脑子的邪恶——"我端起酒杯,喝了一口,"你是生意人,心里老不干净,会倒霉的。"

邹健坐直身子,看了看我,"你这样一说,我倒真想起遇着的一件倒霉事了。"他一本正经地问我,"要听不?"

"可以听听。"我端起酒杯,又喝了一口,"说吧,知道你倒霉,我就开心了。"

他瞪了我一眼,"你这人无德,总把快乐建立在别人的痛苦上。"

我控制自己不笑出声,"开讲吧,让我听听你是如何倒霉的。"

斑驳陆离的光影仍然在飘浮,龇牙咧嘴的舞者仍在墙上摇头晃脑,女歌手仍在低沉而不厌其烦地念叨:"let……to……be……let……to……be……"

邹健一脸认真地开始了讲述。

"我遇到了一个女鬼。"他说。

"女鬼?"

"一个女孩。"

"你把女孩称为女鬼?"我损道,"难怪你找不到老婆……你这单身打定了。"

他朝我翻了个白眼,端起酒杯,喝了一口,继续道:"一个周末的下午,我去明珠商场买鞋,在电梯里遇到一个女孩。"他看了看我,顿了一下,"那女孩长得真他妈好看,我不懂写诗,反正好得可用诗歌去形容。"我对他关于女孩漂亮的评价从来不以为然,"在你眼里,世上没有丑女。"我说。邹健摇了摇头,继续一脸认真,"是真的漂亮。"他瞄了瞄四周,压低声音:"你看到她我保证你会全身充血,根本管不住自己的鸡鸡，恨不得带她立即开房。"我说："好吧，希望你不要在电梯里有这些下流反应——继续吧，讲重点。"

邹健又喝了一口酒，清了清嗓子。他说电梯里就他们两个人。他去十三楼，她去十五楼。他找她搭讪，她也大方应答。很快，十三楼到了，邹健迈出电梯，但，立步，按着电梯门，叫女孩给个手机号，女孩嫣然一笑，愉快地给了。

邹健买了鞋子，那女孩的影子一直在他脑子里浮现。他按捺不住试打了一下女孩的手机，接通了。"美女，我是刚才电梯里的大哥。"他说。

"大哥好。"女孩很有礼貌。

"你还在十五楼吗？"

"嗯哪。"

他告诉女孩，匆匆一见，她给他留下了很美好的印象。相识便是缘，他希望能与她交个朋友。"能请你去58层喝杯咖啡吗？"他热忱地问。

女孩在手机那端迟疑了片刻，笑道："58层？嘻嘻，那地方好高级啊，我没有去过。"

"想请你去坐坐。"邹健盛情相邀。

"什么时候？"

"择日不如撞日，要不，就现在吧？"

"大哥……这……以后吧……"女孩有点支支吾吾。

"哈哈，不要以后——刚好我今天也空闲。"邹健语气坚定，很恰当地表现出了邀请的真诚和执着。

女孩又迟疑了一会，"我们才认识……不妥吧？"

"都什么年代了，相识便是缘嘛。"为了打消女孩的顾虑，邹健强调道，"放心吧，大白天的，没有坏人哈！"

女孩勉强同意赴约。

岛城人都知道，58层是位于西海岸的白金大酒店顶层的旋转咖啡厅。那是岛城最奢华、最浪漫、最适合调情的地方,坐在咖啡厅里,你可以180度眺望蔚蓝的大海,你可以360度鸟瞰美丽的岛城,你可以720度探寻对面的灵魂。能坐在那里喝咖啡的人,非富即贵,非腕即星。

女孩爬上大奔副驾位置。刚落座,邹健便变魔术般地摸出一枝玫瑰花送给女孩。女孩一声尖叫,一脸惊喜。

到咖啡厅后,邹健选了个僻静的临窗位置。服务员热情周到,咖啡点心水果美食全上。女孩一边啜饮着奶昔咖啡、品尝水果美食,一边听邹健畅谈人生。

我熟悉邹健泡妞的套路,虽然没读过几本书,但他是天才的故事讲述家。他从来岛城那年开始讲起,讲他如何寻找未婚妻,讲他如何在岛城艰辛创业,讲他如何事业有成腰缠万贯却形单影只苦闷不堪……最重要的是,讲述中总会插入他对人生的最接地气的感悟,对爱情最真诚的憧憬。女孩基本上都会被感动得眼含热泪,对他的态度也会从起初的警惕防范,一变而为关注好奇肃然起敬,直到恨不得与他立即携手共赴人生之约。

几个小时的倾心畅聊,两人已是如胶似漆。女孩打了个哈欠,有些困倦的样子,"不好意思,昨晚没睡好。"女孩对邹健嫣然一笑。邹健体贴细心,"要不,下楼去开个房休息休息——放心我不?我不是坏人。"邹健一副体贴厚道的样子。女孩一脸娇羞,顺水推舟:"哥,要是不放心你,我也不会跟你聊这么久呢!"于是,两人移步下楼。一切做得宛若行云流水。

邹健在客厅里打开电视,很绅士地指了指里间,对女孩说:"你去休息,我就在这看看电视。"女孩一脸感激,点了点头,进到里间。一会儿,女孩端出一杯热腾腾的茶,"大哥,你喝杯热茶。"又是嫣然一笑。邹健更是受宠若惊,觉着这女孩真是懂事,一缕爱意涌上心头,狡黠的眼神闪了闪,伸手想去抱她一下。她快速一闪,"大哥,别嘛——我去休息了。"说完进了里间。

邹健一边喝茶一边看电视，几分钟后，只觉睡意侵袭，倒在沙发上，像头死猪般地睡着了。醒来已是一个小时后。

他睁开眼，觉得头有点昏沉，记忆模糊，不知道自己在哪里。他用手指压着太阳穴，闭着眼睛，努力地想恢复一下记忆，终于想起自己是与一个女孩来开的房。他一下子清醒，从沙发上一跃而起，冲向里间。里间巨大的圆形床上床品整齐，根本没人动过。他听见洗漱间好像有水声，推开门，水龙头在"滴答滴答"漏着水，哪里还有女孩的身影！他似乎明白了什么，他想起放在电视柜上的手提包，奔到电视柜前一看，手包还在。他快速打开包，证件银行卡还在，但手机与几千块现金没了。

"故事老套，索然寡味。"我说，"这是找艳遇的男人们常遇的老套儿。"

"怎么会这样呢？"邹健一脸苦瓜地望着我，"她长得那么漂亮，我真的是喜欢上了她……"

我笑骂道："你就一傻帽，我对你充满了怜悯和同情。"

"虽然她偷了我的手机和钱，可是，我不恨她……多漂亮的女孩……可惜了。如果她不那样，我们完全可以好好地谈一场恋爱啊，说不定就成了我的老婆啊！"他眼里充满柔情与眷恋。

邹健这样子让我打了个激灵，一道五彩祥光闪过我的脑际——灵感女神真的就这样附体，几句诗从脑子里"嗖嗖"蹦出……

> 这肯定是个阴谋
> 谁在她的胸罩里塞满了黄金呢？
> 那是哺育生命的地方！
> ……

我把酒杯一推，起身说："不喝了，回家。"我迈步往外走。

邹健愣坐在那里没有回过神来，我走出大门才听到他的骂声：

"你奶奶个熊——你这鸟诗人不按规矩出牌啊！"身后传来女孩忧郁而迷惘的歌声："let……to……be……let……to……be……"

我回到家。

透过卧室门缝，我看见蝶坐在床头翻看女儿的作业。女儿在一边睡着了，我似乎听到她在梦里喊着爸爸。我蹑手蹑脚地走进我的房间，打开空调，启动电脑。我赶回来是为了写一首诗，它的名字应该叫《老邹的爱情》。

那个变态的夏季，那个无风的晚上，邹健的艳遇在我心里变质变味直至升华。我写得很顺，灵感如电，意象如风，爱情叙事诗《老邹的爱情》就这样一气呵成。天亮之前，我把它贴在了岛城著名的诗歌网站——岛城诗坛。始料不及的是，二十四小时内，百万点击量使服务器瘫痪了十多次，以至于几天后，网站老板亲自打电话恳求我将此诗撤下——那是我最幸福、最骄傲的时刻。

从那首诗开始，我的诗情就像一口堵塞了多年的老井被突然开启了闸门，所有的活水死水香水臭水喷薄而出。那个夏季，我创作的关于天地爱情日月星辰森林河流睡觉放屁的诗歌，奠定了我在岛城诗坛的霸主地位，岛城的报纸、电视、网络都在宣扬我的诗歌，岛城诗坛称我为前途无限的"桂冠诗人"，岛城诗民们称我为才华横溢的诗歌大叔。我心安理得地接受了这个荣誉。也正是在那个变态的夏季，我决定把整个身心投入到充满荣耀也布满阴沟的诗歌大业中去。

第三章 去灵山

三月的阳光照耀着岛城，天地一派明媚，我心里却是一片阴霾。

我在街边的老乡酒楼点了两个菜，独饮了几杯啤酒。然后起身，赶往汽车东站。行李非常简单，一只伴我多年的帆布背包，里面塞着几本诗集和几件换洗衣服。我搭上了开往灵山的班车。岛城，我走了。连挥挥手的意思都没有，我就成为这个城市的逃亡者。

我突然非常理解刘大侠当年逃离此城的心境。

刘大侠是我惺惺相惜的诗友兼酒友，他是我们报社很有才华的记者，采访，写诗，喝酒，全能。他的诗很棒，经常见诸岛城内外报纸副刊。大侠单身汉，我也不愿回家，下班后我们常聚。几瓶青啤、一碟麻辣猪耳、半袋油炸花生米，就能聊个通宵。我们谈诗，论酒，骂娘。有一个晚上，我们刚刚在报社楼后的椰子树大排档坐下，大侠的手机便响了，他接听了一会，猪腰子脸一下子变得苍白。接完电话，他骂了句"马勒戈壁"，便起身走了。几天后我才知道：那晚，他的一篇报道岛城城市建设的稿子出了问题，他在报道中如实揭露了某局存在的贪腐黑幕。领导把他叫回去训了一顿，稿子当即被撤下。不久，刘大侠便辞职了，说是专心写诗。我虽同情，却无力相助。大侠家在较远的城郊，我们各忙自己的事，时间一久，便失了联系。再后来，有人告诉我，大侠去了米国。

有一天，电脑屏幕上 MSN 在闪烁。我点进去，大侠的头像跳了出来："想不到我逃了吧？"我立即给他回复："是啊，确实没想到！"大侠问："你过得还好吧？"我说："不好，我也想逃，但不知往哪逃呢？"大侠说："来我这里啊！"我说："没想过。"大侠告诉我当初没来得及告别就走了，实在是因为对岛城失去了信心，"多留一天都难受，"他说，"出来了才知道，外国的月亮确实比岛城的圆。"他向我讲述了他在那边的生活，他在一家华人公司做管理，工作辛苦，但收入很不错。他展望未来，信心百倍地说，熬过五年就可以拿到绿卡。我问还写不写诗，他说不写了，把余暇都献给了爱国。

"如何爱国？"我问。

"跟米国女青年谈恋爱。"他说。他用了"谈恋爱"这个词，这个词从他口里吐出来，显得一本正经却又滑稽无比。

"祝贺你啊！"我笑道。但我实在不明白这跟爱国有何关系。

他开导我："你想想，米国鬼子折腾了我们多少女同胞？"

于是，我明白了，位卑不敢忘忧国，他正在异国他乡为同胞雪耻。

如今，我也要逃离这座城市了。只是，我不能像大侠那样漂洋过海远走高飞。我故土难迁，更钟情于祖国的山川河流土村野寨。

我要去的地方叫灵山。

几年前，岛城政府开展"寻找最美乡村"的活动，报社配合宣传，我负责版面。我的目光落在了西郊一个叫灵山的地方，那是一个偏僻的古村，有一个意味深长的名字。据去过那儿的人说，村子很美，只因偏远，交通不便，一直养在深闺人未识。那次宣传，上边要求图文并茂。文字我能解决，摄影我是外行，我想带个摄影记者下去，可几位老摄正在忙另一个采访，而且，他们还嫌天气太热，灵山又偏又远，路也难走，不愿随行。我只好找市宣传部一位新闻干事帮忙，干事说，他在外边陪领导调研，没法跟我下去。他给了我林姓村长的电话，叫我先与村长联系一下。我把电话打过去，正好是林村长。从电话里感觉村长挺年轻，语气豪爽。我说我是岛城日报的谈记者，想采访灵山村，他非常高兴，"来啊，我们村可是桃花源呢！"我问真有桃花吗？他说桃花没有，三角梅多。后来，由于忙别的，去灵山村采访的事便作罢了，但是，灵山村——桃花源，我记住了。

早上起床,我试着给林村长打了电话。"谁啊?"电话那端是林村长的声音。我说:"村长,我是岛城日报的谈记者,还记得不?"村长也听出了我的声音,说:"记得啊。那年你说要来采访我们村的。"我笑着说:"你好记性啊。"

林村长问:"谈记者有什么事吗?"

我说:"想了结一份心愿,去你们桃花源看看。"

林村长在电话那边哈哈大笑,"欢迎欢迎!三角梅正开着呢!"

"不过——"我道出心思,"我想在村里住段时间,不知道方便不?"

林村长顿了下,说:"方便是方便,但房子有点破,怕你住不惯。"

"没关系,干净就好。"

林村长沉吟了一下,"对了,村边有个怡人庄,有好点的房子,我安排你住那儿。"

"那拜托你了。"

确定了要去的地方,迈开脚步,我就成了这个城市的逃亡者。

那是一条缺乏保养的乡村公路,路面坑坑洼洼,尘土飞扬。汽车一路哼哼唧唧吱吱呀呀,我一路犯困,不知颠簸了多久,迷糊中听到司机在叫,"灵山村到了!"

我擦了擦眼睛,提起背包下车。

一下车我就傻眼了,眼前是一片莽莽苍苍的灌木丛——说好的桃花源呢?

我站着的地方是个转盘,确切地说是一个圆形岔路口,顺着这个转盘依次分出"左、右、前"三条小道。"走哪条?"我犯愁了。

抬眼看到杂草里侧翻着一块腐朽的木牌子,上面用毛笔歪歪扭扭写着斑驳可辨的三个字:灵山村。字下方画了个指示方向的箭头。我走过去扶起牌子,却弄不明白箭头到底指向哪个方向。向左,向右,向前,三个方向我都转了一圈,还是没有答案。我抬头看了看四周,也没个人影。我决定跟自己打个赌：选择第一感觉，向左转。

这是一条狭窄的乡间小道，一辆车的宽度，路边长满杂草灌木丛。越往前走，心里越没底——走过杂草灌木丛，一株株粗壮高大的野菠萝遮天蔽日地横亘在我面前，空气变得阴凉而潮湿。我连打了三个冷战，心里一阵发怵。我看了看表，已经下午四点多了，不知道要走多久才能走出这条小道。我没法往后退，只能坚定地往前走——我突然有点沮丧：我为什么总是在不知不觉中把一条道走到黑呢？

就这样走了半小时光景，野草灌木丛与野菠萝终于消失在身后，眼前豁然开朗：瓦蓝的天空飘荡着朵朵白云，广袤的原野上绿波荡漾，牛羊在悠闲地吃草。这原野实际是一片开阔的丘陵地。丘陵脚下有一条小溪，溪边有片墨绿的竹林；竹林的尽头，现出一抹长长的猩红——成条状生长的三角梅燃烧出一树树的焰火。就在那红与绿的交映里，依稀可见一幢幢低矮的黑瓦灰墙——我想，那应该是古老而神秘的灵山村了。

这个时候，我就看见前方路边一棵枝叶茂盛的印度紫檀树下站着一个汉子。我加快步子走了过去，还没等我开口，汉子便迎了上来——

"你是谈记者吧？"

我哈哈大笑，上前握住他的手，"我就是谈天，你是林村长吧？"

他点了点头，"我猜你应该是搭这班车来的，所以出村来看看。"

林村长三十来岁，脸盘方正，虎背熊腰，皮肤黝黑，一条宽松的花格子T恤胡乱地套在身上。我说："你挺年轻的嘛。"他一脸憨厚，说："不年轻啦，而立之年了！"我说："一般像你这年龄的都在城里闯荡呢。"可能是鼻子发痒，他用两个手指捏了捏鼻子，对我"嘿嘿"地笑了笑，"我也想出去闯啊，可是没办法，大家选举我做村长，我就走不出去了。"我说："也不错，现在流行选举年轻人当村官。"

"我们进村吧。"林村长对我说。我点了点头，跟在他的后面。林村长走起路来两只粗大的胳膊一甩一甩的，风声呼呼，颇有排山倒海般的架势。

他带着我走进了灵山村。

灵山村不大，三十来户人家。清澈的小溪在村边欢快地流淌，几个戴椰叶帽的妇人在溪边清洗着刚刚使用完的农具，腿上还沾有点点泥渍。村前，一堵火山石筑建的破损不堪的古墙，在夕照下发出黝黑的光泽，尽显年代的久远；古墙一侧，有个土地神庙，门框上贴着一副红色对联：子子孙孙传香火，世世代代永保佑。村子里古木苍劲，新树翠绿；黑瓦灰墙的房屋顶上，爬着一些开淡白色小花的绿藤。几乎每家都有一个篱笆小院，篱笆上吊着绿色与红色的瓜果；村中心有一个大晒场，晒场中心生长着一棵岛城随处可见的硕大如蓬的榕树，密不透风的气根宛如老人的胡须飘然落下。

"兄弟们等着你喝酒呢！"林村长对我说。我看见榕树底下围坐着一群村民，正向我们这边张望。我和村长走了过去。

十多位村民每人手里端着一只大茶杯，汗流浃背地围坐在一只巨大的柴火炉边。炉上架着一口硕大的铁锅，锅里沸腾着一股奇香。林村长安排我坐在主位后，便用灵山话跟村民说些什么。我听不懂，但感觉出林村长是在向村民们介绍我。"欢迎谈记者来我们灵山村做客啦！"他端起大茶杯，改用普通话对村民说。

村民纷纷站起来，举起大茶杯，对我喊道："喝酒喝酒，城里来的大记者！"

我站起来，一边连声道谢，一边端起面前的大茶杯——那是满满的一杯酒！

村长问："能喝不？"

我说："喝一点行。"

村长说："我们一口干，你随意。"

我点点头，刚把杯子凑近嘴边，便闻到一股奇异的醇香。我以为是曾喝过的海岛黎族山兰酒，于是，喝了一口——甘甜下喉，忽觉微苦；再回味，又辣又涩。"不像山兰酒。"我咂了咂嘴。

村民们看着我，开心地笑。村长说："这不是山兰酒。这是村民们用自家地瓜酿的地瓜酒，后劲足。一年才几十斤，稀罕，城里喝不着呢！"

既然是稀罕之酒，我便又喝了两口。

三口酒入肚，村长的话应验了——这酒后劲非凡。我一阵晕眩，四肢无力，差点倒下。村民们见我不胜酒力，就不再敬我酒，"多吃肉，多吃肉！"村民们笑着叫着。

"吃肉吃肉！"村长指着沸腾的火锅对我说："你肯定没有吃过这种肉。"

我望着锅中"嘶嘶"尖叫的黑亮油腻的肉块，本能地吸了吸鼻子，于是，一股股奇香窜进鼻腔。我举筷夹起一块肉送入口中，咀嚼着，品味着，感觉那鲜美的滋味确实不曾尝过。"什么肉，这么美味！"我问身边一位村民。

村民"嘿嘿"一笑，一脸自豪："大记者，没吃过吧？这叫龙虎宴啦！"

龙虎宴？

村长见我一脸困惑，解释道："大蛇炖野猫，我们灵山的特色宴！"

村长话落，我只觉胃里翻江倒海。我一步奔向晒场另一边，张开嘴，一口酒肉从口中呼啸而出。

看着我狼狈的样子，村民们笑趴了。

我吐完后回来坐在他们边上，再也不敢动筷子了，这龙虎宴我是没法享受了。

村长一脸歉意，"那咋办呢，你不吃点东西，晚上会饿的。"

"没事没事，不饿。"

村长过意不去，叫一位村民回家给我煮了盆面条送来。"你喝不了酒，也吃不了肉，那你就吃碗野菜面填下肚。"村长笑着对我说。

我看了看，这哪里是面条，分明是一盆野菜面糊糊。

不知是我真的饿了，还是这野菜面糊糊好吃，我竟然三口两口就吃完了一碗。林村长说:"再来一碗!"

我一边吃着野菜面,一边饶有兴趣地听着村长的介绍,"灵山人是很勤劳的,当然,也是很懒惰的。他们习惯了看着天地脸色过日子:没旱没涝,他们干劲冲天;一有旱涝,一年都不想劳作。他们没啥时间概念,也从不记具体日子。你问他啥时生的,答:打台风那年;你问他啥时候上学的,答:收番薯那天;你问他哪年结婚的,答:种水稻头茬。"我听得哈哈大笑,林村长也笑了笑,继续介绍:"在灵山人的眼里,时间就如田沟里的水、泥土里的沙,多的是、充足得很。"村长的介绍,让我感觉穿越到了一个遥远而神秘的部落。

"谈记者,你没有听过灵歌吧?"村长问我。

"灵歌?我第一次听说啊。"我说。

"那听听吧。"村长笑道。

"好,这个难得!"我说。

几个村民便脸红脖子粗地扯起嗓子唱起歌来,"啊——啊——咦——噢——"由于唱的是灵山方言,歌词我一句也听不懂。但从那抑扬顿挫的旋律以及村民们庄重虔诚的神态,我感觉得出,应该是一首传颂他们祖先的歌谣。

西边天际洒下最后一抹玫瑰红,村民们你一句我一句地唱得没完没了。村长站起来,对村民说:"不早了,我带谈记者去怡人庄。"人们便停止唱歌,起身与我告别,"我们灵山好山好水好地方,你就安心住吧。"

我点了点头,"一定一定。"

走了好远,还听得见村民们的歌声与笑声。

灵山,我一下子喜欢上了这里。生活真的不只是岛城的灯红酒绿,原来还有灵山的地瓜酒与野菜面糊糊。我想象着某一天自己也能成为他们中的一员,我也将打着赤膊,我也将黝黑着脸庞,我也将大口喝酒大块吃肉,我也将扯着嗓子吼歌。可是——那个时候,我的心里也会像他们一样舒畅与亮堂吗?

第四章　东湖里 257 号

多年以后，岛城著名企业家邹健开着豪华大奔带着我经过海府大道时问我："想不想去那里看看？"我知道他指的是大道西的东湖里 257 号。我点了点头。邹健把方向盘一打，大奔无声地拐进了狭窄的居民区巷子。

岛城本是个贫穷落后的海岛小城。有一年，高层做出决定，将岛城打造成经济特区，赶超"亚洲四小龙"。大开发，大开放，来自四面八方的政客商贾贩夫走卒汇聚海岛，岛城经济急剧升温。

那是无序的年代，也是盛产故事的岁月。

那些故事一个比一个精彩，一个比一个离奇，一个比一个惨烈。

那时，岛城经济有一张举世皆知的王牌——房地产开发。那时，岛城蛰伏着五花八门的土地掮客，他们是推动岛城经济发展的支流砥柱。掮客们以冒险与投机著称，他们心中燃烧着熊熊的暴富之火，或行走于阳光耀眼的黑白两道，或穿梭于阴沟遍布的无名街巷。他们常常以最快的速度跃入岛城财富榜，成为百姓的致富偶像和神奇谈资。但好景不长，几年后，随着岛城房地产经济泡沫的破灭，他们以不可思议的方式或销声匿迹，或灰飞烟灭。那个时期，岛城蔚蓝的天空时常有人如苍鹰一般展翅飞翔，然后，"扑通"一声砸落于地——那喷溅的黑血如鲜花般盛开。

当房地产退出岛城经济舞台后，作为岛城经济第二拨浪潮的高尔夫球场开发汹涌而来。那个夏天，绿茵茵的高尔夫球场与亮晃晃的小白球亢奋着岛城父母官的头脑，也振奋着岛城老百姓奔小康的心房。

岛城向世界宣布：三年内建成一百个高尔夫球场！

　　直到后来，岛城老百姓才恍然大悟：所谓高尔夫球场建设，实际上是新一轮的房地产开发：高尔夫球商们貌似在建球场，实际在盖别墅；貌似在叫卖球场会员证，实际在出售豪华房产。这就是后来我们深恶痛绝的高尔夫球经济。

　　我的兄弟邹健在这个时期茁壮成长。他算是一名比较幸运的土地掮客，我从不怀疑他对时局的判断与时机的掌控。他眼光独特、算计精准、预知未来，是一个天才掮客。他在击鼓传花般的炒地大战中抓住机遇，四处出击，积聚了经验与财富。尤其是他那天生如狗鼻子般灵敏的嗅觉，总是为他找到靠谱的上家与下家。他经常在一夜之间将一块地收进然后放出，一进一出，差价天壤之别。毫无疑问，他在岛城炒地大战中赚得盆满钵满，获得了"炒地大王"的荣誉称号。

　　我与邹健走进这幢曾经共同租住过的民宅，心里倍感亲切。

　　风吹雨打，宅院已经很破旧了。院子里遍地是枯败的落叶，门前那棵大榕树宛如佝偻的耄耋老人，灰色的气根已长成了一条条粗壮的树干；宅子墙壁上裂出了一道道缝隙，长出了一棵棵小叶榕；木制的门窗几乎腐蚀殆尽，只留下几根黑乎乎的框架。风在窗边呜咽，像一群被遗弃的饥饿的小猫在哀鸣。几个收捡破烂的乡下人寄住在宅子里，他们说，房东老陈前些年死了，房产留给了老陈的一个在崖城工作的侄子，那人一年难回岛城一次，宅子几乎无人照料。

　　"还记得不？"邹健指着二楼的一个窗口，"那间是美女老师的闺房。"又指着另一间墙壁裂了个大口子的窗子，"那一间是我俩住的。"我感觉喉咙里堵着什么，咳嗽，却咳不出来，眼里也有些痒，一擦，有些湿润。"这里有我们青春的记忆。"我自言自语道。邹健点了点头。

　　那一年，岛城大开发。

　　大学毕业的我应聘进了《岛城日报》，做实习记者。

　　报社没有住房，我只好到外边租房子。在东湖边人头攒动的信息墙前，遇到了来自湖南山区的邹健。

"你找房吗？"我问他。

他看了看我，问我："你也找房吗？"

我点了点头。

邹健二十多岁，单薄的身材，黝黑的国字脸，乱蓬蓬的头发，一双小眼睛炯炯有神。他上身穿一件卡其布夹克，下着一条黄色的确良裤子，脚穿一双黑色大头皮鞋。他手里提着一只陈旧的帆布旅行袋，胸前口袋里插着一支银亮亮的钢笔，这身装扮是那个时代乡村知识青年出行的标配。

"刚上岛？"我问他。

"上岛几天了呢，一直住旅馆，吃不消，想找个房子。"他一脸诚恳地告诉我。

"有合适的没？"我问。

他摇了摇头，微笑着递给我一张小纸条，说："刚刚买了条信息……你看看，这租金倒是不高，就不知房子怎么样？"

我接过那张皱巴巴的小纸条，上面歪歪扭扭地写着：东湖里257号，有单间出售，月租180块。我一看这字迹就知道是那些整天在这信息墙边上贩卖小道信息的"盲流"所为——他们提供的信息一般不准，但要的信息费挺高。

我说："不知这信息是真是假——这房子倒是市中心，交通挺方便。"

"要不一起去看看？如果是真的，就合租？"邹健问。

"也行，"我说，"那去看看吧。"

我望了一眼邹健手里提着的旅行袋，那袋子年代久远，上边有一行红色的大字依稀可辨：大海航行靠舵手。红字下边是一幅巨轮乘风破浪图。

我看着旅行袋的时候，他显得有些惊慌，目光里有一丝警惕，"就几件换洗衣服，嘿嘿，几件衣服。"他告诉我。

那一刻我想笑,我斜睨他一眼,"别担心,我不是坏人。"

我们横过一条街,穿过一条巷子,朝东湖里走去。

路上,邹健问我做什么工作,我说是记者。他便显得很惊奇,咂了咂嘴,说:"我从小的梦想就是当记者。"

我骄傲地笑了笑,问他哪个大学毕业的,他窘了一下,说:"没上过大学,家里穷,高中没念完就回家务农了,在乡里做计划生育干事。"

我问:"你来岛城找工作?"

他摇了摇头,脸上呈现一缕羞赧的微笑,有点结巴地说:"我是……来找……未婚妻的。"

"你未婚妻在岛城?"我好奇地问。

"嗯。"他点了点头。

我们按照小纸条上的地址,很快就找到了东湖里257号。

这是一幢明显改造过的带院子的两层民宅,第一层由火山石砌成,第二层是木混铁皮结构。院子不大,中间有一棵大榕树,树干撒下无数连接地面的细小气根,树冠枝叶伸张,宛如一把大伞覆盖了半个院子。

"环境不错啊!"我对邹健说。

邹健不以为然,说:"一般般,我们老家像这样的环境多的是。"

"忘记跟你说了,合租是行,不过,我晚上熬夜写稿,怕影响你。"我说。

邹健说:"没事,我晚上也打呼噜,还怕影响你呢。"

这个时候,一个中年男人踱着方步从大门口走了过来,他说他是房东。"你们是租房子的吧?"他问我们。他的海岛普通话我们基本上只能猜。

房东四十多岁,他让我们叫他老陈。透过老陈脸上那一条条刀刻般的皱纹,仍然可以感觉出他有一张棱角分明的好看的脸,自然可以想象出他年轻时应该是个英俊儿郎。老陈向我们介绍说,前些年岛城大开发，农田征收了，没了田种，就靠出租这幢老房子过日子。

我问："你老婆孩子呢？"

他嘿嘿一笑，答非所问："我还年轻呢！"

我明白了他是个老单身，便开玩笑地说："这么大房子你一个人住着不寂寞？"

他听懂了我的意思，搓着一双又大又黑的手，说："不寂寞不寂寞，岛城来了好多大陆漂亮妹子。"他的声音还算爽朗，虽然眼里有些浑浊，但嘴角浮出的那缕暧昧的笑还是很生动。

没有臆想中的讨价还价，我与邹健合租了那间房。

房子空间还行，两张木床和一张书桌占据了房间的大部分空间。楼板上挂着一只掉了油漆的铁扇，一看就是二手货。我拧了拧墙上的开关，足足过了一分钟之久，电机才开始运转，"吱吱呀呀"的声音宛如一头老牛拉着一辆破车在山道上悠悠而行。我们简单收拾了一下房间，然后去外面杂货店里买了些日用品，算是顺利入住。

"一晃这么多年……岁月真是把杀猪刀啊！"邹健感叹道。我和邹健站在老榕树下，时间沉重而凝滞。

"还记得那次梦游吗？"我问他。

"什么梦游？"邹健困惑地看着我。

"你装傻吧。"我冷讽道。

"你鬼扯吧！"邹健不以为然地回敬道。

那晚，我从公共卫生间洗漱完毕，回到房间，看见邹健正在擦拭他那只硕大的旅行袋。昏黄的灯光下，他掏出未婚妻的衣物，一件一件打开，一件一件叠好，又一件一件放进旅行袋里。他做得很专注，眼里饱含着深情。见我走近，他脸上浮出一堆难为情的笑，"都是我未婚妻的东西。"

"找到她了吧？"我随意地问了句。

"说在一家房地产公司上班。"他勉强地笑了笑。

"哦，那不错呀。"我说。

他却摇了摇头。

我觉得有些蹊跷,"怎么了?"

他迟疑了一下,"我找了……没那家公司。"

我疑惑地望着他。

"她……怕是骗我了。"他神情变得有些黯然。

"怎么这样说?"我问。

他抬起头,两只眼盯着灰蒙蒙的楼板,冷冷地说:"其实,她在……夜总会……上班。"他垂下眼皮,"我真蠢,怎么会相信她在房地产公司上班呢?"

"什么情况?"我问。

他长长地叹了口气,"被一个……大款包养了。"他"腾"地一下站了起来,咬牙切齿地对我说:"我真恨不得掐死她!我真的想掐死她!"

"别冲动,兄弟。"我安慰他,"天涯何处无芳草呢……你也不差,乡里干事也是干部,何愁讨不到老婆呢?"

他没有说话,一脸沮丧地坐到床上。

房间里陷入了沉寂,有一只蟋蟀的幽鸣划破宁静。我看了看窗外,越过院墙,便是岛城的夜空——那里霓虹灯正五彩斑斓,那里空气中流蜜飘香。我看了看表,夜深了。"睡吧睡吧,醒来什么都忘了。"我对他说。

那个晚上,他在床上翻来覆去——可怜那木板床被他折腾得呻吟不止。我实在困得不行,迷迷糊糊中睡着了。不知睡了多久,我被一股浓郁的烟味呛醒。我睁开眼睛,便看到邹健光着身子,头歪在床沿。床脚边有只小铁盒,塞满了大截的烟屁股。

窗外挂着一轮大大的月亮,月光从窗户里流泻进来。夜风吹拂在榕树上,树叶发出沙沙的响动。突然,我听到"扑通"一声,转头一看,赤裸的邹健滚到了床下。我正要叫醒他,他却如一根光秃秃的木桩子立在地上。随即,弯腰提起床边那只硕大的旅行袋,一把扔在床上。然后，他拉开链子，像傍晚的时候一样，从袋里掏出那些女人的衣物，一件一件打开，一件一件叠好，又一件一件放进袋里……

"把东西还给她吗？"我问。

邹健没有回答。

"把东西还给她吗？"我再次问。

他仍然没有回答我，只是全神贯注地收捡着那些衣物。令我惊诧的是，他将挂在床头的自己的衣物也一并塞进了旅行袋。我想，这小子要回家了吗？

他收捡完，拉上拉链，然后，赤裸着身子，提起旅行袋出门——

我惊恐万分，整个人都瘫软在床，动弹不得。我喊他，他不理我。我看着他飘出了房间，飘出了院子……我努力地挣扎着从床上爬起来，穿上衣服去追赶他。他如风一样地飘在我前面，我无论如何也追赶不到。街上没有人，路灯幽暗，路边椰影凄清。我看着他飘过了大街，浮过了栏杆，穿过一条小巷，最后，朝海滩那边游去……

我始终落在他后面。

那是一片银色的沙滩，皎洁的月光下，远处的大海波光粼粼。

我看见他停步在沙滩上。他把旅行袋放下，蹲下身，拉开链子，从袋里一件一件地掏出衣服，一件一件地抖开，一件一件堆放在一起。

我看见他从旅行袋里摸出了火机，"啪"地打着，点燃了衣服。

我看见蔚蓝色的风从海上吹过来卷着红色的火焰高高地窜起。

我看见月光下的邹健全身赤裸，目光呆滞而空洞，嘴唇紧闭成一条直线……

我惊恐地看着面前发生的一切。

邹健烧完所有衣物，原路返回，走进房间，倒头呼呼大睡，呼噜声如天雷滚滚。

直到第二天傍晚，他才醒来。

我说："你睡了一天。"

他没有说话，裸着身子站在床前，一个劲地用手搓揉着太阳穴。"头有点痛——我怎么没穿衣服？"他似乎是自言自语，又似乎是在问我。然后，开始寻找衣服。"你看到我的衣服了吗？"他问我，"我的旅行袋呢？"

"我看到了。"我说。

"在哪呀？"他瞪着我。

"你烧掉了。"我说。

"别开玩笑，快说，你藏哪儿了？"他竟然以为我藏了他的衣服与旅行袋。

"你真的烧掉了。"我认真地说。

他愣了一下，不理我，继续在各个角落寻找。

我说："你真别找了，你自己烧掉了。"

他盯着我，说："怎么可能？我好好地放在这里——"他指了指床边。

我说："没错，你确实是放在那里，但是，你昨晚拿去海边烧掉了。"

他回过头来死死地盯着我——我感觉那目光里充满了狐疑、审视、鄙夷、警告的意味。然后，他一字一句地对我说道："你为什么不说昨晚小偷进房间来了呢？这窗户、这门锁都坏了，对不？"

这令我有些愤慨与难过。"我再一次强调，你是真的把它们烧掉了！"

他赤裸着身子，一言不发地在房间里走过来走过去。过了好一会，他立住，冷冷地对我说："好吧，是我昨晚烧掉了。不过，你得跟我一起去趟派出所！"

我差点就给他一耳光。

我愤怒地告诉他："如果你一定那样想，那么在去派出所之前，我们先去看看现场。"

我扔给他一套我的衣服，他没有推辞就穿上了，然后跟着我直奔那片海滩。

空气中弥漫着海水的腥咸味，海风不紧不慢地吹着沙滩上那堆灰烬。我弯腰扒开上面那层黑灰，指着灰烬里残留的衣角裙摆对他说："你他妈的好好看清楚是怎么一回事！"

邹健先是一脸惊愕，然后一脸悲伤，最后气急败坏。他站起来，转过身，面朝大海，像一头临宰的猪似的哀号起来："岛城——老子恨你！"然后，他转过头，对着我，咬了咬牙，说："我不回去了！你信不？岛城抢走了我一个女人，我要让它还我一百个女人！"

我冷笑了一声，回敬道："信你大爷！"

……

"淫贼，真的不记得那个梦了？"我笑问他。邹健坚定不移地说他没做过那个梦，他眯成一条线的小眼睛闪烁着狐疑的光芒，反问我："鸟诗人，是你梦游吧？"

多少年过去了，物是人非。到底是谁梦游呢？现在我们谁也说不清了。

第五章　怡人庄园

林村长带我走在通往怡人庄园的小路上。

晚霞映红了天际，原野充盈着勃勃生机。清新湿润的风从原野掠过，无数毛茸茸的叶片摇摆着，幻变成一眼无垠的绿波。一架古老的石磨废弃在小道边，斑驳的颜色表明了它经受过岁月的风吹雨打，一辆轮骨锈坏的木拖车歪倒在石磨旁，似乎在追忆昔日的吱呀悠扬。

"我跟黄庄主打了招呼，说有岛城的大记者来体验生活。"林村长对我说。

"谢谢哈，以后怕会不少麻烦你。"我对村长说。

他回过头来，憨憨一笑，"没事，灵山人讲情义。"

又一缕微风吹过，村长身上飘散出一股龙虎宴的气味，令我胃部痉挛得厉害。我放慢脚步，想离他远一点。但是，他全然没意识到我的想法，偏偏放慢脚步来等我。我也不好说什么，就这样与他一前一后不紧不慢地走在灵山的乡间小道上。

"灵山没有山，为什么称山？"我突然好奇起灵山这个名字。

村长笑了笑，"好多人来村里都问我这件事。"他一边往前走，一边给我讲起灵山的来历：一千多年前，林姓祖先的一个分支从福建漂洋过海来到这个地方，那时，这里还是一片丘陵，气候潮湿。林姓祖先选了一块地势稍高的地方定居下来，开荒垦地，种植水稻和地瓜，繁衍后代。因是林姓，而且地貌如山，森林茂密，祖先们便称之为林山。再到后来，林姓子孙深感远离故土，无依无靠，唯有先祖神灵才是他们的靠山，便将林山改唤作灵山。

"你们为什么吃蛇吃猫呢?你们不知道它们是野生保护……"

我还没说完,村长便挥了挥手,打断了我的话,"这是祖宗留下来的习惯,无法改变。古时候,这里毒蛇野猫泛滥,对人畜庄稼危害很大,祖先们便捕食它们。时间久了,这种习俗就传了下来。这些年,政府虽然下过禁令,也来村里抓过几次人,但天高皇帝远,还是管不住。"

不知不觉间,夕阳已隐入村边竹林,原野从酱紫色变成了暗灰色。暮色苍茫,万物变得迷离。我们面前是一条流水潺潺的水渠,水渠上有一架砖木混搭的木桥,桥的另一头是一个原木搭建的大门,门边有两排刷了白漆的栅栏。几幢爬满青藤的低矮房子排列成一个四方形,这就形成乡下司空见惯的农家小院。小院中间有一片空旷的青砖地,一棵高大挺拔、枝繁叶茂的枇杷树耸立在中央。我的第一感觉是:小桥流水,青藤庭院,农家风光。林村长指着那院子对我说:"怡人庄到了。"

还没进到院子里,林村长就吆喝开了:"来客了,来客了!"

一条金黄色的小狗从栅栏边"嗖"地冲过来,把我们吓了一跳。小狗停在几米外,对着我们吠个不停。小狗腿短身长,肌肉强健,头部高昂,神情机警。我认出它是智商极高的拉布拉多猎犬,以忠诚与勇敢著称。

"妮——妮!"一声吆喝,院子里走出一个五十开外的老头。他身材精瘦,头上戴着一顶脏兮兮的厨师帽,脖子上吊着一只二十世纪流行的长江牌袖珍收音机。他看到我们,热情地叫道:"村长来了!"

村长告诉我,他是二叔,庄里的厨师。

我对二叔笑了笑,说:"二叔好。"

村长对二叔道:"你把妮妮管住,它不认识我了!"

二叔朝那只仍在对着我们吠的狗儿叫道:"妮妮,他是村长啦,你不认识了啊?"

唤作妮妮的小狗立即止住了吠声,但仍机警地盯着我们。林村长饱含委屈地对它说道:"妮妮,我们是老朋友了,你怎么总是不认得我呢?"

妮妮这才放心而拘谨地走了过来,摇着尾巴,在我与林村长的脚边嗅了又嗅,然后,摇了摇尾巴,一身轻松地踱回栅栏那边。

"二叔,黄庄主呢?"村长问。

二叔对我们呵呵一笑,往边上一幢用火山石垒成的房子一指,说:"在呢,泡好了茶等着你们呢。"

我和林村长走进怡人庄园。

"欢迎呵!"一个中年男子从那间石头房里走了出来,步子一高一低,他面露微笑,向我们打着招呼。

村长向我介绍,"他就是黄庄主。"又向黄庄主介绍我,"这是岛城来的谈记者。"

黄庄主中等个子,皮肤黝黑,一脸憨厚,腿脚明显不灵活。他上身穿一件黑色休闲圆领衫,下身着一条宽松牛仔短裤,脚上趿着一双人字拖鞋。我向他伸出手,"黄庄主,麻烦你了。"黄庄主脸色变得微红,目光里掠过一丝惊慌,有些迟疑地握了握我的手,"谈记者——来采访?"他像是在问村长,又像是在问我。我笑道:"不算采访,慕名而来,借个宿。"

天色苍茫,我站在院中环顾四周,这才发现怡人庄园不算小——除了眼前这农家四合小院,东西两条一米多宽的石板小道围绕着两口硕大的水塘向前延伸,小道尽头,树影婆娑中依稀可见一排灰色的平房。水塘里,小荷在水面上探头探脑,水塘边立着几幢灰黄的竹寮,整个庄园在暮色中显得肃穆而寂静。

村长对黄庄主说:"本想安排在村里的,可村民家住着不方便。你这边条件好些,你好生照顾下。"

黄庄主点了点头,"只是这地方又偏僻又简陋的,怕谈记者住不惯。"

我说:"挺好,这里环境挺好的。"

村长看了看我，又看了看黄庄主，道："那行，你想住多久就跟黄庄主商量。"

黄庄主点了点头，对村长说："喝点茶吧。"

"茶就不喝了，谈记者就交给你了，兄弟们还在那边等我呢。"

我知道他还在惦记着那锅龙虎宴。

"放心吧。"黄庄主微笑着对村长说。

村长甩着胳膊，大踏步回村去了。

我站在怡人庄园苍茫的暮色中，有一阵子感觉神情恍惚。这是一幅我熟稔却又陌生了的乡野风情，我想，这应该是我喜欢的地方。

林村长走后，夜幕便完全拉下，一轮巨大的月亮在地平线上探出了头，风挟带着原野上的草籽味拂过来。黄庄主扯亮枇杷树枝上挂着的一只电灯，昏黄的灯光洒在地上斑驳一片。

"把茶水端到树下来吧，我跟谈记者坐坐。"黄庄主吩咐二叔道。

二叔麻利地在枇杷树下摆好了桌椅和茶具，重新换了一壶热茶端上桌。"这是我们黄庄主用枇杷叶配制的养生凉茶，清肝下火解毒！"二叔一边往青花瓷茶杯中注入茶水，一边向我介绍。

茶杯升腾出一股浓郁的凉茶气味，杯中茶汤如金液。黄庄主瞟了一眼二叔，笑道："你真是'养生专家'，什么东西都往养生扯。"

"养生好，养生好，来怡人庄就是养生。"二叔笑道。

"把酒戒掉就是最好的养生。"黄庄主语气淡然。

"那是，那是。"二叔搓着手，点头应道。

"阿杰呢？"黄庄主问二叔。

"吃完晚饭就爬屋顶上找乐子去了。"二叔指了指小道尽头树林子里的那排低矮的灰色砖房。黄庄主皱了皱眉头，摇了摇头，似乎是感叹，又似乎是对我说："外边世界到底有什么好呢？"

"你们聊，我去听戏了。"二叔搬起一把竹椅走向院子另一边。

我没有搞清"爬屋顶找乐子"是个什么梗，初来乍到，也不便细问。我端起茶杯，尝了尝茶水，舌尖微苦，满嘴清香，"好茶好茶！"

我咂了咂嘴巴。

"浮生若茶，甘苦一念。"黄庄主也抿了一口，对我淡然一笑。我有点吃惊，黄庄主的这句感慨，我记得出自一位茶学大师。"谈记者哪里人呢？听口音不是海岛人吧？"黄庄主问我。

"老家湖南。"

"湖南是个好地方。"黄庄主咳了一下，"八百里洞庭烟波浩渺。"我说，"现在没有八百里了，围湖造田，破坏得只剩了个锅底。"黄庄主点了点头，"破坏了有点可惜。"

"黄庄主觉得湖南人如何？"我也寻找着往下聊的话题。

"湖南人讲义气，"黄庄主笑了笑，"豪杰多。"

我说："湖南出豪杰，也出蛮子。"

黄庄主看了看我，点了点头。

"黄庄主是哪里人？"我好奇地问。

黄庄主端起茶杯，嘴唇在杯沿上轻轻地碰了碰，浅浅地喝了点茶水，迟疑了一下，抬起头来，"算是岛城人吧。"

"黄庄主在这里多少年了？"我问。

黄庄主又迟疑了一下，看了看我，笑了笑，"六……年了。"我注意到了他说这话时脸上闪过一丝机警。

"六年？！"我惊讶地叫出声来。

黄庄主点了点头，给我的茶杯里添了些茶水，慢条斯理道："六年，说长也不长，一眨眼工夫。说短也不短，可以做很多事，养个孩子都可以打酱油了。"他语调平淡，声音轻细。

"打酱油……"——我有些想笑，现在城里盛行用"打酱油"这三个字嘲笑那些在网络论坛灌水的无聊人。我看了看黄庄主，说："我实在佩服黄庄主在这里待了六年……应该发大财了吧？"

黄庄主端起茶杯，抿了口茶，看了看我，"租个水塘，养点鱼，顺便养些鸡鸭，种些果菜，养鱼佬而已，与发财无关。"他漫不经心地说。

"我觉得可以利用这些资源开个农家乐什么的,吸引城里人周末来庄里赏荷垂钓,顺便吃吃农家饭菜。"我建议道。

"嗯,也想过。"黄庄主点了点头,对我淡淡一笑,说,"但觉得没什么特色,所以没做。"

我们东一榔头西一锤子地扯着,月亮已升到了半树之高,月光透过宽大的枇杷树叶缝隙洒在院子里。二叔坐在院子另一头的竹椅里,脖子上挂着的收音机传出锣鼓咚锵胡琴悠扬,一女子用尖细的嗓音唱着一段戏文:犹自深闺怯晓寒,暖风吹梦到临安……

我发现黄庄主的目光不时地在我身上闪跳,感觉他想在我身上探询些什么,而且,我总感觉他嘴角不经意浮现的微笑里隐藏着什么。显然,一种明显刻意的轻松使得聊天变得别扭。"这穷乡僻壤可比不上岛城的条件哦,尤其一到晚上,黑灯瞎火,冷冷清清的,一般城里人住不习惯。"黄庄主似乎是对我说,又似乎是在自言自语。

我喝了口茶水,"我其实就是想找个清静的地方发发呆。"

"莫非城里待腻了?"黄庄主又不经意地发问。

"是有些儿倦了、累了,想出来透透气。"我笑笑说。

黄庄主若有所思,点了点头,"也是,城里人忙碌疲惫,都是在寻找自己想要的生活,其实……"他停顿了一下,看了看我,笑了笑,"其实吧,心里安闲清静便是最好的活法。"他的声音有些低沉微弱,仿佛从遥远的地方传过来。他嘴角仍然不时地浮出一丝若隐若现的微笑,眼角不时地闪出一丝犀利警惕的光泽。我再一次觉得,这个庄主并非一般的乡村养鱼人。

月光如水,灯光昏黄,万物清凉。黄庄主抬头看了看天空,我发现黄庄主仰望天空的时候,脸上掠过一道吊诡的阴影。我也望了望天空,那里,月亮正冲破一片厚重的乌云鸟瞰大地。"二叔,你过来。"他叫道。

二叔关掉收音机,走了过来。

"你带谈记者去休息,就住中间那房。"他指了指水塘上的那幢竹寮,"钥匙挂在门边。"他吩咐完便站起身,对我道:"谈记者,乡下睡得早,休息吧。"随后他蹒跚着走进了石头房。

我也起身。

沿着石板小道,二叔把我带到塘边一间屋顶上爬满百香果藤的竹寮前,那门楣上用毛笔歪歪斜斜地写着"荷塘月色"。"就这间。"二叔对我说。

我看了看这竹寮,挺有乡村特色。

竹寮用竹子建成,上下两层,上面房子,下面架空,有点像少数民族居住的吊脚楼。竹寮一脚跨在水塘,一脚立在原野。水塘水白,原野土黑。一白一黑,对比深刻——我相信黄庄主这样的设计肯定含有不为外人知的隐喻。

二叔把钥匙一转,"吱呀"一声,竹门被推开了。

墙壁上贴着发黄的报纸,一张老式大木床,床上放着一把芭蕉扇,床头叠放着洗得发白的床单与被套。窗台边有一张小桌,桌上有一盏带灯罩的煤油灯,还有一架袖珍长江牌老式收音机。小桌边有一个小架子,上面摆着简单的洗漱用品。墙角有个土钵,盛满了红土,种着一株已经长出几片叶子的夜来香。房间简陋,但干净整洁。"这是黄庄主给城里朋友们准备的客房。"二叔站在门边向我交代,"如果停电了,就点煤油灯;如果太热了,就打芭蕉扇;如果无聊了,就听听收音机。"

我笑着点了点头。

我从旅行袋里掏出手机,寻找插板给它充电。

"忘了告诉你了,这儿手机没有信号。"二叔说。

"那怎么跟外面联系?"我有些失落地问。

二叔摇了摇头,一脸诡谲地说:"实在要跟外面联系,就找阿杰,那鬼仔有办法。"

我笑道:"哈哈,有意思,穿越到上世纪了。"

二叔对我讪讪地笑了笑,"就这条件……那你早点休息啊。"他转身走出房间。一路上,二叔挂在脖子上的收音机里锣鼓咚锵胡琴悠扬,我清楚地听到那女子幽怨的唱腔:犹自深闺怯晓寒,暖风吹梦到临安……

　　我推开窗户。

　　一轮明月静静地挂在怡人庄的上空,那是城里看不到的月亮,又大又圆。浩瀚的天空点缀着几颗清冷的星辰,原野向着一望无际的地方延伸,如一挂巨大空旷的银灰色背景板。月光里,微风轻轻地触抚着原野上毛茸茸肥壮的野草。我甚至听见窗边绿藤下蟋蟀的叫声。

　　洗涮完毕,我爬上床睡觉。

　　可是,怎么也睡不着。我一会闭着眼睛,一会睁开眼睛;一会又闭着眼睛,一会又睁开眼睛……就这么折腾起来。看来,岛城生活久了,突然住进这僻静的竹寮里,一种孤独感便油然而生,让人一下子有不知身在何处的惶惑。

　　窗外发出一阵"呼呼"的声音,我想应该是起风了。我正准备起身去关窗户,这个时候,却看见一个人影一跳一跳地从窗前晃过。"谁?"我盯着窗户,心里一惊。

　　人影已跳过了窗户。

　　我本能的快速下床,轻轻打开竹门的一条缝。月光里,我认出那正是黄庄主的背影。他扛着一把锄头,一步一瘸地从竹寮前经过,沿着水塘小道向前面走去。

　　"半夜劳作?"我觉得好生奇怪。我打开门,走出竹寮,不声不响地尾随着黄庄主。

　　小道尽头是那片木麻黄林,林边是一块荒芜的灌木丛地。黄庄主在荒地上停下了步子。我躲在塘边拐角处一棵树下看着他。

　　只见他弯下腰,撅起屁股,抡锄挖起地来。

　　他挖得很卖力也很虔诚,结实的屁股在月光下一升一降,我几乎能够听到板结的土地在锄下发出松散的"吱吱"声。月光下,我突然觉得他挖地的样子很像凡·高的那幅《挖地的农民》的油画。不一会工夫，他便挖出了一个大坑。这时，诡异的事情发生了——他放下锄头，面朝土坑，双膝跪下，对着洞坑说起话来……

我绷紧神经屏息倾听。虽然听不很清楚，但还是有只言片语随着夜风断断续续传到我耳中："……不放弃……"

他在跟谁说话？不放弃什么？

我怀疑自己是不是在做梦，我掐了一下大腿，痛。三月的夜风很凉，我差点打出喷嚏。我站在月光下的荷塘小道上，面前是一片银灰色的原野，原野尽头灯火依稀可见。我似乎还听见了远处飞机升空的轰鸣——那是岛城联结外边世界的国际机场。

我确定我不是在梦里。

我看到黄庄主在洞坑边上坐了下来，抽了一支烟，咳嗽了几声，将烟掐灭在泥土中。他仰头看了看天空，似乎是盯着月亮发呆，又似乎在看着天空思索什么。这样约莫半个时辰后，他站起身，拍了拍屁股上的泥土，扛起锄头，一步一瘸地返回他的小屋。

那个晚上，我无论如何也睡不着。怡人庄，我就这样不经意地走进来并留了下来。我不知道这里将会发生什么，更不知道我能否在这里如愿以偿。眼前总是浮现出黄庄主嘴角的那抹微笑和眼角闪烁的那缕余光——我感觉到了他的神秘与诡异。我在床上翻来覆去睡不着，一直熬到快天亮才迷迷糊糊地睡着，结果做了一个梦，梦见一口巨大的火锅里窜出一团蛇和一群猫；梦见我在奔跑，无数的蛇、猫在追赶我。我不要命地奔跑，一路听到无数幽怨的啜泣声……

一阵此起彼伏的鸡鸣声将我惊醒。

第六章　青春虐爱

"啊——啊——咦——噢——"

一串忽而高亢忽而低沉的女声把我与邹健从晨梦中惊醒。

"谁一大清早在哭丧呢？"邹健骂道。

我侧耳倾听，声音是从院子里传过来的，感觉应该是某个女子在练嗓子。

邹健一骨碌起床，端起脸盆，骂骂咧咧地去洗手间里洗漱。不知过了多久，他半裸着身子，头发湿漉漉地回到房间，"大美女是个歌唱家啊！"他凑近我耳边神秘兮兮地对我说道。

"谁？"我两眼惺忪地问。

他指了指窗外的院子，然后，一脸猥琐地对我说："我刚才洗澡的时候从窗口看到了那女子，那脸蛋，那身材，那胸脯……啧啧，天哪，让我充血了半天！"他咂了咂嘴巴，咽了咽口水。我明白了，他是说院子里练声的那个女子。

望着他那副下流相，我无语地摇了摇头，"你也太夸张了吧，你是不是想未婚妻想疯了？"

"谁说我想她了？我现在对她没有半点想法，我的全部心思都投入到事业上。事业成功了还怕没女人？到时排成队让老子挑吧！"邹健一边用毛巾擦着头发上的水珠子，一边对我说。

"事业？你炒个地皮也成事业了？"

"当然是事业。"邹健一脸自豪与骄傲，"工作不分贵贱，事业不分大小。你做记者不也是为了赚个工资？我炒地赚的钱并不比你少。

你的记者工作可以做一辈子，可以当成事业；我的炒地工作也可以做一辈子，所以，也是我的事业。"

我觉得他说的没毛病。

我知道这个天天老板堆里混，夜夜楼堂馆所里泡的炒地贩子，早已不是数月前那个来岛城寻找未婚妻的憨厚纯朴的乡村计生小干事了。失去未婚妻的邹健已经变了个人似的坚定不移地留在了岛城。那段时间，正是岛城高尔夫球房地产泡沫翻腾的时期，邹健赤身裸体地开始了在岛城的闯荡与创业。他跟人合伙炒地，每天的工作便是与大大小小的款爷喝酒吃饭，用他那三寸不烂之舌推介手里大大小小的地块信息，鼓动款爷们跟他去现场看地……邹健告诉过我，十件成交一件，他就能吃上一年。他确实是个做生意的天才，加上农民的精明强干与勤奋吃苦，没多久，他的岛城人生就风生水起丰富多彩了。

"我走了，你慢睡。"他穿上一身笔挺的西装，边系领带边对我说。

"又有新业务了？"我问。

"嗯，七点带老板吃早餐，八点去看一块地，九点后开始洽谈……"他一边说一边推起门边新买的自行车，回过头，嘴巴往外一撇，对我又是猥琐一笑，"你就别假正经了，起床吧，去看看那唱歌的美女，保证你也会骚情激荡全身充血……"

"滚！"我笑道。我再次深信我们的岛城就是个巨大的染缸，让你白着进、黑着出。

"啊——啊——咦——噢——"连续几个清晨，我们都被那忽高忽低的吊嗓声吵醒。邹健反倒变得无所谓了，那歌声成了他起床的闹钟，成了他出门挣钱的号角，他正好图个早起去陪老板们吃茶聊天。而我呢，简直就要疯了——每晚赶稿至凌晨两三点，黎明时分正是我酣睡的好时光！

女声终于令我忍无可忍，我从床上一跃而起奔向房东住处，向老陈投诉。老陈脸上露出一丝隐晦的笑，"忘了跟你们讲，你们隔壁那房前些日子租出去了，是个音乐老师，她每天早上都要在院子里练歌。"

我说:"练歌总不至于影响我们休息吧?"

老陈一脸无奈,"我跟你们一样没法睡个懒觉哩。可我总不能不准人家练吧?"

我几乎就要崩溃。我觉得这地儿没法住了,我寻思得找个新的住处。

后来发生的一件事令我始料不及。后来一想,也是情理之中,这就是所谓青春的劫数。

那天凌晨三点,我赶稿回来。邹健这两天没回来,听说是带老板去崖城炒地了。房里显得虚空无比。我脱衣上床,刚躺下,便听到墙那边传来低低的尖细的女人声音。我一惊,啥时辰,音乐老师就起床吊嗓了?再细听,那声音换成了一串长长的幽幽的呻吟——我觉得那不像是晨练的歌声,也不像是梦中的呓语,更不像是什么忧伤的啜泣。那声音反倒如一种幸福的呢喃,一种迫不及待地呼唤。

那个时代,从年龄上讲,我已进入了成熟的青年时期,但是,由于农村孩子一直受传统思想束缚,加之大学明文禁止学生恋爱,所以,虽然我心里已经萌芽了爱情,并对它充满了渴念,但对男女之事还是懵懂的。

那个奇特的声音令我感到陌生和困惑。我突然觉得一股莫名的燥热漫过全身,一种紧张与兴奋伴随而来——这种体感虽在我少年时代的身体里出现过,但这一次要强烈和鲜明得多。那声音断断续续,却非常真实,令我惊慌、恐惧,令我无法拒绝。我坐起,把脸贴近墙壁,凝神屏息,倾听着墙那边的声音。我几乎能听到自己的心脏在胸腔里"嘭嘭嘭"地跳动。

那声音仍然不绝如缕,时而如鸽哨划过蓝天,时而如夜莺在山谷啼鸣,时而如泉水流淌山涧,时而如马驹哀鸣于原野……我浑身血液燃烧,体内万马奔腾。我呼吸急促,宛如穿越一条窒息的隧道。我恨不得撞破那薄薄的墙壁,把那夺命的声音撕个粉碎……那神秘诱人的声音顽固地冲撞我的耳朵,戳在我的脑海,久久不能散去。

多少个夜晚,当我精疲力竭地回到住处,当我躺在床上,当我的灵魂肆意飘浮,我的耳畔便回响起那个声音。幽暗里,我常常像一只壁虎似的紧贴墙壁,屏住呼吸,全神贯注,只为捕捉隔壁发出的任何一丝声响……当然,我也经常一无所获,只能在沮丧疲累中爬上床睡觉。

那个梦境便如期出现。

那是一个自少年时代便开始的奇梦,一个穿着洁白长裙挽着古代仕女发髻的美丽女子向我走来。她裙裾飞扬身姿轻盈,她微笑甜美眸如星辰。她来到我的床边,俯下身来,她拧了拧我的鼻子,在我额上亲吻了一下——而当我睁开眼睛,她便消失得无影无踪。那个美丽女子反反复复出现在我的梦里,我预感到我的青春时代将有大事发生。

我对隔壁声音的侵扰没有了恼意,我甚至期盼墙那边发出响动,因为它能带给我惊慌、激动与喜悦。我不知道这算不算情窦初开,更不知道我还是否纯洁,但我发誓,那时的我,心里绝对没有半点邪恶的成分。我只是固执地认为,我青春的精血被那声音点燃,我原始的欲念被那声音唤醒。我就那么坚定地等待,那么深切地守望,那么真挚地想念。

那个阴雨霏霏的凌晨,我将一篇特稿修改完最后一个字后交给了值班编辑。我已困得不行,便冒雨返回住处。

邹健还没回来。他这段时间炒地赚大钱了,常常夜不归宿。

我连洗漱都省略了,精疲力竭脱衣上床。刚躺下,一串熟悉的"咿咿呀呀"的声音便从墙那边传了过来。那似乎是一首民谣,旋律颤抖而飘忽。在清冷的黎明,声音充满了无尽的哀怨与悲伤。我困累得不行,努力地抗拒着那声音。我把自己用被子严密地包裹着,再将枕头紧紧地捂着头,但那美妙的"咿咿呀呀"似乎无孔不入无缝不钻,顽强地进入我的耳孔。

我实在需要睡眠需要睡眠需要睡眠啊……

我抵御不了那声音。鬼使神差，我竟然从床上爬起来，走向她的房间，敲响了房门。

声音戛然而止。

"谁？"房间里传出怯怯的声音。

"我，隔壁……"我不知怎么介绍自己。

门微微地开启了一条缝，一个年轻女子出现在门边。

透过门缝，我看见她穿了一条粉色透明的丝绸睡裙，黑色长发如瀑布流淌肩头，一双眼睛如秋日深塘般清澈。

见是我，她脸上有些惊讶。

那一刻，我心里也充满了莫名的惊慌，我的声音变得微弱如游丝，"你……能不能……小一点声音？"我想，她可能根本听不清我说什么。

事实上，她听清了。她的脸上瞬间掠过一片红云，歉意地对我说对不起、对不起。随后她指了指窗外，说："一直下雨，出不了门……只好在房里练……吵着你了……"

我说其实也没什么，就是通宵加班写稿，实在困得不行。

她脸上显出更多的歉意，对我连连说着对不起对不起，然后，似乎又有些好奇，问我，"你是做什么工作的？写什么稿？"

我说我是记者，写采访稿。

"记——者！"她惊奇地叫道。

一缕湿润的风从她房间微开的窗口溜出来，挟着她身体与头发里的一抹香水味向我飘了过来——那是一种我从未闻过的香味，淡淡的、柔柔的、若有若无地融汇在空气中。我用鼻子吸了吸，感觉胸腔肺腑里都充溢着香甜味。我本可以就此转身回房，可是，一种无形的、难以察觉的力量拖住了我的腿，我竟然迈不动步子。她也似乎察觉到了我的尴尬，把房门拉开，大方中不乏胆怯与羞涩地对我微微一笑，"要不……进来……坐坐？"

进来……坐坐？

这是我一辈子遇到的最简单直接最朴实无华最真诚恳切最模棱两可最盛情诱人的邀请。我连一秒钟的迟疑都没有，勇敢地跨进了她的房间。而当房门轻轻掩上，我们几乎在同一时刻看到了对方眼里燃烧的火焰。没有任何言语也没有任何暗示，我们在同一时刻张开双臂拥住了对方……

她真的很美。

她的脸庞圆润而柔和，她的身体轻盈而温暖，她的微笑妩媚而优美，她的声音更是如梦似幻，她的眼里荡漾着无尽的寂寞。我相信了一位诗人说过的一句话：寂寞让女人更加美丽。好吧，寂寞的……今夜，我不想别的，我只想你。

我把她抱到床上，压在她身上，笨手笨脚地解开了她背上的内衣扣。然后，伸手去抚摸她的乳房。她尖叫一声，"打住，去洗手，最好把手消一下毒！"她说。我迟疑了一下，心想：洗手可以，去哪里消毒啊？这太难为我了吧！

天不灭我，我一下子想起我的房间角落里恰好有半瓶58度二锅头，那是邹健喝剩下的，一直丢在那里。我赶紧从她身上滚下来，冲回我的房间，一眼就看到了那半瓶酒。我拧开瓶盖，往手心里洒出一捧，两手交互搓揉。高度酒散发很快，我把手放在鼻子前闻了一下，酒气尚存。返回她的房间，上床，趴在她的身上，把手伸给她："你闻闻。"

她真的用鼻子嗅了嗅，酒精气味让她脸上流露出一丝得意而放心的笑。"可怜的脏孩子。"她语含怜爱，一只手将我揽在怀里，另一只手对我进行最亲密的爱抚。我激动、亢奋，我明白这是非常重要且具里程碑的动作——它将为我人生的第一次扫除障碍，铺平道路。也正是这个动作，注定了我把人生的第一次献给了她。

……

她在我的怀里娇喘着，面颊绯红，眼神迷离。

"你怎么敢让我进来——坐坐？"事后，我问她。

"我一看到你……就有点……不矜持了。你有点坏。"她趴在我的胸脯上,眼含悔怨,满脸娇羞。一手撑着下巴,一手轻轻地抚摩着我的头发。

我猛然想起我是只穿着一条短裤来敲门的,"收我做学生吧,"我坏笑道,"我也喜欢唱歌。"

"呃……师……生……不好吧?"她有些羞赧地附和我。

从那天起,我成了美丽的音乐老师的关门弟子。我的身体是她的黑板,任她擦拭与涂鸦;她的身体是我的书本,任我热爱与翻读。我一直不敢相信,当时的我怎么会有那么大胆放肆的举动,后来,我怀疑是老师身上的香水味起了决定性的作用。于是,有一天,我到岛城图书馆里找到一本关于香水的书籍,我看到一种香水的介绍。它叫香榧树,是一种能够瞬间吸引异性的特异香水。书里说,那香水会让对方立即产生一种魔幻般的情欲,随之涌出疯狂的性冲动,最后达到迷恋的程度。书里还说:发明这种香水的人,是通过两头猪互嗅时获得的启示。这多少令我倒胃口。

我常在下半夜避开酣睡的邹健,偷偷溜进老师房间。我们促膝谈心,物我两忘,歇斯底里地合奏一首原生态交响曲。她就像一朵鲜艳的野花,开放在我寂寞懵懂的青春里。时间虽然短暂,但散发着永生难忘的幽香。

我把头埋在她的胸前,贪婪地嗅着那芬芳的香气。我诚实地告诉她:"我爱上你了,我要与你恋爱。"

"绝不可以!"她推开我,语气坚定。

然后,她抚摩我的头发,似叮咛,似嘱咐:"你不能……爱上……我……你一定要……忘记我。"她的声音有些哽咽,脸上有闪闪泪珠。我再一次无言地抱紧她,疯狂地亲吻她。我突然也有一种想流泪的感觉——没有爱情,没有爱情的拥吻让我忧伤。

直到现在,我都不知道她的名字。我只知道她是个音乐教师,是个已婚女人,独自一人来岛城创办音乐培训班。她始终不肯告诉我她的名字,她说:"名字不重要,叫我老师就行了。"我懂她的意思。是的,她比我清醒——我们注定不能成为彼此的主角,我们只是过客。人生啊,有多少过往只能存放在心里某个角落,不可翻出,最后与我们的身体一同衰老、腐败,化为灰烬。翌年四月,老师告诉我不能再找她了,她有些难过地说,她先生也上岛了,要来接她回去。

那个黄昏,一辆小车开进院子,一个高大的男人走进了老师的房间。我和邹健躲在窗前,看着老师与那个男人提着行李上了车。车子启动的那一刻,老师摇下窗玻璃向我们这边张望。"你的——女神——走了。"邹健一脸幸灾乐祸。

我趴在窗前黯然神伤,流下了献给爱情的第一滴泪。

第七章　乡野诗人

怡人庄的鸡鸣声在凌晨准时响起，一声两声三声后，此起彼伏，你呼我应，风云激荡。我闻鸡起舞，从床上一骨碌跃起，换上运动装，打开竹门，冲向塘边的石板小道。

小狗妮妮从小道那头欢快地向我奔过来，它摇晃着尾巴，嗅着我的裤腿。我知道，它是在向我这个新朋友问候早安。我踢了踢腿，扭了扭腰，带着妮妮开始了晨跑。

这是清新而湿润的早晨，怡人庄笼罩在一层薄薄的雾气中。一群白色鸥鸟从木麻黄林边低低掠过，无声盘旋，飞向远方。透过晨光，我几乎可以看到，瓦蓝色的空气在鸥鸟翼翅的摇动下如水波般流动。小道边沿种着一垄垄菜蔬，搭着一排排瓜架——那些菜蔬根红苗正，瓜藤叶绿梗壮。塘坡上种植着一些三角梅，浓密的绿叶中盛开着红的、白的、粉的花，像五彩缤纷的蝴蝶翩翩起舞。塘里生长着一些荷莲——时下春末，水面上迫不及待地撑起了一柄柄绿色小伞，或探出一叶叶沾着水珠的尖尖小荷。清澈的水里，小鱼在悠然自得地游弋，一会儿迅疾集结，一会儿四处逃散，毫无章法。塘的尽头，用隔离网圈着一群白鹅灰鸭，鹅鸭们扑腾戏水，梳妆打扮，耳鬓厮磨，纠缠不清。我沿着石板小道一直往前跑，塘坡上，种植着各类果树，树们吸食日月精华天地雨露，茁壮生长……

太阳升起，朝霞映红了半边天，也将这乡野庄园涂抹成一幅绚丽的油彩画。我沉醉于这美好的晨光里，一口气跑了三圈，停下步子，气定神闲，向着东方，伸出双手，拥抱属于我的全部清新。

"早啊,谈记者。"二叔双手各提着一只沉沉的铁桶,脚步有些倾斜,身体一歪一歪地从小道那头向我走来。

"二叔早啊!"我问候道,"你提的啥?要帮个手不?"我感觉他有些吃力。

"鸡鸭猪食。别看我老了,我能行。"二叔说着将左右手的铁桶换了个位,身体继续一歪一歪地往前走。"你也不睡个懒觉?"他一边走,一边跟我说话。

"这么好的早上,睡懒觉有点可惜,早起在庄里跑几圈。"我说。

"那是那是,早上空气好,早起养生!"二叔说。

小道尽头是葱郁的木麻黄林,林下有一排灰色平房,房子东边是一排低矮的鸡舍。我跟着二叔走过去,看见鸡舍小窗上贴着一些红色的纸条,纸条上用毛笔写着:此鸡不外卖,专供土地神享用!

我觉得这纸条有意思,"土地神还吃鸡?"我问。

二叔哈哈一笑,"这些都是真正吃虫子草籽儿的农家土鸡,由于放养场地有限,一批只能养个百十来只,时间最短的要养七八个月,时间长点的要养上近一年,养得越久越好吃。城里来的客人们见到这些土鸡,就缠着黄庄主买。起初,黄庄主来者不拒,只要开口,一般都会卖个一两只,客人们一传十,十传百,后来,都冲着这些土鸡而来。庄里根本供应不了,黄庄主又不好当面拒绝,于是,我们就想出了这一招,嘿嘿……"二叔撅着屁股往盆里倒下一桶食。

鸡们勾肩搭背叽叽喳喳神情暧昧地围了上来。母鸡纯朴贤淑,阉鸡阴柔傲慢,公鸡靓丽张狂。在美食面前,它们顾不得体面,你争我抢,很快啄食完一桶剩饭残菜。二叔打开鸡舍门,它们便争先恐后迅速冲向原野,鸡舍里留下它们一夜风流后的残迹。

二叔收拾完脏乱的鸡舍,提起另一只铁桶去往另一边。他告诉我,那边养了两头猪,过年就可杀了吃。他回过头来对我说:"谈记者,到前院去吃早餐啦。"

我笑道:"好,我这就过去。"

前院枇杷树下，宽大的木桌上杯盘碗筷摆放整齐。一个竹篮里堆满了金黄色的水煮地瓜，正冒着腾腾热气。一只硕大花边大碗里盛放着十多颗剥壳水煮鸡蛋，正闪着水晶般诱人的光泽。还有一大盆漂浮着几滴油的青菜汤。桌边坐着一个埋头吃早餐的小伙，他上身穿一件黑色T恤，下身着一条水磨蓝牛仔裤，脚踩一双白色波鞋——这是岛城年轻人的时尚打扮。我注意到，小伙子结实的胳膊上文着一条腾云驾雾的龙——他见我盯着他的胳膊，显得有些腼腆，对我笑了笑，本能地拉了拉短袖去遮隐那文身。

"你就是昨晚爬屋顶找乐子的阿杰吧？"我笑着问他。

他脸倏地红了，点了点头，"谈记者早上好！"他跟我打招呼。

我说："你也早上好！"

二叔喂完猪回来了，从厨房里端出一碟油炸辣椒放在我面前，"黄庄主交代了，你是湖南人，离不开辣椒。"他一脸憨厚地对我笑道，"庄里早餐简单，地瓜是自己种的，鸡蛋是庄里土鸡下的，无公害，养生，放心吃。"

我点了点头，问："黄庄主还没起床吗？"

二叔看了看黄庄主的石头房，悄声说："他晚上睡眠不好，早上起得晚。"

我夹起一块地瓜，咬了一口。"味道咋样？"二叔迫不及待地问我。"嗯，粉、黏、甜——不错！"我笑道。二叔显然满意我的评价，他擦着手上的水渍，"呵呵"地笑着，说："我以为你们城里人吃不惯这个呢。"我说："五谷杂粮，好吃好吃，城里人都当宝贝了，而且老贵了。"

"好吃就行，好吃就行。"二叔脸上舒展着愉悦。他在我对面坐下，打开挂在脖子上的收音机——锣鼓咚锵胡琴悠扬，女子幽幽怨怨地上了场：犹自深闺怯晓寒，暖风吹梦到临安……

"二叔，你能不能换点新节目啊，天天听这个戏，你耳朵不生茧啊？"正在埋头吃早餐的阿杰抬起头，一脸嫌弃地说。

"你懂个屁，这戏好听呢！"二叔嗔怒道。

"红叶题诗，才子佳人戏。"我咽下一口鸡蛋，笑着对二叔说。

二叔一脸惊奇地望着我，叫道："咦，你咋懂我们海岛戏呢？！"

我说："来海岛这么多年了，听过很多次了。"

二叔像是找到了知音。他关掉收音机，对着我哈哈大笑，"谈记者，此情此景，我好想吟诗一首啊！"

"真没想到二叔还有吟诗的雅兴哈！"我笑道。

二叔兴趣盎然，一脸认真，"谈记者，你懂……写诗不？"

我心里暗暗发笑，但还是表现出谦逊，"不算太懂，只算喜欢，过去写过一些。"

"啊，你会写啊？"二叔更是喜形于色了。

我点了点头，"喜欢而已。"

"我也很喜欢诗歌，可是，我不懂写。"二叔说，"年轻时，我上过赛诗台，能背好多诗！"二叔说着情不自禁抑扬顿挫地朗诵起来：

东风吹起来啊
战鼓擂起来啊
现在世界上啊
究竟谁怕谁啊……

对面的阿杰哈哈大笑，嘴里的地瓜喷了一桌子。

我也捂着嘴忍住笑。

二叔的脸唰的一下红到了耳根，他停止朗诵，恼怒地斜睨着阿杰，问："你笑啥呢？"

阿杰问二叔，"你那是诗吗？"

二叔表情坚定地回答："当然是诗，而且是革命的诗！"他转头问我，"谈记者，你说是不？"

我心里也早已乐开了花，表面却做出一副评判的样子，回答：

"算歌词吧。"

"诗歌诗歌,歌词也是诗吧?"

"有时候也算。"

二叔很得意,瞪了眼阿杰,揶揄道:"不读书害死人。"

阿杰嘴巴一撇,不以为然,"我不读书吗?我小学读了八年,新老师来了都跟我打听学校的历史。"

我笑得喷饭。

二叔脸上褪去了愠恼的红色,浑浊的眼里闪烁出激动的光芒。他开始向我们回忆属于他的诗歌时代。他说:"一到晚上,村里就搞赛诗会,热闹啊,男女老少都上台背诗。不上台是要扣工分的。那时,我年轻,记性好,背得出好多诗,这样可以偷懒少出工。年底时,我的工分比那些干活累个半死的壮劳力还多。"二叔得意地哈哈大笑,阿杰也跟着笑,我也笑。二叔继续说:"那个时候啊,要是背错了诗就惨了。有一回,地主婆背毛主席的诗,把'俱往矣,数风流人物,还看今朝'背成了'俱往矣,数流氓人物,还看今朝',老太婆被当场拉下台来揍了个半死。唉唉,真的好可怜……"二叔露出一脸感伤,站起身来,给我碗里添了一个煮鸡蛋。

我说:"别添了,我饱了呢。"

二叔说:"管够,不浪费就行。"然后问我,"你喝酒应该厉害吧?"

我摇了摇头,说:"不厉害。"

"你写诗的时候喝酒不?"二叔好奇地问。

我笑着说:"写诗时不喝。"

"三句不离酒哦——"阿杰插话讥讽二叔,"就一酒鬼。"

二叔不理睬他,继续问我,"你最多能喝多少?"

我说:"两杯吧。"

"才两杯?"

二叔认为我不喝酒会写诗简直不可思议。他脸露失望,嘟囔道:

"人家都说李白斗酒诗百篇呢。"

我说:"我又不是李白,真喝不了。"

他把头摇得如一柄芭蕉扇,以致端在手里的青菜汤汤汁溅到了桌子上。他赶紧放下汤碗,起身去厨房取抹布。

阿杰告诉我,二叔是岛城郊区人,原在一家餐厅做帮厨。"他什么都好,就是嗜酒,老婆孩子都让喝跑了,工作也丢了。黄哥去岛城时遇到他,便把他带到了庄里。到庄里后,他还是断不了酒,经常找灵山村民喝。从早上喝到中午,从中午喝到晚上……黄哥根本管不住。"阿杰瞄了瞄厨房,见二叔还没出来,便继续揭底:"人家喝酒是脸红,他喝酒是脸黑。那段时间,他每天早上的脸还是油亮的,可到了下午就变成黑脸包公。有个晚上,我差点让他吓傻了——我起床撒尿,看到他一个人坐在树底下喝酒,我走过去跟他打招呼,结果,我只看到了他的脖子,竟然没看到他的脸。"

"怎么回事?"我问。

阿杰说:"那天,他喝了整整一天的酒,脸黑得像锅底。那晚,天又特别黑,所以,根本看不清他的脸啊!有首歌怎么唱来着?天上有个月亮,地下有个酒鬼……"

我笑得泪花四溅。

阿杰说:"黄哥逼他戒酒。黄哥说:在岛城,我管不着你,来这儿了,你就得听我的,否则走人!见黄哥来硬的,他才没辙了,后来总算戒掉了。没想到,又迷上了听戏……成了个戏呆子!"

二叔从厨屋里走出来,手里拧着一块抹布。一边走一边摇头晃脑,一脸幸福地吟着诗:

> 东风吹起来啊
> 战鼓擂起来啊
> 现在世界上啊
> 究竟谁怕谁啊……

这一回，我也跟着阿杰"哈哈哈"笑开了。

阿杰诚恳地问我："谈记者，你可以教我写诗吗？"

我笑道，"你怎么想学写诗？"

"我觉得会写诗的人，容易找到老婆。"

"哈哈，行，你每天读三遍我写在那黑板上的古诗词，你就会写诗了。"我指了指院子通往小道一侧的一堵墙壁，开玩笑道。壁上挂着一块废弃了的黑板，还有几截粉笔头，估计是黄庄主用来记录庄里农事的。显然很久没用过了，黑板上色泽斑驳。我想好了，把它擦洗干净，废物再利用，一可练练我的粉笔字，二可摘录一些反映乡村田园生活的古诗词。随写随擦。

"好啊好啊！"阿杰开心答道。

"很热闹嘛。"黄庄主披着一件灰色麻布衬衣，步履蹒跚地从屋里走了出来。他一脸疲倦与憔悴地在桌边坐下，二叔赶紧备上碗筷，又盛上一碗青菜汤，往碗里放了两块地瓜、两个鸡蛋。"谈记者，吃得惯这农家早餐吗？"黄庄主一边吃一边问我。

我说："蛮好的，很习惯。"

"那就好。"黄庄主对我笑了笑。昨晚没看仔细，今天我看得明白：他的眉毛微微上挑，透射出一种不怒自威的气势；他的笑容里包含着温暖与慈善，却又散发出一缕摄人心魄的凌厉。我本想问问他是否还记得昨晚的事情，但看着他这种神色，我倒像做错了什么，不敢问了。

"谈记者懂写诗，你俩没事就请教谈记者。"黄庄主鼓励二叔与阿杰道。

我摇了摇头，笑道："金盆洗手，很久不写了呢。"

"那是因为城里没灵感吧，而这乡下就不同了，可以启发你的奇思妙想呢！"黄庄主嘴角又浮出了那缕诡异的笑，"你可以在这里多写！"

我也迎着他的话意，显出一脸诚恳，点头说："是呵，看来我还得捡起笔头来。"

水塘上吹过一缕风,几片细嫩的荷叶摇动着发出"嗽嗽"的声响,我看见有一条红尾小鲤鱼跃出水面。我没话找话:"塘里的鱼多吗?"

"多着呢!"阿杰道。

"能钓吗?"我问。

"当然可以,"二叔收拾着碗筷,"我们正愁塘里的鱼上不来呢!"

"谈记者喜欢钓鱼?"黄庄主语气平淡地问道。

"以前经常陪一个警察兄弟钓鱼。"我答道。

黄庄主的身子轻微震颤了一下,"警察……钓……鱼?"他嗫嚅道,眉头快速地皱了一皱,嘴角又一次浮出那缕让人不易察觉的奇怪的笑。随即站起身来,一瘸一拐地走回石头房。我愣住了,我不明白黄庄主对警察钓鱼怎么会有如此反应。

第八章　报告局长

我那爱钓鱼的兄弟叫大卫。

跟大卫认识也是在东湖里257号。很滑稽，得感谢邹健那家伙。

那个时候，我与美女老师可谓干柴烈火激情燃烧，亲密接触活动愈见频繁。尤其是我俩颠鸾倒凤时都特别放肆，甚至有点歇斯底里。那段日子，房东家的房子已经租出去了不少，两层楼都住满了人。众多房客纷纷向房东投诉，说我与美女老师整夜发出的动静令他们失眠和烦躁。房客们威胁老陈说：如果不制止我与音乐老师的骚扰行为，他们将全部退房！

于是，房东老陈找我谈判。

"我的房租啊！"老陈板着面孔对着我一声长叹。

我一阵诧异，"我不欠你的房租吧？"我小心翼翼地问他。

"拜托你俩……动静小点好不？我都快收不到房租了。"老陈哭丧着一张脸。

我一下子就明白了怎么回事，我的脸唰的就红了，我不好意思地笑了笑，点了点头。"不过，你这房子的隔音质量也是太没谱了，而且，墙角还有些洞洞……"我斜睨了他一眼，一语双关地奚落道，"你可不能只顾赚钱而牺牲房客们的私密啊！"老陈的脸唰的就黑了——像放久了快要腐烂的黑猪肝。

其实，房东老陈偷窥我与老师的事我早就知道了。怕他面子挂不住，我不想说破。我敢肯定老陈对我与老师的感情是复杂的，可以说是又恨又爱。恨的是我与老师的放肆行径将赶跑他的房客，断了他的收入；爱的是每晚他已习惯了蹲在墙角偷窥聆听我与老师演奏的真性情交响曲——那当然比他每天一个人拉下窗帘躲在隔壁黑屋子里看电视录像来得刺激而实在。后来，关于我与美女老师的谣言流传得很快，也很邪乎。谣言里，我与老师完全被妖魔化了，说我们每晚大战二十回合，说我们差点就把南渡江翻个底朝天，把大南海掏个空……我知道这是变态房东推波助澜添油加醋。我想，老陈一定是看多了电视剧《西游记》，将那南海龙王翻江倒海的本领强加给了我们。

我没想到，我兄弟邹健比房东还要可恶。

他对我与老师的行为简直到了仇视的程度。他说他无数次被我们的勾当惹得欲火焚身妒火中烧求生不得求死不能。"你知道吗？你们每晚都让我流血啊！"他用一副流着哈喇子的嘴脸向我抗议。我哂笑道："你流的不是血吧？"他威胁我道："如果你们再厚颜无耻，我就向公安机关举报。"我一拳擂过去，说："你试——试？！"他咬牙切齿地说："走着瞧吧！"

邹健很快就做到了。

某个午夜，他被一墙之隔的我们激怒了，于是，一个投诉电话打到居民区警务室。一般来说，像这种放不到台面上的投诉，警务室也不会太当一回事。不幸的是，那个晚上正逢南华区公安分局局长大卫下基层，他刚从岛城市公安局刑警队队长职位上调，到我们居民区警务室进行调研。接到投诉电话后，大卫局长突然决定体察民情，于是，带着几位干警敲响了老师的房门。

"开门，我们是公安。"

那个时候，我与老师的工作正进入实质性状态。那一刻，老师不知是兴奋来临呢还是被门外的声音所惊吓，猛地一下抱紧我，尖锐的牙齿咬住我的肩膀，令我痛彻心扉。

"别慌，没事的。"我以为只不过是附近联防队对外来人口例行公事的查房，那几个队员我都认识，顶多进来看看暂住证身份证之类。我将肩膀小心翼翼地从老师的唇齿间挪出，正准备翻身下床——"开门开门！"吆喝声再次响起，接着，门就被撞开了。

我看见四名警察冲了进来。

当时的窘态与悲情我不好意思描述——我光着上身，慌乱中把裤衩都给穿反了，手足无措瞠目结舌地站在门边；可怜的老师坐在床上，将被子死死捂在胸前，一脸惊恐。

我们被隔开审问。

我被带到院子里的榕树下，老师被留在房间。

"你叫什么名字？"一个小警察盘问我。

"谈天。"

"哪里人？"

"我不想回答这些无聊的问题。"

"你老实点，我们接到举报你们扰民。"

"那些人是吃饱了撑的！"我不以为然地说。

"你跟那女的是什么关系？"

"师生关系。"我答。

"师生——关系？"一个身材高大的警官走过来问我。

我也不想回答他。

"你耳聋了吗？我们卫局长问你话呢！"小警察恼羞成怒语气严厉地警告我。

我抬眼看了看那警官：粗犷黝黑冷峻的方脸如雕刻一般，目光如幽暗天幕闪出的两颗寒星。他就是大卫。多少年后，我还记得他盯着我的那个神情。

我被大卫的威严神色吓到了，我点了点头，"报告局长，我们确实是师生关系。"我极力表现出从容。

"你们师生半夜在床上干吗？"大卫显然认为我不老实，刀子般凌厉的目光再一次刺在我的脸上。

见我不回答，他又问："你学习了啥？"

我不知道如何回答。

他兴趣盎然地启发我："学习吃奶？"

我几乎被这粗鄙的家伙弄得想笑——我当然不敢笑。

"你做什么工作的？"大卫继续盘问。

"记者。"我说。我知道不开口会更加麻烦。

"记者？"他显得有些吃惊。

我点了点头。

"有证件没？"

我指了指楼上我与邹健住的那个房间。

"去取来！"大卫用命令的口吻道。然后，示意站在他边上的小警察跟我进房间去取证件。

我有些犹豫，不想去取证件。我害怕他们看完证件后打电话到报社去核实。这大半夜的，因为这种事惊动报社，我这个还在实习期的记者工作算是完蛋了。

"赶紧走啊！"小警察对我吼道。

我知道，我不取证件，我的身份就无法证明。他们更是不会放过我，他们一定会带走我。一带走我，那后面的谣言就更加无法无天了，什么师生畸恋啦，什么现场捉奸啦，搞得不好甚至给你传个更邪恶的嫖娼卖淫之类……如果这样，还不令我身败名裂……

我反复权衡利弊，最后决定进房间取证件。

我进房间的时候，看到王八蛋邹健正捂着被子露出他那张猪腰子脸冲我幸灾乐祸地笑。如果不是小警察跟着我，我肯定一把将他从床上拉下来，再狠狠踹上几脚。

我取了证件，跟着小警察回到榕树下。

"报告卫局，证件取到。"小警察对大卫说道。

我把证件递给大卫。他认真仔细地验看，眼里再次闪烁着一种急切而生冷的光芒。我明白，他多么希望能够从证件中看出什么破绽或者发现什么蛛丝马迹，这样他就可以更深入地侦查，或许无意中就抓住了一个流窜犯或正在通缉的要犯……这个时候，审问老师的那两个警察也来到院子里。一个胖警察低声向大卫做了汇报,我听见他说老师是有家庭的,我俩的关系属于偷情,他请示大卫要不要把我们带走。大卫再次把我的证件看了看,然后,抬头又瞪了我一眼。一会儿后,他脸上的表情终于松懈下来,摇了摇头,对那胖警察说:"偷情不是我们管的事。"他把证件还给了我,语气明显有了些缓和:"看你也算态度诚恳,我们就不打电话到你们报社了——这毕竟不是什么好事情。记住,以后不能乱睡,尤其是不能影响邻居们休息。"

我连连点头保证,表示绝对不会了。

"留个手机号,有事再找你。"大卫对我说。

两年后的某一天,我在外面采访,突然接到自称是大卫秘书的电话,叫我到大卫办公室去一趟。我一下子联想到那件事,心想还他妈没完啊!我正想从对方口里套出点什么时,那边电话挂了。

我只好去南华公安分局。

我敲局长室的门。开门的小伙似曾相识。我说:"我找卫局长。"他冲我一笑:"大记者,你把我忘了?"我很快想起他是那个小警察。我实在找不出哄他开心的话,就说:"两年不见,你长高了呵!"他"嘿嘿"笑了笑,把我领到里间办公室门前,轻轻推开门,"报告卫局,谈记者来了。"

大卫正在看一份文件,抬头对我微笑了一下,说:"大记者,先坐吧。"他示意我坐在办公桌侧边的沙发上。又对小伙子说:"王秘书,你先出去,把门带上。"然后,继续埋头看那份文件。

我正襟危坐,搞不清是啥情况。

大卫明显比两年前苍老。看来这局长当得并不轻松。依然刀削般的脸上有些憔悴,鬓角边也有了些许银丝。目光仍然冷峻,但眼袋黑肿,一看就经常熬夜睡眠不足。大卫很快忙完了,抬头看了我一眼,问喝茶还是咖啡?我说就喝茶吧。他便起身给我泡了杯茶,递给我,随即在另一张沙发上坐下。

茶几上有个咖啡杯，他给自己冲了一杯咖啡，对我说："刚学喝咖啡，这东西比茶提神。"他端起杯子呷了一口，眉头微皱，可能是嫌苦，便放下杯子，往里面加了一勺白糖，又倒了点炼乳，认真地搅拌了几下，又端起杯啜了一口，津津有味地咂了下嘴巴，做完这些，从茶几上的烟筒里抽出一支烟递给我，"抽一支？"

我摇了摇头，"现在不抽。写稿的时候才抽。"

他说，"少抽点好，我也是戒了几次，还是没戒掉。"对我笑了笑，用打火机点烟，深深吸了一口，然后，两根手指夹着烟，放在嘴边，又一脸冷峻地看着我，像在思考着什么。我突然感觉他的这作派有点像福尔摩斯——如果他手里是一只烟斗的话。我心里再次忐忑起来，不知他葫芦里卖的什么药。

"一晃两年了。"大卫感叹道。

"是的。"

"我可记得你，大记者。"

"谢谢局长还记得我。"我笑道。

"我经常在报纸上看你的文章，"他说，"写得很好，有思考、有深度。"

"谢谢局长夸奖！"

"你与那老师的情况怎么样了？"他突然问我。

老实说，这家伙的一系列动作早已把我搞得晕头转向、紧张兮兮了。我生性怕跟警察打交道，在他们眼里谁都是犯罪嫌疑人，他们总是云里雾里地牵着你走，说不定哪儿就埋个坎，或者挖个坑，让你一不留神就摔倒或者掉下去。我赶紧赔着笑脸提醒他："报告局长，那已经是两年前的事了！"

大卫"扑哧"笑出声来，说："我不是那意思，我是说，那一次查访没有给你们两人造成什么影响吧？"

我说："没有影响，从那以后，我头脑清醒了，人也成熟了。"

大卫点了点头，说："你年轻，确实要小心哦，影响别人不说，如果那女人的家属知道了,你小子麻烦就大了。"

我说:"确实确实,不过,那之后不久她就回家了。"

"哦,"他望了我一眼,"为什么?"

"她老公把她接回去了。"我有些沮丧地说。

"哦,这样好,这样好。"大卫道。

"其实当时,我确实是有点爱上她了。"我说这话的意思是想告诉大卫,我与老师并不是乱搞,我们是有爱情的。我只想再一次证明我的清白,不给他留下任何秋后算账的把柄。

"爱不得爱不得哦。"大卫连忙摆着手说。

我点了点头。

"好了,不说那事了——今天叫你来,一是想跟你重新认识,交个朋友;二是想请你帮个忙——"大卫又呷了一口咖啡,刀削般的脸上呈现出温暖的微笑,望着我。

我一脸迷茫。

大卫说:"是这样的,我们这几天在破一个重要案子,想请你提前进入,帮忙写点东西。"

我长长地舒了口气,放下了悬着的心。

"你可以跟我们跑几天吗?"大卫问。

我挺起身子,说:"报告局长,我跟报社请示一下,应该没有问题。"

那是一件震惊岛城的杀人案。

岛城十大杰出青年企业家、市政协委员余大海,在南华区华天酒店地下车库被一群人砍杀,身中八刀,生命垂危。市领导批示尽快破获此案,身为南华分局局长的大卫担任"华天凶杀案"专案组总指挥。我作为他邀请的记者,对此案的侦破工作进行全方位跟踪采访。

案情分析会上,侦查员们的所有证据都指向抢劫杀人。但是,大卫觉得有奇诡的地方,他说:"第一,余大海车里的两万元现金一分不少，难道犯罪分子真的是急于逃跑而放弃抢劫？第二，整整八刀，每刀都不是致命部位，说明行凶者并不想置余大海于死地，与通常的抢劫杀人有很大区别。"大卫分析道，"真正的抢劫杀人，通常都希望速战速决，一刀结束，绝对不可能挥砍八刀却刀刀留有余地。"

大卫力排众议，认为这是一起典型的行凶报复伤害案。大卫的分析给"华天凶杀案"的定性与侦破指明了方向，尤其给侦查员们的工作提供了指导。

案情分析会结束后，我要回报社，大卫恰好出门，便开车送我。

他开着一辆皇冠3.0警用轿车，汽车一启动，他便魔术般地从副驾位下掏出一只警灯，从窗口往车顶上一压，警灯闪烁，警笛呼啸。他一踩油门，警车便风驰电掣般地向前射出。"真羡慕你们警察，太拉风了！"我感叹道。

大卫瞥了我一眼，微微一笑，"我还羡慕你呢，大记者。其实，我年轻时的理想就是当记者，没想到当了警察。"

"我也想当警察呢，这辈子实现不了了。"我说。

"警察不好当，警察苦呢。"

"警察威武！"我笑道，"尤其是刑警，最牛逼！"

大卫哈哈一笑，"牛逼？案破不出来的时候，看不把你整成个狗熊。"

我说："刑警刺激！一堆人，在一间破房子里抽烟开会，时不时有人汇报案情，房间烟雾缭绕，能把蚊子熏死。队长一拍桌子，大喊一声出发！于是，数十辆警车把警笛拉得跟防空警报一样。到了目的地，每人胳肢窝里掖把枪，裤头挂副手铐，一脚踹门，然后，大吼一声'不许动'！罪犯们要么抱头鼠窜，要么跪地求饶。"我一口气描述了我对刑警的印象。

大卫听着更是大笑，说："你这是从哪本影视小说里看来的？你们这些文化人呀太会想象——几个人坐一起抽抽烟吹吹牛就能把案子破了？哪有你们想的那么轻松哦！你们太不了解刑警了，刑警的工作并不是那么简单,每一个案件都要经过非常复杂的流程:发案现场调查取证,查找询问证人,物证化验,分析作案动机讨论案情,上报领导审批,查找罪犯资料,走访相关人员,追踪抓捕罪犯,向检察院提请批捕……哈哈,一大堆事情就够你没日没夜干上几周几月!如果遇上蹲坑,更没日没夜了;如果遇上涉枪的,你随时可能光荣了。"

我听得目瞪口呆。

大卫继续说道:"你跟着跑一下这个案子,就知道刑警们是如何工作和生活的了,你可得真实反映我们刑警啊!"

我赶紧点点头,"报告局长,我一定好好地写一篇关于刑警的最真实最前沿的报道!"

第九章 做个农夫

荷塘边的果树下，挂着一只供人歇息和乘凉用的网兜。

我喜欢这网兜。它是海岛司空见惯的一种原始卧具，可坐可躺。它由灌木藤条晒干后编织而成，像一张大而结实的网。选择两棵距离不远的树，将网兜两头用棕绳往树干上一绑，便成了"床"。我认为它是最人性的自然之"床"。寄住怡人庄的这些日子，我几乎每天都会在网兜里睡一会儿。微风轻轻流淌，网兜随风摇摆，如孩提时的摇篮，如满载记忆的秋千。睡在里面，会有很多好梦。

那个悠闲的上午，我在网兜里看了一会儿书，就迷迷糊糊睡着了。我梦见了一位叫岸叔的朋友，"你怎么也逃出来了？"身体黝黑结实、一脸慈祥的岸叔站在我面前——我一下子就醒了，然后纳闷怎会梦见他。

岸叔本是岛城一位成功的企业家，几年前，他突然抛家弃业，钻进远离岛城的一座荒山。那些年，岛城有他的传说，说他如何像个疯子似的在山里披荆斩棘开荒种树盖房弄院。有一天，我去采访他。夕阳下，清风徐来，那座荒山林木葱郁瓜果飘香俨然一幅翠绿山水画。岸叔伫立一块山石旁，"吧嗒吧嗒"地吸着水烟。"你还会回岛城吗？"我问。他仰望着满山果林，一脸沉醉，对我笑了笑，摇了摇头，"习惯这里啦。"

"你真舍得放弃那些？"我不解地追问。

岸叔缓缓吐出一口烟雾，"有天晚上，我在办公室里工作到深夜，起身回家的时候，突然四肢麻木，倒在地上，动弹不得，甚至连一声呼救也喊不出来。我绝望地睁着眼睛望着天花板，只觉得自己要死了……悲从心来，想想这么多年来，为了赚钱，虚情假意地笑，人五人六地喝，谦卑恭顺地装，钩心斗角地算，把挣钱当成了人生的唯一目标。后来，钱挣得越来越多了，我的幸福感反倒没有了，更多的是失落与困惑。那天也算我命大，我静静地躺在那里竟然躲过了死神。从办公室里出来的那一刻，我算是在生死临界点悟到了：一切都是浮云，健康活着比什么都重要。那以后，我的人生来了一次急刹车，我决定寻找一种新的生活，于是，就来到了这里……"岸叔眯着眼睛看我，又一次很舒畅地笑了，"我觉得这里挺好，虽然有些辛苦，但是，与大自然在一起，身心能够获得最大的自由和放松。"岸叔的微笑如一枚柔软的刺扎在我心里，时不时地刺我一下，让我有痛的感觉。

"谈记者——"我听到有个声音叫我。

我从网兜里坐起。黄庄主走过来，递给我两根金黄色的香蕉，"刚摘下的，自然熟，尝尝新。"

我接过香蕉，剥开一根，咬了一口，满口香甜。

"习惯不？大记者。"黄庄主问我。

"非常习惯。"我兴奋地告诉他，"我喜欢上了这里的生活。"

"哦？"

"我还想住下去。"

"这个……"黄庄主沉吟了一下。

"这样吧，我不白住这里，租金我付；另外，你给我派点活吧。"我咬了一口香蕉，满脸诚恳地对他说。

黄庄主摇了摇头，"你来怡人庄就是怡人庄的客人，不可能收费。"他看了看我，若有所思，"大记者，你能干什么活？"

我说："其实，我也是农村出身的，挖地种菜养鸡喂鱼，样样能干——"

黄庄主沉吟了一下，"好吧，满足你的愿望。"

"放心，我一准是个好把式。"我笑道。

黄庄主点了点头,"好,你先跟阿杰一起把林子后边那块荒地开出几块菜地——"黄庄主似乎觉得有点过意不去,"大记者,可不要说我浪费你了哦!"

我说:"我乐意的哈。"

黄庄主笑了笑,"跟我一起在庄里转转?"

我们沿着荷塘小道走着,太阳照耀在原野上,棉絮状的云朵飘在蓝天。庄园围栏边外,几头黄牛悠闲地吃着草。黄庄主一步一瘸地走在我前面——我突然想起那个月夜,黄庄主扛着锄头走向那片荒地的背影。

我们来到小树林子里的鸡舍旁,阿杰正蹲在那儿,双手撑着下巴,很认真地看着什么。见我们走过来,阿杰笑着指了指鸡圈。我当时嘴里正嚼着半截香蕉,差点就喷了他一脸——。一只公鸡正跳在一只母鸡的背上,公鸡很霸道,完全由不得母鸡有半点羞涩,当着我们的面就把事给办了。公鸡跳下母鸡的背,不知是气恼我们的打扰,还是在我们面前故意炫耀,它对着我们趾高气扬地"咯咯"两声,随即窜出鸡圈,溜之大吉。那母鸡也向我们表现出一副万般无奈的神态,"扑腾"了几下翅膀,悻悻地走了。

黄庄主拍了拍阿杰的肩膀,"很好看吗?"

阿杰仰头看着黄庄主,笑道:"鸡棚虽破能避风雨,公鸡虽丑老婆多啊!"他站起来问道,"这……算不算强奸啊?"

黄庄主道:"你蹲在这儿大半天就研究这东西?"

阿杰有点不好意思地眨了眨眼睛。

我笑道:"如果公鸡违背了母鸡的意愿,当然算强奸。"

"那公鸡会不会受到惩罚啊?"阿杰又问。

"如果母鸡举报了公鸡的话,当然会。"黄庄主说。

"那谁来审判呢?"阿杰追问。

"你可以审判啊!"黄庄主笑道。

"我……怎么……审判?"阿杰一脸困惑。

"那看你心里怎么想喽。"黄庄主说。

我差点笑得泪花四溅。想想,黄庄主说得也对,自然界很多事情,确实是由万物灵长的人类去审判——人类总自以为是,凭自己的喜好裁判自然万物,即便毫无道理,也会言之凿凿信誓旦旦且冠冕堂皇。

黄庄主告诉我,阿杰本名刘杰,四川人,读初二时,因网瘾旷课被学校开除。少年的他离家出走,来到岛城找工作,却又陷入岛城的网吧。他表面应聘在网吧上班,实际上是找了个玩游戏的落脚地。他玩游戏的最高纪录是半个月吃睡不离机,蓬头垢面,一身酸臭,直到网吧老板忍无可忍地把他赶出去。

那一年,黄庄主建庄需要帮手,正好遇着了流落街头的阿杰。两人一番畅聊,成了忘年之交,黄庄主便把阿杰带回庄里。阿杰倒也懂事,感激黄庄主的知遇之恩,认黄庄主为大哥,协助黄庄主开荒建庄,一片忠心。他个子矮小,却强健有力,做事干练,尤其能吃苦耐劳。无论下塘清污、挖地种菜、撒网捕鱼,事事做得有模有样,深得黄庄主喜欢。

"来吧,把这棵树放倒,要不砸下来鸡命难保了。"黄庄主指着鸡舍边一棵快要枯死的木麻黄说。

我们与黄庄主合力将它放倒。

黄庄主看了看地上的树,又看了看一米来高的鸡舍,若有所思。"这么粗的树干丢了可惜,正好这鸡舍也不太稳固,能不能把它架到棚顶上给棚梁分担点压力呢?"黄庄主对我说,"这也算是废物再利用吧?"

我点头道:"那确实。"

于是,我们仨又抬起木麻黄往棚顶上放。两边墙一高一低,棚顶又有个坡度,试了半天,仍然放不稳当。"树头朝上还是朝下?"阿杰问黄庄主。

黄庄主看了眼阿杰,"你的头是长在上面还是长在下面?"

"当然是头朝上长的。"阿杰说。

"树呢?"

"也是头朝上长的。"

"那就对了,怎么能把树头放在下面呢?"

"可是,树蔸的根须露在下面多难看啊!"

黄庄主没说话,他去小杂屋里找来一把砍刀,三下五除二便将树蔸的根须砍了个精光。我们再合力把枯树抬起来,一高一低地搭放了上去。"这不难看了吧?"黄庄主拍了拍手上的灰尘。

"不难看了。"阿杰笑道。

"蛮合适的。"我说。

黄庄主又找来一些铁丝,将木麻黄绑紧在棚梁上,他一边扎着铁丝,一边对我们说:"死了的树也是树,是树就应该依着它的本意。有讲究才会顺当,一顺当就是应了天地。"黄庄主这番话挺有哲理,我再一次觉得黄庄主绝不是一个简单的租塘养鱼人。

打理完鸡舍,黄庄主便带着我与阿杰去那片荒地里锄草挖地。黄庄主无疑是个行家里手,平土整垄收沟,十分娴熟地将我与阿杰翻挖出的新地整理成了一垄垄菜地。

"得多种几样蔬菜。"黄庄主道。

我点了点头。

黄庄主吩咐我与阿杰,"你们把这鸡鸭粪清理出来,到时让二叔把它们施到菜地里。农家肥种出来的菜吃得放心啊。"

我说那是。

活儿干完,我们回到前院。枇杷树硕大的绿叶间探出了一朵朵小白花,两只蝴蝶在花叶间缠绵穿行。闲不住的小狗妮妮似乎发现了什么目标,如一只黄球,连滚带跳地奔跑在小道上。二叔已经把饭菜端到枇杷树下的木桌上。我们围坐在一起,吃着香喷喷的农家饭菜。

午餐后,黄庄主回了房间。我和阿杰负责收拾清洗碗筷,二叔坐在树下一只竹椅上,打开挂在脖子上的收音机,锣鼓咚锵胡琴悠扬,女子碎碎念唱道：犹自深闺怯晓寒，暖风吹梦到临安……

午后的小院寂静空灵。枇杷树叶涂满绿色荫凉，微风捎来缕缕沁人心脾的荷香。妮妮瞎奔了一阵，不知什么时候溜回来趴在桌子底下打盹。我脑海里突然浮出一首古诗来，走到那堵旧墙前，用那半截粉笔头，把它写在了黑板上——

少无适俗韵，性本爱丘山。
误落尘网中，一去三十年。
羁鸟恋旧林，池鱼思故渊。
开荒南野际，守拙归园田。
……

阿杰走过来，学着课堂上语文老师的神态，一字一句地念。"读不懂啊，是什么意思嘛？"他转过头来问我。我对阿杰说："古人诗词，读不懂正常，多读几遍就自然懂了。"在一边听戏的二叔关掉收音机，嘲笑阿杰道："你也能懂古诗？"阿杰斜睨了二叔一眼，嘴巴一撇，又摇头晃脑抑扬顿挫地一字一字地念了起来："开荒南野际——守拙归园田……二叔，你懂吗？"阿杰对二叔嚷道。

我与二叔哈哈大笑。

"再读十遍就懂了！"我对阿杰道。

我望了一眼荷塘，亭亭玉立的荷莲正在伸展它们硕大的绿盘，"夏天要来了，荷花要开了。"我感叹道。"这荷莲是野生的吗？"我问二叔。二叔摇了摇头，"不是的，是黄庄主栽种的湘莲。黄庄主种这一塘荷莲不容易呢。"

二叔告诉我，几年前的一个春天，黄庄主做了一个梦，梦见水塘里一片荷花，一群仙女踏歌而来。黄庄主醒来后难以忘怀，决意将这水塘辟为荷花塘。于是，便叫湖南的兄弟精选了一批优质湘莲托运过来。湘莲得海岛日月雨露，发芽生根，苗壮成长。到了夏天，水塘里便是碧盘滚珠皎洁无瑕亭亭玉立绿荷繁盛百荷斗艳了。

作为湘莲故乡的人，我知道，水塘里如果种了荷莲就养不了鱼。黄庄主将这么大一个养鱼塘开辟成荷花塘，无疑是一个很大的经济损失。一个养鱼人，有这样的兴趣与情怀不免令我再次大大地吃惊。

"荷莲有灵性，夏天开出的第一朵荷花，叫精灵花，谁摘了有好运呢！"二叔对我神秘地笑道。

"是吗？"我四处梭巡，希望能看到开花的踪迹，"我一定要找到那朵花，让它给我带来好运。"我对二叔说。

从此，我一有空闲就在荷塘边转悠——我等待着那朵精灵花。

第十章　鸟择高枝而栖

初进那家报社，我努力工作，积极上进，阳光激情。

现在回想起来，我之所以有那么一副好青年的样子，除了着迷于记者那无冕之王的桂冠外，更重要的是美女老师点燃了我的青春热血。毫无疑问，老师是我的初恋——进入恋爱模式的我，总觉得浑身有使不尽的力，梦里有做不完的爱。总的说来，胸怀事业与爱情的我，无疑是岛城最幸福最快乐的人，那种难以言传的幸福，让我把个苦逼懵懂的青春搞得风生水起势不可当。

后来呢，老师走了。

老师带走了我的爱情，也抽空了我的激情。"心无可依生无可恋"可以概述我那时的状态，我心里总是有一种无处诉说的伤悲。

邹健请我去喝酒，我不去；邹健拉我去唱歌，我不去；邹健邀我去泡妹，我不去。"美酒你不喝，情歌你不唱，靓女你不泡——咦，你到底爱不爱老师呢？"邹健问我。

"当然爱。"

邹健眯着小眼，看着我，一脸困惑，"既然爱，那你失恋了咋不沉沦呢？你失恋了咋不堕落呢？"

我没搞明白他什么意思。

"你这不按套路出牌啊！"他语气轻蔑。

我疑惑地看着他。

"你应该像电影里演的那种，失恋后痛不欲生醉生梦死堕落沉沦才对啊！"他哈哈大笑道。

我盯着他那副幸灾乐祸的嘴脸，擦了擦眼睛，报以两声狂笑。

邹健的一次次劝导，以及我对自己的无数次憎恨与说服，使我很快就醒悟并脱离了苦海。我明白了，老师的世界本来就不属于我，我的悲伤没有意义；我甚至连悲伤的资格都没有，因为我连失恋都算不上，老师根本没有与我恋爱过，我纯属自作多情。我铭记并感谢老师对我的警告，我得坚强，我得挺住，我得振作起来，我得化悲伤为力量。我总算没有在错爱中渐行渐远迷失自己。

白天，我马不停蹄地采访，挖空心思搞调查；暮色四合，办公室里只有我还在伏案赶稿；夜深，我累得精疲力竭、人仰马翻，才迷迷糊糊地回到住处倒头大睡。忙碌，使我忘记了那份凄美的爱情；疲累，使我遗忘了那个思念着的女人。

我好好活着，努力地工作，就如曾经摘抄过的那句名言：等我老了，我可以毫无懊悔地说，我把珍贵的青春献给了我热爱的工作。我发疯地没日没夜地工作，只为忘记那种无可言说的伤悲。一篇篇大稿特稿深度稿在笔下诞生，我的勤奋与敬业获得了报社的嘉奖。

年末，部门主任通知我去社长室，说社长要找我谈话。

我按捺住激动的心情，走进了社长办公室。

"社长好！"我喊道。

社长一脸慈祥，问："你就是谈天吗？"

我毕恭毕敬，点头哈腰——我悲哀地发现我不知从什么时候开始，身上有了一种奴性：一见领导或者什么大人物，我就特别谦卑，骨头酥软。

就如所有领导跟下属谈话一样的套路，社长开始嘘寒问暖一番废话：哪个学校毕业的？工作顺利不？看哪些书？业余时间干什么？想不想家想不想父母？……我一一作答后，谈话才进入实质性阶段。

"谈天，作为年轻记者，你无论是专业技能还是工作精神，大家反映都不错。"社长的声音突然变得有些低沉，一脸微笑换成了严肃，"但是，你一定要注意自己的生活方式，岛城大开发大开放，很复杂，你可不能沾染社会上那些乱七八糟的东西……"我心里咯噔了一下，意识到社长可能知道了我与美女老师的私情。"谈天，你还年轻——"社长的脸色从严肃变成了严厉，他继续说道，"你的路还长，千万不能摔跤啊！"

到这个时候，我的心里完全乱了，我更加确定报社已经知道了我与老师的秘密，但是，我仍然心存侥幸，尽量保持着镇定。

"知道我为什么找你谈话吗？"社长的声音更加低沉，低到几乎只有他自己听得见。我已是胆战心惊魂飞魄散，但仍想负隅顽抗，我嗫嚅道："不……知道。"

几秒钟后，社长的脸色突然从寒冬腊月切换到阳春三月。"报社决定培养一批青年骨干记者，你们部门推荐了你，我把你请来，算是对你做个初步了解。希望你工作更加努力，思想更加上进……"社长的声音充满了无限的慈爱与无边的温暖，就如一位父亲对孩子进行着谆谆的教诲。

我长长地舒了一口气，心里悬着的石头落了地。我当然表现出感激涕零，连说话都有些结巴，我说："请……请社长放心，我一定会……会……"

社长微笑地点了点头，连说三声好。"今天算是对你做一个基本了解，"他站了起来，握了握我的手，意味深长地叮嘱道，"好好干，严格要求自己，你的前途是美好的！"

我点头如捣蒜。

社长送我走出他的办公室，在门边，社长再次亲切地拍了拍我的肩膀，"今后，工作与生活中如果遇到什么困难，就直接来找我。"

那一刻，我感动得就差献上膝盖了。而不久后我便明白，社长的这次召见，根本不是为了培养什么青年骨干，他是为了宝贝独生女儿的终身大事。他找我谈话，纯属是对我进行一次面试和审查，纯粹是把私事当成公事办了。这样看来，那是我第一次与岳父大人的面对面。

社长的独生女儿叫蝶。

她与我同龄，名字虽叫蝶，可体形一点也不像蝶，属于典型的营养超标严重过剩的那类。但是，蝶有一张圆圆的脸，就像熟透的红苹果；蝶还有一双好看的丹凤眼，晶莹而黑亮。蝶大学毕业后在报社财务部工作。

　　我与她认识是在报社举行的"五四"青年节晚会上，团支书选了首《请跟我来》，点名要我唱，我说那是对唱呢！这时，蝶大大方方走过来，一双会说话的眼睛望着我，"我跟你唱，好不？"

　　　　我踩着不变的步伐
　　　　是为了配合你到来
　　　　在慌张迟疑的时候
　　　　请跟我来……

　　那首歌我俩配合默契，声情并茂，堪称完美，赢得了全场的掌声。

　　自那以后，我常常发现身后有一双眼睛在跟踪我。我当然知道，那双眼睛是蝶的。但是，说心里话，我在她身上找不到爱情的感觉，更找不到原始的冲动。我承认，是私藏于我心中的老师那美丽优雅的身影将她打败了。

　　社里很多人都知道蝶喜欢我，但是我装傻，对她一直敬而远之。

　　社长召见后的某一天，蝶突然来找我，站在办公室走廊上，透过窗户向我招手。我假装没看见，埋头写我的稿子。没想到她大声喊我们主任："主任，帮我叫下谈天！"主任赶紧跑到我桌子边，压低声音对我吼道："谈天，你他妈别装，赶紧出去！"我只好起身走了出去。

　　蝶从挂包里掏出一个包裹递给我。我问是什么？她说一件衬衣。我有点莫名其妙。她说："给你的。"我手足无措。她有些心疼地说："你看你身上那件衬衣，穿多少天了？你都不懂照顾一下自己。"

　　那一刻，我的鼻子有点发酸——老师走后，我坚强的外表下其实包裹着一颗忧伤而脆弱的心，我青春的世界笼罩着一层阴霾，我试图走出去，但没有找到走出去的路。

蝶把衣服塞给我，"明天下班后你有时间吗？"蝶轻声地问我。

我想了想，明天是周五，我没有采访任务。"应该有吧。"

"我爸叫你上我家一趟，他有事找你。"蝶靠近我耳边悄悄地说。

她说这话的时候，脸上飞过一片红霞。我脸上也那么红了一下，耳边突然回响起我与她曾对唱的那首歌：

我踩着不变的步伐
是为了配合你的到来
在慌张迟疑的时候
请跟我来……

我原来是在等她？我想哭。我再一次觉得，我的青春又有事情要发生了。

周五傍晚，一下班我就直奔社长家。

社长家的小区坐落于西湖公园旁。正面是湖，背后是山。几十幢小高层，品字形排开。从外面看，整个小区极为普通：低调的小区大门，普通的庭院绿植，没有花里胡哨的雕塑与亭阁。但如果你走进去仔细看，就会发现，这可是一个低调奢华有内涵的高档小区。小区里生长着多种古树，茂盛成荫，寂静无声；房子表面相连，实际上每幢中间都有几米宽的隔断，使其成为独立单元；楼层不高，每层一户，南北通透，一户一梯。而最为特别的是，小区广场宛如太阳光芒一般辐射出几十条曲曲弯弯的鹅卵石小道，小道相互交织，道旁生长着高大的绿植；每条小道通向一幢房子，也就是说，这里的每幢房子都拥有一条专用的林荫通道，居住者可以各行其道。由于小道无任何标示，初次进入小区的人，一般会转得晕头转向。后来我才知道，能够居住在这个小区里的人，非富即贵。

我转了几个圈，仍然没有找到社长家。我打电话给蝶。蝶听到我的声音，很高兴，亲自到小区广场把我接回了家。

宽敞亮堂的房子里只有蝶一个人。

"社长呢？"我问。

她抿着嘴笑，"真不凑巧，我爸妈临时有事出去了，要晚些才回来。"

我感觉有些不自在，也快到晚饭时间了，我说我先去外边小街吃点东西。

她说："你好小气，也不邀请我一起。"

我笑道："我喜欢吃辣的，而且还是快餐盒饭，你愿意吃吗？"

她说："要不这样吧，你也别去外边吃了，我随便做点家常菜，你尝尝我的手艺？"

这出乎我意料，我一直固执地认为，官家千金小姐们大都是衣来伸手饭来张口五谷不分四体不勤。尽管初次进蝶家的门，我有些拘束，但想想能够蹭顿饭吃，也不是坏事。何况我天天在外边小餐馆吃快餐盒饭，确实有些腻了。

蝶的厨艺不错，一会儿工夫，几碟小炒就端了出来，看上去色香味俱全。尤其是那碟野山椒小炒牛肉，简直让我流出口水。

饭菜摆好，社长和夫人还没回来。

我看了看墙上的挂钟，指向了八点。蝶说："不管他们了，他们可能在外边吃饭了。"她解下围裙，在我对面坐下。"喝点酒不？"她问我。

我说："很久不喝了。"

她说："喝点吧，大男人咋不喝酒呢。"她笑着起身去取酒。"黎家山兰，本地人送的，我爸当饮料喝呢。"她给我倒了一大杯，给自己倒了一小杯。

我们一边喝着山兰酒，一边聊着天。

我讲了一些采访时遇着的奇闻逸事给她听，她的脸上始终挂着微笑，好看的眼睛睁得圆圆的，一脸快乐地听我说话。

我突然觉得她长得挺好看，她笑的时候竟然露出两粒可爱的小虎牙，尤其是那双始终望着我微笑的丹凤眼——我突然感觉那眼神有点像老师的——这令我的心怦然一动。

不知不觉，我们竟然喝了半瓶山兰。

我抬头看了看墙上的挂钟，十点了，社长与夫人还没有回来。我说我得回去了，下次再来吧。她也有些歉意地点了点头。我站了起来——突然，我感觉我的腿有些发软，头也有些晕眩，刚迈出一步就差点跌倒了。我有些不意思地对她笑了笑，"这酒……还真有……后劲呢！"

蝶有些怜惜地说："你真不能喝啊？"

我说："是喝多了点。"

"那休息会儿再走吧，喝杯蜂蜜茶解下酒。"蝶说着转身去给我泡茶。

我在沙发上坐下，感觉四肢酸软，心跳加快。蝶端着茶回来，见我歪在沙发上，说："这样不舒服吧。"她放下茶杯，去房间取了只枕头给我垫在脖子下。我躺在沙发上，头脑昏昏沉沉的，一会儿便睡着了。

不知睡了多久，我睁开眼便看到身上盖了条秋毯，蝶正坐在沙发另一头看着无声的电视。我赶紧坐了起来。

"醒来了？"她问。

我点了点头，"不好意思哦，害你还没休息。"

她对我微微一笑，"你没事就好。"

我看了看墙壁上的挂钟，已是十二点。我问："社长回来了吗？"

蝶摇了摇头，脸上仍然有些歉意。

我酒醒了一半，"那我得回去了。"

她看着我，有些不放心，"你能行吗？"

"好多了，没事。"我说。我提起包，伸了伸有些酸麻沉重的腿，站了起来。她突然低下头，脸上一片红云飞过，声音很轻很细："你……陪我……看看电视吧，爸妈不在家，我一个人……也害怕。"

她这么一说，我心里有些过意不去了。我想，反正几个小时就要天亮了，那就陪她看看电视吧。

柔和的壁灯下，我和蝶并肩坐在沙发上。蝶显然冲过凉，穿着一条墨绿色的露肩连衣裙，头发有些湿地披散在浑圆的肩上。

电视里正在播放一部国外谍战片，我把电视的声音调大一点，男猪脚对女猪脚说："你记住那道门的颜色了吗？"女猪脚想了想，"猩红色。"

蝶这个时候弯腰去拢拖在沙发边的裙摆——她弯腰的那一刹，我一眼看见她领口下的白皙与丰硕。我的心灵本能地震颤了一下——仅仅一秒钟，我充满惊慌地收回了目光，并在心里暗骂自己下流卑鄙。我深吸一口气镇定自己，结果，却清晰地闻到了蝶的身体散发出的一缕淡淡的、柔柔的、若有若无的幽香——这缕幽香让我涌出一阵晕眩与迷惘。我想起了老师，我甚至觉得连场景都似曾相识——我突然伸手一把揽住了蝶的腰。

蝶被我的这一举动吓着了，一脸惊慌与羞涩，挣扎着不让我抱。但我没有收手，还是紧紧地抱住了她。她挣扎了一会，可能是累了，最后瘫软在我怀里。而这时，我立马就回过神来，赶紧放手。但是，我已经感觉到蝶将我抱紧了。

我必须声明，当我伸手抱住蝶的那一刻，我就清醒地明白了，我的青春将迈向另一道门槛——我再一次拥有了爱情。

我们相拥着，没有言语，只有心跳。我感觉胸前有些湿润，低头看了看，蝶在我怀里流下了泪。我一惊，"怎么了？"我轻声地问她。她抬起头，看着我，凤眼婆娑，"我知道……你心里在想着另一个人。"

我一辈子都坚定不移地相信，女人是世界上最为灵敏的生物，她们拥有着与生俱来的最为特异的感知功能。我心生敬畏，努力地抱紧了她。

我枯萎的心灵再次获得爱情的滋润，我沙漠般的青春又充满盎然生机。我工作更加努力，稿件接二连三获奖。而业余时间，我在兄弟刘大侠的影响下，捡起了写诗的笔，开始了诗歌创作。我很勤奋，一首首诗作插入了岛城报纸杂志的边边角角。海岛作协吸纳我为会员，岛城诗协增选我为理事，所有人都认为我是一个前途无量的青年记者兼青年诗人。

与蝶确定恋爱关系四个月后的某一天，蝶来到我们的办公室。同事们都出去采访了，只有我一人在写稿。蝶走到我桌位边，敲了敲桌子，低声对我说："我爸说让你搬到我家去。"

"……"我没搞明白，一脸迷惑地看着蝶。

"我爸说，写作要有好环境，你别住那出租屋了，搬我家住。"蝶含情脉脉地望着我，细声细语地解释道。

我一脸惊呆——幸福来得有点快。我笑着问："要交房租吗？"

蝶面颊有些绯红地说："你请我看电影就行。"

我当然连呼感谢点头接受。"什么时候可以搬呢？"我问。

"随便你。"她那好看的凤眼瞥了我一眼，笑着走出办公室，"今天也可以呀！"她回过头说。

幸福来了就得把握，我想。

说搬就搬，就在今天。于是，我早早下班，回东湖里257号搬行李。

我进门的时候，我的警察兄弟大卫给我打来手机，"老实交代，是不是攀了高枝？"他在那边叫道。

他这话让我吓了一跳，"大哥怎么说这话？"

大卫说："如实招来！"

我承认处了一个女朋友。

"社长家的千金吧？"

"大哥，你咋这也知道啊？"

"不知道我是干刑警出身的吗？"

"大哥，什么意思呢？"

"别紧张，就是证实一下——顺便也祝贺你啊！"

大卫告诉我，几天前，公安局邀请媒体领导召开治安工作会议，他正好与我们社长坐一块。一聊，是正宗老乡。大卫便问报社是不是有个叫谈天的记者？社长说有。大卫说那小伙不错，挺勤奋敬业的。社长笑了笑，告诉大卫："那小子正与我女儿处朋友呢！"

我听着吓出一身冷汗，赶紧说："大哥，你可要给小弟多美言几句啊！"

大卫笑道："知道自己有案底了吧，害怕了吧？"

我确实有点后怕了，央求道："大哥，我那可是过去的事啊！"

电话那端传来大卫一阵爽朗的笑声，有几次还突然折断，就像笑岔气的那样子。末了，他说："放心吧，坏小子，你的陈年烂事我可是帮你瞒着的。"

我对着电话喊道："大哥侠义！我一定把那篇稿子写好，算是报答大哥对小弟的关照！"

邹健正趴在桌上整理着他的客户档案，"跟谁打电话呢，一口的马屁味！"他抬起头嘲讽道。

我看见厚厚的电话本上一串串名字与电话号码被他红蓝黄涂抹得色彩斑斓。他告诉我："这些全是我潜在的客户。红色表示最有希望合作的，蓝色表示可以继续联系的，黄色的便是拉出去枪毙的了。"顿了顿，说，"奶奶的，话说这每个名字都代表着千万或者亿万的财富啊！你要知道，他们或许就是我的贵人啊！"

我笑了笑，道："你牛，你一炒地贩子，掌控着岛城的经济命脉了。"

邹健说："子不是曰过：泡妞，要泡贤淑女；交友，要交有钱人。"

我无语地摇了摇头。我再次相信，邹健已不再是那个厚道纯朴的乡村计生小干事了,岛城这个大染缸已经把他染得黑白难辨了。

我对他说:"我要搬走了,回来取东西的。"

他愣了一下,抬起头,望着我,"你是不是还在记恨我举报了你与老师?"

我笑了笑,摇了摇头。

"那为什么搬呢?"

我当然不敢告诉他我搬去女友家,我担心那样会刺激他。我只是平淡地告诉他,报社考虑我应该有个安静的写稿环境,给分了间房子。

他一脸羡慕,然后一脸失落,说:"我就知道你有本事,你是个鸟人,你迟早会飞走的——有句话怎么说的,鸟择什么地方而居?"

"鸟择高枝而栖。"我说。

"对对对,到底是记者。"他嘿嘿地笑着,"鸟人,你是鸟人。一定会飞走的。"他念叨着,收起桌上的电话本。

说心里话,我也有些难过。毕竟,我们一起在这儿蜗居了两年,我这一搬走,他将孤单一人。我说,"我请你吃个饭吧。"他一摆手,"我请你吧——算是为你这个鸟人送行。"

邹健带着我去了家新开的湖南菜馆。

我们要了两瓶啤酒,一人一瓶。邹健把瓶盖打开,脖子一仰,喝了一口。"告诉你一件事,"他把嘴一抹,一本正经地对我说,"前天我在岛城酒吧遇到了她。"

"谁?"我问。

"我那未婚妻啊!"他有点沮丧地说,"浓妆艳抹花枝招展,陪客人喝酒呢。"

"你没跟她聊聊?"我问。

"没有。"他摇了摇头,一脸无奈。"我的心已经死了……"他似乎是自言自语,"不过,有时候还是惦记她,担心她过得不好。"

"你干吗不告诉她,你现在发财在望,可以娶她了!"

"我没那么下贱吧?"他撇了下嘴,"妈的,我老是担心她惹上病。"他骂道。

"她知道自己做什么,后果自己负责。"我说。

"不说这些了,继续喝酒。"他一仰头,又喝了一大口。"我也想搬家,找个好点的房子。"

我点了点头。

"这几天正在做一笔大生意。"他说。

"相信你能成。"我说。

"成了就买房买车。"

"那老婆的事呢?"

他"嘿嘿"一笑,"不急,等钱挣多了,再找个带劲的,把损失补回来!"

多少年后,成为岛城著名炒地大王的邹健向我承认,那个时候,娶个如花似玉的老婆成了他不择手段赚钱的动力。我当然明白,正是那个梦游之夜,注定了这颗岛城商界新星的冉冉升起,也奠定了这个岛城钻石花痴的横空出世。

第十一章 人生最苦是惦念

转眼便到了月中。

庄里的日子,除了各行其是的劳作与忙碌,剩下的便是清闲与寂寞的时光。坐在枇杷树下,咂着嘴巴品茶,天马行空扯淡,则是我们最大的乐趣。

夕阳西下,我们吃完饭,收捡完碗筷,照例围坐桌旁。二叔将一套青花瓷茶具和一壶枇杷叶养生凉茶端上桌子,茶壶口升腾出一股浓郁的枇杷叶气味。"你们喝茶,我听戏。"二叔搬着竹椅坐到另一边,只见他打开挂在脖子上的收音机,锣鼓咚锵胡琴悠扬,女子碎碎念唱道:犹自深闺怯晓寒,暖风吹梦到临安……

阿杰斜睨了二叔一眼,撇了一下嘴,站起身来,给我与黄庄主的杯中斟满金黄的茶水,"喝茶喝茶。"他叫道。

黄庄主瞅了眼阿杰,笑着问:"你今晚不去爬屋顶找乐子?"

阿杰"嘿嘿"一笑,"估计是那边树太多,把信号给挡掉了。爬上爬下,累。"

"那好,陪我们喝茶。"黄庄主道。

小狗妮妮不知从哪里疯了回来,一身草屑与泥灰,它显然累了,默默地趴在桌下,亮出的舌苔空荡荡。

我们三人便悠闲地喝着茶。

"今晚聊啥呢?"阿杰问我与黄庄主。

我"哈哈"一笑,恭维他说,"还是听你这个段子手讲笑话吧。"

还没开聊,黄庄主把腿一拍,轻声叫道:"噢,差点给忘了——"

他对我们有些歉意地笑了笑,"我还得回趟岛城呢!"他站起身,肩膀一高一低地回屋里收拾行李。小狗妮妮也从桌下钻出来,摇着尾巴扭着屁股,跟着黄庄主进屋去了。

二叔赶紧关掉收音机,走到黄庄主窗边,问:"带点什么?"

屋里传出黄庄主的声音:"你看着办喽。"他在屋子里喊道,"阿杰,去帮我冲洗一下车子。"

庄门前,木桥那端的小路边停放着一辆老掉牙的七座本田小商务,它是黄庄主的专用座驾——"农夫车"。车轮沾满了泥浆,车身喷了三个斑驳大字:怡人庄。除了驾驶位与副驾驶位保留外,后面两排座位全拆掉了,一看就知道为了方便拉饲料、肥料什么的。我帮阿杰铺开一条塑料管,接上栅栏边的水龙头。拧开水龙头开关,一柱强劲的水流射向车身,泥花四溅。

一会儿,黄庄主上身穿着一件印着椰树沙滩的丝绸岛服,头上戴着一顶帽檐缀着一圈金丝、帽冠上绣着一朵蓝玫瑰的黑色礼帽从小屋里一步一瘸地走了出来。我瞅着那顶黑色礼帽一阵发愣,我吃惊在这偏远的乡村农家小院里咋能见到这么时尚洋气的黑色礼帽。

二叔也从厨房里出来了,他一手拎着一只"咯咯"惊叫的老母鸡,一手提着一袋昨天刚挖出来的沾了泥巴痕迹的地瓜和一串今天才摘下来的绿中透黄的香蕉,走到黄庄主面前,一脸自豪地说:"嘿嘿,都带上吧,真正农家食品,城里人喜欢。"

"香蕉你们留着吃吧。"黄庄主说。

"吃不完呢,树上又要摘了。"二叔说。

黄庄主笑了笑。

我帮忙接过二叔手中的农产品放进车里。

黄庄主走到我身边,问:"大记者,想不想回岛城看看?"

我突然意识到我来到怡人庄已有不少日子了,"我咋想不起我从岛城来呢?"我自嘲地笑道。

"哈哈,那个成语怎么说的,乐不思……"阿杰在一旁笑道。

"没文化真可怕，那叫乐不思蜀！"二叔答道。

"看你能的，我就知道你会抢答。我还不知道蜀吗？怎么说我也是那地方的。"阿杰怼着二叔道。

黄庄主问我："真不想回岛城了？"

我感觉得出他应该是在试探我，我沉吟了一会，说："我怎么找不出回去的理由啊？"

黄庄主对我点了点头，看了看我，那目光犀利而意味深长："其实，我感觉到你的内心一直在受着煎熬。"他说。

我吃了一惊，我由衷地信服黄庄主的眼睛能够看穿肺腑。"庄主好眼力！"我对他苦笑道，"我会努力忘掉的。"

"人之所以有那么多痛苦，就是因为老念着过去不放。"黄庄主像是自言自语，又像是在对我说，"其实，人活着，如果能像这庄里的花啊草啊鸡啊狗啊一样，简单、自在、没心没肺，多好！"

他一边说着一边打开他的"座驾"门。突然，小狗妮妮冲到门边，一个腾跃，竟然跳上了车。黄庄主哈哈大笑，摸着它的头说："妮妮，不能带你去城里，那里的人坏透了，会把你送上餐桌的。你就乖乖地守家吧，我回来给你带好吃的。"

妮妮好像听懂了黄庄主的话，眨巴眨巴眼睛，跳下了车。

黄庄主右脚跨进车，左脚还耷拉在车门外，我想扶他一把，他摆手拒绝，身子轻轻一移左脚还算麻利地缩进了驾驶室。黄庄主虽然腿脚不灵活，但并不影响他驾驶汽车。他启动了引擎，"嘟——嘟"地按了两声喇叭。随即，打开车窗，探出头来，向我挥了挥手，说："大记者，人生最苦是惦念。"

他对我说完这句话后嘴角又浮出了那缕神秘而古怪的微笑。他摇上窗玻璃，一踩油门，小商务便"轰"的一声飙上了通往岛城的路……

我愣在了那里。

夕阳落入地平线，天上飘着一片硕大的紫色云霞；原野色彩迷离,如一幅巨型的油画。"人生最苦是惦念。"我回味着黄庄主的这句话。

他想告诉我什么呢?

莫非他与我有同样心境?

莫非他也在惦念着什么?

我们坐回枇杷树下。

小狗妮妮跑回来静静地趴在桌下。

大家都没有说话——黄庄主的缺席,明显使庄里一下子缺了主心骨,显得空寂而落寞。

我啜了一口茶水,看了看二叔与阿杰,"黄庄主这么急着赶回岛城,应该是家里有什么事吧?"我打破沉默,试探着地问他俩。

二叔没有回答,摇了摇头,看了看阿杰。阿杰迟疑了一下,然后一副若有所思的神情,"黄哥家不在岛城,"他说,"在海岛西部乡下。"

我心里一惊,我记得我来庄里的那晚,黄庄主跟我说过他是岛城人。

二叔也点了点头,肯定地说:"黄庄主家不在岛城。"

"黄庄主经常回城吗?"我又问。

"也不经常,"二叔摇了摇头,说,"每月的月中这几天会回一次吧。"

"庄主夫人在岛城吧?"我看着二叔,好奇地问。

二叔一脸茫然,不置可否地摇了摇头,目光望向阿杰,说:"黄庄主没有成家呀,这么多年了,如果成家了我们不可能不知道吧?"

阿杰也点了点头。

"那些土特产送给谁?"我问。

二叔说:"黄庄主每次回城,总会带些土特产。"

"应该是送给城里的朋友们吧。"阿杰说,"黄哥的事,我们很少打听。"

我也觉得黄庄主在岛城应该没有家室。如果有家室,没必要隐瞒。但是,如果纯属是回城走亲访友,也不至于每月定在月中这几天吧。他回岛城一定是去看望重要的人。再联想起那个月夜遇见他挖坑,我愈觉困惑,愈觉得黄庄主是个神秘的人,但又不便打破砂锅问到底,于是感叹道:"做个庄主也蛮辛苦的,白天忙,晚上也……"

我话音未落,便看到二叔的脸色莫名阴沉起来,他盯着我,问:"你……你是不是撞见了什么?"

我笑了笑,不答。

空气有些凝滞。

我看到阿杰脸上的表情也有些僵硬。

好一会,二叔才叹了口气,说:"都怪我。"

见我一脸不解,二叔指了指黄庄主的石头房,解释道:"这幢房子是村里几十年前建的,一直闲置着。也就是四年前,黄庄主带我来庄里,为了给我腾个房间,他自己搬到闲置了很久的石头房里住。结果,当晚就中了邪……"二叔声音低沉,充满愧疚。

我问:"这跟房子有关系吗?"

"当然有啊,"二叔说,"在我老家,如果是老宅子,有时在白天还能听到怪声音,还会出现椅子板凳搬动的现象,而且,晚上还经常出现黑影子呢。"

我听得起了鸡皮疙瘩,笑了笑,说:"封建迷信。"

二叔摇了摇头,一脸内疚地说:"反正是我害了他。"

"你就是个——迷信头子!"阿杰扫了一眼二叔,然后,他看着我说,"也确实有点邪乎,原本好好的人,搬那屋后就中邪了。"他回忆道,"有天晚上,月亮很大,大家都睡了。我起床撒尿,看到黄哥扛着一把锄头向水塘那边走去。我觉得奇怪,便追了上去,问他这么晚干什么?他不说话,眼睛睁得如灯泡,径直往前走。我有些害怕,便上去抢他肩上的锄头。但是,他的手就跟铁钳子一样,根本抢不下来。"

"你幸亏没有抢下锄头。"二叔道,"他要是一醒来,就麻烦了!"

"怎么麻烦?"我问。

"如果他被叫醒了,是要折寿的,搞不好还会掉到水塘里淹死。"二叔说。

阿杰继续说道:"我抢不下锄头,只好跟着他往前走。走到那片树林子后,黄哥便弯腰挖起地来。"

"是挖一个很大的坑吗?"我问。

"是的。"阿杰答。

"你听见他说话了吗?"

"听见了。"

"听到了什么?"

"听不懂。"

"知道他与谁说话吗?"

二叔插话道:"跟洞说话呀!"

阿杰也点了点头。

我愣住了,有点惶惑,"怎么能跟洞说话呢?"我自言自语道。

阿杰看了一眼我,一脸认真的神态,"反正黄哥是个牛逼的人!"他语气坚定地说。

"事后你们问过他吗?"我问。

"第二天我就问过他,但他什么都不记得了,而且不准我乱说。"阿杰道。

"唉,都是我的错。"二叔叹息道,"我们乡下有个习俗,如果老屋子闲置得太久,住进去,得做法事,请大神驱邪。"二叔一脸懊悔,叮嘱我,"你以后再撞见了,千万别叫醒他。他还在梦里呢,一受惊吓魂魄就会跑掉的!"

我有点无语了。

二叔固执地认定黄庄主是撞了邪,他一遍遍念叨:"都怪我……

都怪我……"

说话间,阿杰目光游离,几次看向石头房。

我抬眼望去,那房顶上有一个天台,估计以前晾晒什么用的。墙边斜靠着一张用圆木做台阶绑成的梯子,梯子日久失修,长出了青苔与黑木耳。阿杰站起身,径直走了过去。他用力摇了摇木梯,算是结实,又用脚踏上木板台阶踩了踩,感觉还算稳固。于是,他一步一个台阶地爬了上去,随即纵身一跃,稳稳地落在了天台上。他立在那里,从裤兜里掏出手机,双手端着,面朝空旷的四野,一边旋转一边喊道:"绿色!绿色!"

二叔对我说:"他又开始找乐子啦!"

我明白了,"绿色"表示信号通畅。我哈哈大笑起来。

阿杰端着手机,不停地旋转着,呼叫着:"绿色!绿色!"他在天台上跳来跳去,一会儿愁眉苦脸,一会儿开怀大笑。"大记者,你玩游戏吗?"他大声问我。

我笑了笑,"偶尔也玩。"

他停止旋转,立住,问我:"那你知道岛城现在流行什么游戏吗?"

我想了想,告诉他现在时兴玩"传奇"。

"'三国''大话西游'还玩吗?"

我摇了摇头,"那都已经过时了。"

"你一般玩什么?"

"我玩'星际争霸'。"

他站在天台上,目光闪闪发亮,俯下身子,一脸崇拜地看着我,叫道:"天哪,你太牛逼了,那个很高端呢!"

我笑了笑。

"哎,我都想回岛城玩几天。"他说。

我说:"别,你好不容易来这里戒网瘾,一回去就麻烦了。"

他神色有点沮丧,过了一会,对我笑了笑,点了点头,"黄庄主也不会让我回去。"

我想,他应该是在惦念外面的世界了。

我想起了不知是谁的几句诗:

> 我听到海在远方为我喧腾
> 那雪白的海潮啊,夜夜奔来
> 一次次浸湿我枯干的心灵
> 在海的那边,是思念吗?
> ……

第十二章 探访当事人

专案组很快查明"华天凶杀案"是一桩恶性情杀案，并且查明凶手是余大海新婚妻子张小潜前男友"三哥"及其团伙。情报汇总后，"三哥"浮出水面："三哥"，真名黄三强，海岛西部黄流人，三十二岁，黑社会头领，手下几十号人，长期蛰伏在岛城开办地下赌场，并利用赌场放高利贷及敲诈勒索。坊间传言，黄三强在岛城有强大的保护伞。

案发后，凶手消失得无影无踪，似人间蒸发。

案情会上，大卫向专案组全体干警下达命令，必须以最快的速度破获此案并抓捕罪犯，打掉这个在岛城作恶多年的黑社会团伙。

会议结束，大卫带着我去医院探访已脱离生命危险的余大海。

余大海，岛城市政协委员，知名企业家。其父余鸿江是岛城信托公司老总，已退休。余大海大学毕业后创办了一间贸易公司，业绩不凡，几年里将公司打造成贸易集团。

从余大海断断续续的回忆中，一些人和事逐渐清晰——

余大海公司的前台有三个女孩。她们穿着雪白衬衣，梳着一样精致的发型，每天清纯而甜美地迎送客人。高富帅且未婚的余大海，一直就是年轻女员工心中的男神，他每次经过前台，女孩子们都会彬彬有礼地快乐地叫道："余总裁好！"有几天，余大海发现三个姑娘中那个更高挑的女孩子很是憔悴，显得心事重重。那天他有空，就把她叫到办公室问问情况。

女孩进了办公室后，很是紧张，几乎是结结巴巴地介绍完自己——她叫张小潜，东北人，去年岛城大学毕业后应聘到公司上班……

余大海打断她的自我介绍，有所强调地问："你毕业后就来我公司上班了？"

"是的。"张小潜点头。

余大海脸上滑过一缕笑意，他点了点头，语气和蔼地说："你这些天神情不对，打不起精神，是不是生病了？"

张小潜摇了摇头，"不是……"

"工作太累了？"

张小潜又摇了摇头，"不是……"

"家里有什么事吗？"

张小潜埋下头，"没……有。"

余大海见问不出所以然，就不再继续过问，"你是前台，是一个公司的形象，不能把情绪带到公司里来，愁眉苦脸站在那里，可不太好啊。"余大海语含关切地说。

张小潜连连点头，说："对不起，对不起。"

"好吧，我就不多问了。"余大海看着张小潜，突然，微微笑了笑，有些意味深长地说，"今后，遇到什么困难，可以直接……告诉我。"

这句话令张小潜的肩头震颤了一下。她看了看余大海，眼里闪出一丝惊慌，有些感激地点了点头。

从那以后，余大海似乎对这个叫张小潜的前台女孩有些上心。每次进出公司，他都会不知不觉地瞄她一眼，她也会回报一个娇羞的微笑。余大海个人大事一直悬着，父母也希望他早点结婚成家。与岛城那些所谓门当户对的名媛淑女一番相亲交往后，余大海再也没有兴趣与耐心往下走了。他发现自己喜欢上了这个前台女孩，他甚至没想明白是什么原因让他喜欢上她的——是她的青涩与纯洁，还是那一脸林妹妹的憔悴和忧伤？后来，余大海总算明白了，他更喜欢前者。

余大海对张小潜发起了猛攻。几个月后,一场盛大的结婚庆典在岛城唯一的七星级酒店举行。据说,岛城富豪名流有一半应邀出席。

"典型的灰姑娘嫁入豪门的故事。"我低声对大卫说,"这应该是一个童话。"

大卫沉吟片刻,感叹道:"可惜童话不久就变成了噩梦。"

余大海被砍杀的时间距他们新婚仅仅两个月。这两个月里,余大海做了什么?何至于遭到张小潜前男友那么狠毒地砍杀?余大海没有告诉我们。从他的眼神里,可以看出他应该是有难言之隐。

我们从医院出来时,已是黄昏。因为顺道,我请大卫带我去采访一下余大海的妻子张小潜。

富城别墅位于岛城海湾,是个拥有私人海滩的富豪小区。小区里,晚霞共鸥鸟齐飞,沙滩偕椰树同框,处处美景。

张小潜坐在宽敞奢华的客厅里等着我们。一缕霞光透过落地窗的缝隙照射进来,刚好落在她瘦削的肩上,呈现出一幅落寞凄凉的剪影。她确实是个美女。

刚开始她似乎有些抗拒采访,坐在那里默默地抹着眼泪。大卫解释这不是单纯的新闻采访,包含着对案情当事人的调查。于是,张小潜用纸巾擦了擦眼睛,平静了一下心情,给我们讲述起她与余大海及前男友"三哥"的一些事情。

余大海在办公室里与张小潜亲切交谈后,张小潜的内心便涌出了诸如感激、喜悦的情愫。但那只是短暂的感觉。那段时间,充溢于她内心更多的是烦恼和纠结——她正陷入感情的泥淖——她的父母已经向她发出了最后通牒:必须与相恋了一年多的男友"三哥"分手。

张小潜是在"三哥"的生日晚会上认识"三哥"的。

那时,她刚进入余大海的公司。无聊的晚上,姐妹们常拉着她去参加一些聚会。她也喜欢那样的活动,既可以开阔眼界,也可以认识更多的朋友。那晚,听说是参加一个帅哥生日晚会时,下班路过花店时，她顺便买了一束花。

"三哥"清秀俊美，声音低沉温柔，身材虽有些单薄，仍不失健硕，尤其是嘴角总是挂着一缕若隐若现的笑痕——她特别喜欢他这样的微笑。晚会上，她把那束花当作生日礼物送给了"三哥"，并祝"三哥"生日快乐。"三哥"接过她的花时，眼睛与她对视了一下。那一对视，令情窦初开的她坠入了情网。

"这就是一见钟情。"我笑了笑。

"算是吧。"张小潜回答。

张小潜告诉我们："'三哥'喜欢看书，而且社会阅历很丰富，懂得很多事理。为人处世也挺乐观，无论遇到什么事情，脸上总是一副沉静的微笑。他的朋友很多，他也很愿意帮助人，大家都很崇敬他。这是我喜欢他的最大的原因，可以说有些崇拜。"

我问："他有没有告诉你他是做什么工作的？"

张小潜摇了摇头，"没有。我感觉他应该有一份体面的工作，有一份不错的收入。因为，他出手阔绰，穿着体面。"

"你有没有想过要了解他的身份？"大卫问。

张小潜说："他常常外出，却不告诉我去哪儿。而每次回到岛城，总会给我带一些我喜欢的礼物。这自然让我觉得他很神秘，也让我很好奇，所以希望对他多一些了解。直到有一天，我跟踪他上了一辆长途汽车，来到了城西一个小镇……"

张小潜的眼里依稀有泪花。

她啜泣着向我们讲述了当时的情景，"到了那里，我才知道他原来是开赌场的……他们一起有十多个兄弟，都叫我嫂子……我当时确实吓坏了，哭着问他为什么要隐瞒？他抱着我，告诉我因为爱我，怕我担心。他说等钱赚够了就不干了，回岛城买一幢房子，开一间漂亮的咖啡屋——他知道那是我的梦想……"

张小潜擦了下眼睛，告诉我们，从那刻起，她真正地爱上了"三哥"。也正是那个晚上，在透着霉气的镇上旅馆里，她把处女之身献给了他……"三哥"跪在她面前,含泪发誓,永不负她。

几个月后,张小潜远在东北的父母知道了这个情况,立即表明了反对的态度。他们无论如何也不能同意他们的独生女儿与一个走黑道的谈恋爱。恐将在外军令有所不受,老两口变卖家产,双双来到岛城,对张小潜进行监督与阻止。当余大海发现前台职员张小潜满脸愁容的时候,正是她受着感情煎熬的时期——她爱着"三哥",却又无法违背父母的意愿。

"当余大海向你表达了好感时,你对'三哥'的爱便开始动摇了,对吗?"我试探地问。

张小潜很诚恳地点了点头。"事实上,"张小潜说,"我心里确实有一些波动,天涯海角,我与他,一个是无根的浮萍,一个是漂泊的浪子,我真的不知道与他能走多远。"她擦擦脸上的泪痕,抬起头,"起先,我拒绝余大海,抵抗他,甚至还将这事告诉了'三哥'。我原本以为'三哥'会反对,并且不会让我走。没想到'三哥'语气平淡地对我说,你走吧,只要他对你好。然后,他就像风一样地消失了……那几个月里,我一直等着他,他始终没有回来找我。而这时,余大海对我发起了猛攻,我……实在无力支撑……"张小潜的脸上又一次淌满泪水。

大卫说:"你再说说你与余大海结婚后的情况吧,希望你一定要真实、全面地告诉我们,因为这对侦破案子有很大帮助。"

张小潜点了点头,"我什么都说……我不会隐瞒了。"

悲剧在新婚那晚如期来临。奢华温馨的新婚房,余大海迫不及待地抱住了张小潜,两人相拥,纠缠,然后倒在床上。随后余大海从床上跃起,先是自己撞墙,接着揪住张小潜的头撞墙,如一头被宰杀的猪般嗷嗷尖叫——"告诉我……他是谁?他是谁?他是谁?……"张小潜死死地抱着他,含泪央求他别这样。可是,余大海根本无法自控,继续哀号着:"告诉我,他是谁?他是谁?他是谁?!"

张小潜没办法,知道隐瞒只会招来更严重的后果,于是痛苦地告诉了他。

"老子要废了他！"余大海咬着牙，眼露凶光，对着张小潜号叫道。

……

空气凝固，偌大的客厅死一般沉寂。

我与大卫都不知道说什么好。

张小潜的啜泣声打破了沉静。"那晚以后，他疯了，疯了。白天好好的，人模人样的，一到晚上，一到床上，他就折磨自己，也折磨我……"张小潜泪水涟涟，"我求他，我们不过了好吗？我们离婚好吗？他说，我不会跟你离婚的，我要让你生不如死！"

"余大海有严重的处女情结。"大卫对我说。

我点了点头。

"那不是蜜月……那是血泪刑期……是地狱般的日子……"张小潜悲戚地摇着头说。

我问张小潜："他去报复'三哥'了吗？"

张小潜泪眼迷离，目光空洞，望着天花板，声音幽咽："他的心太狠了……他找人……挑了'三哥'的脚筋。"

大卫看了看我，说："我们都没接到报案，看来，双方完全是按江湖规矩私下了断的。"

我点了点头。

"你知道黄三强住在哪里吗？"大卫问。

张小潜摇了摇头，"不知道。他从不带我去他住所，他每次回来都是带我去住酒店。"

我们相信张小潜说的是实话，因为警方已把岛城酒店查了个遍，确实有多家酒店留下过黄三强开房的记录。

"你觉得'三哥'，不，黄三强，会逃往哪里？"大卫问。

"我不知道……"张小潜摇了摇头。

"你觉得他会不会回来找你？"我问。

张小潜的脸一下子变得苍白，摇了摇头，"我真的……不知道……"

大卫对我眨了下眼睛，暗示我不要再谈下去了。

我明白，这已涉及案情——富城别墅早已在警方的布控之中。

我和大卫离开富城别墅时，岛城已是万家灯火。沙滩上，有人在放烟花，黑漆漆的天空，一下子五彩缤纷流光溢彩。

第十三章　简单的快乐

静寂的正午，阳光透过宽大的枇杷树叶缝隙洒在院子里。

我收工回来，蹲在枇杷树下修理一把挖断了柄把的铁锄。妮妮安静地趴在我脚边好奇地看着我摆弄铁锄。厨房升起了炊烟，十米开外都能听到从二叔挂在脖子上的收音机里传出的声音——锣鼓咚锵胡琴悠声，有女子幽怨地唱道：犹自深闺怯晓寒，暖风吹梦到临安……

蹲久了，腿脚有点发麻。我站起来，活动一下身子，朝荷塘望去——才几天工夫，塘里已然一片绿色。那硕大如盘的荷叶簇拥相连，尽力扩展；那半开半闭的小荷，亭亭玉立，极尽羞涩，宛若邻家小女初长成。清风徐来，绿影摇曳。梭巡一遍，仍没看到荷花——传说中的精灵花还没有出现。但是，我似乎闻到了潮湿而淡淡的荷花香，似乎听到了荷仙们匆匆赶来的脚步声。像记忆中故乡初夏荷塘的某个情景，一种熟悉而亲切的感觉。

桥头小路上一阵尘土飞扬。

妮妮迅速站起，两耳竖立，眼睛盯向小路那边。

"黄庄主回来了！"我叫道。

黄庄主把驾驶门打开，他一手扶着车门，一手扶着座位，很麻利地从车上跳了下来。他叫了一声妮妮，妮妮便如飞起来一般地跳过矮栅栏门，冲过小桥扑到黄庄主脚边，竖起前肢缠拥黄庄主的裤腿，嘴里发出一连串的"咕噜"声。黄庄主看了看妮妮，俯下身来，摩挲着妮妮的脑袋，"乖妮妮，别急，给你带好吃的了！"

黄庄主仍然穿着那套印有椰树沙滩的丝绸岛服，戴着那顶黑色金边礼帽。他手里提着一只硕大沉重的帆布袋,在小狗妮妮的引领下,微笑着一步一瘸地走进了正午的园子。

我放下手里的锄头,迎了上去。

"大记者好!"

"黄庄主好!"

"大记者辛苦了!"黄庄主道。

我一怔,立即笑着回礼:"为人民服务!"

黄庄主一愣,"扑哧"笑了出来。他看着我,眼里放出一束光芒,"大记者,这身打扮确实有点像农夫嘛!"

我穿着二叔给的一件圆领衫,戴着阿杰准备扔掉的一顶破草帽,一条擦汗毛巾搭在肩上。我笑道:"黄庄主,你以后就叫我农夫!"

黄庄主摇了摇头,"虽然打扮得像个农夫,但仔细一看还是假把式,眉宇间还是文人气,所以,叫你大记者自然些。"我笑道,"不怕,我再修炼。"

我从黄庄主手里接下帆布袋,"这么沉啊!你不会把岛城给搬回来了吧?"

"都是些生活用品。"黄庄主笑了笑,"一个月回趟城,就多带点东西回来。"

二叔从厨房里出来,对黄庄主说:"刚才正算着你回来的时间呢!"

阿杰扛着锄头在小道那头出现,大老远喊:"黄哥,给我买黑人牙膏和香皂没?"

"买了。"黄庄主对着阿杰道:"够你用几个月了!"

阿杰笑逐颜开,快步走过来,把锄头一扔,上前拥抱了一下黄庄主,瞥了一眼二叔,说:"还是黄哥疼我哩!"

二叔一脸不屑,"你看你一身臭汗,也不去洗洗,上来就抱黄庄主。"

阿杰斜睨着二叔,说:"这是城里流行的礼节,我又不抱你,你嫌弃啥？"

我们哈哈大笑。

黄庄主从帆布袋里掏出一个精美的包装盒，拆开来，"这是给妮妮吃的。"他从盒里取出几块食品，弯腰蹲下，送到妮妮面前，"吃吧，小时候的味道。"妮妮嗅了嗅，一口一块地咬食起来。那些食品像动物的骨头，像孩子们的玩具，一股股烤肉香直扑大家的鼻子。阿杰对黄庄主说："我也饿了，给我一块吧。"黄庄主笑道，"别说，这狗食比人吃的还做得好。"黄庄主把五支牙膏和两块香皂递给阿杰，有些心疼地说："看你一身臭汗，快去洗洗。"

阿杰高高兴兴地回房去了。

妮妮三下五除二吃完那几块食物，然后，眼巴巴地又盯着黄庄主手中的盒子。黄庄主笑了笑，干脆把盒子里的食物倒了一半在妮妮面前，他摸了摸妮妮的头，神情显得有些难过，"妮妮，答应过给你吃最好的，却一直没兑现。今天，就多吃点吧。"妮妮对着黄庄主呜呜了两声，趴在地上幸福地啃食起来。

我从黄庄主看着妮妮的眼神里发现了怜悯、愧疚、眷爱，隐隐觉得妮妮应该有不为人知的故事。黄庄主似乎察觉到了自己的失态，脸上很快就恢复了平常的神情。他站起身来，看了看我，"妮妮通人性呢！"

我帮黄庄主把帆布袋提进石头房里。

"开饭喽！"二叔在厨房里叫道。

为庆祝黄庄主回来，二叔做了几个拿手菜：香煎罗非鱼、辣椒炒鸡杂、干锅四季豆、凉拌野香菜、清炖木瓜汤。

正午的阳光透过枇杷树叶洒落下来，几只蝴蝶在树叶间翩翩起舞悠闲穿梭。阿杰洗漱完，把全身上下收拾得清爽干净，香气浓郁地回来了。大家围坐在木桌边，一边吃午餐，一边听黄庄主聊岛城见闻，庄里又恢复了大家庭的热闹。

"世纪大桥开建了，"黄庄主说，"海甸岛要全面开发了。"

二叔插话道:"那海甸岛的地价不是又要涨了?"

"那是必然的,世纪大桥一通,海甸岛与市中心的距离就是一步之遥了。"我说。

"前些日子听村长说灵山这边也要开发,是真的不?"二叔问。

"那是迟早的事。"黄庄主喝了一口木瓜汤,语气平淡地说。

"那我们怡人庄会不会被开发啊?"阿杰问。

黄庄主笑了笑,"我倒不希望规划进去,我还想在这里多待几年呢!"

"那是,那是,"阿杰说,"我也希望待在这。"

黄庄主说起岛城来情绪饱满,"看得出黄庄主还是惦念着岛城啊!"我笑道。我用了"惦念"这个词。

黄庄主点了点头,感叹道:"是啊,毕竟在那里生活了多年,有一种割舍不了的感情。但每次回去,却总会有些陌生感。"

我点了点头,"陌生感是自然的。黄庄主已把怡人庄当成了家,所以,岛城就会慢慢地成为过去式——我现在就觉得岛城离我越来越远了呢!"

二叔说:"我也是。我也有些记不清岛城的样子了。"

阿杰有点沮丧,"你们都是城里人,只有我从来没好好地做过城里人。"

"还是庄里好。"黄庄主用筷子指了指桌上的饭菜,"就说这吃的吧,城里吃什么都少个味,庄里饭菜才香啊!"

我说:"这确实。食材好,加上二叔做得好。"

听到我的表扬,二叔俨然大厨派头,对我道:"我以前在城里做帮厨,看师傅做菜就知道是在糊弄客人,只求口味,不讲营养。其实吧,食物营养才是最重要的,厨师就要根据营养来做每道菜,能凉拌的就不必炒,能炒熟的就不必煮,能不切碎的就尽量整个吃……"

阿杰说:"你是在吹牛吧?你可是经常煮不熟饭菜哦。"

二叔瞪了一眼阿杰,"我那是讲养生。"

阿杰不服输，"什么养生，我只知道饭菜要煮熟才能吃。"

二叔一脸认真地解释道："其实，人的身体就是一台加工机，会按照自己的需要来加工吃下去的东西，然后生成身体所需要的营养……"

黄庄主"啪啪啪"地鼓掌，"二叔不愧为养生大厨！不过……"他对二叔道，"阿杰的意见也对，饭菜还是要煮熟才能吃哦！"

二叔点了点头，"以后一定煮熟，一定煮熟。"脸上显然挂不住，脸色有些灰黑。他扒了两口饭，碗筷一放，抹了抹嘴，搬了把椅子到枇杷树另一边……拧开挂在脖子上的收音机开关，锣鼓咚锵胡琴悠扬，那女子幽怨地唱了起来：犹自深闺怯晓寒，暖风吹梦到临安……

午后的怡人庄，蓝天丽日，微风轻拂；绿荷满塘，清香扑鼻。

吃完饭，黄庄主、我和阿杰坐在枇杷树下喝茶闲聊，二叔一脸惬意地坐在另一边听着戏曲。阿杰歪着头看了眼二叔，一脸讥笑，"你这戏都让我们听出耳茧了！"

二叔便把收音机声音调小了点，瞪着阿杰道："你小子不懂戏味，就莫言戏字。人嘛，总得有个癖好吧，听戏有啥不好？"

我想，二叔喜欢听戏确实没什么不好。我打趣道，"庄里没电视，没网络，所有城里的娱乐都没有。只有听到二叔的收音机唱戏时，我才觉得咱们还生活在现代社会呢！"

黄庄主若有所思地点了点头，随后哈哈大笑。

二叔的灰黑脸释然了，也在那边笑。他奚落阿杰道："你这小子是啥爱好也没有，你可白活了二十多年啦！"

"谁说我没有爱好？"阿杰把手中茶杯一放，站起来反驳二叔："我的爱好是热爱名牌！"他挺起胸膛，"你们看看，我身穿正宗地摊'牌子'货，脚蹬'名牌'温州凉鞋，全身上下加起来起码超过两百块！而且……"他继续炫耀道，"我连牙膏也讲究，非'黑人'不用，看我这牙齿——"他向我们咧了咧嘴，亮出他的牙齿，"这种牙齿要是在岛城，不知迷死多少姑娘呢！"

听着阿杰的话，我差点喷饭。我看了看阿杰，觉得他的话还挺有依据：他全身"名牌"，皮肤黑不溜秋，一排整齐的牙齿洁白闪亮。黄庄主低声告诉我，阿杰只爱用黑人牙膏，他固执地认定牙齿白是用了黑人牙膏后产生的奇效。

阿杰又从口袋里掏出一只扁扁的人造革小钱包，在我们面前晃了晃，"你们看看，这个也是外国'牌子'货吧，看这洋文——"

我定睛一看，钱包上面印着一排拼音：Gaojiqianbao。

二叔轻蔑地一瞥，"打开钱包看看？"

阿杰脸红了一下，打开钱包，里面有几张角票。

我与黄庄主已经笑得前仰后合了。

黄庄主瞪了眼阿杰，问："前些日子给你发的钱呢？"阿杰低声说："寄回家了。"黄庄主点点头，"不错，心里还有爹娘，说明长大了。"

黄庄主告诉我，庄里没有什么收入，有时候岛城客人来庄里买些鸡鸭鱼蛋，就给大家发点零用钱。

阿杰对我说："很不错了，黄哥给我的零用钱比我在网吧里上班的工资还多！"

二叔关掉收音机，搬着椅子回到枇杷树下，在我边上坐下，对我说："虽然工资不高，但是，我们愿意跟着黄庄主这样的老板，他总是把我们当成一家人。"我点了点头，"看得出来，也感觉得出来。"黄庄主笑了笑，"在庄里就是一家人。有钱就给大家分，没钱大家一起挺，好在大家也能理解。"我说，"很好啊，真是一家人，我都舍不得走了。"

饭后半小时就在这样的扯淡闲聊中度过。

"大家回房午休一下吧，下午还有重活要干呢。"黄庄主说。黄庄主从岛城买回了好多蔬菜种子。"下午我们突击再挖几块菜地，天黑之前把种子播下去。"黄庄主吩咐道。

我们便起身回房。

时光静寂。我把竹寮的窗户打开，嗅着荷塘上扑面而来的阵阵荷香，抬头张望那湛蓝天空飘浮着的朵朵白云，脏腑间流淌着自然的气息。纯朴的惊喜，简单的快乐，身心的惬意，自由自在，无拘无束，这就是怡人庄的生活。岛城离你好远，名利与你没有关系。你的双脚落在地上，你的灵魂安歇在这里——这就是活着的状态。岛城给予不了的，怡人庄馈赠给了你。

这个时候，我无比清晰地看到，满塘绿荷中探出了一枝粉红白嫩的荷花！

"精灵花！"我惊喜地叫道。

第十四章　热爱台风

我生来方向感就差,而蝶家小区让我彻底迷失了方向。

小区内小道多,且相互交织,同质同貌:一样的鹅卵石子铺垫,一样的高大绿植遮天蔽日,一样的九曲回肠,一样的交织而无标识。我搬进蝶家后,每次进出小区,一不小心就迷了路。就连蝶也说,初居小区,进来不易出去更难。这话确实。我几次出门习惯性地晕圈,绕了半天又回到蝶家楼下。要不是蝶出来带路,我根本找不到小区的出路。我始终认为这是我见过的最让人犯傻的小区设计。"物业为什么不在每条小道上立个指向牌呢?"我对这家不作为的物业管理公司充满恼火,我问蝶。

蝶说:"建筑设计师就是专门这样设计的啊。"

"为什么呢?"我问。

"为了安全啦!"蝶一脸骄傲地回答,"你想想,哪个坏人敢进来?这迷魂阵还不让他自寻绝路?"

我差点惊出一身冷汗,心想我不安好心地进入了蝶家,肯定是坏人无疑。我认定这种安保设计夸张而无聊,更是觉得这设计师一定是个心存套路腹藏阴险的人,"他完全可以获世界人居设计套路奖!"我语带讽刺地对蝶说。

蝶嘻嘻地笑道:"那确实,这设计师在岛城还真获了不少奖呢!"

"我也要给他颁奖。"我说。自那以后,我每晕圈一回,就从心里给那操蛋的设计师送上一次"草泥马"奖。

蝶家三百多平方米,五房两厅,南北通透,宽敞明亮。

我搬进了蝶家，被分配在一间堆放着一些旧书报的房间。蝶说这间房原来保姆住过，后来保姆辞工，没有再请，一直空着。房间挺大，床、书桌、衣柜、书架等算是样样俱全。房门外隔着一条玫瑰色大理石走廊，与蝶父母的卧室正好相对。而蝶的闺房，则与她父母卧室一墙之隔。

那个时期，蝶的母亲身体不好，从单位请假在家养病。

蝶的母亲在政府部门工作，是一位典型的马列老太太，兼职掌管家里的一切。蝶的父亲，也就是我的社长，是个典型的夫人至上的好男人，几十年来习惯了夫人的专制。

我住进蝶家不久，蝶的母亲就找我谈话了。

老太太清了清嗓子，先从国际形势说到国内形势，再从马列主义原理说到当前岛城的改革开放。然后，她清了清嗓子，谈到关于我的问题，"你住进我家这件事，是经过我与社长认真研究了好多天才做出的决定。我们家是一个讲规矩的家庭，所以，你要记住几件事：一、进门后要换上拖鞋；二、吃饭时不要咂嘴巴；三、用过卫生间后要冲……洗。"她又清了清嗓子——我怀疑是不是有鱼刺什么的卡在她的喉咙里——一脸严肃地接着说，"鉴于你与我家蝶儿还只是处对象阶段，所以，我要特别提醒你：未经同意，不可以乱窜房间……"她这话说得让我有点尴尬，我再是个坏人，不至于去蝶父母房间乱串。"尤其是蝶儿的房间！"老太太盯着我，脸色有些严厉。这让我一下子脸红耳燥，马上把目光移开，头也低下。如果地上有缝，我可能会钻进去。但是，我还是很快抬起头来，一脸诚恳地对着老太太点头表示接受。

既然蝶母大人约法三章，我自然就提醒自己：寄人篱下，切不可得意忘形。我告诫自己与蝶分清界线，保持距离，井水不犯河水。

我与蝶的恋爱中，没有一起游过公园，没有一起逛过商场，更没有手拉手去海边散步之类。即便在家里，我没串过蝶的房间，蝶也没进过我的房间。晚上，我们顶多在客厅里一起看看电视，简单地聊聊各自的工作。十点左右,老太太会准时从她的房门口伸出头来,提醒我与蝶:"明天上班,早睡早起,该休息了。"

蝶很懂事,对我有些歉意地一笑,起身关了电视。我也对她点了点头,起身,伸了个懒腰,踢了下腿,活动活动筋骨。然后,各进各的房间,各找各的周公。

我回到房间后常常睡不着,便会写写诗看看书什么的。

有一晚,我看书到了十二点左右,有点犯困,便去门边关灯。关灯后的黑暗中,我无意中看到门边缝隙里透射进一线光束。我凑近门缝一看,原来光源是对面蝶的父母房间的窗口。而仅几秒钟,那束光也消失了。这个偶然的发现把我吓了一跳,一种惶惑掠过我的心头。我一直以为俩老人应该有早睡早起的习惯,不可能这么晚才关灯休息,更不可能我这边一关灯那边也随之关灯。后来的几个晚上,我试探过几次:关灯——开灯;对面房间的窗口也跟着我的节奏:关灯——开灯。于是,我基本上确定了我被监视的猜测。我显然很不爽,但是,我只能把火窝在肚子里。直到有一天,蝶的父母不在家,我实在憋不住,便把这事告诉了蝶。蝶听了委屈得差点哭了起来,她说要找父母理论,我制止了她。

无论怎样,我与蝶是恋爱中的一对,而且,我俩毕竟处于青春躁动的年龄。一旦发现有人为的阻隔,一种叛逆便会油然而生。自此,每个晚上十点我们在客厅互道晚安时,总能从彼此的眼神中看到一种依依不舍的情愫,我们总是在极不甘心与极不情愿的状态中走向各自房间的。我预感到这种虚假的平衡一定不会长久,时间问题。我没有想到的是,压抑着的叛逆终于表达了出来,一切来得那么快。

那晚,我们吃完晚饭,照例坐在客厅沙发上看新闻联播。电视上滚动着一条新闻:海马十级台风将于今晚十二点登陆岛城。

岛城人知道,十级台风,虽算不上大台风,但也是有一定的威力。

九点多钟,社长便起身回房了。马列老太太也起身,"你们今晚也要早点睡,台风来了会停水停电。"她对我与蝶说。我点了点头。

但是，蝶不高兴地瞥了老太太一眼，说："妈，才九点呢！"老太太没说话，进房去了。

我们在等待一部名叫《谍战》的电视连续剧。这部电视剧九点半开播，每晚两集，我与蝶一直追着看。我看了看蝶，她显然没有关电视机的意思，按着遥控器一个一个频道地找好看的节目，显然是在磨蹭。

仅一会，蝶的父母的房门吱呀一声开了，马列老太太从卧室里气冲冲地走出来，走过客厅，来到电视机前，"你们咋不听话呢？"她黑沉着脸对我们说。

"台风还没来呢！"蝶噘起嘴唇嘟哝道。

老太太瞪了她一眼，拔掉电源，径直回房去了。

蝶的眼里有泪水。她皱了下眉头，咬了咬嘴唇。我扯了下蝶的衣角，说："别看了，以后我买碟片给你看。"我们便各自回了房间。

我躺在床上，翻来覆去，无论如何睡不着，于是起床开灯看一本无聊的诗集。

半本诗集翻过，台风发出了动静。我起先听到一阵沉闷的声音在远方响起，一会儿工夫，沉闷的声音变得越来越清晰，像马蹄哒哒，如海水呜咽，接着是山崩石裂。透过窗玻璃，我看到城市的夜空有一只无形的巨手在洒泼着一股股浓稠的墨汁，世界幽暗和混沌。我感觉房子都在轻微颤抖。

这个时候，我的手机嘟的响了一声，我看到蝶发来一条短信："我好害怕！"

我也不知道怎么安慰她，随意回了她一句："咋办呢，我又不能给你当保镖。"

蝶很快回复："我要你保护我。"

"咋保护？"我问。

"你敢过来不？"

我一个激灵，回了一个字："敢。"

她显然有些迟疑，过了好一会才发来信息："晚一些，爸妈还没睡。"

我赶紧走到门前，透过门缝，看了看对面房间窗口，灯确实还亮着。我当然明白是什么原因，于是，赶紧关掉灯，佯装休息了。

我坐在黑暗中，静候那边的灯光熄灭。一会儿，那束光消失了，世界陷入无边黑暗。我给蝶发短信："领导已熄灯。"蝶回复："再等一会。"

外面，狂风挟着暴雨，如凶猛野兽，哀号着，撕扯着。我坐在黑暗里的书桌前，就像一个伺机作案的小偷。那会儿我想了很多，我来自远方的乡村，父母含辛茹苦地送我念完大学，毕业后来到这个无依无靠的城市。老天不薄我，先让我遇着了老师，我爱她，但她不给我未来。现在，老天又让我遇着了蝶。虽然我还没有爱上她，但她能给我一个归宿。是的，归宿——我知道它对我多么重要。我是农村的孩子，在这迷惘的城市，我没有目标，我只知道往前走，我不知道要走向哪里，更不知道何处是我的归宿。现在，我感觉寻到了归宿。为了它，我必须自投罗网地抱住蝶的小腿。我想起大学里读《红与黑》时，同学们谈论于连时一副不屑的样子，现在，我从心底里痛恨那些站着说话不腰痛的家伙们。

蝶发来信息："？"

我看了看表，又过了半个多时辰了，我相信蝶的父母应该进入了梦乡。

于是，我给蝶回复："！"

随即，我无声地开门，轻轻地带上；然后，蹑手蹑脚地走过蝶父母的房间，来到蝶的房门前。我轻轻一推，虚掩的门便开了。我侧身进门的时候，蝶扑上来一把抱住了我。窗外，台风仍在鬼哭狼嚎，湮没了一切声响。我使出全身力气抱起蝶，我把她轻轻地放到床上……

蝶是第一次。

她泪流满面，但不敢叫出声来。她咬着我的肩胛，咬得我痛彻心扉。有几次我简直无法继续，打算结束，但是，她死死地抱紧我，手腿并用地缠绕我，用坚定的行动表示要做我的女人。我的肩胛由疼痛变成了发烫，由发烫变成麻木，而她似乎没有半点松懈的迹象。我示意她换个位置再咬，她泪水盈盈地看了看我，头发一甩，把我缠拥得更紧，把我的肩胛咬得更深……

那是一个多台风的月份。别人恐惧着台风，厌恶着台风，我与蝶却盼望着台风，热爱着台风。而一不小心，台风让我们犯了错。

第十五章　捕蛇者说

水渠对面的小路上走来一个人。

趴在黄庄主脚边专心致志啃着骨头的妮妮最早发现那个人。那人头上戴着一顶破草帽，穿着一条老人衫，肩上挂着一只彩塑袋，一边走一边朝庄园这边张望。妮妮双耳竖立，迅速立起，呼的一声扑向小桥——

"妮妮——"黄庄主大声喝住。

妮妮听到黄庄主的吆喝，悻悻地从桥头返回桌下，一双眼睛仍然警惕地注视着那个人。

我们看着那个人走近桥头。

黄庄主问："那是谁？"

"我去问问。"阿杰说着起身走过去，"你瞅什么啊？"他朝那人喊道。

那人立在路边，望着我们的园子，说："我看到你们院子里有蛇啊！"

"蛇？"阿杰问，"什么蛇？"

"毒蛇。"那人答。

"在哪里？"

"院子里。"

阿杰便骂："你他妈的是蛇精派来惹事的吧？"

黄庄主对阿杰说道："你不要一开口就是恶言恶语。跟你说过多次了，说话要文明。"

那人对我们解释道:"我是捕蛇的,我能看到你们看不到的东西。"

"捕蛇客。"黄庄主对我和二叔说,"请他进来看看。"

二叔走过去,打开栅栏门,对那人说:"师傅,请你进来看看吧。"

那人摘下草帽,把帽檐卷起,握在手上,当成扇子一样扇着。"你们院子里有蛇。"他强调道,走过木桥,进到院子。

我觉得那人有点危言耸听。我对黄庄主说:"这些日子,我与阿杰整天开荒挖地,连蛇影子都没见到过。"

黄庄主沉吟了一下,"这种人一般不打诳语。"

那人进来后,东瞧西看,然后,站在我们不远处,以十分肯定的语气再次强调:"你们园子里真的有大蛇!"

"你不会是装神弄鬼吧?"阿杰讥笑道。

那人望了阿杰一眼,没有说话。

"要真有大蛇,麻烦师傅帮忙捉掉。"黄庄主说。

那人点了点头,把草帽戴上,沿着荷塘的石板小道往前走。

我们跟在他后面。

走了几十米后,他立住,面朝荷塘,用鼻子嗅了嗅,回过头来对我们说:"这荷塘的堤坡上有两条大蛇……"他说着把肩上的彩塑袋取下,从袋里掏出一个盛满液体的矿泉水瓶。又朝前面走了走。他一边走,嘴里一边念叨什么,手里不停地摇晃着那瓶液体。"这棵树下就藏了一条!"他在一棵三角梅下停住步子,以很肯定的语气对我们说。

那是一棵生长了好多年的三角梅,枝蔓纵横交错,叶间簇拥着一丛丛鲜红的花朵。我看到,树下除了一层杂草与枯叶,似乎没有什么迹象表明能够隐藏蛇类,我仍然觉得他是信口开河、扯淡胡诌。但见他蹲了下去,伸手扒开地上的杂草枯叶,对我们说:"这不是蛇洞吗?"

我们走近，看见树蔸下确实有个被杂草枯叶隐盖的小洞，洞边有些灰色的绒毛——应该有鼠类出入。再凑近仔细一看，洞沿非常光滑，明显有动物爬行的痕迹。

"你们让开一下。"捕蛇客的神情变得严肃起来，"如果惊动了它，它会伤人的。"

我们赶紧闪到几米外，全神贯注地看着他。

他不慌不忙地拧开瓶盖，仰头将瓶里的液体喝了一口，含在嘴里。然后，俯下身子，把嘴巴凑近洞口，对着洞里用力一吐——那液体如一串水雾射入洞中。他蹲在那里，又取下头上的草帽，把帽檐卷成扇形，握在手里，对着那洞口不紧不慢地扇了起来——

"呼——呼——呼"扇了三下！

一条有着灰黑色斑纹的大蛇倏地从洞口窜出半截！

捕蛇客眼疾手快，一伸手，稳、狠、准地抓住了那颗三角形的蛇头！几乎在同一时间，只见他腾空一跃，手往空中一扬，一条近两米多长的大蛇被他从洞中带出。随即，我们看见一条泛着油光黑亮的"皮带"在他手中飞舞……

我们完全被他完美的捕蛇动作震惊。

他迅即把蛇放进彩塑袋，扎紧口子，丢在地上，对我们憨厚地一笑，"这是眼镜王蛇，剧毒呢，咬着人不得了。"他把手往裤子上擦了擦，又朝荷塘四面看了看，说："还有一条跟它一样大的。"

真的有蛇啊！

我们目瞪口呆半天说不出话来。

我想起林村长跟我说过的话：灵山之地，自古产大蛇。黄庄主的脸色都有些黑青，眼睛一眨不眨地盯着捕蛇客；再看看阿杰，他一脸困惑地望着地上扭动的彩塑袋；二叔还算沉静，但嘴里也在念叨似的对捕蛇客说："师——傅，你把它们都捉、捉光——光吧！"

捕蛇客摇了摇头，"不可以，捉一条就行了。"

阿杰不满意，"那怎么行啊，你都知道了还有一条，留下它干吗？你不是故意逗我们？"

"如果在一个地方把它们全捉光，必会引起蛇神的不满，犯大忌。再说，蛇一般不会主动攻击人，尤其是大蛇，与人非常友好的。"捕蛇客笑着说。

黄庄主对捕蛇客说："想不到院子里竟然有如此剧毒的蛇，这实在令我不安。我这里经常有外边的客人来，如果不小心咬了，就是大事了，师傅就权当作一回好事吧！"

我们都希望捕蛇客帮帮这个忙。

捕蛇客拗不过我们，点了点头，开始寻找下一个目标。

捕蛇客昂首挺胸骄傲自信地行走在堤坡上。我们小心翼翼地跟在他的后面。

他依然边走边摇晃着手里那瓶液体，鼻子依然时不时地四面嗅吸着，嘴里依然念叨着什么。气氛有点紧张，有几次我甚至感觉大蛇就在我脚下。一会儿，他告诉我们发现了目标。他在一棵硕大的无花果树下停了下来。树下生长着一团低矮的灌木丛与杂草。那一刻，我几乎吓得魂飞魄散。因为，我清楚地记得我好几次趴在那棵树的枝干上，打量荷塘，寻找二叔说的"精灵花"。

"你们不要过来。"

我们停住步子，屏息凝神地望着他。

他弯下腰来，折断一些灌木丛枝丫，伸手在草丛里摸索了一会儿。然后，听到他说："有个小洞，你们找把刀来。"

阿杰马上跑到前边院子里找来一把砍刀递给他。

他三下五除二地砍掉一些杂草与荆棘，露出小片空地。我们再一次看到，地面上赫然露出一个小洞。

他蹲下，依然是脖子一仰，含了一口液体；依然是往洞口一喷，水雾射入洞中；依然不慌不忙地取下草帽，对着洞口不紧不慢地扇了起来……

仅仅几秒钟，我们再一次惊奇地看到，一条更为粗长的金黄色眼镜王蛇从洞口窜出。捕蛇客手快如流星，一把就抓住了蛇头……我们还没来得及欢呼雀跃，就清楚地看见蛇头往捕蛇客手背上一扭，张开嘴巴，一下咬住了虎口！

我们听见捕蛇客痛苦地发出一声"哎哟"，我们看到捕蛇客那张脸倏地变成了白纸。

只见他迅速站起，左手抄起彩塑袋，右手往彩塑袋里一塞，然后猛地往袋外一缩，蛇落入袋中。黄庄主奔了过去，从他手里接过彩塑袋，扔在地上，用脚死死踩住了袋口。

我们目瞪口呆地看着他。

我们看到捕蛇客额头上已冒出黄豆大的汗珠——那一定是钻心的疼痛；我们看着他的手在极短时间里由血红变成黑青，快速浮肿。他皱了下眉头，咬了咬嘴唇，表现出十分的镇静与清醒。他叫二叔帮忙打开瓶盖，一仰头，含了一大口液体，往伤口处一喷。他叫阿杰紧紧地按住他的手腕处，阻止血液循环。"把砍刀给我。"他对我说。我赶紧捡起地上的砍刀递给他。他摸出一只火机，打着火，让刀尖消了一下毒，接着，左手提刀，对着虎口蛇咬处画了个十字。他咬了咬牙，用左手从上到下从里到外挤压着手臂，我看到一滴滴黑血从虎口十字处滴落下来。"把瓶子给我——"他说。我赶紧拾起他脚下的那瓶液体递给他。他一仰头，"咕噜咕噜"地喝完了剩下的半瓶。

"没事了。"他抹了一下嘴巴。

他用左手死死地压住右手手腕处，在地上盘腿而坐，向我们展露出一个苍白的微笑。

我们仍然惊魂未定心有余悸，问他要不要去医院。他摇了摇头，"不去了，我这药比医院管用……没事的，休息一会儿就好了。"

"你是条汉子！"黄庄主对捕蛇客说："你给我们上了生动的一课。"

捕蛇客看着我们，敦厚一笑，"知道我为啥不想帮你们捉第二条吗？因为得罪了蛇神，我就得遭一次殃。不过，没事的，捕了半辈子蛇，这种情况不是第一次了。"他让我们看他的手背手腕，到处是蛇的齿痕。他笑着说他身上的血全是蛇毒，他的血比蛇毒还值钱。

阿杰说："我跟你学捉蛇好不？"

捕蛇客笑了笑，道："你脾气不好，干这一行急躁不得。再说，这是家传，不对外传哈。"

阿杰吐了一下舌头，嘟哝道："还不能外传呢！"

黄庄主吩咐二叔和阿杰赶紧去杀鸡捞鱼，要好好招待师傅。

我和黄庄主陪着捕蛇客在荷塘边坐了近一个小时，捕蛇客的脸色渐渐恢复了黝黑与红润。"这蛇不能带走了。"他说着站起身来，提起装着两条大蛇的彩塑袋朝那片木麻黄林走去。

我和黄庄主疑惑不解地跟在他后边，一路上听见他嘴里又在念叨。

他来到树林外与原野接壤的那片灌木丛边，停下步子，把蛇袋放在地上，解开袋口，说："你们走吧，走吧，走得远远的！"

两条眼镜王蛇交织着从袋子里簌簌游出，然后，像两枚出弓之箭射向远处的原野。我们都清楚地看见，它们冲出百十米开外后，那条咬过捕蛇客的金黄色眼镜王蛇突然停住，回转身来，高高立起，张开宽而扁的头，向着我们吐出长长红红的蛇信子……

捕蛇客笑着对我们说："它在说对不起呢！"

我们再一次目瞪口呆得说不出话来。

吃晚饭时，捕蛇客说："虽然蛇有毒，人人害怕，但它们是人类的恩人呢，蛇毒常常救人生死呢！"二叔附和道："蛇肉味道鲜美着呢，你看灵山村人都喜欢吃，一代代吃，政府抓都不怕。"我笑着说："白娘子与许仙的爱，肝肠寸断，流传到今天呢。"黄庄主也笑了，若有所思，"蛇也有爱，能吐出感恩的红信。"阿杰一脸认真，摇头晃脑，"读书时，老师说，热爱动物，敬畏自然！"

第十六章　入赘的诗人

那个傍晚，社长与夫人去参加同乡会。

我在房里赶稿，突然听到蝶在客厅里叫我。我走到客厅，蝶一脸惊慌地递给我一张小纸片。我一看，是张测孕纸，两条红线赫然纸上！

那一刻，我僵立厅中，哑口无言，如遭雷劈。

蝶的眼里闪烁着泪花，无语地坐在沙发上。

我小心翼翼地防范着，却仍然疏忽了！我热爱着台风，台风给我壮了胆，我却给蝶壮了肚。这真是一件令我羞愧而恐惧的事情，我几乎一下子就陷入了绝境。

接下来的日子，我与蝶一次次商量着如何掩盖真相，甚至几次想到求助医院，但是，蝶无论如何也没有胆量走进医院。

三个月后，蝶的身体开始发生了变化。

四个月后，蝶的身体已经"圆"形毕露。

事情败露后，于我简直就是一种痛入骨髓的羞辱。

几天后的客厅里，静默无声，似乎一枚针落到地上也能听见，空气凝滞而灼热。马列老太太肥硕的脖子顶着那张因愤怒而扭曲得明显变形的门板脸，她怒目横瞪，两股火焰从眼里喷出，欲将我焚烧。她不停地摇头，半晌，才从牙缝里挤了一句令我终生难忘的话："乡下来的白眼狼……你这是处心积虑败坏我家名声啊！"

那一刻，我相当震惊。天地良心，我再坏，也不至于坏到那般地步；我再恶，也不至于恶到败坏人家名声。我想解释，但嗫嚅了半天说不出一句话来。马列老太太没有说第二句话,返身回房,门"砰"的一声带上。我站在那里,回味着马列老太太的话,只觉自尊碎了一地,人生了然无趣。苍天啊,大地啊,把我灭了吧!

社长从房间里出来,"怎么回事?"他铁青着脸问我们。

我看了看社长,不知应该说什么。

社长走过来,看着蝶,似乎明白了。他扬起手,想给我一耳光,但最终没有落下。"丢脸啊!"他骂了句,收回了手。他转过头去,瞪着蝶,说:"你明天打辞职报告吧,别在单位丢人现眼了。"我知道,视名誉为生命的社长不想让报社的人知道这件事。我愈发感觉到我罪孽深重,惭愧地低下了头。

社长背着手,在我面前走来走去,"男大当婚,女大当嫁……"他念叨道,然后,立住,双目怒瞪,对我一声断喝,"赶紧结婚!"

我低着头,结结巴巴地说:"我……我什么都没……没准备。"

"你想赖账吗?"蝶母不知什么时候又回到了客厅,就站在了我的后面。她的声音尖细,冰冷透骨,令我禁不住一连打了几个寒战。

社长看了看我,摇了摇头,咬了咬牙,吐出两个字:"入赘!"

我分辨得出,社长说这两个字的时候,脸上的表情是憎恨与怜爱交集。

入赘。在我家乡语言的词海里,这是个带有贬义意味的词,意思是没有出息的男人,嫁去女方的家里,又叫倒插门。

一切都措手不及,我没得选择。我知道是我惹的祸,即便前方是浑水一片,也得往前蹚。我突然悲从心来,情绪沮丧,深感无助与无奈。我承认我有攀高枝的功利心,但是,我真的不愿以牺牲自尊的方式去获得名利。我觉得我又一次迷失了方向——我来到这个城市一直在努力地寻找着我的方向,可是,最后发现,我人生的方向盘总是被别人掌控与把持。

那天,天空乌黑,城市空荡。

我领着腆着肚子的蝶去民政局扯了结婚证。因为市里正处在打击党政干部请客送礼的风头,社长说,一切从俭;马列老太太斜睨着我,语含讥讽,说,正合你意吧?!我明白老太太的意思,她从骨子里瞧不起我。

是的,挺好。我心想,确实合我意。

我与蝶结婚了。全家人在酒店吃了餐饭,表示办了婚宴。新房就布置在蝶的那间房。墙上没有婚纱照,窗上没有双喜字。但是,那个晚上,蝶穿了最美的连衣裙,我换了一件白衬衫。无论如何,新郎是我,新娘是蝶。从此以后,我成了社长家的上门女婿——倒插门的男人。

我与蝶结婚了。这种婚姻从一开始就建立在沙滩上,毫无根基可言。现在想起来都觉着对不起她,当然,也对不起我自己。我这样说并非为我后来的出轨找理由,更不是为我的忘恩负义开通行证。事实上,我与蝶的婚姻各有目的:蝶与我结婚是因为她是独生女儿,不愿离开父母,而我是上门女婿的最佳人选;于我而言,与蝶结婚,纯属是奔她的父亲去,为我的未来找个靠山。正如岛城人后来议论的那样:攀了权贵,摘了高枝。就那么回事。

洞房花烛夜,蝶在我的怀里哭了。那一刻,我觉得委屈了蝶,我给她擦了眼泪,感觉对不起她。她抱紧我,反倒安慰我:"不要放在心上……我妈到了更年期。"她那么一说,令我眼里有些痒,一抹,竟是泪水。"对不起,以后弥补你。"我在蝶的耳边有些煽情地说。

与蝶结婚后不久,马列老太太的身体更不如从前,尤其害怕声响,稍大一点的声音都可能导致她心绞痛。她的脾气更是变得暴躁无比,常常因为我们不小心弄出的一点声响而不能自控。

蝶心疼母亲,与我约定:说话不能大声,走路脚步要轻,厕所冲水的时候要小心翼翼。电视电话就更不用说了,全部关闭。这些我都能接受。不能接受的是晚上与蝶做爱的时候,也不能弄出丝毫响动。时间一久,我连跟她那个的兴趣都没有了。

我们家基本上是靠手势过日子。

蝶的妊娠反应越来越大，马列老太太的身体也愈加糟糕。社长与蝶一商量，请了个保姆，带着马列老太太回老家乡下疗养去了。于是，这个家就由腆着大肚子的蝶来操持了。

我惊骇地发现，文静与柔弱只是蝶的一件漂亮的花衣裳，婚后，当她换上灰布围裙，她就变成了一个像她母亲一样能干而强势的女人。我在这个家基本上没有发言权，家里家外，无论大事小事，一概由她说了算。蝶的脾气也越来越大，我的一点点闪失，都可能令她大发雷霆。

同事们告诉我，妊娠期女人情绪波动较大，生完孩子就没事了。

就这样熬过了冬天，女儿出生了。

没想到，女儿出生后，蝶变得更加霸道，脾气更加烦躁易怒，与马列老太太比，有过之而无不及。她不愿意与我进行任何沟通，她的世界只有女儿。除了晚上与她同卧一床表示我还存在外，其他时间我基本上算是空气。后来，我睡觉的位置也被剥夺了，因为她担心我睡觉压着女儿。我也正好图个清静，于是搬回到结婚前住的那间房。

这样也好，我把所有精力与心思全部放到工作和诗歌创作上。

我工作更加卖力，常常自告奋勇跟报社请求去外地采访，去得越远越好。事实上，我是不愿回家。更重要的是，我已疯狂地爱上了诗歌创作，拿蝶的话说，我已走火入魔。我甚至经常翘班把自己关在家里苦苦写诗，由此引起部主任的不满，也惹怒了蝶与她父母。但我全然不顾。我可以为创作一首诗抛开所有烦忧，我经常头悬梁锥刺股只为等待一首诗的诞生。我会整晚呆坐在电脑前，让灵魂进入诗歌的天堂，让生命遨游美妙的诗海——那是美丽的世界，女神凝眸含笑。

感谢那个炎热的夏天，感谢那个无风的夜晚，《老邹的爱情》让我在岛城一举成名，我成了岛城"著名诗人"。我常常打开电脑，点读着自己的一首首诗歌，一次次被自己的诗情与才华震撼，一种君临诗坛的感觉油然而生。

接着，幸运女神再次眷顾我。一个暮云低垂蝙蝠乱窜的黄昏，我照例打开电脑进行创作。邮箱提示有新信息，我点开，收到一封邮件，对方自称是香港玫瑰园出版社编辑，说长久以来一直关注着我的诗，非常喜爱我的诗，有意出版我的诗集，征询我是否愿意合作。

"愿意！"我没有任何犹豫就在心里回答了他。

岛城再傻的诗人也懂得，出版一本诗集是奠定自己在诗坛地位的必要举措。我连呼吸都变得有些仓促，几乎是腿抖手颤地给编辑回复：「谢谢你们对岛城诗歌艺术的关注与理解，谢谢你们对本人诗歌的喜爱与抬举。我非常愿意与你们合作。"

过了几天，编辑回复了我。他说，他已把网络上我发表过的所有诗歌进行了汇编，诗集名字拟叫《飘逝于岁月之河》，问我意见如何？

"好！"这名字让我眼睛一亮，令我惊喜不已。

编辑预言，我的诗集将是本世纪最杰出的诗集。他说："没有之一，只有唯一。"而且，他在信的末尾透露："我们社长决定请翻译家将你的诗歌译成英文……"

"英文！"我更是惊喜若狂。

这无疑告诉我，我的诗歌将走出海岛，走向世界！

贝尔诺，等着我！高斯里，我要灭了你！

我踌躇满志信心万倍。

十多天后，我又收到了编辑的邮件："全部完成《飘逝于岁月之河》的汇编工作，已向社长请求破例提前出版，首印十万册！"

我明白，在这个发表一首诗都难于上青天的年代，能够出版一本发行十万册的诗集，那简直就是中了头彩。

"诗集很快就要摆在中国所有书店的书架上了！"编辑再次预言，"这将是一部轰动世界诗坛的诗集，其文化价值与商业价值无可估量！"

邮件末尾说："为了使诗集顺利付梓，出版社希望作者先垫付五万元印刷费，待诗集发行完毕连同稿费一并返给作者。"

这个末尾让我的心"沉"了一下。"这是买书号吗？"我问。

"绝对不是买书号，是垫资。我们出版社不卖书号的。"编辑强调说。

"沉"了一下的心很快就"浮"了上来，想想岛城有多少诗人一辈子辛苦创作，最后还不得自个儿掏钱找出版社买个书号，印上几百册送人。我这"垫付"算是大幸运了，所以，我立马照着编辑提供的账户汇了款。

钱汇出去后，我便等待着油墨芳香的诗集摆上岛城及全国书架的那一天。

我沉浸于诗集即将出版的幸福之中。阳光是如此明媚，世界是如此美好，我连走路都飘了起来。那个晚上，我心情无限好，溜到了蝶的房间。蝶把女儿往里挪了挪，破例让我登上了她的龙床。

半夜，我梦见自己跨进了岛城最大的书店，一眼便看到我的诗集《飘逝于风月之河》正以莹莹绿光纠纠雄姿耸立于岛城两位老诗人油菜花和墙头草的诗集边——这两个老家伙一直瞧不起我的诗歌，背后不知讥讽嘲笑了我多少次。现在呢，他俩的诗集前可谓门可罗雀冷冷清清，我的诗集前竟是车水马龙人头攒动……

"哈哈哈！"我一声狂笑，在床上一跃坐起。

"你干吗？"蝶惊醒，她揉着惺忪的睡眼，看着坐在床头的我。

我跳下床，在房间里乱转，东张西望。

"你干吗？"蝶一脸惊愕。

"找麻袋！"我叫道。

"找麻袋干什么？"她厉声问我。

"去书店装钱！"

她从床上跳下来，扑到我面前，扇了我一巴掌。杏眼怒睁，从牙齿里挤出三个字："神——经——病！"

脸上火辣辣的痛，我醒了。

夏天最后一夜，吉梦在猝不及防中变成了噩梦。

傍晚，我坐在客厅里看电视，蝶抱着女儿在沙发上玩耍。一条央视新闻把我震得目瞪口呆：近日，广东增城公安摧毁一个出版诈骗团伙。来自河南的农民兄弟王海王荣假冒香港出版社编辑，以帮助全国各地诗歌作者出版诗集为名，提供虚假书号，诱骗诗人垫付高额出版费……电视播放了他们行骗的书稿目录，我一眼看到《飘逝于岁月之河》赫然在列！

天旋地转，我差点晕倒在电视机前。

蝶看了我一眼，抱起女儿，扭头回了房间。

房门敞开着，她一边啜泣，一边历数我九九八十一条罪状——平庸窝囊冷漠自私猥琐没出息酒鬼没责任贪慕虚荣……最后，总结式地懊悔自己当初怎么会瞎了眼看上我。

我垂头丧气地走进自己的房间，坐在书桌前，点燃一支烟……

"神——经——病！"

我的耳边一直回响着蝶的骂声。

第十七章　大爱之庄

当盛夏耀眼的阳光将一望无际的水稻田烤出金黄的时候，灵山村的村民便背着木制打谷箱，扛着铁制犁铧，牵着水牛，下地收获去了。

这里还有农耕时代的遗风：男人们把稻穗一把把地割下来，然后在木箱上靠力气摔打出谷子；女人们则牵牛握犁，跟在打谷子男人身后耕田耙地。田里的谷子一收完，地也拾掇好了，收种两不误。

村长左手提着一只空木桶，右手扛着一把铁铧犁，一路生风地走进庄里。

黄庄主迎上去，"开始忙了呵！"

村长说："小暑没禾打，大暑打不赢，最忙的一季了，全村劳力都得下田。"他把木桶交给黄庄主，"又得辛苦你了啊，给村民们搞点凉茶。"

黄庄主说："没事的，大家喜欢喝就好。"

二叔从厨房窗口里探出头来，对村长说："黄庄主早给你们配好了，我这正煮着呢，一会儿就给你们送过去。"

村长拱手答谢，随即下地去了，一路笑声爽朗。

我对黄庄主说："庄里与村民的关系很融洽嘛。"

黄庄主淡然地笑了笑，"每年这个时候，村民最辛苦，给他们煮点凉茶，算是慰问。你对人家好，人家自然也会对你好，以心换心嘛。"

我点点头。

一会儿，二叔与阿杰从厨房里抬出一锅熬制好的金黄色茶水。两人把茶水倒进木桶，抬起便走。我想搭把手，却帮不上忙。二叔一脸嫌弃，"大记者，小心烫着你那写诗的手呢！你就帮着拿些茶碗带上吧。"我就抱着茶碗跟在后面。

太阳像只火球，喷洒着又毒又辣的光焰。村民身上是泥泞，脸上是汗水，腿上沾满了碎稻末子。我们把茶水放在田埂上，二叔扯着嗓子向田里劳作的人喊道："大伙累了就上来喝杯刚出锅的凉茶吧，别中暑了啊！"

一村民笑道："黄庄主的凉茶好，除了解渴还能治病！"

另一村民附和道："还真是呢，前几天我感冒，讨了碗黄庄主的凉茶，喝完就好！"

村长走过来，对我们笑道："黄庄主的凉茶我们都很喜欢，黄庄主可以当咱们灵山村的赤脚医生了！"

这话令二叔一怔，他一拍大腿，对我说道："看来我们得让黄庄主好好研究研究这个茶了，说不定真的比'王老吉'还有效呢！"

我点了点头，"赞同！很多产品就是从劳作实践中来的，怡人庄确实可以研制这款凉茶。"

阿杰对我们翻了个白眼，"黄哥的凉茶好是好，但不是名牌。我还是喜欢喝'王老吉'，人家那可是牌子货！"

村长舀了碗凉茶，吹了吹热气，喝了一口，抹了下嘴巴，"这茶过瘾，我看就叫'黄氏凉茶'。"

我附和道："行！灵山村出品，怡人庄研制，报纸电视打广告，推出海岛饮料品牌！"

阿杰说："这个好！我就去岛城摆个摊，专卖名牌'黄氏凉茶'！"

大家哈哈大笑。

返回前院，经过那片木麻黄林地时，二叔对我和阿杰说："你们先回，我去看一眼鹅大妈。"

阿杰不以为然，"有啥好看的，它活不长久了。"

二叔呸了一口阿杰，"你咋就没一点同情心呢，你是不是希望它早些死呢?"

阿杰斜睨着二叔,"你这火发的——你不会是爱上鹅大妈了吧?"

二叔瞪了眼阿杰,"你小子是狗嘴里吐不出象牙!"

荷塘没有一丝风,一片白云慵懒地漂浮在水面。

我和阿杰回到院子里,看到枇杷树下堆放着一些干枯的枇杷叶。黄庄主撅着屁股,神情专注地一片片拾捡与翻看着。见我俩回来了,他笑了笑,"来帮忙吧,选出大片的,没有虫眼的,再晒两个太阳就能用了。"

我知道,这些枇杷叶是用来配制凉茶的。

"二叔呢?"黄庄主问。

"看鹅大妈去了。"阿杰说。

黄庄主没有言语,默默地捡拾着枇杷叶。

我知道,这些日子,黄庄主也一直惦记着那只鹅。

两个多月前,黄庄主从镇上买回来一公一母两只海岛白莲鹅。鹅棚就设置在荷塘拐角处一棵黄皮树下,棚里堆放着一些干草。一公一母两只鹅白天浮绿水,晚上同栖息,恩爱地生活着。上个月开始,母鹅在鹅棚里一个不起眼的角落用干草做了个窝,偷偷地下蛋。那些晶莹硕大的鹅蛋隐藏于干草底下,躲过了养生大厨二叔的眼睛。直到十多天后,母鹅趴在棚里再也不出鹅棚了,二叔才意识到不对劲,把它抱开,发现身下有一堆热乎乎的鹅蛋。

"哈哈,母鹅在孵仔呢!"二叔向我们叫道。

黄庄主非常开心:"太好了,怡人庄白莲鹅家族的兴盛有指望了!"

多少日子后我还记得黄庄主带我去清扫鹅棚的那个下午。我们把低矮的棚门打开,肥胖的公鹅踱着方步,扇着翅膀,嘎嘎叫嚷着,摇摇晃晃地迈出鹅棚。而那只母鹅趴在窝里,一动不动,眼睛死死地盯着我们,一副戒备的样子。黄庄主笑着对我说:"你看它护蛋多么认真，它怕我们偷蛋呢！"黄庄主拍了拍母鹅的翅膀，"知道你很尽职尽责，日夜不离窝，但是，也要讲卫生啊！"黄庄主说着充满爱怜地把它抱起，移放在一边。母鹅似乎明白我们是来给它做清洁的，便一脸温驯地站在那里，注视着我们。

"多久才能出小鹅呢？"我问黄庄主。

"快了，十天八天吧。"黄庄主捡起窝里一颗鹅蛋，捏住两端，轻轻地摇了摇，说："你听听——"他把蛋递到我耳朵边。我仔细听，似乎能听到小鹅正在用嘴敲打蛋壳的声音。

清扫完孵窝，黄庄主拍了拍母鹅的背，动作麻利地将它抱起，重新放回窝里，"你很快就要做妈妈了！以后你就是怡人庄的鹅大妈了！"

我们期盼着小家伙们破壳而出。一场突如其来的狂风暴雨毁了一切。那天夜里，风雨刚停歇，我听到二叔在鹅棚那边喊叫。我赶紧爬起来，直奔鹅棚。面前的一切令我惊骇：鹅棚被狂风掀了个底朝天，雨水湮没了鹅棚，母鹅不见踪影，公鹅逃到水塘里，发出嘎嘎的惊叫声，心有余悸地在水面上游荡。

黄庄主也一颠一跛地赶过来了。看到这副惨象，他脸色煞白地愣在那里。好一会儿，他才回过神来，对我们叫道："快找鹅大妈！"我们合力移开铁皮棚顶，看到正在孵仔的鹅大妈一动不动地趴在孵窝里。它全身浸泡在水里，张开的翅膀严密地覆盖着整个孵窝。二叔一屁股坐在地上，嘴里懊悔不已："睡死了睡死了……"黄庄主没有说话，他蹲下来，试图去抱鹅大妈，但它拒绝黄庄主的触碰。黄庄主努力了好几次才把鹅大妈抱起，从窝里移到边上。然后，一颗颗去触摸那些鹅蛋，嘴里念道："全军覆没……全军覆没。"我摸了摸那些鹅蛋，已经冰凉。二叔默默无语，把鹅蛋一颗颗捡到饲料桶里，抬起头，问黄庄主："扔了还是拿回去呢？"

黄庄主没有回答。

"这种毛蛋煮了可以吃，倒是很有营养。"二叔自言自语地说。

阿杰奚落道:"你自己吃吧,你需要营养,我们不需要。"

黄庄主瞅了一眼二叔,语气冷淡地说:"挖个坑埋了吧。"

我们刚走开,站在一边的鹅大妈又回到潮湿而空荡的窝里,趴下去。"把它移到鸡舍那边去吧。"黄庄主对二叔说。我知道黄庄主的意思,给鹅大妈换个新环境,它就会忘记这场噩梦。

二叔把湿漉漉的鹅大妈抱到鸡舍那边,安置在一个空着的木栅栏围子里。

那两天,鹅大妈不吃不喝,站在围子里,望着塘边那个被拆掉了的鹅棚发呆。仅仅两天,它已明显消瘦。几天后,黄庄主从镇上买回来一群小鸭,安放在离鹅大妈不远处的另一个围子里。有一天,我们发现鹅大妈逃出自己的围子,来到关养小鸭的围子边上。它一动不动地站在那里,消瘦得只剩下一副骨架了,羽毛脏乱蓬松,没有了光泽。它看着围子里那群叽叽喳喳活蹦乱跳的小鸭,眼里溢出无限的温柔。它不能言语,但是,我们明白它误认为那些小家伙就是自己的孩子。二叔走过去,心疼地说:"别站这儿了,它们不是你的孩子。"二叔将它抱回它的围子。但我们一离开,它便扇着翅膀,又跳出围栏,扑向关养小鸭的围子。它站在围边,仍然一动不动,就么痴痴地看着围子里那群小鸭。我实在不忍心让它站在那里,走过去想把它抱开,它扑腾着翅膀反抗,嘶哑着嗓子发出长长的哀鸣,它红红的小眼睛竟然浑浊而湿润——天哪,它流泪了!这只母爱情深的鹅把我震撼得说不出话来。

我们埋头挑选枇杷叶时,二叔从小道上急匆匆地走过来,"鹅大妈……死了。"他耷拉着一张黑脸,沮丧地叹息道。

我们一下子不知道说什么好。

半晌,黄庄主摇了摇头,沉吟道:"死了也好,少受些折磨。"

阿杰笑着接话道:"就是嘛,死了好啊,早死早投生呢!"

我们跟着二叔去看了鹅大妈最后一眼。

鹅大妈死得并不安详，眼睛没有闭，黄豆大的眼珠暴露在眼眶外面，似乎由眼泪结成的一层白膜清晰可见。其实，我知道，自那个狂风暴雨之夜后，它的灵魂就已经追随天国的儿女们去了。阿杰准备把尸体扔到水塘给鱼儿们吃，黄庄主叫住阿杰。他走过去，挽起袖子，捡起鹅大妈，在水塘里冲洗了它身上的脏迹。对二叔说："在塘边树下挖个坑，把它埋了吧——记住，怡人庄里的所有生命，都是怡人庄最亲的一员！"

我点了点头。我当然懂得黄庄主的意思——虽然它只是一只鹅，但它是一个生命，它是爱的精灵——它必须获得尊重与善待。

第十八章　如何坚挺

我马不停蹄任劳任怨地采访写稿，就是为了做一名好记者；我刻苦勤奋地读书写诗，就是想让自己有更大的发展；我忍受门第之见，心不甘情不愿地做一个上门女婿，就是为了赌一条成功的捷径。水往低处流，人往高处走，就那么回事，我没有错吧？

那个早上，走进办公室，我闻到一股刺鼻的尸臭味。我捂着鼻子找遍各个角落，硬是没有找到散发源。开早会时，主任在台上青筋直暴唾沫横飞，我在台下仰着头死死地盯着天花板——那儿有一片蜘蛛网，网角挂着一只死了的壁虎，显然毙命不久，尸体肥胖白嫩，里面肯定开始腐烂，所以，我怀疑是它散发出的臭味。它沉重地吊在那网上，风吹过来，它摇啊摇啊……我跟自己打赌，它是会掉下来呢还是会一直挂在那儿被慢慢吞食呢？

这只不幸的壁虎总是让我联想到自己。

诗集出版的被骗，使我的诗人形象大打折扣，我甚至成了岛城诗人们的一个笑话。更倒霉的是，我在蝶家的地位一落千丈，不，应该是坠入深渊。

马列老太太带着小保姆疗养回来了。她的病情仍然没有什么好转，对我的态度依旧是冷漠与无视。而蝶对我更是目不正视。她的心里，除了女儿就是马列老太太，没有我这老公的位置。岳父大人照样脸呈微笑，目光慈祥，上班下班，散步睡觉，井井有条，从不参与我们之间的事情。

我是孤独的。这种孤独令我痛苦，令我常常追问自己：这是为了什么？

我问蝶："我们算什么关系？"

蝶上下打量着我，一脸陌生地问："你什么意思？"

我苦笑了一下，"我觉得我就是个来帮你家做个摆设的男人。"

蝶有些厌恶地瞪了我一眼，"你很闲是吧？我很忙，你不要找碴儿！"

岳父大人其实早已察觉到我与蝶的感情出现了裂痕，他似乎于无声处中听出了惊雷，似乎意识到了我骨子里的反叛气息。但他依然不露声色，保持着心平气和慈眉善目的状态。年底，他给人事部拨了个电话，便再次改变了我人生的方向——人事部将我从记者部调到编辑部，并且明确安排由我担任生活版编辑。

接到调岗通知的那天，社长召见了我，语气和蔼地告诉我："你是有家室的人了，不能天天在外跑采访，那样太辛苦了。生活版编辑是清闲的岗位，这样你就可以腾出些时间照顾家里，顺便搞搞你的创作。"

那一刻，我想笑。我问自己要不要对社长兼岳父大人的此番关照感激涕零？事实上，我对社长大人赐给我的调岗之恩心领神会：他对我失去了耐心，他这是要打掉我倔强的自尊，扑灭我潜滋暗长的邪念。

生活版的工作朝九晚五，主要是从各类报刊上东抄西摘些小玩意，就是个"神偷"兼"剪刀手"，这令我自己都厌恶自己。那一年我三十岁，所谓而立。到了这个年龄，如果我再不诚实就连自己都对不起了。我由此可以预见我的未来：平庸而幸福地过着每一天，上班下班，老婆孩子，柴米油盐，喜乐平安，波澜不惊。我突然发现自己站在人生最尴尬的门槛上了，突然发现自己与这个世界格格不入了，突然发现自己越走越迷惘了，突然发现那些曾令自己热爱与追逐的东西宛如浮云渐行渐远了……

登了高枝攀了权贵的我，本以为人生从此春风得意一帆风顺，哪知是竹篮打水一场空。从那以后，我上班时在单位里温文尔雅、勤勉工作、任劳任怨，下班回家矜持礼让、轻声细语、小心翼翼。只有到了晚上，当夜深人静之际，我独居一屋，潜伏在心里的恶魔才开始苏醒——我甚至能够清楚地感觉到它在体内蠢蠢欲动，我甚至能够清晰地听到它对着我嗷嗷怪叫。我常常噩梦连连一身冷汗。

沮丧、压抑、愤懑、叹息……我的灵魂与肉体总是失去关联，它飘荡在遥远的另一个世界。我再一次感觉到我的命运被一只无形的巨手把玩着，我再一次承认我已经彻底没有了方向。我并不害怕人生的折腾，只是痛恨世界给予我太多的"此路不通"。欣慰的是，我的大脑还没有停止思考，心灵还没麻木到不疼的地步。表面上，我虚情假意地笑，谦卑恭顺地装；内心里，愤怒在奔腾，叛逆在疯长。我无数次暗下决心让自己把握一次人生的方向盘，让自己掌握自己的命运！

我决定辞去这份平庸的工作，一心一意去创作。再赌一次，我要成为自己命运的掌控者。我把辞呈送到主任手里时，他惊讶得目瞪口呆，但一会儿就恢复了平静，抬起头，问我："社长知道吗？"

我摇了摇头，"跟社长没有关系。"

"你可得想好啊！"

我淡然地笑了笑，"我在这也工作十年了，不想好我能这么做吗？"

他点了点头，有些同情地说："那也是。"

我明白，辞职申请到主任这里只是跑个过场。主任笑了笑，意味深长地补充了一句："你这样做，社长会睡不着的。"

无疑，主任是个明白人。

回到家，晚餐时，大家都在座上，我让自己平静了一下，把辞职的事缓缓地说了出来。

空气一下子变得凝重，目光齐刷刷地望向我。半天，蝶才问我："为什么？"我说："我想好好创作。"她半张着嘴，看着我问："写……诗？"我平静地点了点头："是的。"蝶从震惊到愤怒到攻击只用了几秒钟的时间——她把筷子往桌上一拍，浑圆的下巴往上一扬,看着餐桌上方的那盏吊灯,像吟诵一首战斗的诗歌:"就你那点光——便想照亮整个世界——你做梦去吧!"她抱起身边正在吃饭的女儿愤然离场。

马列老太太坐在我们左上方。她那张保养得嫩白泛光的脸上浮出了两块黑青色,连看都没看我一眼,放下碗筷,起身离座,嘴里甩出一句话:"我早就知道你是魔鬼派来害我家蝶儿的!"

社长坐在我斜对面,望着我,不露声色。半晌,低沉的声音问我:"已经决定了?"

我点了点头。

"辞职——写诗……"他叹息了一声,"你是冲我来的吧?怪我没提拔你吧?没给你前途吧?"他目光犀利,盯着我,语气似乎是问我,也似乎是在问他自己。

我没有回答。

他起身回房去了。

餐桌上只剩下我。我把碗里剩下的两口饭扒进嘴里,取了张餐巾纸,擦了下嘴,提起公文包出了家门。

其实,我早料到会是这个样子,所以,并不感到意外,心里反倒舒坦,甚至有些小小的兴奋。我承认,我是一个内心充溢着狭隘、自私、怨恨与报复欲的家伙,我完全明白,我的辞职理由足够恶心,我用这一招恶心了自己也恶心了他们。

到了楼下,打开包,我发现车钥匙没了。这不可能,我清楚地记得,我下班回家把车停在车位后便把钥匙放在包里了。我的直觉是,钥匙被蝶收了——这些日子,她已经连续几次收走我的车钥匙。

我返回家,蝶见我进门,赶紧蹓回房间。

"我车钥匙呢?"我追进去问她。

她没有理我,假装给女儿辅导认字。

"我车钥匙呢?"我问。

她仍然不理我。

"爸爸问你车钥匙。"女儿抬头对蝶说。

蝶突然挥手敲打了一下女儿的头,呵斥道:"就你多嘴。"

女儿委屈地哭了。

"不要打女儿的头。"我对蝶叫道。

蝶转过脸来对着我冷笑了一声,说:"你心疼了?你带过她吗?你管过她吗?拜托,不要假发慈悲!我知道你在想什么——我只希望你不要太厚颜无耻!"

我看着蝶那张因愤怒而变得扭曲的脸,再次感觉到冷漠和陌生。

社长从房间出来,走到大厅,叹息了一声,问:"你们这日子还过得有意思吗?"

马列老太太也走出了房间,站在门口,拉长着那张泛油光的青脸,开始数落蝶:"你怪谁呀?当初我不同意,你不听我的,以为捡到了一块宝。现在后悔了吧?你这是自作自受!"

我没有说话,我什么也不想说,我说过,我能控制自己的情绪。

我从报社辞职回家,说好听点在家创作当"诗人",说不好听就是无业游民。岛城像我这种不知天高地厚好高骛远的所谓"诗人",一扫把可以扫出一箩筐。多少年后,我承认,我的辞职是摆给人家看的,以证明我有血性有傲气,以此证明我并不是别人想象中的仅是一个攀权贵登高枝的无能男人,我要重新树立自己的形象,我要建立自己的美好人设。

我辞职后,社长陪马列夫人又回老家疗养去了。蝶将女儿送进幼儿园,自己找了家公司上班去了。我想,他们采取的是眼不见心不烦的策略。也好,我一人在家,难得的清静,可以一心沉浸在诗歌的空灵与美丽中了。

傍晚,蝶在单位吃完饭带着女儿回来,当她看到桌子上堆满了快餐盒与快食面时,愤怒显而易见。她叉着腰,站在客厅里,对着我的房间破口大骂:"你还要脸吗?你一个大男人,整天窝在家里……你是个混蛋！你是个孬种！"

"请你文明点，"我对她说道，"不要那么恶毒，好吗？"

"我就是要骂你，你就是个混蛋！你就是个孬种！"

我摇了摇头，不想理会她，对着键盘"噼噼啪啪"一阵胡乱敲打。

骂吧，我就是要用"辞职"来抵御你们的轻视！

骂吧，我就是要用"写诗"来报复你们的傲慢！

夜深人静，蝶的房间传出一两声啜泣，我的房间发出一串"噼噼啪啪"的声响。这个时候，我的心头总是掠过一阵阵挫败后的沮丧：这混蛋的人生，这糟透了的生活，我不知道将如何坚挺！

第十九章 长大成狗

妮妮在怡人庄长大成狗。

它总是悠闲自在地趴在枇杷树下,看我们喝茶,听我们说话。这些日子,它的身边多了三只安静的幼猫。它们相依相偎,胜似一家。

这三只幼猫是前些日子二叔从外边带回来的。幼猫被人遗弃在原野上,体瘦貌丑,嗷嗷待哺。二叔心生怜悯,将之捡起。为挽救三只小生命,二叔将它们放入小铁笼饲养着。妮妮一整天蹲在铁笼边。我们发现,妮妮的神色极为警觉,表情极为厌恶,眼睛一眨也不眨地注视着这三只小家伙。时不时跳起来扑向铁笼,将爪子伸向铁笼,想去抓捕甚至攻击三只幼猫。我们紧张不已,猜测妮妮将三只幼猫误认为三只老鼠了。三只幼猫本来体弱,加上妮妮的骚扰与惊吓,更是命悬一线。二叔没法,傍晚的时候,只得打开铁笼,将三只幼猫放到荷塘堤坡上的一处杂草丛中,我们懂得二叔的意思,他是想让小家伙们归于自然,自生自灭。奇怪的是,三只幼猫一夜消失,妮妮也不知去向。那两天我们四处寻找,仍不见妮妮的踪影。直到三天后,当我们以为妮妮已遭遇不测而为之伤心难过时,忽闻幼猫细微的叫声。我们凝神屏息,寻觅声源,结果,看到妮妮从堆放鱼饲料的杂屋里信步走出,后面竟然紧随那三只幼猫!我们全都惊呆了,继而恍然大悟,原来妮妮与仨猫已成一家,和谐相处。自此后,妮妮爱心无限,带着仨猫,逮鼠捕虫,其乐无穷。

从二叔与阿杰断断续续的回忆中,我了解到了更多关于妮妮的故事。

去年夏天，本是怡人庄绿荷摇风莲花争艳的季节，可是，怡人庄荷塘里的荷叶突然大面积变成灰色，紧接着荷秆发黑、糜烂，不到几天，水面上便漂浮着一层枯荷败叶。

黄庄主心急如焚，想不明白满塘绿荷怎么了。

它们水土不服？可是，它们在此生长了三年，往年从没发生过这种情况；难道是今年天气太热，水温太高？

于是，黄庄主去镇上买回了水泵，往塘里抽井水降温。可是，仍然不管用，次日塘里仍然是灰黑一片。

年轻时种过荷的二叔认为塘里荷叶生长太多，塘水氧气不足，荷叶缺氧。于是，黄庄主便去镇上买回充氧机。几天几夜，塘里白浪滔天，泡沫满塘。然而，一点效果都没有。荷叶荷秆依然由绿变灰，由灰变黑，腐烂，枯死，倒伏水面。

黄庄主只好赶去岛城，找到了岛城农业大学植物学院的刘教授。说明原委，刘教授不慌不忙，笑了笑，道："你好好的鱼不养，种啥荷花，挺有情怀嘛！"

黄庄主说，"算是喜欢荷花吧，再说，荷塘里养鱼不是更原生态吗？"

刘教授道："荷塘养鱼倒是我们正在研究的一个课题。不过，我这段时间每天都有课，你那边我是去不了。"刘教授笑了笑，道，"我给你推荐个学生，她研究生快要毕业了，正要找个单位实习一个月，你带她去看看吧！"

黄庄主还想说点什么，刘教授说："你不要瞧不起这些研究生哦，他们能耐大着呢！放心吧！"黄庄主点了点头，说："那好吧，先去看看。"

傍晚的时候，黄庄主的农夫车在桥头小路上停下。

一个娇小瘦弱的女孩子背上背着旅行包，怀里抱着一只小狗，迫不及待地从车上跳了下来，径直走进了怡人庄园。黄庄主从驾驶室里下来，一步一瘸地跟在她后面。

"你们好！"女孩对迎过来的二叔与阿杰说，"能给我一杯水吗？要凉的。"

二叔赶紧进厨房端来一杯凉白开。

女孩把怀里的小狗放在地上，然后从背包里取出一只特别的小杯，将水倒入杯中，蹲下，放在小狗面前，说："快喝吧，知道你渴坏了。"

这小狗胖乎乎的，一身金黄色绒毛，乖巧温驯。它明显渴得不行，很听话地埋下头，舌头卷起杯中的水，几下便将杯里的水舔了个精光。

黄庄主走过来，向二叔与阿杰介绍道："官丽，刘教授的高才生，岛城农业大学植物学院研究生，来给我们的荷花看病的。"

二叔与阿杰都愣在枇杷树下。他们实在不能相信这个抱着小狗的瘦弱娇小的女孩能够治好怡人庄满塘病荷。他们手脚出汗地认定黄庄主让城里的文化人刘教授给糊弄了。

官丽仍然埋头照顾着她的小狗，从背包里取出一只盘子和一袋包装精致的食品。她把盘子放在地上，撕开食品袋的封口，将食品倒在盘子里，"吃吧，"她递到小狗的面前，抚摸着小狗的头，亲昵地说，"吃吧，饿坏了吧！"

小狗便迫不及待地啃吃起来。

二叔与阿杰的鼻子里充溢着那食品的浓郁烤香。"它叫妮妮。"官丽指着小狗对二叔与阿杰介绍道，"拉布拉多品种，出生才一个月呢！"小狗似乎听懂了官丽在介绍它，抬起头，很有礼貌地望了望二叔与阿杰。

大家一下子就喜欢上了这只一脸萌相的叫妮妮的小狗。

休息了一会，黄庄主便带着官丽围着荷塘走了一圈。"我下去看看。"官丽对黄庄主说道。她脱掉鞋袜，卷起裤脚，下到塘里，拔出一支正撑着宽大荷叶的荷秆。她蹲在塘堤上，翻弄着荷叶，仔细地观看，然后又折断荷秆，放在鼻子前嗅闻。一会儿，她对黄庄主说：

"是生病了。"

"什么病啊?"黄庄主问。

官丽说:"荷塘的水质出了问题,导致荷叶被一种叫炭疽的病毒侵害了。"她拿着荷叶给黄庄主看,"你看,荷叶上满是红褐色小斑点,再看边上,这些圆形的或者不规则形的斑点,都是明显的黑色霉状物,这就是病斑。它们散发很快,几天后,这叶片上卷就枯死。"

"还有救吗?"黄庄主急切地问。

官丽看了看荷塘,说:"目前还只是发病期,防治及时,还是能抢救出来的。"

官丽带着小狗妮妮在怡人庄竹寮里住了下来。黄庄主笑着对她说:"放心吧,怡人庄虽然荒郊野岭,但是非常安全,就像家里一样。"阿杰毛遂自荐要给官丽当保安,"我天天晚上在庄园里巡逻。你只管睡好。"官丽嬉笑道:"我才不怕呢,我一个人走过丽江,去过拉萨,露宿山中,什么环境都经历过呢!"

那些日子,官丽每天配制一些药物,交给二叔与阿杰,拌在鱼饲料中投放到荷塘里。十多天后,奇迹再现,满塘绿荷,生机盎然。而且,粉红、玉白的荷花,竞相开放,清风徐来,荷香十里。

黄庄主很开心,非常感激官丽,"你是怡人庄的小贵人哪!"黄庄主对官丽说。

二叔与阿杰对官丽也是佩服得五体投地。鸡鸭鱼蛋、野菜、地瓜,他俩每天用怡人庄的绿色食品侍候着这位小贵人。

官丽在庄里实习了一个月,打心里喜欢上了这个有着荷塘月色的小农庄,当然,还有这里的人们。月末的时候,她的实习也到期了,她要回学校了。一个月的时光,妮妮长大了一些,并与大家友好得一塌糊涂。官丽想到回学校后就面临毕业考试,可能没法照顾妮妮。她感觉庄里人都很喜欢妮妮,便试探着问黄庄主:"妮妮也很习惯了这里……"黄庄主明白她的意思,主动地说:"要不,你把妮妮寄养在庄里吧。"官丽便欣然同意了。

二叔与阿杰还是有些担心这天天要吃精美食品并有名贵血统的小狗难融入庄里的生活。"放心吧，"黄庄主对他俩说，"我保证让妮妮在庄里茁壮成长。"

临走时，官丽将黄庄主发给她的一个月的工钱留下，说是给妮妮的食品费。黄庄主有些不悦，说："你要这样我就不能留下妮妮了。放心吧，我们会善待妮妮的。"官丽想了想，便收回了工钱。"相信你们会善待妮妮。"她坐在车里，抹了抹红红的眼睛，对大家说。

妮妮最初是由黄庄主亲自照看。

黄庄主在哪，妮妮就在哪，几乎形影不离。阿杰给妮妮建了一个"家"——那是用废弃的木板钉成的"小木屋"，里面铺着几件破旧衣服。但是，妮妮却不愿意待在那个"家"里。尤其是一到晚上，它便偷偷地溜进黄庄主的房间，钻到床底下，死活不肯出来。"它害怕寂寞呢。"黄庄主爱怜地摇了摇头说。

一个月后，官丽捎信来说，她已毕业，即将援藏，恐怕回不来庄里了，请大家一定好好地带着妮妮。

妮妮就这样永远地留在了庄里。

由于条件所限，黄庄主无法经常让妮妮吃上精美的狗食。为此，黄庄主对小贵人官丽充满了愧疚。但是，黄庄主每次上岛城，总会记得给妮妮带些好吃的食品，算是一种弥补。我明白了那天黄庄主从岛城回来给妮妮递上食物时，脸上呈现出怜爱与歉疚神色的原因。

有一天，黄庄主对二叔与阿杰说，"妮妮虽然是宠物狗，怡人庄也善待它，但是，怡人庄不能溺爱它，得让它回归本性。"

"如何回归本性啊？"阿杰好奇地问。

"把它放进自然。"黄庄主沉静地说。

黄庄主把妮妮回归自然的任务交给了阿杰。每天，阿杰会驱赶着妮妮在原野上奔跑，逼迫它到荷塘里游水，强按着它在泥泞里打滚，引导它在草丛里捕虫蚊，训练它在灌木丛中逮老鼠……有一次，阿杰突然兴起扔给妮妮一只活母鸡。妮妮本能地扑上去，母鸡扑腾反抗，吓得妮妮倒退几步。阿杰对它喊道:"妮妮,冲上去!"妮妮不动,阿杰便捡起一根棍子,向它挥了挥。妮妮明白了,它悄悄地走到母鸡边上,母鸡正欲逃走,只见妮妮纵身一跃——非常完美地划出一道弧线——落在母鸡的身边,一口咬住了母鸡的脖子……

二叔恼怒阿杰把母鸡拿给妮妮咬死,黄庄主却对阿杰的训练挺满意,颇为高兴。他笑着对二叔说:"阿杰的做法虽然有些极端,但是很有必要。动物都有它们的本性,这是生存法则,也是自然法则。让它们回归本性,才是更好地爱它们。"

数月后,妮妮长大了,变成了"窈窕淑女"。它神态端庄、气质高雅,算是天生丽质难自弃,养在庄里人共识。院子里偶尔会溜进来几只当地的土狗,它们找妮妮玩耍,但是,妮妮保持着它名贵血统的高傲,不大愿意与那些土狗为伍,越来越特立独行;而且,妮妮的优点也随着它年龄的增长日渐显露出来,它忠诚、机灵、警觉、通人性、高智商,这是一般土狗无法相比的。尤其是妮妮担当了庄里看家护院的职责后,其地位与日俱增,成了庄里不可或缺的一员。

"你们看——"黄庄主指了指桥头,对我们说。我们往桥头望去,看到几只公狗正在桥边小路上徘徊,时不时向我们这边张望。

"妮妮长大了,要谈恋爱了。"黄庄主说。

二叔说:"难怪这几天妮妮屁股上老是像流血一样的,我还以为它不小心受伤了呢。"

阿杰问:"真是怪了,这些公狗咋知道我们家妮妮要谈恋爱了呢?"

黄庄主说:"母狗如果发情,会散发出一种气味,方圆几十里的公狗都能闻到。于是,就找来了。"黄庄主看了看我,笑着问:"谈记者,是不是这么一回事?"

我哈哈一笑,说:"黄庄主所言极是。"

"啊,公狗的鼻子这么厉害啊?"阿杰叫道。

二叔说:"是啊,要不夸人嗅觉灵敏怎么会说有只狗鼻子呢!"

阿杰感慨道："有这么个鼻子真好，哪天我要是也能闻到哪村哪家闺女想谈恋爱就好了。"

阿杰总是令我们捧腹大笑。

"妮妮——赶紧去啊，那么多帅哥找你呢！"阿杰对着妮妮叫道。

妮妮慵懒地抬起头，瞥了阿杰一眼，然后，又把头埋回地上，三只小猫一动不动地依偎在它怀里。

二叔瞪了阿杰一眼，说："我们妮妮是高贵的，你以为妮妮没见过世面啊？随便让个小烂仔就骗到手啊？"

"你说谁是小烂仔呢？你说谁是小烂仔呢？"阿杰对二叔嚷道。

"哈哈……"我们的笑声，显然让公狗们觉得我们没有恶意，于是，它们放松了警惕，一只一只地溜了进来，围聚在枇杷树下，热热闹闹叽里哇啦一团和气。而妮妮仍然是那么优雅和矜持，趴在树边，守护三猫，眼望池塘，不露心迹——既不疏远谁，也不亲近谁。

阿杰"哈哈"笑着指着一条黄色的公狗说："那只不行，太丑。"又指着另一条一边脸上长着一撮白毛的黑狗说："那只更不行，又矮又黑。"二叔问："是你选老公呢还是妮妮选老公？"阿杰道："我们妮妮高贵，放不下身段。"

突然，一只身形高大而强壮的白狗冲向妮妮，妮妮也一下子甩掉了怀里的三只小猫，嗖地立了起来迎接白狗。它俩面对面站立了一会儿，妮妮开始走近白狗，并用鼻子嗅闻白狗，白狗也低下头来用嘴舔咬妮妮的身体。这样亲近和触碰对方一会儿后，白狗绕到妮妮后面，说时迟那时快，白狗一下跃到了妮妮的背上，随即，一条鲜红的长鞭从白狗肚下伸了出来——然而，天下最尴尬的事情出现了：由于白狗个子太高，而妮妮个子矮小，白狗的前爪踩了个空，根本无法趴到妮妮的背上。白狗全然不管这些，它就站在妮妮的上方，那条长鞭更是接触不到妮妮的身体部位，横在空中，一前一后地与空气干了起来。

我们已经笑得直不起腰了。

"妮妮，把屁屁翘起来！大白，把身子趴下去！"阿杰急得团团转,"妮妮,把屁屁翘起来!大白,把身子趴下去!……"

妮妮与白狗全然不理会阿杰的叫嚷,它俩在空中做着无用的交配。好一会儿,妮妮显然感觉不对劲,不耐烦了,从白狗的胯下冲了出去——惊奇的一幕又出现了,那只又矮又黑的公狗,一下子冲过来挡在了妮妮的前面。妮妮还没反应过来,黑狗已经绕到了妮妮的屁股后面,纵身一跃,跳到了妮妮的背上,两只前爪死死地抱住了妮妮,一条长鞭如箭般直指妮妮身体……

妮妮不挣扎了,一脸享受地立在那里,任黑狗前冲后撞。阿杰咽了咽口水,对我们说:"多好,没条件,没心计,没攀比,没尊卑,多公平啊!"二叔问:"羡慕了?"阿杰点了点头,感叹道:"狗比人幸福啊!"

我们再一次大笑。

妮妮与黑狗尽情尽兴地玩了快半个时辰,显然累了。妮妮挣脱了黑狗,步履蹒跚地回到三只小猫身边,趴了下来。另一些公狗又围拢过去,妮妮视而不见,静静地趴在那里,没有半点理会的意思。

我也喜欢上了妮妮。随着成为怡人庄园的一员,劳作之余,我便经常带着妮妮在园子里你追我赶东奔西跑不亦乐乎。

第二十章　我不是渣男

我对我的生活产生了厌倦，不，是厌恶。

我强烈意识到，我与蝶的婚姻出现了危机。当然，我明白，是我自己出了问题。我一边平静地过着每一天，一边时刻幻想着挣脱。我一次次感受到内心潜伏着的恶魔在蠢蠢欲动，它对着我嗷嗷怪叫，似乎就要从我的身体里呼啸而出……

电脑屏幕上QQ闪烁，我点开，是小美发来重新加我为好友的申请。我这才想起，上个月的某一晚我把她拉黑了。

我们在一场网络诗歌论战中相遇，由于观点一致，互加了好友。她告诉我，她很喜欢我的诗，里面有一种成熟男人的忧郁，惹人怜爱。她用了"怜爱"这两字。她问我："你是不是装出来的忧郁？"我回复："忧郁是装不出来的。"

"你生活得不快乐吗？"她问。

"写诗的人都不会快乐。"我说。

小美说她也热爱诗歌，每天都写。她发了一首她写的诗给我，让我帮她修改。

　　我的爱
　　飞在蓝天
　　给我一双翅膀
　　我就与你一起飞翔……

平庸而无聊，但我告诉她，这么质朴地表达心迹的诗，比那些花里胡哨的所谓爱情诗好多了，我觉得没必要修改。小美很开心，告诉我，她在民航工作，诗是写给男朋友的——男朋友是个帅气的飞行员，她很爱他，每天给他写一首。她跟我聊天的每句话里都有一张红色的笑脸，我完全可以想象到一个沉浸于爱情中的女孩的心情。

我们经常聊天，从诗歌聊到理想，从理想聊到人生。小美写诗一般，但擅长文字聊天，字里行间充满了激情。我通过她的每一句话和每一个附带的表情符号，去勾勒她美好的形象。网聊很容易让两个陌生人走完从好奇到熟悉到依赖的路程。每次聊完，互说再见的时候，我心里总会充满一股莫名的惆怅。随着聊天的深入，这种感觉愈见强烈。

不久后的一个晚上，她突然发来一张哭泣的脸。

我问："怎么了？"

她说："想哭。"

我问："为什么？"

没有回复，只是增发了一串哭泣的表情。

那一刻，我意识到她一定遇到什么不好的事了。我心里涌出一股怜香惜玉的情愫，更可怕的是，我突然冒出了一种想见见她的念头。恰巧在那个时候，对面房间女儿的一声夜啼令我魂飞魄散，让我产生了一种罪恶感。我明白，再聊下去必是深渊。那个晚上，我一咬牙，删掉了与她的所有聊天，并把她拉黑了。我当然明白，这样无端拉黑人家是极不礼貌的，有时想起她，便感到一种深深的歉意。

今晚，我没想到她如此大度，竟然会重新申请加我为好友。我立即接受了她的邀请。

"你好。好久不见。"她似乎当没事发生过一样，发来问候。

"你也好，真对不起你。"我回复。

"没事，知道你被家里那位管住了，所以，拉黑了我。"文字后配了张黑脸。

"不是……是我自己拉黑的。"

"为什么？"

"害怕继续聊下去有危险。"

"什么危险？"

"怕喜欢上你。"

"那不可能！"她在后面发了个怒目黑脸。

我问："那天晚上你为何伤心？"

她没有回复我。

过了一会儿，她发来一句话："我要调到另一个城市了，恐怕以后不能上网了。"

我问："为什么？"

没有回答。

我突然又冒出想见面的念头，"可以请你喝一杯吗？"我把这句话发出后立即撤回了。

她很快回复："什么时候？"

我看了看电脑上的时间，回复："现在。"

"十点……太晚了吧？"

"如果真想喝一杯，这个时间也不算晚。"发出这行字的时候，我自己都觉得有点不可思议。

那边似乎有些迟疑，片刻，问："去哪？"

"蓝风海岸拾缘酒吧。"

"好吧。"

这是我第一次约异性网友去酒吧，惊喜、激动、恐惧交织在一起。我关掉电脑的时候，几乎能听得见自己的心跳声。我非常清楚，作为一个已婚男人，这样做意味着什么。但是，我管不了那么多了，我就想见见她。

蝶与女儿已进入了梦乡。

我蹑手蹑脚地溜出了家门，在小区大门前打了一辆的士，直奔蓝风海岸。

这个时候正是岛城夜生活的开始。拾缘酒吧里人很多,黑白方格卡座依然飘浮着斑驳陆离的光影,墙壁上的男女舞者依然在摇头晃脑龇牙咧嘴,酒吧里依然低旋着那个异域女孩不变的歌声:"let……to……be…… let……to……be……"

在吧台拐角处的卡座上,我一眼就认出了她——她比我想象中的更美:高挑的身材,精致的五官,米色T恤,水磨牛仔裤,眉目间传递着一种诗意的优雅。

"你好。"我对她说的第一句话。

她有些矜持,淡淡地对我笑了笑,点了点头。

"您二位喝点什么?"服务的还是那个小伙。他似乎认出了我,见我带着个美女,对我狡黠地笑了一下。

"喝点红酒吧。"小美对我说。

我对小伙说:"来瓶红酒。"

"不要加冰。"小美轻声对小伙说。

小伙将一瓶红酒送来,倒了两杯,轻轻退下。我寻思聊些什么,想想还是从诗歌开始吧。我说:"你的诗读起来还是蛮有感觉的,诗句虽然朴实,但……"

"我们可以谈谈别的吗?"她打断了我的话,优雅地端起红酒,嘴唇轻轻触碰杯沿,浅浅抿了一小口。"我今晚不想谈诗歌。"她放下杯子,露出一个微笑。

气氛有点尴尬。聊什么呢?我有些犯难。毕竟我们不熟,我还真不知道找什么话题。

"你不是说你不快乐吗?"她看着我,笑道,"说说你的不快乐,我做你的倾听者。"

我愣了一下,问:"合适吗?一见面就说不快乐的事。"

"那没事,有时候听人家的不快乐,也可以稀释自己的不快乐。"她说。

"呵呵,"我笑了笑,"我确实不快乐。"我说。

我大倒苦水,讲述了我的种种"不快乐"。当然,我做了一些夸大描述:我说我的诗集出版如何让人骗,我老婆蝶如何把声音拉得长长地训我,马列老太太如何恐惧一丁点儿声响,社长大人如何把我贬成了一名生活编辑……小美静静地听着,偶尔会点点头,脸上露出一丝怜悯或感同身受的神情。那一刻,我觉得小美就是上帝派来收捡我心中垃圾的天使。她又抿了一口红酒,桃红的嘴唇变得猩红,然后,静静地看着我,"其实,"她沉吟了一下,说,"我也不快乐。"

我疑惑地看了看她,她见我不解,便告诉我,她与他相爱了两年,突然发现他爱上了她的姐妹———一位空姐。"你拉黑我的那天晚上,正是我失恋的时刻。"她说,"愤怒、悲伤、绝望,我几次控制不了情绪而对生命失去兴趣。公司担心我会发生什么,决定让我换个环境。"她对我展露出一个凄美的笑容。我点了点头,安慰她:"一切都会过去的,希望你早日走出阴霾。"我说完便发现我的安慰是那么苍白,我竟然不懂得如何去安慰她;尤为令我惊骇的是,我发现当她讲述失恋的时候,一股莫名的兴奋竟然从我心里滑过。我觉得我的内心变得阴暗和变态。

酒吧里音乐依然缠绵,七彩灯光依然在我们身上扫过来射过去。这种环境下,暧昧指数会有所潜涨,让人有一种想放纵与堕落的感觉。她似乎感受到了这一点,把头一扬,"不说这些了,我们喝一杯。"

于是,我们喝酒。

"这样喝不过瘾。"她对我说。

我问如何喝?

她将我俩面前的杯子斟满,然后,拿起桌上的一筒骰子,"玩这个,谁输谁一口闷。"她望着我说。这话让我吓了一跳,但我仍然立即点头——我已经动了要把她搞醉的念头。

我运气好,赢得多,她一连输了五杯。"没劲,不玩了。"她说。

外边阳台上有个小舞池，有人在那里跳舞。她情绪高涨，起身要去舞池。她脚步有些踉跄，几次差点跌倒。我起身扶她，她便倒在我怀中。她头发上浓郁的香水气与口中呼出的红酒气味弥漫在我的鼻翼间，令我有些情不自禁。

"你是一个身上既带着忧郁又带着些许骚气的大叔，"她把脸俯在我耳边，眼色迷离地看着我，"我有点喜欢你这样的大叔。"她几乎是咬着我的耳朵说话。说心里话，当时我脑子里还是有个声音要我推开她。可当我拥抱着那柔软的身体，呼吸着那久违的香气，看着那欲语还休的嘴唇，脑子里就只是一桶奶液了。

多少年后，我相信拾缘酒吧的侍者们一定会记得那个夜晚：一个心怀邪念的男人如何搀着一位高挑美女狼狈不堪地走出酒吧，叫上一辆的士，消失在岛城鬼魅般的黑色中……

印象里，她脸色红润妩媚，肌肤如冬日白雪。后来，她的叫喊声铺天盖地响彻云霄，纤细的手指在我背上狠狠划拉抓捏，恨不得把我撕碎。那间外表豪华、里面简陋的酒店，房间不隔音，隔壁以敲墙的方式一次次发出抗议，再后来，她平躺在床上，神情祥和，慵懒而满足。

"你……真好。"她轻声地对我说。

"你也好。"我把脸埋在她的乳间，诚恳地告诉她。

"知道你饿很久了，"她抚摸着我的头发，问我，"你是在婚姻生活中寻找一种刺激吧？"

她这句话让我有点无语，我摇了摇头。

"你有没有感觉对不起你老婆？"她继续抚摸着我的头发，问我。

她这话让我感到一股羞愧油然而生，我把头深深地埋在她的乳间。

"其实，"她冷冷地说，"我也只是把你当作我失恋后疗伤的工具。"

我一下子把头从她乳间移开，抬起头，望着她的眼睛。

"我们两个是不是都很恶心？"她也盯着我，问我。

那一刻，我感觉胃里难受，一种想吐的感觉；我起身，穿衣，"不要这样作践你和我，好吗？"我说。

她摇了摇头。也起身，穿衣，提起桌子上的包，"回家做个好老公吧！"她向我凄美地笑了笑，"有些东西很诱人，但未必适合我们。"

我感觉她是在念诵一段台词——虽然我不知道她是从哪里找来的这些台词；我突然觉得她像个演员，不，我觉得她应该是个戏精。

她走出房间后，我竟然哭了。

而这个时候，我就醒来了。醒来后我发现自己正躺在自家床上——哪有什么酒店？哪有什么小美？我就开始怀疑那件事是否真实地发生过。我望向窗外，天空黑黑的，也不知道是凌晨几点。隐隐地，我听到一阵风从窗前掠过。我感觉自己发烧了，头有点痛，口渴得不行。于是，起床去客厅找了杯凉白开喝了下去。我回到房间，仍觉得头有些昏沉，但又睡不着，便倚在床边抽了一支烟。我怎么回家的？我为什么回了家？……一系列问题无法厘清。

烟雾缭绕中，我突然觉得自己穿越到了很多年前的东湖里民居，甚至看到了美丽的音乐老师的身影。一会儿，我又感觉自己坐在一条小船上，漂浮于毫无方向的苍茫的大海上。我无法弄清楚那晚所经历的到底是真实还是梦境，它困扰了我很长时间；它介于梦境与真实之间，既清晰无比又扑朔迷离。我对那件事耿耿于怀，并在心里一次次否认。后来，我看到一本心理学书，书上说：长期处于郁闷与憋屈中的人，很容易灵魂出窍——我想我那晚一定是灵魂出窍了。

一天午夜，我开车在滨海大道上瞎逛。我边开着车边听岛城电台"情感夜话"女主持小薇聊天。这个节目我经常听，据说，这个小薇是岛城最会聊心最会识别渣男的美女主持。我拨通了小薇的电话：

我说："小薇你好！"

小薇热情的声音："朋友你好！有什么心事要跟小薇诉说吗？"

我说："我可能出轨了。"

小薇问："为什么是可能出轨了？"

我说："我也搞不清楚。"

小薇说："那你怎么知道自己出轨了？"

我说："我与女网友见面了。"

小薇问："见面做了什么？"

"我们喝了酒。喝醉了。"

"喝醉了容易乱性哦。"

"你的意思是——"

"你应该自己清楚。"

"难道跟女网友喝酒就一定会上床吗？"我问。

"跟女网友见面喝酒不上床？"小薇在那边笑起来，"你开什么玩笑，大家都这么忙。"

我愕然，哆嗦了一下，自言自语："这样说，那确定是上了床？"

"那是真出轨了。"小薇在那边快乐地叫道，"恭喜你成功晋级为渣男！"

"我就是渣男了？"我问。

"你觉得你不是渣男吗？你觉得对得起你老婆吗？"

"我没有觉得对不起她。"

"那你病得不轻了，赶紧去治！"

小薇掐掉了我的电话，她对听众说："刚才遇到个酒鬼，耽误大家时间了。"

我对那收音机翻了个白眼，"我靠，什么破烂主持人！"

我真的出轨了吗？我真的是渣男了吗？

"不，不！"我坚定地对自己说。我绝对不是赖账，更不想做一个伪君子。我找到了一条很重要的证据——我清楚地记得那晚我要红酒的时候，小美对服务生说过一句话："不要加冰。"

虽然这只是简单的一句话，但是，小美向我传递了一个很重要的信息：那就是当时她处于例假期的身体状况。岛城人在夜场喝红酒时有一个习惯，总喜欢在酒里加上一小块冰。据说，这样醒酒更快，口感会更舒爽。大家知道，加冰对红酒的品质会有破坏，但大家也心知肚明，来酒吧并不是为了品酒，醉翁之意不在酒也。所以，当美女提出不要加冰，那意味着两件事：一是她对你不感兴趣；二是她来了大姨妈。回想起这个细节，我心里一阵释然一阵欣慰：那个晚上，虽然我酒喝多了，但并没出轨；那个晚上，我管住了自己，因为我有恐血症。由此，我敢肯定，我不是渣男。

第二十一章　乡村的七夕

地平线上升起一轮巨大如盘的红月亮，将原野染成了一片斑驳的猩红，天地间弥漫着一种凄美与诡异的红雾。

收工晚，我们坐在枇杷树下吃着晚餐。一缕歌声随风荡漾，我倾耳细听，旋律特别优美。歌词我听不懂，二叔便用普通话给我一句句地翻译：

　　久久不见久久见，
　　久久相见才有味，
　　阿妹哎

　　好久不见真想见，
　　见到阿妹心欢喜，
　　阿妹哎……

我明白，那是劳作收工的村民在唱海岛情歌。

黄庄主和我一样凝神屏息地听，"这歌感人。"他的鼻子有些堵塞，就连声音都变了调似的对我说。我看见他眼里闪烁着泪光，这歌声应该勾起了他什么心事，我点了点头，说："确实好听。"

二叔一拍大腿，道："哎呀，忘了，今晚要去坐瓜架！"

我们好奇地望向二叔。

"为啥坐瓜架？"阿杰睨视着问。

"今天是七夕节呢!"二叔叫道。

黄庄主半天没有说话,过了好一会儿,才摇摇头说:"又到七夕了。"

我随之感叹了一句:"一入怡人深似海,不知今夕是何年!"

阿杰指着木麻黄林上空叫道:"快看,喜鹊!"望过去,一群黑压压的喜鹊如一片巨大的乌云漫开,越过树林往西边散去。"喜鹊都到天上搭鹊桥去了!"二叔兴奋得一脸通红,就像喝醉了酒似的,说,"牛郎织女鹊桥相会啦!"

黄庄主与我相视一笑。

"二叔,难怪你要去坐瓜架呢!"阿杰讥讽道。

二叔一本正经道:"每年一次,难得呢,当然要去坐坐。"

阿杰一脸不屑,"你个老不正经,净想偷窥人家隐私!"

二叔说:"你这臭小子,这哪是偷窥?这是祖宗传下来的习俗!"

阿杰说:"那也不行,现在已是文明社会,牛郎织女也有保护自己隐私的权利!"

"不看也罢。"黄庄主说,"反正神仙约会,凡人受罪。"

"黄哥咋这样说?不是好日子吗?"阿杰问。

二叔说:"你小子不知道吧,天上神仙要相会,凡间夫妻分房睡。"

"七月初七,戒色欲,不想恶事。"黄庄主补充道。

我想起小时候也听大人们议论过这一天,笑道:"在我老家也有这个说法,七夕这一晚凡间夫妻确实不可同房。牛郎织女在天上相遇,而凡人夫妻如果在这晚做了坏事,是会被神仙看见的,是要被惩罚的。"

"这么好的晚上,抱着个心爱的姑娘,不做点什么,对得起神仙吗?"阿杰嘟哝道。

晚风微微,鹊声嘹亮,情歌悠扬。

这时候,一个年轻村民走进怡人庄园。"过节啦,村里请戏班子演戏了，村长叫我来接你们去村里看戏呢！"他向我们叫道。

听说有戏看，我们兴趣盎然。黄庄主对来人说："谢谢村长的邀请啊！我身体有些不舒服，就不去了。"黄庄主对我们几个说，"你们去吧！"我点点头，"好，我们去。"我记起小时候，这个晚上，我经常跟着大人去看戏。

我们跟着那村民去村里，一路上三三两两去戏场的村民笑着向我们打招呼。村头一段新修的水泥道边，一白发老农坐在半截石板上，月光洒在老人身上，让他更显仙风道骨。"黄庄主咋没来？"老人用普通话问我们。

我说："他身体不舒服，留在庄里。"

老人说："他是个好人呢。"

村庙前灯火辉煌，十多头耕牛头戴大红花，站成一圈，圈外人流涌动，四面八方的人们正围聚过来。带队的村民说，正在举行祭牛王的仪式，庆贺牛郎织女相会，也为村里的耕牛祈求平安。"牛为什么要戴大红花呢？"我问。"牛一年到头很辛苦，得立功受奖啊！"他笑道。

紧邻村庙，十张八仙桌一字儿排开。桌上铺着大红纸，纸上摆放着几十只煮熟了的金黄色的大公鸡。村民一脸自豪地说："这一天，我们每家都要敬奉一只大公鸡。"我问为什么，村民说："这夜牛郎织女相会，若无公鸡报晓，他们便能永远不分开。所以，每家杀掉一只领头公鸡，其他公鸡就不敢乱鸣叫了。"

阿杰偷偷地对我说："公鸡好冤啊！"

我一笑，"那你去帮公鸡们鸣冤吧。"

阿杰"嘿嘿"一笑，"不过，话说回来，那公鸡的味道好啊，纯正的灵山稻谷公鸡，皮脆肉紧的。"

二叔对阿杰说："你有本事就去偷一只吃。"

晒场上张灯结彩，大戏台在老榕树下搭起来了。村民们早早收拾了活计，吃过晚饭，洗过澡，搬着木的竹的式样不一的凳子椅子，聚集在戏台前。

村长过来陪着我们坐下。他介绍说,今晚演出的戏名叫《林山传》,是镇上的剧团专门为灵山村做的,算是土生土长的灵山戏。村长说,灵山人在这一天请戏班搭台演戏的传统一直延续到如今。

台下几个女人为了争个好位置吵起来,村长起身去调解。阿杰也要换位置,原来他看到那边有几个漂亮女孩子。他正要挤过去时,二叔一把拉住他,"莫去,小心村里小哥扁你!"阿杰一脸不屑,"我又不泡人家姑娘,怕啥呢!"

戏台上的绛紫色幕布拉开了。锣鼓笛子吹吹打打,生旦净末丑轮番上台。人多嘈杂,我听不懂戏文,也听不清乐曲,兴味索然。勉强坐了一会,借口上厕所,就打马回庄。

经过一块丝瓜地时,我听到瓜架下有低低的嬉笑声。仔细一瞧,原来是几个女孩躲在里面侧耳偷听。我想她们一准听到牛郎织女说了什么,便朝她们会心地笑了笑。故乡有这么一个说法:七夕之夜,待嫁的少女如果听到牛郎织女相会的情话,便能得到千年不遇的爱情。

千年不遇的爱情,只能在天上吗?

我望了望天,如盘的月亮,空空地挂在那儿。

人们的欢笑声与戏台上的戏乐声不时传过来,隐匿在草丛中的虫子也奏起了交响乐,旋律时而急促时而舒缓,生动了这乡村的七夕。

我回到庄园时,天地静谧。

黄庄主屋子关灯了。我想,他应该是睡了。我走进寄居的竹寮,泡了杯浓郁的绿茶,搬了把椅子,坐在百香果藤架下。我倒不是想看牛郎织女相会,也不是想温故那份已逝的童趣,我只是想独自享受一下这寂静如水的异乡七夕。

月光下,荷塘里有一条鱼儿在跳跃,击起的水花掉落在荷叶上。妮妮丢下三只小猫跑过来了,它应该是怀孕了,肚子耷拉着,乳头明显地露在皮毛外。它缠着我的裤脚,一会儿便在脚边趴下眯上了眼睛。我用手拨了拨它，它不做任何反应，那么恬静、乖巧。杯中的绿茶在"嘶嘶"地舒展着翠绿的叶片，我抿了一口茶水。世界静谧，清凉如水。一种孤独油然而生，一些念想浮于脑海，挥之不去，——我常常懊恼自己一边决意斩断过去，一边却又心慈手软与过去暧昧缠绵。

我想起几年前的一件事。诗人协会组织大家进行采风体验，让我入住深山老林里的一间寺庙。按计划，我得在那里生活五天。庙里古榕苍劲，浓荫如盖，是静心创作的好去处。可我第一天就受不了了，不是一日三餐素食饮泉的清苦令我难受，而是那种晨五晚九暮鼓晨钟的孤寂令我窒息。那一晚，我辗转反侧无法入眠，望着窗玻璃上的几只飞蛾扑闪了一夜。熬到天明，我驱车便逃……后来，有诗评家评论道：人如其诗，诗如其人，入寺门六根不净，混风月骚性不足。

多年后，我飞蛾扑火般闯进了怡人庄园这无边无际的寂寞与孤独中。我在佩服自己有勇气的同时，也充满了疑惑：你的脚步真会在这里停住吗？你的灵魂真会在这里安放吗？就连那隐居怡人庄的黄庄主，他嘴里说忘记一切，可是，他与过去还不是藕断丝连……

仰望夜空，那轮皎洁的圆月静挂天幕，繁星闪耀，银河横贯。我不知道此时会不会有人也像我一样静静地仰望这浩瀚星空？我看到了波涛翻滚的银河，我寻到了挑着孩子的牛郎和握着弯弯牛头的织女，我听到了万千喜鹊美妙的歌声，我看着那对有情人走过了鹊桥……我觉得自己的身体也在飘浮和升腾，一会儿，我感觉身体被卡在一片云层里，我努力地挣扎，拼命地踢踏着，"咔嚓"一声，我听到了云层的断裂，随即，我清晰地感觉到我的身体随之坠落……我醒来了，发现自己打了个盹。

起风了。风从原野那边吹过来，捎带着蛙声一串一片。就在这个时候，我看见了黄庄主——月光里，他扛着锄头，一步一瘸地沿着水塘小道向我这边走来。我凝神屏息，看着他经过我的身边，看着他消失在小道尽头的那片林子里。看着他的背影，我突然感觉到，他原来也是那么孤独。

夜鸟在林子里发出三两声啼鸣，世界仍然是一片沉寂。

我跟过去，隐藏在一棵树后。

月亮静静地挂在中天，更圆更大。荒地里，黄庄主停下步子。像上次一样，他弯下腰，撅起屁股，抡锄挖起地来。他挖得很卖力也很虔诚，结实的屁股在月光下一升一降，板结的土地发出散漫的"吱吱"声。不一会工夫，他便挖出了一个大坑。然后，他放下锄头，拍了拍手上的灰尘，面朝土坑，双膝跪下，对着洞坑念叨起来……

我站在树后屏息倾听，虽然听不太清楚，但还是有只言片语随着夜风断断续续地传到耳中："……不……放……弃……"

仍然是"不放弃"。我记得二叔的叮嘱，不去叫醒他。我返回竹寮。妮妮不见了，应该回小窝陪伴小猫去了。

从迈入怡人庄的那一刻起，我心里就有一种非常奇特的感觉——我说不出是一种什么样的感觉，更说不出是什么原因造成这种感觉。但我时时刻刻都能体味到它的存在：存在于我的每一缕视线里，存在于我的每一口呼吸里……它以一种宁静、粗陋、原始、神秘的状态存在着；它宛如一幅在我梦里出现过很多次的画面，熟稔如故，却又令我惊慌失措。

世界静寂，天空幽远，孤独如水般再次漫过全身。突然，我心里一震，我听到了远处传来的歌声：

  久久不见久久见，
  久久相见才有味，
  阿妹哎

  好久不见真想见，
  见到阿妹心欢喜，
  阿妹哎……

那个晚上,我又一次奇怪地梦见了她。她越过原野,蹚过小溪,向我走来。她微笑甜美,眸如星辰;她裙摆飞扬,脚步轻盈。她俯身拧了拧我的鼻子,在我额头上亲吻了一下……我睁开眼睛,她便遽然飘逝。

第二十二章　大卫下台

"华天凶杀案"发生后,"三哥"销声匿迹,仿佛人间蒸发一般,整个岛城寻不到他的蛛丝马迹。直到第五天傍晚,有线报称,"三哥"的贴身助理王伟将与一女客户在机场路的汇隆海鲜城云南厅密谋赌场之事。线报说,只要抓住此人,就可以抓到"三哥"。

大卫很震惊,对我说:"这小子胆儿肥,汇隆海鲜城边上就是机场路派出所!"

"他这是主动送上门来啊!"我笑道。

大卫当即对抓捕工作进行了周密分工与部署,然后带着我赶到布控区守候。

华灯初上,海上吹来一缕缕湿润凉爽的风,消除了白天的闷热、窒息与压抑,岛城的夜生活也掀起了小高潮:满城霓虹闪烁,街上车水马龙,人们行色匆匆奔赴各自的目标地点。

一身名牌、俨然大佬模样的王伟走进富丽堂皇的汇隆海鲜城,笑容可掬的迎宾小姐迎上前去,将他领上二楼。王伟推开云南厅虚掩的大门,他没有想到,四个侦查员尾随在他身后。这厮二十出头,已是江湖上的老油条了,多年来,他伙同"三哥"设赌、敲诈、伤人……犯案多起,是岛城黑社会响当当的人物。多年的从黑生涯让他练就了狗鼻子一样灵敏的嗅觉,让他多次在追捕中逃脱。但今晚,他做梦也没想到会这样落网。

王伟刚一落座,门便轰然一声敞开。他还没弄清是怎么回事,四个黑洞洞的枪口已对准了他的脑袋。他对面的女子吓得脸煞白,倒在地上，嘴里喃喃道："不关我的事啊，不关我的事啊……"

两个警察铐住了王伟。"你胆子不小呢，还来这里吃饭？"为首的警官讥笑道。

王伟咧着嘴对警官笑道："不是说最危险的地方才是最安全的嘛！"

从王伟身上搜出一只钱包，里面有一沓现金，一张身份证，还有两把钥匙。警方立即将他押回审讯。

王伟供认确实认识"三哥"，但不承认是"三哥"的贴身助理。王伟说他与"三哥"合伙做过一些事，但不知道"三哥"住在何处。

"王伟，你不交代是极不明智的。你知道吗，你们开设赌场，贩卖毒品，敲诈勒索，抢劫杀人，无恶不作，每一项都是大罪！摆在你面前的路只有一条，那就是赶紧检举揭发，将功赎罪，给自己留条后路。"大卫厉声训示。

"我没有贩卖毒品啊！我也没有抢劫杀人啊！"王伟一脸冤枉相，冲着大卫叫道。

大卫一拍桌子，伸手一指，"你是说我们抓错你了吗？那你自己说你做了些什么？"

"我开过赌场。"

"还干过什么？"

"放过高利贷。"

"还干过什么？"

"没干了。"

"没干了？"

"没干了。"

"华天酒店杀人抢劫算不算？"大卫厉声问道。

王伟愣了一下，脸一下子变得苍白，耷拉下头，语气明显低沉了许多："我没有抢劫，我只是砍了几刀。"

"砍了谁？"

"余大海。"

"你跟谁去砍的？"

"三哥。"

"三哥在哪里？"

"我不知道。"

……

死猪不怕开水烫。无论怎么审，王伟就是死咬不知道"三哥"在哪里。

审讯陷入困境。

"王伟，其实，你不说，我们一样可以抓到他。但是，"大卫语气温和了一些，"你就真的失去了一次立功机会。你好好想想，你这么年轻，如果因抵抗而被重判，这不是为别人背黑锅吗？你觉得值得吗？"

这番话让王伟低下了头。过了好一会，他抬起头，神情颓丧地对大卫说："我交代我交代。我可以告诉你们'三哥'在哪，但我有一个条件。"

"什么条件？"

"允许我打个电话给我老婆，让她带着孩子赶紧离开岛城回老家。"

"为什么？"

"如果三哥被抓，他们性命难保！"王伟说。

"胡说八道，'三哥'有那么厉害？"大卫怒不可遏地吼道。

"他势力真的很大。"王伟声音更为低沉。

"你不要高估了'三哥'势力。告诉你，邪不压正，他跑不掉的！"

王伟哭丧着脸说："三哥最痛恨兄弟反水，他如果知道我告了密，我老婆孩子……如果你们不同意，那就直接拿枪把我崩了吧！"

王伟这话让大卫动了恻隐之心。他知道黑社会分子心狠手辣，他不希望王伟的老婆孩子受到连累,毕竟他们是无辜的。他想请示市局,又怕耽误时间,更担心节外生枝。他甚至想过派警员把王伟老婆孩子接出来,但想想,那更会走漏风声,打草惊蛇。大卫思来想去,破案心切,做出决定:答应王伟的条件。

大卫迅速安排了电话监听,控制了通话时间,部署了第一时间抓捕"三哥"。检查一遍后,他觉得没有什么遗漏了。于是,让侦查员拨响了王伟老婆的手机。

王伟说:"老婆,我近期不能回家了,你带着孩子回家吧,越快越好,我以后去找你们。"

女人似乎意识到了什么,迟疑了一会,有点结巴地说:"好…好。"

电话立即挂断了。

王伟把手机还给侦查员时,我发现他脸上闪出一丝令人不易察觉的笑。他对大卫说:"好吧,我可以说了。'三哥'住在海秀街27号流芳小区A幢801室。"

警察们立即押着王伟上了警车。

流芳小区位于秀南大道与南江大道接壤处的海秀街,是西郊一个普通的公寓小区。小区边上,有一个叫桃花岛的高档小区。一道围墙将两个小区分隔。

警察一脚把A幢801室房门踹开。

三房一厅。客厅正中胡乱地摆放着两张破旧的办公桌,桌上堆放着一些旧报纸几个啤酒瓶,一看就不像正儿八经的办公场所。三个房间各有一张床,床上蒙着一层塑料布,应该很久没人住过。警察把房子的各个角落搜了个遍,没有"三哥"的痕迹。

王伟说这房子是"三哥"用来办公和居住的。

"人呢?"大卫咆哮道。

王伟说:"这是他的房子啊。"

"他还有别的房子吗?"大卫厉声问。

王伟摇了摇头，说不知道。

"你听着，现在是关键时刻了，你真的要立功赎罪！"大卫目光犀利，语气有些恳切。

王伟哭丧着脸说："事情都这样了，我还有必要隐瞒吗？"

大卫后来告诉我，他当时的直觉是"三哥"一定还有别的住所。他说涉黑团伙的头领们大都嗅觉灵敏，狡兔三窟，隐藏较深，一有风吹草动，立即改变栖身地点，流动性极强。侦查行动稍有不慎，便可能导致工作断线。

侦查员们再一次细致地检查了从王伟手中缴获的钱包，钱包里的两把钥匙进入侦查员的视线。两把不同的钥匙显然属于两扇不同的门，有一把已证实为流芳小区801室的钥匙，那么另一把呢？警察们将另一把钥匙在每个房间里插试了一番，对不上。

这意味着还有一扇门。

那扇门在哪里呢？

再审。

"他为什么给你钥匙？"大卫端详着那两把钥匙，问道。

王伟说："我负责赌场的资金，每隔几天就来这里向三哥交账。有时候来得太晚，回不了家，三哥就让我住在这里。"

"那这一把钥匙又是哪里的？"大卫举着另一把钥匙厉声讯问王伟。

王伟哭丧着脸，说他真的不知道另一把钥匙是哪里的。他说，"三哥"给他这两把钥匙时，他还以为都是这套房子的，也没多问。

大卫命令第一组侦查员在附近小区走访排查，让第二组侦查员请来一家配锁店的师傅，协助调查另一把钥匙。

配锁师傅拿起那把钥匙端详了一会，语气肯定地说："这把锁是我装的。"

侦查员们欢呼雀跃。

"去桃花岛小区D座二楼看看。"师傅指着围墙外边的桃花岛小区说。

两组侦查员迅速会合,转战桃花岛小区,对D座二楼进行彻底排查。二楼有十多间房,他们挨户查访,出乎意料的是,整个二楼没有这把钥匙能开的门。

师傅回忆说,半年前,有个小伙子来店里请他装锁,具体楼层与房号实在记不太清了。"会不会是三楼呢?"师傅自语道。

侦查员们排查三楼。奇迹出现:查访到306房,他们把钥匙插进去,一扭,"咔嚓"一声,门开了。

他们冲了进去。

客厅茶几上还有吃剩下的外卖,餐盒上还有余温,一支香烟剩半截搭在烟缸上,客厅烟味很浓……这表明"三哥"刚刚还在这里!

转角沙发上躺着的一个精致礼帽盒映入我们眼帘。大卫拿起盒子,盒面上印制着帽子的照片:黑色礼帽,帽檐缀着一圈金丝,帽冠上绣着一朵蓝玫瑰。打开盒盖,里面是空的,帽子已被取走。盒子里有一张纸条,上面写了一行隽永秀丽的钢笔字:"三哥,喜欢你戴着这顶帽子的样子!小潜。"

大卫立即意识到是王伟打出去的电话出了问题。

事实证明,王伟在他们眼皮底下堂而皇之地给"三哥"报了信。王伟拒不交代这套房的地址,又给"三哥"的逃跑提供了时间。

"当时,立功心切,而且自信满满,让狡猾的王伟钻了空子。"事后,大卫沉痛地对我说,"我怎么可以让他给老婆打电话呢?我的这个错误确实犯得太低级太愚蠢了。"

"三哥"的逃脱,使"华天凶杀案"成了悬案。

本可以完美收官的铁案,因主犯逃跑而功亏一篑。

那是一次令大卫悔恨交加的案件总结会。市局局长亲自参加。我作为跟踪记者,参加旁听。会场上烟雾弥漫,首先由大卫汇报了此案的侦破情况:抓获五名犯罪嫌疑人,但主要嫌犯"三哥"逃脱。市局局长用手指敲了敲桌沿，很不耐烦地结束了大卫的发言。

局长神情严肃，没有一丝笑容。他首先表扬了南华区公安分局对破获此案所做的贡献，然后眉头一皱，话锋一转："大卫同志啊，你怎么能随意决定让犯罪嫌疑人打出电话呢？这不是打草惊蛇吗？这不是让人通风报信吗？你作为老刑警，作为专案组的领导，怎么能犯这种常识性的错误？"

大卫没想到市局局长会突然向他发难，他有些疑惑地看着对方。人家不理他，继续谈此案无法结案的后果，"市领导非常重视这个案子，几次过问。如果主犯抓不到，我们没法向市领导交代，没法向岛城人民交代！"大卫心里明白，市局局长口里的市领导就是自己老领导的死对头——市政法委书记。

市局局长喝了口茶水，继续说道："这个'三哥'到底是怎么跑掉的？他躲藏在哪里？我们还能不能抓到他？"他扫视了一下会场，又清了清嗓子，"同志们啊，这个'三哥'在南华区作恶多年，犯了很多案，但每次他都能脱身。这到底是什么原因？能不能再挖深一点？他背后真的有社会上所传言的什么保护伞吗？"他把目光转向大卫，"看来，大卫同志应该好好地向局里做出一份书面解释。"

书面解释？大卫一惊，解释什么？解释保护伞？

大卫完全没有料到，总结会成了这样的画风。市局局长的话如针扎在他的脊梁骨上，他只觉得一股冷风向自己呼啸扑来，令他连打几个寒战。这是他从警二十多年来没有遇到过的事情：领导竟然可以在案情总结会上不负责任地胡说八道。他越想越不明白，不由自主"噌"地站了起来，他看看市局局长，斩钉截铁地说："作为本案的直接指挥者，我自知负有不可推卸的失职责任。但是，我也请组织调查，如果查出我有别的问题，我愿意接受党纪国法的惩罚！"

市局局长感到威信受到了挑战，他瞪着大卫训斥道，"大卫同志，你什么态度？我表达的是市局领导的集体意见。"

"我接受任何批评，但我不能接受恶意猜测甚至冤枉！"

"这是恶意猜测与冤枉吗？"市局局长拍着桌子问道。

会议室里鸦雀无声，连针掉在地上都能听到。

"既然如此，我承担责任，请求辞去南华区公安分局局长的职务！"大卫双眼如炬，每个字都掷地有声。

全场一片哗然。

大卫收起桌上的记录本，往公文包里一塞，提起包，走出会议室。我也赶紧溜了。

大卫一口气走出市局办公楼，向停车场走去。我追上他，他看了看我，问："你怎么也出来了？"我笑道："你都要辞职，我还待在里面采访个毛啊！"他苦笑了一下，"奶奶的，我现在还觉得后背发凉呢。"我笑着安慰他："镇定一下镇定一下。"

"他们这样待我，其实是冲着老领导来的。"大卫边拉车门边自言自语。

我点了点头，"公安局老局长与市政法委书记的矛盾早已成为官场公开的秘密。"

大卫开车送我回报社。他一边开车一边跟我讲起往事。

岛城大开发那年，一切处于无序与混乱状态。老领导奉命调来岛城公安局，点名要带刑警骨干大卫。大卫也正是想干番事业的年纪，他告别妻儿，跟着老领导来到了千里之外的岛城。老领导出任岛城公安局局长，大卫担任刑警队队长。

当时的南华区是治安最差的一个区，城中村林立，外来人员鱼龙混杂，算是黄赌毒黑重灾区，一些警察甚至成为黑社会的保护伞。南华区内有一条街，位于岛城和邻县之间，街道两边的店铺以发廊为主，这些发廊打的招牌是理发按摩，实际上干着卖淫嫖娼的勾当。这条街被人们戏称为"中英街"，臭名远扬。"中英街"的治安管辖一边归岛城，一边归邻县，由于隐藏着巨大的黑色利益，大家心知肚明关照着各自的关系户，表面上两边都管，实际上两边都不管。每当夜幕降临，整条街霓虹闪烁、纸醉金迷，风中都飘荡着熏人的脂粉味。

市委要求尽快整治。老局长初来乍到，也不知让谁来攻这个坚。想来想去，举贤不避亲，决定启用知根知底的老部下大卫，将大卫从刑警大队调到南华区公安分局任局长，全力整治辖区治安环境。大卫上任那天，老领导目光殷切："我冒着被人猜忌的风险，让你小子来啃这块硬骨头——你明白我的心思吗？"大卫点了点头，明白自己受命于危难之际。"如果你不改变南华区治安的恶劣环境，我只能拿你是问了。"老领导拍了拍他的肩膀，语气极其严肃。大卫挺了挺胸，答道："不负重望，保证完成任务！"

大卫上任后便大刀阔斧地开展工作。他首先一举端掉"中英街"的黄赌毒窝点，接着开始内部整治，对辖区内违规腐败干警绝不姑息，该处分的处分，该上报的上报。大卫在南华区一番手脚施展，终于换来了治安环境的新局面。

不久，老领导与市政法委书记因市局人事问题产生严重分歧，结下了梁子，最后演变到针尖对麦芒的地步。一番较量，老领导惨败，被调离岛城公安局。新上任的市局局长由政法委书记直接钦点。

从那天开始，大卫预感到自己的位置不会太稳，今后日子不会好过。大卫的判断没有错，新局长上任后便看大卫不顺眼，想给大卫小鞋穿。好在大卫时刻提醒自己头上悬着一把剑，为人更低调，行事更谨慎，工作更勤恳。新局长自然找不到撤换他的理由。

"华天凶杀案"发生的那天，市局成立专案组。按照惯例，专案总指挥一职要么是市局局长亲自挂帅，要么是市局主管刑侦工作的副局长兼任，没想到市局局长亲自打电话给大卫，叫他出任专案总指挥。大卫放下电话，诚惶诚恐。他感激市局局长宽宏大量，给予重任与信任，同时下决心快速破获此案，完成任务。

然而，由于抓捕心切，竟糊里糊涂犯了错，让市局局长抓住了他的小辫子。当总结会上市局局长迫不及待地说出那番话时，大卫除了心寒外，似乎一下子也明白过来了——"这是一个局。"他沉吟道。

我问，"什么局？"

"让我下台的局。"大卫缓缓地吐出这句话。

我不禁有些诧异。

"有人正急不可耐地等待这个结果——你破了这个案，是你的分内事；你破不了这个案，对不起，你就得下台。"大卫侧了一下头，望着我，苦笑道，"我钻了这个局，没有退路，自认倒霉。与其让人清理，不如主动让位。"

我无言，深感官场水浑套路深。

车到报社门口，他停住车，对我说："真是难为你了——这篇报道你费了不少心思。"

我劝慰他："没事，我可以等你抓到人了再写。无论多久，我都等你。"

他摇摇头，苦笑着说："以后就轮不到我来抓他了。这个黑锅我得背喽。"

我说："大哥别那么悲观。无论谁抓到他，只要案一破，事情便水落石出。"

他转过身，伸出手来跟我握手，"你是个好老弟。"他把我的手握得很紧，我听到他的手腕"咯吱咯吱"地响，我的手有些生疼。

我终于抽出手，笑了笑，"这样也好，大哥不是有空钓鱼了吗？"

他点了点头，"是啊，好久没去海钓了！"

"三哥"的逃脱令大卫蒙冤降职。自然，我的那篇跟踪报道也因而无法见诸报端。作为记者，我欠大卫一篇关于刑警的深度报道。

第二十三章　邹健探庄

妮妮追逐我的身影并坚定地缠绕着我的裤腿，虔诚地嗅着我臭烘烘的脚丫，荷塘里的鱼们争先恐后跃出水面睁大两只白眼珠含情脉脉地把我偷望，鸡鸭们"叽叽呱呱"嚷个不停完全就是一副跟我亲密接触的作派，堤坡上的果树身披绿裙果香馥郁，令我流连忘返……有一百个迹象表明怡人庄接纳了我这个农夫。

我穿着一件黄庄主送的宽大老人圆领衫，脚下穿着一双灵山人最爱的塑料拖拉鞋。我头发蓬松胡子拉碴，怡人庄的阳光把我晒得黑不溜秋。日子一天天过，鸡鸭一天天长大，瓜菜一天天成熟，哪怕无聊透顶，迷糊发呆，也觉得身心畅快……怡人庄，我沉醉于简单、自然与宁静之中。我有一百个理由证明自己成了一名实实在在的农夫，也有一百个理由证明我与怡人庄已经融为一体。

那个慵懒的午后，我躺在树下网兜里，妮妮安静地趴在我的脚边。我感觉身上有一股凉意，打了个喷嚏，想想应是秋天来了——是啊，季节变更，周遭不惊：天空照常湛蓝，阳光依然亮晃，荷塘里水清鱼肥，菜地里菜绿瓜黄，草木一如青葱，渠水不倦流淌……

"谈记者——"

有人叫我。我睁开眼睛，便看到林村长笑呵呵地站在网兜边。秋阳透过宽大的树叶洒在他的花衫上，使他显得俗气又生动。妮妮起身，拖着大肚子，摇晃着尾巴走近村长，嗅着他的裤腿。我赶紧坐了起来。

"谈记者，习惯了吧？"村长一脸憨厚的笑容。

我笑道:"岂止习惯,我都不想回城了呢!"

"给你带了个朋友来。"村长说。

我一愣,"哪个朋友?"

"你的大老板兄弟呢!"村长兴奋地叫道,伸手指了指土路那边。我望过去,只见两辆黑色大奔正悄无声息地靠近怡人庄院门。

我便跟着村长走了过去。

车还没停稳,四个穿黑西装戴蛤蟆镜的年轻人就从前后两车顺溜地跳出,一字儿排开。一高个子几步窜到后面那辆大奔边,左手一抬,往车门顶上一挡,右手一伸,麻利地拉开了车门。这时,我看到一堆肥肉从车里缓缓地流了出来——

是我的兄弟邹健。

妮妮从我身后像一枚黄色之箭冲向邹健。"妮妮——"我赶紧叫住它。它停在木桥上,回头望着我,摇晃着尾巴。邹健站在桥头,被妮妮吓得浑身如筛糠,瞪着眼向我叫道:"快把它赶走!赶——走!"

我哈哈大笑着迎了上去。

太阳朗朗地照耀在怡人庄外的小路上,邹健因肥胖而略显笨拙的两条腿还没站稳,便伸出左手习惯性地整理了一下油光可鉴的发型。这个时候,我看到邹健的手上闪烁出五道金光——我定睛一看,原来是邹健举起的五根手指上的五颗硕大金戒指在太阳底下熠熠闪光。

田边的村民纷纷放下手里的农活,奔上土路,向这边围了过来。他们带着一脸的惊讶与羡慕,围观着两辆锃亮的大奔以及只能在影视里才能见到的大老板。

我走过去,邹健往我肩膀上擂了一拳头,然后指了指我脚边的妮妮,示意我看住它。

我笑道,"它迎接你呢!"

妮妮走过去嗅着邹健的裤腿。邹健一边躲闪,一边埋怨:"你就用这种吓人的方式来迎接看望你的兄弟?"我哈哈大笑,解释道:"它是跟你亲热呢!"

我的兄弟邹健就这样金光闪闪地走进了怡人庄园。

黄庄主带着二叔阿杰站在庄园门口迎接邹健的来访。黄庄主握着邹健的手，热情地说："义道，这么大老远过来看望兄弟！"

邹健瞪了我一眼，不以为然地笑着对黄庄主说："兄弟一场，总不能学他那样绝情吧！"

黄庄主把大家引到枇杷树下的木桌边坐下，"上茶。"他吩咐道。

数月不见，恍若经年。邹健比以前更胖了，脸上堆起来的肉几乎遮住了本来就不大的眼睛。"你怎么知道我在这？"我诧异地问他。

"你名人啊，找你还不容易？"邹健讥讽道。他指着一边的林村长对我说，"得感谢林村长啦！"

林村长告诉我，前天他去岛城参加美丽乡村建设招商引资大会，经人介绍认识了正在找项目的岛城前政协委员、地产老板邹健。林村长向邹健介绍了灵山村的情况，希望邹健能够提供一些帮助。为了证明灵山村人好地好风景好，他举例说岛城的大记者也住到了村里。

"哪个大记者？"邹健问。

"谈天大记者呀！"村长得意地说。

于是，邹健知道我躲到了灵山村。

林村长说："邹老板，您就别说感谢了，村民们都希望邹老板到村里看看呢。"邹健点头道："好，好，一定！"林村长对我和黄庄主说："我就不多陪了，村里还要开会——拜托你们带邹老板上村里转转。"然后，他把我往边上拉，小声地跟我讲了村里打水井的事，"还差点钱，你看看能不能在邹老板面前美言几句，让他捐点啊？"他一脸诚恳地说。我点了点头，"行，我一会儿跟他谈谈。"

送村长走出庄园大门，我突然想起邹健是个酒鬼，"村里还有地瓜酒吧？"我问村长。

"你要喝地瓜酒？"村长兴奋地叫道，"你还记得村里的地瓜酒？"

"我不喝，我这兄弟能喝，我想让他喝点灵山酒。"我用眼神瞟了瞟邹健。

村长心领神会，嘿嘿一笑，说："好，酒没问题。"然后对黄庄主说："要不，你现在跟我去村里，我带你去村民家里找酒。"黄庄主点了点头。

我对村长说："酒钱我来付吧，别增加村民的负担。"

村长挥了挥手，"一家人别说两家话嘛，这个酒是村里送给邹老板喝的。"他一边说一边向我们挤眼睛。然后，甩开双臂，昂首阔步走上了怡人庄外的土路。

黄庄主吩咐二叔杀只大阉鸡，又叫阿杰去水塘捕些鱼。然后，一瘸一拐地跟着村长去村里搞酒了。

村长、黄庄主走后，邹健让四个穿黑西装戴蛤蟆镜的小伙子回岛城，"你们回去吧，把我的车留下就行了。"他看了看我，眯了眯黄豆似的眼睛，说，"我要看看到底是什么鬼把这个鸟诗人的魂迷在了这里！"

四个小伙开着一辆大奔走了。邹健的大奔霸气地趴在小路上。

我指了指他们的背影，问："真是你公司的？"

邹健看了看四周，没有人，笑道："当然不是。"然后，附在我耳边，"是雇来撑门面的。"

这个时候，二叔去树林子鸡舍捉鸡，经过我身边，他凑近我耳朵说："你看黄庄主多重视你兄弟呀，他可从没去村里讨过酒哦。"

我点了点头，"真的难为他了。"

"不难为，不难为。古诗不是说过嘛，有朋友从远方来，不……不……"二叔憋得有点脸红，可能实在想不出后面那一句。

我接道："不亦乐乎！"

二叔说："对对，不也热乎！"

我哈哈大笑起来。

二叔快乐地走向小道，脖子上挂着的收音机又响起那锣鼓咚锵胡琴悠扬，那女子唱道：犹自深闺怯晓寒，暖风吹梦到临安……

阿杰给我们换了一壶热茶,"我去塘里抓鱼。"他看了看邹健,笑道,"这位大哥真的蛮有口福呢!"

我想起昨晚他在水塘里安置了一个捕鱼神器,"你那神器能管用吗?你多抓几条上来,"我指指邹健,"他长得跟猪一样,是个吃货呢!"

阿杰笑道:"放心,放心,我那神器立功的时候到了!"

"今晚让你尝尝我们大怡人庄最美味的土鸡野鱼,让你喝喝灵山村最有特色的地瓜酒!"我笑着对邹健说道。

邹健一副向往的神情,"好,以后真他娘的要经常下乡!"他咂了咂嘴巴,满脸洋溢着快活,伸出左手,习惯性地整理了一下油光可鉴的发型,手指上的五个戒指在霞光里又一次闪出了五道金光。

"你还是这老样子——"我盯着他的手指,摇了摇头,"你吃过那么大的亏你就忘了吗?"我低声骂道。

他一双小眼睨视我,"你不要老翻我的旧账好不?过去的就过去了。虽然我有污点,但是,我现在这样也挺好,无事一身轻呢。"然后,嘿嘿地笑,笑罢,自己也觉得不好意思,把金戒指摘掉了三个。"来见你,必须得这样。这鸟不拉屎的乡下,得让他们知道你在岛城是有朋友的,是有面子的。"

多少年来,邹健就是用这一招去乡下征地的。我曾嘲笑过他,他说,"没办法啊,工作需要啊!征地就少不了跟农民打交道,农民可实在哪,哪懂低调,更不懂内涵,他们看你一副穷鬼相,能信得过你?敢把地交给你?跟农民打交道,得用这一招啊!"看着他那副嘴脸,我总是无语。

"公司还开得下去吗?"我问。

"还在维持,不过很快就要结束了。"

"结束?"我不解。

他沉吟了一下,苦笑:"不想干了。"

"那件事还没有过去吗?"我再问。

他沮丧地点了点头,"我已经是挂了号的人了,元气已伤,康复难啊!"

我无语了。

他掏出手机,看了看,"咦,这里没有信号?"

"有啊,在屋顶上。"我指了指黄庄主的石头房顶。

邹健摇了摇头,"真是服你了,这种地方怎么能够待得下去哟!"

"我觉得这儿挺好啊,我不知道还有什么地方比这儿更好。"

邹健瞪着我,"看来你确实蛮有幸福感的。"

"是的,我习惯了这里。"

"你又黑又瘦了。"他说。

"健康着呢!"我笑道。

邹健揶揄道:"这样子跟个农民也没啥区别了。"

"当个农民挺好,真的。"我站了起来,"你没发现我有了一个健壮的身体?"我握拳扩胸,"看看我这胸肌——这在岛城是没有的吧?"

"得了得了,我又不是女人,对你的胸肌没兴趣。"邹健摆了摆手。

我与邹健瞎扯时,阿杰提着满满一网袋鱼虾走过来,向我叫道:"谈记者,你来看看,这些是不是保护物种啊?如果是,那我就放生了!"

阿杰放在水塘里的捕鱼神器很厉害,收获多多。十多条罗非鱼白里透红,一堆淡水虾晶莹剔透,数条木乃鱼硕大肥美……我检查了一番,笑道:"没发现野生保护动物。"邹健兴奋地叫道:"木乃鱼啊!好东西啊!在岛城这个金贵啊!"

黄庄主提着一坛地瓜酒一瘸一拐地回到枇杷树下。他把酒坛往桌上一放,一股醇香便飘到我们鼻子里。"正宗灵山地瓜酒!这可是村长带着我一家一户找来的!"他对我们笑道。

很多日子过去了,眼前总是浮现出黄庄主一瘸一拐挨家挨户为邹健找酒的画面。那天,黄庄主表现出从来没有过的热情与开心,我想，应该是邹健与我的这份兄弟情义触动了黄庄主心灵深处的某根神经。

黄庄主带二叔阿杰忙着，我继续陪邹健在枇杷树下喝茶。

"是不是还在相亲？有新的目标没？"我关心地问。

邹健挥了挥手，"早不相亲了，没意思了。"

我哈哈大笑，讥讽道："看来，教训惨重，留下了蛮大的阴影。"

邹健瞪了我一眼，"不过，虽然九死一生，但我还是相信爱情。我相信岛城会给我一个最好的老婆。"

"不是说一百个吗？"我笑道。

"一个就好，一个就够。"他咧着嘴望着我嘿嘿地笑，"不想再折腾了，"邹健一脸认真地说，"老婆不是折腾来的，是靠缘分修来的。"

我不得不承认邹健确实是变了个人。

"跟你一起疯的时光一去不复返喽！"邹健感叹道。

"我也挺怀念跟你一起鬼混的日子。"我说。

邹健瞥了我一眼，"你这个鸟诗人那个时候也很坏——也是破罐子破摔。"

邹健这话又让我沮丧起来。

记忆是种很可怕的东西，见缝插针，如影随形。我常常希望自己变成一条鱼——大卫说过，鱼的记忆只有七秒，过完七秒，它们的一切便重新开始，循环往复。我多么希望自己变成一只鸡一只鸭——它们刚刚还在勾肩搭背嬉戏喧哗，一把食物丢过去，彼此便如同陌路，相忘于江湖……

第二十四章 "夜电"花痴

看完晚间新闻,我回房刚打开电脑,邹健便打来电话,问我要不要去夜电酒吧喝酒唱歌。我说不去了,他便在那边嚷开了:"不是你不想去,是你老婆不批准。"然后,像模像样地叹息一声,"你这鸟婚姻啊!"

我有些气恼,"我还没到出门要批准的地步吧?再说,不去唱歌跟婚姻有关系吗?"

"那你有本事就出来呀!"他怼我道。

我对他真是无语。

"岛城最牛逼的酒吧,开张不久,美女如云哦。"他再次诱惑我。

我又动心了。

邹健说他在夜电酒吧门前广场等我。

那个时期,岛城大街小巷尽是酒吧。我的兄弟大卫非常熟悉岛城的娱乐场所,他给我讲述过海岛夜场的演变历史。他说,夜场是岛城经济发展的晴雨表,开发初期,五湖四海的人们来到这偏远海岛,互不认识,也没地方找乐子,于是岛城遍地歌舞厅,消费不高,算是平民消费。后来,随着大开发的推进,外来大款日益增多,经济高速发展,低层次的歌舞厅明显满足不了大款们的需求,于是,夜总会兴起。夜总会算是高消费了,美女如云,大气奢华。进去了,没有万儿八千出不来,那时是岛城夜生活最鼎盛的时期。再到后来,岛城经济泡沫破灭,夜总会一夜之间沦陷。留下的有钱人不多了,手脚也收敛了,晚上无聊,三五成群,吃点烧烤,喝点夜酒。于是,几乎一夜之间，岛城酒吧林立。酒吧算是中档消费，一般有脸面的人都会进去喝个两杯乐个半晚。

那时候，邹健的炒地生意风生水起，毫无疑问，已进入了岛城有钱人的队列。但有钱的邹健仍然单身，"孤独寂寞冷啊！"他常常向我叫道。然后表情夸张地告诉我："白天还好，忙着炒地，累得死，没工夫想别的，到了晚上，回到家里，突然感觉世界都他娘的空空荡荡。"我当然知道，饱暖思淫欲，有钱的邹健已经过不惯寂寞生活了，人也变得矫情起来了。"我这是不是有性欲了？"他问我。

我点了点头，"动物的第一本性。"

"你把我降低到动物那类了喽？"

我又点了点头，"虽然你有钱，但最终还是要回归到动物世界。"

他"呸"了我一声。

邹健每晚都要去酒吧，他说他喜欢那种醉生梦死的状态。那些日子，夜幕落下，去夜场一醉成了邹健的嗜好。他的牛仔裤屁股左右两边口袋会各插着一叠百元大钞，一晚上不花掉那两口袋钱，他不会回家睡觉。他时不时邀请我参加他的活动，我也正处于与蝶的冷战中，也就时常跟他去混。

夜电酒吧位于金龙路上。它原本是一家新疆人开的羊餐馆，三层楼。记忆中，那家羊餐馆以烤羊肉为主，生意不错。有一天，邹健带我去了，人山人海，跟白吃似的。我跟邹健挤了半天才挤进去，找了张小方桌坐下。二十串烤羊肉，一只烤羊腿，两碗羊杂汤。羊肉羊腿我没啥感觉，唯有那碗羊杂汤，味道鲜美，散发着一股浓郁的胡椒膻气味，令我怀念了好些日子。后来，红火羊餐馆突然挂出一个牌子，上书四字：店面转让。

我开车赶到夜电酒吧。想不到，昔日的羊餐馆已变成了一幢造型奇特、色彩斑斓的建筑物，耸立在夜色里。那扇高大的侧墙被粉刷成一片墨黑，数十条LED灯管在墨黑上拼出一行英文——那些英文字母一个个稍微右倾，勾肩搭背，似一群鲜活的舞者，粗犷、娇柔、妩媚。随着打击乐的节奏,灯管闪烁出缤纷光影,我认出是一句英文:Night Electricity, a place that makes you fly with passion!("夜电",一个令你激情飞扬的地方!)讲心里话,我对这广告语没啥感觉,但我喜欢它绚丽的光电与高分贝打击乐组成的蛮横、粗犷与霸道;我喜欢那一束束射向天空的蓝光,它们宛如一道道闪电,闪耀在岛城墨汁般的夜空。我被这些光电与打击乐震撼和吸引——我多么希望生命里也能出现一道闪电,照亮我幽暗迷惘的前程。

我把车停妥,一眼便望见邹健正站在夜电酒吧金碧辉煌的大门前。"鸟人,你是学乌龟爬来的吧?都等你一个小时了。"邹健朝我叫道。

"堵车堵车。"我解释道。

邹健带着我往门里走。几个保安握着对讲机要搜我们的身,邹健说:"搜个屁啊,我是你们老板的朋友!"一个胖保安问:"哪个老板?"邹健说:"你们刘老板啊!"保安说:"我们没有刘老板。"邹健红了脸,憋了半天,"我记不到了——不是姓刘就是姓李,我可是老客了,来给你们捧场几次了!"胖保安挥了下对讲机,瞧着远处,"无论谁,先过安检吧!"我推了一把邹健,"检吧,应该的。"邹健一脸不愉快地接受了安检。

两个打扮得性感妖冶的女孩叽叽喳喳地走了过来。因为过道窄,我推了一下邹健让个道,她俩回头对我们笑了笑,我看见邹健眼里立时闪烁出一串光亮,他的目光很勤奋地在那俩女孩背影上梭巡,一直坚持到女孩上了楼才收回。他咽了咽口水,对我说:"刚才她们对我笑呢。"

我问:"你帅吗?"

他拍了拍日渐膨胀的肚子,"我只是帅得不明显。"

我问:"你多金吗?"

他挺了挺腰,"我正在朝大款方向发展。"

"你能不能别那么臭不要脸啊!"

"来这种地方,你要脸还玩个毛啊!"

我无语了。

我俩往大厅走。七彩灯如幽灵穿梭,打击乐耳畔轰鸣。"话说回来,这里的女孩能做老婆吗?"他一脸鄙薄,似乎是问我,又似乎在独自嘟哝,"倒贴给我也不要。长得好看又怎么样?"

我懒得理他。

一个胖胖的公关模样的年轻女子迎了过来,"两位大哥是要包厢还是在外场?"她媚笑着问我们。邹健大声叫道:"包厢!"我说就我们俩人,外场就行了。"外场怎么行呢?"邹健斜睨着我,转头对胖公关说,"包厢吧,咱不缺钱。"胖公关便带着我们走进了一间包厢。一进房,邹健对门边站着的少爷叫道,"让妈咪李过来!"

一会儿,一个手里提着个亮晶晶的手包穿着职业装的女子进来了,"邹总啊,原来是你,来了也不告诉我一声。"邹健头也懒得抬,"老妹子啊,带几个好看的小妹妹来。"

"好看,一定好看啦!"妈咪李笑道。

"不好看就要你了!"邹健挥了挥手说。

妈咪李很快就领来了几位小姐,一个个鲜嫩艳丽活色生香。邹健如在菜市场里挑白菜一样地挑了半天,最后选了两个,一胖一瘦,胖的叫露丝,瘦的叫海伦。我小声问他:"要两个干吗?"邹健瞪着我,"给你也叫一个啊,我不吃独食。"他拿眼扫了一下那两个女孩,问我:"一胖一瘦,你要哪个?"

那个时候,我一门心思想出轨,但对玩小姐实在没兴趣。"我不要,都归你。"

他瞪着我:"鸟诗人今晚怎么这么扫兴?"

我说:"真不要,我就是来唱歌的。"

他嘟哝道:"搞不懂你了,酒不喝,小姐不要,唱毛歌啊?"他摇了摇头。

我虽然嘴里说不要,但最后还是半推半就接收了一个。我知道我虚伪。邹健要了胖露丝，把瘦海伦推给了我。

我们起初玩骰子喝酒，我输了两杯，不想玩了。海伦便讨好似的往我胸前蹭，"哥，我替你喝。"我笑着推开她，"我看你们玩就是了。"

邹健说："那没鸟意思，都唱歌吧。"

邹健点了支歌，一手握麦，一手揽着露丝的肥腰，两人坐在沙发上，身体紧贴着，一摇一晃地唱起来：

　　你究竟有几个好妹妹
　　为何每个妹妹都那么憔悴
　　你究竟有几个好妹妹
　　哥哥你的心里头到底爱谁
　　……

我看到邹健那只搂着露丝的手总是往下沉，准确地说，是往大腿方向滑动，刚滑到接近关键地方时，露丝就用一只手去挪开，放回原处。邹健不甘心，手又开始往下沉，往下滑动，露丝就又去挪开，放回原处……邹健边不厌其烦地重复着这个动作边扯着嗓子吼歌，歌声前不着村后不着店。我生出一个奇怪的幻觉：一条贪婪的蛇蠢蠢欲动，试图潜入潮湿而温暖的洞穴，却总是被一股力量推出洞门。

海伦坐在我身边，见我不搂她，就硬往我身上贴，我几乎能够感受到她的胸部在我手臂上摩挲。她太瘦，胸脯平平的，即便贴在我身上，我也丝毫没有什么感觉。"邹总的歌声里有一股味。"海伦贴在我耳边说。

"什么味？"

"土豪味。"

我大笑。

邹健停了下来，对我说："很好笑吗？唱歌不就是娱乐嘛，娱乐你们，也娱乐我自己嘛。"

我点了点头，"你继续娱乐。"

邹健便继续抱起露丝的肥腰，继续重复那猥琐的动作，继续扯着那公鸭嗓子吼，继续前不着村后不着店。

海伦继续努力地贴近我，往我身上摩挲。我知道她是为了坐台费而这样，她越是这样，我就越是本能地把身体往后退。后来，她似乎感觉到了我在故意躲避她，神情有点沮丧，再也不往我身上靠了。我觉得我做得有些过分，伤了人家的面子与自尊。干吗要这样呢，来这儿确实是图开心的，没有必要装嘛。这样一想，我便表现出一些热情，一抬手，搂住了她的腰，她脸上才有了暖色，眼里生出些妩媚，对我微微笑了笑。我们便交头接耳地聊了起来。海伦告诉我，她是岛城人，大学毕业不愿做朝九晚五的工作，于是来这夜场上班。"我陪酒陪唱，但不出钟。"她强调道。我问什么叫"出钟"，她说："不陪客人出去过夜。"我明白了，点了点头，"你是个好姑娘！"我在她耳边轻声地说。随后悄悄地往她手里塞了两百块钱，"你还是找个地方上班吧，这种地方不适合你——你现在可以走了。"

海伦意识到我还是嫌弃她，脸一沉，把钱握着，红着脸走出了包厢。

邹健停住唱歌，不解地望着我。我赶紧解释："她家里有急事，先走了。"

邹健摇了摇头，对我说："你嫌弃人家吧——其实我一番好意，知道你喜欢苗条瘦小的。"

我说："她挺好啊，只是觉得人家大学生呢，有些委屈她了。"

露丝嘴角一撇，眉毛一扬，"大学生怎么了，大学生就不喜欢钱啊？"

我说："好了好了，你们继续唱歌。"

邹健不唱歌了，他把目光收回到露丝身上，搂着肥腰，有些动情地说："我就喜欢你这样的。"

露丝说:"别喜欢我,我又不能做你老婆。"

邹健问:"为什么呢?"

露丝说:"我人生只有两个会——这也不会,那也不会。"

邹健说:"没事,我会你就会啊。"

露丝忽闪着毛茸茸的睫毛,娇嗔道:"那你不亏大了?"

邹健搂着露丝说:"不亏呢,有句话怎么说的?你负责貌美如花,我负责挣钱养家!"

露丝感动得不行,直往邹健怀里钻。

"咔嚓!"我对他俩打着停止的手势,"我受不了你们这种肉麻的互慰,时间不早了,我得回家了。"

邹健摇了摇头,"你回去吧,知道你回家晚了老婆把你锁在门外!"他拥着露丝,继续对唱:

妹妹你坐船头,哥哥在岸上走……

第二天早上,邹健打我手机,在那边趾高气扬地宣布:"我恋爱了!"

我问对方是谁,他一脸得意:"露丝呀!"

"哪个肉丝?"

"就是昨晚唱歌的姑娘啊!"

我吓了一跳。我骂道:"傻逼,你那是泡妞,与恋爱是两回事。"

邹健声音洪亮:"是真的,我们确实恋爱了,她昨晚跟我回家过夜了,刚走。"

我说:"好吧,祝你早日失恋!"

又过了几天,邹健约我吃饭,一见面,沮丧地告诉我,露丝是个骗子,骗了他不少钱。我警告他,要是真找老婆,就好好去找,夜场是找不到真爱的。

他点点头,眨眨眼睛,"你不但是我兄弟,还是我老师。"

"不要跟别人说我是你老师,有你这种学生我感到丢脸。"

我突然想起多年前他说过的一句话,我学着他当时的腔调,问:"你信不,岛城抢走了我一个女人,我要让它还我一百个女人!"

邹健"嘿嘿"地笑着,像当年我回敬他一样冲我叫道:"信——信你大爷!"

第二十五章　相见无杂言

夕阳西沉，晚风拂面，炊烟升起。

我和黄庄主陪着邹健坐在枇杷树下的大木桌边，一边喝茶聊天，一边等待二叔的饭菜。一会儿，阿杰从厨房里端出了金黄的沙姜炒土鸡，一股浓郁的鸡肉香弥漫了四周。邹健一脸呆相地看着那盆炒土鸡，眼里有些湿润，嘴里嗫嗫嚅嚅。我有些诧异，问他怎么了，半晌，邹健才缓过神来，"闻到炒鸡香，便想起小时候。"他看了我与黄庄主一眼，沉浸在回忆中，"那时家里穷啊，老娘喂养了一群鸡，为的是拿鸡蛋换钱供我们上学。只有过年过节，老娘才舍得杀上一只。老娘端出来那盆炒鸡的时候，是我们最幸福的时刻……"邹健声音哽咽。

黄庄主附在我耳边轻声道："你这兄弟是个性情中人。"我点点头，笑了笑。我也挺感慨，数月不见，粗鄙俗气的邹土豪变得多愁善感了。

二叔从厨房里出来，往桌上摆了三双碗筷。我问："不是五个人吗？"二叔道："我跟阿杰在厨房吃就行了。"我说："一起吧，这样不好，我兄弟不是外人。"二叔说："我们就不掺和了，黄庄主跟你陪邹老板吃好喝好。"黄庄主笑着解释道："他们觉得邹老板是个大人物，吃饭不自在，随他们吧。"邹健拱手作了个揖，说："什么大人物啊？我可是个普通人哈！"黄庄主笑道："谈记者介绍过，邹老板是岛城政协委员呢！"邹健脸一红，马上更正道："前政协委员。"黄庄主笑道："在这乡下，前后不重要，政协委员就是大人物了！"

阿杰将红烧木乃鱼、香煎罗非鱼、白灼河虾、辣椒煎蛋、清炒野菜相继摆上桌子。黄庄主站起来，先给邹健斟满一杯酒，然后给我倒了一杯，最后自己也倒了一杯。他端起酒杯，道："六年了，我一直不喝酒，但今晚我得为邹老板的兄弟情义喝一杯！按岛城规矩，先干为敬。"他脖子一仰，一杯下肚。

邹健也站了起来，端起面前酒杯，一口干。

我也站起，喝了一杯。

酒杯见底，三人相视一笑，坐下。邹健咂了咂嘴巴，"这酒真的好啊！"

黄庄主夹了一块金黄的鸡肉，放在邹健碗中，说："怡人庄农家鸡也不错。"

邹健点头，迫不及待地拿起筷子，夹起鸡肉，往嘴里一放，咀嚼了几下，对我叫道："真是美味！再一次想起了我老娘！"他转过头对黄庄主道，"我看，你们这炒鸡就叫'老娘味道'好了。"

黄庄主点头笑道："好，就叫'老娘味道'！以后，你有空就来庄里指导指导。"

邹健边用纸巾擦嘴边对黄庄主说："一定来，一定来。我这辈子也不会忘记怡人庄了。"

黄庄主道："怡人庄欢迎讲义道的兄弟。"他起身又敬了邹健一杯。

邹健也不怠慢，又一口干了。

"黄老板好酒量！"邹健夸奖黄庄主。

黄庄主说："以前在岛城酒量还行，这些年来乡下了，基本不喝酒了。"

"想必黄庄主在岛城一定是做大事的！"邹健道。

黄庄主脸色突然变得阴郁，眉头微微地跳了一下，但很快表情就恢复了，他一脸谦逊，声音有些低沉地说："今生真没干成事，更不要说大事了。见到邹老板，令我仿佛回到从前，生出一些酒胆而已。"

"黄庄主上岛城，一定要告诉我，我要好好请黄庄主喝酒。"邹健对我说。

我点头，哈哈一笑，"这个可以有，你们两个完全可以喝几瓶。"

"感谢感谢，我一定带着灵山村的酒去找你喝。"黄庄主客气地回答。然后，又夹了一块鸡肉，放在邹健碗中，"这次来了就多住几天，庄里每天给你杀一只鸡。"

"这鸡真的好吃。"邹健埋头啃鸡，三下两下鸡块变成鸡骨。他抬起头对黄庄主说，"但我明天就得回去，公司里屁事多啊，下次来一定多住。"

"哦——要不，走之前去村里看看？"黄庄主试探着问。

邹健摇了摇头，"这次就不去村里了，说实话，这几年我不敢买地了。再说，这儿还是偏僻了点，投了资还真收不回来。"

我哈哈一笑，"我就知道你永远改不了投机分子的味儿。"

邹健端起酒杯自喝一杯，道："我觉得钱就是他妈王八蛋！"

我嘲讽道："你能够说出这样的话来，估计你的思想觉悟进步了！"

他"嘿嘿"地咧嘴冲我笑，然后目光又转向那盆木乃鱼。他夹起一片木乃鱼肉送进嘴里，"天哪，这鱼真的美味！"他埋下头专心吃鱼，"这是我吃过的最好的木乃鱼！你们这厨师手艺真是不错！"他叫道。

我笑道："主要是食材好。"

邹健连连点头，"怡人庄确实是块风水宝地啊！"他端起面前的酒杯，对着我们快活地叫道，"喝酒喝酒！"

我们举杯喝酒。

"我可告诉你，不能白吃怡人庄的鸡鸭鱼，更不能白喝灵山村的地瓜酒。"我对邹健说，"刚刚村长跟我说了，村民一直喝不上干净的水，想打一口井，但缺钱，你看如何办？"邹健正啃咬着一根鸡爪，他意识到了什么，停住啃咬，"需要多少钱？"他抬眼问我。"三百米深的水井，三十万左右，村民自筹了十来万，缺口还有二十几万。"

我说。"我们怡人庄也没什么收入,否则,早帮他们了……"黄庄主一脸诚恳地告诉邹健。邹健放下鸡爪,拿起一片纸巾,擦了下嘴,望望黄庄主,又看看我,沉吟片刻,手一挥,说:"我这前政协委员也不是白当的,你们转告村长,这三十万我认了!"

三十万!邹健答应给灵山村捐三十万!我和黄庄主无比惊喜。黄庄主起身再给邹健斟满酒,自己也倒了一杯,端起杯,说:"我要再敬邹兄弟一杯!"说完脖子一仰,杯子见了底。我也不含糊,端起杯,站起来对邹健说:"士别三日当刮目相看。跟你兄弟一场,今日终于看到了你的大气与牛逼。我也喝了!"一抬手,一饮而尽。

三人开怀大笑。

黄庄主起身,对我与邹健说:"你们两兄弟好久不见了,多喝几杯,多聊一聊,我就先撤了。"黄庄主告辞回房。

暮色四合。

邹健连啃带咬,面前的鸡骨鱼刺堆成了小山,一坛酒也没剩多少了,"喝完吧?"我指了指酒坛子,征求他的意见。他的脸酡红,摇了摇头,说:"算了,不喝了,撤吧!"

"我还有正经事要跟你说呢。"邹健说。

"正经事?"我问,"原来你一直不正经啊?"

邹健起身,"对不起了,撒泡尿先。"

我也起身,打算领他去厕所,没想到他快步往小渠那边走,我在后面叫道:"你干吗?厕所不在那边!"

"大呼小叫什么?"他回过头狠狠瞪了我一眼,然后,在栅栏边停下,立住,对着小渠宽衣解带掏家伙。

我戏谑道:"有你这样随处大小便的政协委员吗?"

"是前……前……政协……委员,"邹健纠正我的称呼,"现在……是……老百姓。"

二叔与阿杰来收拾残局,看到邹健对着水渠撒尿,以为他喝醉了，两人边捡拾碗筷边大笑。邹健尿着，回过头来，满脸严肃认真地说："我这尿……是有机肥，这算是我为……乡村建设……做贡献……"

林子那边传来几声啼鸣，正是暮鸟归巢时分。

邹健尿完，抖了两下，似乎清醒了点，对我说："乡村就是好……处处闻啼鸟……"

我摇了摇头。我明白，这厮永远属于乡野。突然，他张嘴弯腰，做出一种想呕吐的样子。他干呕了几下，没有吐出来，站起身来，用手拍了拍胸口，又干咳了几下。

"你没事吧？"我问。

"有点不舒服。"

"真醉了？"

他瞪了我一眼，"这点酒，我能醉吗？"

我相信他没有醉，怎么说也是酒精考验出来的家伙，这点酒应该放不倒他。

一缕夜风拂过，风中夹杂着浓郁的植物气味。"这是什么……气味？难闻。"他嗅了嗅，捂着鼻子问我。我明白，"鸡屎藤。"我指了指栅栏上的那些野生的绿色藤蔓。"难怪一股鸡屎味啊！"他一脸嫌弃的样子。我笑道："别小看它，它可是灵山的宝贝，既有药用价值，还可以做美食，你在岛城经常吃到的糖水汤圆就是这个做成的。"邹健用犹疑的眼神看着我，摇了摇头："那玩意是这东西做的？"我点了点头，"是的，气味不好，可做出来的是美食。"他感叹道："乡下人真会做吃的。"他伸了伸胳膊，踢了踢腿，"走一走吧！"他对我叫道。

我陪他沿着小道向前走，"你真是不得了哦，连个招呼也不打就逃到了这里。"他回过头来，盯着我，语气有些怨恨。

"是的，我不想告诉任何人。"我淡淡地一笑。

"难道岛城就没人值得你'吱'一声了？"他转过身来，看了看我。

我笑了笑，没有回答他。

"包括我？"

我没有搭理他。

他显得有点沮丧，随后转身，继续往前面走。"你躲到这世外桃源就为了写那些狗屁诗歌？"他问。

我笑道："我已'诗盆洗手'了。"

"你知道小菲的情况吗？"邹健突然停住脚步，再一次回转身来，目光炯炯地盯着我。

"不知道。"我说。

"你知道她与'夜电'老板的事吧？"

"知道一点。"

"那老板玩腻了她，便另寻新欢，你知道吗？"

"这个……不知道。"我摇了摇头。

"她与那老板分手后，在岛城几家酒吧跑场。"

"那个时候我已离开了岛城。"

"她找过你。"

"找我？"

"是的，她打你电话，你一直关机。"

我无语。我不明白小菲怎么会找我。

"她认为你是在报复她。"

"我没有报复她的意思。"我说，"我不是关机，是怡人庄园没有信号，手机作废。"

虽然我一直不承认我是因小菲而逃，但事实上，我离开岛城自然有她给予我的一击。如果说糟糕透顶的岛城生活令我失去热情和耐力，那么，小菲用她邪乎的背叛把我击倒，让我不再坚挺，甚至连爬起的欲望都没有。当然，我心里明白，我没有理由去怪她。

"你会原谅她吗？"邹健问我。

"谈何原谅？"我苦笑了一下，反问道。

"她知道你不会原谅她,尤其知道你已经离开岛城,她更是绝望了。后来,她不唱歌了,再后来……"邹健停顿下来。

"后来怎么了?"我心里"咯噔"了一下。

"出事了。"邹健平静地说。

"……出了什么事?"我的心被吊在嗓子上,急切地问。

"吸毒了。"邹健冷冷地回答。

我感到震惊,"为什么会这样?"我愣在那里。

邹健继续往前走,"别问为什么,抽个时间去看看她吧,她真的蛮可怜。"

我脚如坠铅,脑子里一片混沌。

我不曾料到,我的逃亡在小菲看来竟然是一种报复,竟然会击倒无知无畏的她,而且杀伤力远远超过了我想象的极限——这一点上,我觉得我真的有罪了,心里一阵绞痛。"明天……我跟你……回城。"我嗫嚅道。

邹健望着我,笑了笑,"知道你还有善良之心,我放心了。"

这个时候,二叔过来要给邹健安排房间。

"我跟你挤着睡吧——奶奶的,跟鸟诗人多少年没睡过一间房了。"邹健对我说。

我想反正也只有几个小时就要天亮了,便对二叔说:"那就让他跟我挤着睡吧。"

二叔回去了。

我轻一脚重一脚地与邹健走进竹寮,"很好嘛,水上别'野'!"邹健叫着,四仰八叉地往床上一倒。几秒后鼾声如雷。

我找来一张简易折叠床,弄了个临时铺。我躺在上面,辗转反侧,把折叠床压得"咯吱"响。来到怡人庄,我总是提醒自己忘掉一切,抹去那些记忆。我只想宁静与快乐,我只想把灵魂寄存在一种虚空中。我既不愿回忆也不去向往,甚至没有了梦想。我本以为伤口即将愈合,一切都会遗忘,而一抬眼,悲哀地发现,记忆的青苔疯长,不但无从逃避,还以更为残酷的方式持续与展现——记忆如刀,刀刀诛心。

邹健在那边睡得如死猪般宠辱不惊。

我想起了一个哲学命题:你是谁?你从哪里来?你要去哪里?

我记得报社守门的保安小伙也经常向人问这三个问题,回答总是五花八门:

"我是王主任,我从市政府来,我要进报社找社长。"

"我是刘站长,我从环卫局来,我要进报社收垃圾。"

"我是李大爷,我从乡下来,我要进报社找我儿子。"

据说,那天,忠于职守且聪明机灵的保安小伙只放李大爷进了报社大门。

我横竖睡不着,起身走出竹寮,来到院子里。

枇杷树下,灯亮着,阿杰还没有回房。他蹲在小黑板前,一字一句朗读着昨天我留在上面的一首陶渊明的诗。那诗合我心,所以就抄在黑板上了。

> 野外罕人事,穷巷寡轮鞅。
> 白日掩荆扉,虚室绝尘想。
> 时复墟曲中,披草共来往。
> 相见无杂言,但道桑麻长。
> 桑麻日已长,我土日已广。
> 常恐霜霰至,零落同草莽。

昏黄的灯光下,阿杰读得很认真,神情专注。见我走来,他歪着头问:"这诗啥意思吗?"我没有心思跟他谈诗,我说:"多念几遍,自然就懂了。"于是,他的声音变得更大,读得更加起劲,……

第二十六章 "夜电"遇小菲

那段时间我沮丧地活着,拿蝶骂我的话说,是行尸走肉一个。

蝶与她的父母对我一天比一天失望,到后来,基本上不理睬我。我也求之不得,图个自由清静,实在不愿看他们那脸色。白天,我把自己关在房里,晚上,我溜出去,跟着暴发户邹健混迹于夜场,常常彻夜不归。

我们不去夜电酒吧了,邹健怕在那里遇上露丝。邹健带着我转去别的场子玩过几回,但总觉寡味。后来,妈咪李发信息给邹健说,露丝回家了,不在"夜电"上班了。邹健便带着我重返"夜电"。"没有办法,还是'夜电'美女多。"邹健猥琐地对我说。"实在无聊!"我一边沉醉于这种生活,一边发出腻味的感叹。邹健一脸无可奈何,感叹道:"是啊,摸来摸去就两个波,听来听去就两首歌。"

漫漫长夜,如何熬度呢?这狗日的日子!

埋怨归埋怨,继续泡吧行乐,继续醉生梦死,继续放任灵魂空虚。

邹健在包厢里跟美女唱歌,我去外场大厅听歌。

长长的演艺台上,有一个耳朵上垂挂着两只硕大耳环、低胸装展示出丰满乳沟的女歌手正在演唱一首外语歌。追光灯打在她脸上,精致的五官让我觉得似曾相识。想了想记起来了,她叫雪丹,东北歌手。几年前,她在滚石夜总会跑场。有天晚上,我陪一个湖南老板去玩,听过她的歌。那个时候,她薄妆淡雅,歌声清甜。听完一曲,湖南老板叫服务员送个花篮上去,往盘子里放上一叠钱,说:"请她唱完后赏个脸一起宵个夜。"一会儿,服务员回来了,花篮收了,钱却退了回来。老板感觉没面子,又送了个花篮,盘子里又加了一叠钱。一会儿,服务员回来了,花篮收下,钱原封不动地退了回来。这下老板火了,用湖南土话开骂:"牙的个卵,屌个毛,老子就不信邪搞不动你!"他从手提包里掏出一只皮夹子,往盘子里一丢,对服务员说:"告诉她,里边有张工商卡,密码6个8,就请她宵个夜!"一会儿,服务员把皮夹子端了回来。老板泄气了。第二天一早,他灰溜溜地离开了岛城。在机场,他给我打了个电话,对我说:"牙的个卵,你们岛城牛逼,连唱歌的妹子都屌!岛城的生意我不敢做哒!"多年后的今夜,在夜电酒吧舞台上的雪丹,脸上明显布满了沧海桑田,歌声里明显增添了伤感惆怅。看来这些年,岛城让这个倔强而冷傲的小歌手过得并不好。

这时候,酒廊边上一张小桌旁坐着的一个女孩引起了我的注意。

她上身着一件无袖低胸紧身T恤,下身穿一条发白磨卡蓝牛仔裤——那身衣服非常恰当地勾勒出她高挑丰盈的身形。她手指上夹着一支细长的香烟,一缕青烟袅袅飘扬。她的头发又长又黑又柔,自然地卷曲着披散在肩上,那是一种十足的文艺少女范,浑身散发出时尚而野性、优雅而文静的韵味。她一个人坐在那里,桌上没有酒。

我有个癖好,特别喜欢看女孩子抽烟的样子。好奇心驱使我走过去,"能坐坐吗?"我指了指她对面一把空椅子,微笑着问。她愣了一下,瞥了我一眼,没有说话,点了点头。我便在她对面坐下,看着她纤细圆润的手指夹着那支细细的香烟,看着她浅浅地吸入然后轻轻吐出,看着飘浮于她面前的一串串白色烟圈扩散、淡化、消失……

她感觉到我在偷看她,便瞥了我一眼,冷若冰霜,目光回到了台上——那儿,雪丹正在演唱维塔斯的《星星》:

> 我想飞向云中,
> 只是我没有翅膀。
> 星光在天际引诱我,

但触到星星是如此艰难……

那是一首我喜欢的歌,我情不自禁地轻声地哼唱起来。这时,我看到女孩身体微微一颤,浅浅地吸了一口烟,随即,轻轻吐出,侧身对我,脸上露出微微一笑,"大叔,你也喜欢这首歌?"她问我。

她叫我大叔。

我点了点头。

她又是微微一笑,说:"我也喜欢,每次来这,总喜欢听她唱这首歌。"

我说:"是的,她把这首歌演绎得很不错,有些伤感,也有些温暖。"我顺势把椅子移到她边上,坐下,"咱们可以聊聊?"我问。

她一下子显得有点惊慌,一双眼睛警惕地看着我,"聊什么?"

我笑了笑,看着她夹着烟的手,说:"你的手挺好看。"

她把烟掐灭在烟缸里,抬起头,"大叔,你不会告诉我你会看手相吧?"她伸出那只手,在自己面前晃了晃,说,"这方式老套了哦。"

我从来没有见过这么犀利的女孩,我愣了一下。但是,我尽量掩饰自己的窘态,"你觉得我会是那种以看手相来搭讪的男人吗?"我笑着问。

"酒吧里很多男人总是用这方式来套瓷。"她不屑一顾地扭过头去。

"呵呵,看来你经常遇到?"我笑道。

"我在这里坐了三个晚上,每晚都遇到。"

"其实,手相是上天透露给人的一种密码,并不全是胡说八道,是有一定科学依据的。你刚刚掐灭烟头的时候,我就已经感觉到了你正面临着一次人生的抉择。"

她抬起头来,惊惶地瞪了我一眼。

"你犹豫不决,困惑迷惘。"我说。

她身子又是轻微地一震,只是一会儿,她的脸上便浮出一束花般的微笑,"大叔,你真会看手相?"

"懂一点。"我说。

于是,她大方地向我伸出左手。

"男左女右。"我说,"用你刚才夹烟的手。"

她伸出右手。

借着闪烁的七彩灯光,我大致看清了她手掌上的线条纹路。我说:"你的生命线明晰可见,一直延伸到手腕虎口边,说明你身体健康;你的爱情线又粗又直,一线贯之,说明了你对爱情的坚贞与执着……但是,"我继续端视她的掌心,"一道闪电在你的爱情线上掠过……我看到……"

"看到了什么?"她迫不及待地问。

"贵人!"我说,"我看到了你的贵人正来到你身边……"

"是不是已婚男人都是这样骗女孩子的?"她抽回了手,不让我看了,狡黠地对我笑。

"你怎么知道我已婚?"我有点惊奇。

她的眼睛斜视着我的左手——我左手无名指上正戴着结婚戒指。我哈哈大笑了起来,"你观察力不错——难道已婚影响我们认识?"我问。

"那倒不至于。"她说,"我只是不喜欢跟已婚男人交朋友而已。"

我说:"这样吧,我这个已婚男人请你喝杯酒总行吧?"

她本能地摇了摇头,"我不喝酒!"

"你是不是觉得我这提议更加危险,所以,你的戒备心更加强了?"

她盯着我,"你肯定是个泡妞高手,你还懂心理,可怕。"

我一脸无辜,说:"真没有别的意思,请你喝点酒是为了不让我们尴尬,并且,女孩子喝点红酒会更加漂亮。"

我的一脸诚恳让她有所动摇,她终于点了点头,说:"那我喝一点点表示一下。"

服务生为我们倒了两杯红酒,她坚持要把她杯中的分给我一些。她的杯里就基本上只剩下个杯底了。"来吧,为我们的认识碰一下。"我笑着端起酒杯。她眉头皱了一下,完全被动地、出于礼貌地端起酒杯,与我轻轻地碰了一下。然后,低下头,浅浅地抿了一下。

酒是个好东西,碰杯更是件好事儿。

两只玻璃杯"咣当"一碰,声音清脆悦耳,意味着两个人突破尴尬,有了交集。她告诉我她叫李小菲,岛城大学艺术学院学生,即将毕业,想来"夜电"应聘歌手,这会儿正在等待老板来面试。我说:"你长得漂亮,气质也好,而且还是科班出身,应聘歌手肯定不成问题——来吧,为预祝你成功,再碰一下。"

两人又举杯,"咣当"一声,找到了更多的话题,"大叔,你这么会表扬女生,你家阿姨知道吗?"她嘴角浮出一丝讥笑。

我讪讪地笑了笑,道:"真心话,你阿姨不知道。"

再举杯,又是"咣当"一声,两人已从防范的堤坝突围,不经意中打开心灵的窗口,交谈已经变得轻松自然。

"大叔,你应该有很多艳遇吧?"她嬉笑道。

我有点脸红,摇了摇头,说:"这个……还真……真想有,可是……还真没有。"

"哦,"她诡谲一笑说,"要是没有,那你去丽江,那边容易偶遇。记得,背个吉他。"

"为什么要背个吉他?"我问。

"要装啊,装成怒放的生命在彩云之巅,这样,文艺女青年会仰望啊!"她说完自己笑了起来。

我感觉这是个有趣的文艺女孩。

我们聊音乐、聊明星、聊电影,甚至还聊到了我认识的她大学里的一位艺术教授。我说:"我们白天称他为刘教授,晚上称他为牛叫兽。"

她笑着,脸飞红霞,腮泛粉晕。

一阵剧烈重金属音乐轰然响起,一个男歌手在台上演唱起崔健的《一无所有》。这个时候,我看到一个身形魁梧戴着一顶POLO帽的男人端着一杯红酒朝这边走过来。"老板来了——"李小菲起身对我说。我也站起来,说:"你们谈,我回包厢。"

我走进包厢,邹健正与女孩缠拥于沙发之上,邹健一手抱着女孩的腰,一手如黝黑的毒蛇滑行在白皙的大腿上。我想了想,算了,不打扰他俩的好事,又走出了包厢。

> 我总是问个不休
> 你何时跟我走
> 可你却总是笑我
> 一无所有
> 我要给你我的追求
> 还有我的自由
> 可你却总是笑我
> 一无所有……

男歌手在舞台上声嘶力竭地唱着,酒吧里弥漫着忧郁、迷茫、沉闷、绝望的气息,我感觉喘不过气来的压抑,我想出去透透气。

我走出"夜电"大厅,坐在门前的花坛上,抽了一支烟。而这个时候,我看到李小菲长发飘逸地从大门口走了出来。

我迎了上去。

她问:"大叔怎么出来了?"

"出来透口气。"

我问她面试通过了没,她笑着点头说明天就可以上班了。我说:"我就知道你能行!"她也挺开心,说:"谢谢大叔。"我问:"要不要再进去喝一杯?"她说:"不喝了,我得回学校去了,太晚了没公交车。"

我说:"我家刚好离你们学校不远,要不,我送你?"

她没怎么推辞,说:"你如果方便,那就谢谢了啊。"

停车场边的椰子树下蹲着几个小保安,他们正在嚼槟榔,昏黄的路灯光里,他们轮番吐出一口口如血的果汁,浸染了失修的路面。小菲扭过头来对我低声说:"这是些什么人啊?"我向她眨了眨眼睛,小声说:"别惹他们,他们正如狼似虎地盯着你呢!"

我上车,启动引擎。

小菲拉开后座的门,我立即打开了副驾驶座的门:"坐前面吧。"小菲迟疑了一下,关掉了后座门,有点惊慌地坐到了我的边上——小菲的这个动作,让我有些沮丧,我感觉到她对我的不信任。

岛城大学在海甸岛。

我把车开得不快不慢,我们都没有说话,气氛有些沉闷。我拧开收音机,音乐频道里刚好有人在点一首《说爱你》的歌,一个女歌手梦游般地唱道:

> 还以为是从天而降的梦境
> 直到确定
> 手的温度来自你心里
> 这一刻
> 我终于勇敢说爱你
> ……

"什么乱七八糟的歌词,莫名其妙。"我嘟哝道,随手关掉了收音机。

"你车里是什么香水?"小菲嗅了嗅,警觉地问我。

"放心,很平常的香水,"我告诉她。"你用什么香水?"我显然是没话找话。

她摇了摇头,说:"我是学生,不用香水。"

"不用香水的女孩子没有前途。"我胡诌道。

"是吗?"小菲斜睨看着我,一脸好奇,"香水跟前途有关系吗?"

我笑了笑,没有回答。

十多分钟车程,很快就到了岛城大学校门广场。我把车停下,小菲没有立即下车,只是微笑地看着我。她这个轻松的表情告诉了我,校门口了,她安全了。"大叔,能告诉我香水与前途的关系吗?"她看着我,问道。

我禁不住想笑,忍住了。想了想,一脸诚恳地说:"芳香是女人的标识。"说完我还是笑了起来。

"然后呢?"她仍然看着我,一脸好奇。

"然后,"我说,"暖阳之下闻芬芳。意思就是说男人闻香识女人——拥有芬芳奇香的女人还会愁前途吗?"

小菲"扑哧"一声笑了起来,笑得花枝乱颤。过了一会儿,她轻声地叹息了一下,"哎,还前途呢,我的毕业论文都不知道如何完成。论文通不过,就毕不了业。毕不了业还有前途吗?我这些天可愁死了。"说罢真的一脸愁容。我说:"其实,毕业论文也不是那么难写,你多找点参考资料——学校图书馆里应该有。"她笑了笑,点了点头,说:"谢谢大叔指点。"然后,推开车门,一脚跨在车门边上,一脚留在车里,侧身问我:"大叔,我们还会见面吗?"我想了想,说:"应该会的,要不——留个手机号?"我把我的手机号报给了她。"欢迎有事没事找我。"我说。她低着头按着她的手机键的时候,一绺头发刚好落下遮掩了她的另一边的脸庞——那是一个很妩媚的侧影。她存下了我的号码后,对我点了点头,"嘻嘻"地笑了起来,然后,跨出车门,向校门口走去。

"小菲——"我叫住她。她回过头望着我,"答应大叔,少抽点烟。"我说。

她先是愣了一下,脸上似乎有点尴尬,但很快恢复平静,她向我点了点头,道:"大叔,我那是玩儿,我保证下次再不抽了!"然后,洒下一串铃铛似的笑声。

  我看着她走进了校园,看着她消失在小道尽头。世界沉浸在琥珀色的寂寥中,我突然心怀鬼胎地感叹:"人生多么枯燥无聊,她竟如此生动美好!"

  门卫朝我这边张望,我赶紧启动引擎,拧开收音机,音乐频道里在重播那首莫名其妙的歌曲:

    还以为是从天而降的梦境
    直到确定
    手的温度来自你心里
    这一刻
    我终于勇敢说爱你
    ……

  李小菲的出现,是老天的安排,也是我的宿命。

第二十七章　无语泪自流

怡人庄的鸡群发出第一声啼鸣时，我一下子跳下了床。我推开竹窗，弯月悬在西边天际，天幕上挂着几颗冷星。

洗漱完毕，我走到邹健床前，将缠绕在他身上的被子一把扯起。邹健挺了一下肥腻的身躯，"腾"地一下坐了起来。他眯着惺忪的水袋眼，对我嚷道："鸟诗人，你是真熬不到天亮了吧？"

我刚把门打开，小狗妮妮便从门外冲了进来。它缠着我的脚，呜呜地叫唤，用爪子扒着我的裤腿，嗅着闹着。每天清晨，妮妮在几百米外的窝里，能准确地嗅出谁已经起床，然后便飞速地冲进房间，给早起者一个温情的问候。

邹健极不情愿地从床上爬起，嘴里哼哼囔囔，在洗手间里磨叽了半天。出来后，一边拍打着腰背，一边埋怨床板太硬睡得腰酸背痛。"二叔还没起床做早餐，我们早餐去城里吃吧。"我沏了一杯枇杷茶，递给他，"先喝杯热茶润润肠胃。"他接过茶杯，坐在床沿，慢慢地吹走热气，啜了一口，然后咂巴着嘴，细细地品味，"挺好的茶。"

"是黄庄主自己调制的，去火祛毒养生保健，给你带点回去。"我找了一个废弃的茶盒，塞满一盒，递给他。

喝完茶，我们出了竹寮。天际泛出鱼肚白，庄里寂静无声。

经过黄庄主石头房前时，我在窗户上敲了几下，轻轻地叫了一声"黄庄主"。房子里传出回应："谈记者啊，怎么这么早就起床了？"

我说："我要跟我兄弟回城里一趟。"

"什么时候？"黄庄主问。

"现在。"我说。

黄庄主问:"不吃早餐就走啊?"

我说:"没事,回岛城吃。"

邹健在边上大声说:"黄庄主,谢谢你的招待啊。到岛城招呼一声,吃喝拉撒我全包!"

黄庄主应道:"好,那一定。不过,你记得帮帮灵山村啊,那是大事!"

邹健说:"放心吧,不会丢黄庄主与我兄弟的脸面!"

走上木桥,妮妮冲了过来,缠着我的裤脚呜呜地叫唤,它明白了我要外出,用这种方式为我送别。

邹健启动大奔。

车轮无声地碾轧着乡间小路上的杂草野花,一株株遮天蔽日的野菠萝掠过车窗。车到圆形岔路口转盘处,邹健熟练地往右打了一下方向盘,车便驶上了岛城方向。我心里愣了一下,想起数月前我来灵山时在这里迷路的情景。"忘记问你了,你昨天怎么找到灵山村的路?"邹健呵呵一笑说:"小菜一碟,岛城什么地方能让我迷糊?"我明白,这么多年,他这个地贩子,确实已经钻遍了岛城的山山水水,即便荒山野岭,他都熟悉了。

东边天空露出了第一缕晨曦,车轮下破碎四溅的露珠闪烁着七彩霞光。"你给卫……卫局……打个电话。"邹健突然对我说。

我突然想起好长时间没与大卫联系了。"打电话给他干吗?"我问。

"让他与戒毒所疏通一下,那所长是他原来的手下,否则我们见不到小菲。"

"他还好吧?"我问。

"前阵子,我去派出所找过他,不见我。"邹健望着前方,两只手轻轻地擦拭着方向盘,说,"没办法,这个结解不开了。"

我点了点头,心里涌出一缕凄怆,"换上谁也没法原谅你。"我说。

邹健回头看了我一眼，自言自语道："我真的是一份好心办了蠢事。"

我摇了摇头，"你是好心办了世上最缺德的事！"我说。

"鬼迷心窍鬼迷心窍，"邹健愧疚地嗫嚅着，"我……我怎么就不跟你商量一下呢？"

我无语。

我拨通了大卫手机。

大卫听出了我的声音，在那边骂开了："你死哪去了？这么长时间没音讯了？我都把你列为失踪人口了呢！"

"大哥，一言难尽。"我说，"我从岛城出来，谁也没告诉。"

"哦，找我有什么事？"

"有点急事，要麻烦你。"

"说！"他叫道。

"请你陪我去一趟——戒毒所。"

电话那边没了声音，半天才传出一句话："你碰那玩意儿了？"声音很低，语气里充满了威严和警惕。

我沉痛地说："大哥，不是我，是……小菲。"

"哪个小菲？"

"我那女朋友。"

"吸毒了？"

"是的。"

"什么时候的事？"

"几个月前。"

电话那端又沉默了好一会，我听到打火机点火的声音，然后，听到他深深地吸了一口烟，"我一般不愿理这种破事，但你找我，我也不能拒绝——好吧，来派出所吧。"

车进岛城，邹健把车停在路边一家酸粉店门前，"饿了，先吃点东西吧。"

这是海岛的一种特色小吃,酸辣甜香,佐料丰富。从前在岛城,偶尔吃这种酸粉汤,并不觉得适合我的口味,而今天,酸粉汤一上桌,我哧溜哧溜地往嘴里扒,竟然三下五除二连汤带粉干完。虽然粉汤胡椒放得多了点,辣得我喉咙生痛,但是,只觉得味道鲜美,回味无穷。邹健看着我的空碗,问要不要再来一碗?我舔了舔嘴唇,说不要了。邹健嘿嘿笑道:"还是忘不了城里。看你吃粉的样子就知道你还是属于城里的。"

我没搞明白吃粉跟城里有什么关系。

"上车。"邹健对我叫道。

我与邹健直奔西郊派出所。

"老弟,玩大了吧!我早就跟你说过那里的女孩子不靠谱。"大卫一见面就数落我。当他看到从驾驶室里下来的邹健时,刀削的脸上便生出一缕漠然与厌恶的表情。

"你躲哪里去了?"大卫问我。

"在一个偏僻的乡下。"我笑了笑,"它叫怡人庄园,有很大的水塘,改天请你去钓鱼。"

大卫一听说有鱼钓,有点兴奋,"一定去。"

"大哥,上车吧。"我拉开车门。

他向我扬了一下手,生冷地说:"不坐。"

我明白,他拒绝上邹健的大奔。

邹健赶紧走过来毕恭毕敬地叫了声"卫局"。大卫连看也没看他一眼,语气凌厉地对我说:"我有言在先,你不要指望让我帮你把她捞出来。"

我点了点头。

"戒毒所不远,我骑车去就行了。"他朝边上一辆警用摩托车走去。只见他双腿往车上一跨,右脚往下一踩,引擎"轰"的一声启动,然后,一踩油门,摩托车向前飘去。

我与邹健迅速上车。

"我怎么……就不跟你……商量一下……呢?"邹健一边开车紧跟大卫的摩托,一边又开始喏嚅自语。我能够感受到邹健发自内心的愧疚。

我看着大卫的背影,心里也沉重得不行,一股悲凉在心头升起。我明显感觉他苍老了许多,彻底失去了当年那股精气神。始终记得他带我采访的情景:警车一启动,他便魔术般地从副驾位下摸出一只警灯,从窗口往车顶上一扣,警灯闪烁,警笛呼啸。他一踩油门,警车便风驰电掣般地朝前冲……

"那事也怪我,"我说,"如果当时我打掉你那个念头,即时制止了你,也不至于此。"我一半是宽慰邹健,一半是出自内心的自责。

邹健无语地摇了摇头,沉重地叹息了一声。

出城二十里,岛城强制戒毒所便在面前。

高墙铁网,戒备森严。老领导来了,戒毒所刘所长亲自在大门前迎接。"这位是谈记者,是李小菲的朋友。"大卫向刘所长介绍我。所长与我握了握手。

一进戒毒所,刘所长便向我们介绍起小菲的情况。他说,"李小菲非常抵触,很不配合。三个月了,毒瘾还没减除,随时发作。上个月竟然还托人购买毒品进监,被我们查出……"刘所长看了看大卫,声音有些低沉,"现在,所里正准备材料,打算送她去劳教。"

我默默地听着,只觉痛感在胸口堆积。

"让李小菲出来见一见我们吧。"大卫对刘所长说。

刘所长亲自去提小菲。

"她是看不到希望才这样自暴自弃的。"我对大卫说。

大卫严厉地对我说:"既然这样,就让她在里面好好地戒完毒。如果不戒掉,她出去便彻底毁了。"

我点了点头。

"谁来见我啊?"

一会儿,我听到走廊外头传来小菲熟悉的声音。"嘻嘻,给姐带吃的来没？"她跨进接见室门槛，来到我们面前。

她剪着短发，那张本来白皙的脸庞变得更加苍白。她瘦了，那身号服明显地只是挂在她曾经优美的身体上。她一眼看到了我，露出一脸惊愕——但那表情只是一瞬间。很快，她脸上显出一片冷漠，问："谁要见我？"她盯着我。

"是……我。"我回答。

"你是谁？"她的目光像一只巴掌拍在我脸上。

我感觉脸上火辣生疼，竟然不知如何回答她。我的目光有些躲闪，不愿与她正视，悲痛再次涌上心头。我低下了头，感觉犯错的是我。

但是，她很快就变脸了，笑靥如花。她笑嘻嘻地对我说："大叔，有烟吗？"

"李小菲！"刘所长大喝一声，"你不要装神弄鬼！你亲友来看你，你用这样的态度？"

小菲转身瞪了一眼所长，啪地立正说："报告所长，李小菲没有亲友！"

我看着小菲，心里宛如有无数把尖刀在一片一片地剐着肉，疼痛让我几乎不能站稳。而就在这一刻，她发作了——"嘭"的一声摔倒在地。我去扶她，她却推开我，自己艰难地爬起，坐在地上，发出一声痛苦的尖叫，然后，用手撕扯着头发，不住地哀号，央求我给她烟。

我管不得那么多了，赶紧掏出烟和火机给她。

她全身颤抖地一把将烟盒撕掉，抽出三支，全部点燃，猛吸。然后用红红的烟头烫自己的手臂，……我扑上去死死地抱住她，泪如洪水溃堤，我号啕大哭起来："小菲，你要戒掉啊……你要戒掉啊……"

两个女警进来把她扶了出去。

刘所长请我们去他办公室里。"她让魔鬼缠了身，没有办法，回到人间的路只有这一条，她没得选择。"他对我说。

我点了点头,恳求刘所长一定要救治小菲,千万别送劳教。我说她会戒掉的。大卫也叮嘱刘所长别急着送材料,给她一个机会。

刘所长说:"既然老局长出面,我们一定会考虑。"

大卫与刘所长聊了一会工作,然后告辞。刘所长送我们出了戒毒所大门。

快到午饭时间了,我想请大卫一起吃个便饭。分别这么久了,我很想与他坐坐。当然,趁机调解一下他与邹健的关系。俗话说,浊酒一杯泯恩仇——事情过去这么久了,把他们两个拉到桌上,把话说出来,没有什么恩怨解不开。大卫拿眼角余光瞥了一眼我边上的邹健,说:"下次吧,我还有事要回所里处理。"

我看到邹健嗫嚅着,目光期待地看着大卫,但大卫脸若冰霜,没有半点打算理睬他的意思,然后转身走向停在大门口的摩托车。我突然记起他的老海马,我问道:"你不是有辆海马吗?"大卫说:"修理去了。"他说着双腿一跃,跨上了摩托车,右脚往下一踩,引擎轰鸣,不料"突突"了几声便哑声了。大卫看着我笑了一下,又重重地踩了一脚,引擎"轰"的一声再次启动。大卫踩了一脚油门,摩托车屁股冒出一股浓烟。他戴上安全帽,握紧手把,放开离合,摩托车向岛城飙去。

"你一定要帮我多做解释啊,要不,我一辈子愧疚。"邹健一脸霜打茄子样。

我点了点头。

我心里也难受得很:为小菲?为大卫?为邹健?抑或为我自己?我说不清楚。芳草碧连天,知交半零落。我只觉得有一只无形之手不时地撕扯一下我的心,令我一阵一阵的生疼。

邹健默默地开着车,我望着窗外一闪而过的树木。两人郁郁寡欢地返回了岛城。

"想吃什么?"邹健问我。

我摇了摇头。

"想通了,事到如今,后悔也没卵用。"邹健自言自语道,然后,回过头来对我说,"饭还是要吃的,要不,我们去'海岛风味'吃猪脚饭吧。"

我点了点头。

"海岛风味"餐厅的红烧猪蹄名闻岛城,据说是用冰糖桂皮红辣椒熬制。那猪蹄外焦内嫩,香辣可口。与蝶恋爱那阵子,她让我带她去吃过。蝶用她尖尖的牙齿啃噬着一截截肥腻流油的猪蹄子,然后,嘟起被辣得通红的嘴,一边吹出几口热气,一边扬起手来往嘴唇上扇着风儿。我目瞪口呆,突然觉得她的嘴唇变得性感起来。蝶一边用手对着嘴唇扇风,一边娇嗔地说:"辣是辣点,但是,真的是美容极品啦。"蝶说,猪蹄子含有丰富的胶原蛋白。我问胶原蛋白是啥?蝶一脸鄙视:"你还大记者呢,胶原蛋白都不懂,你摸一摸我的脸。"她说着把脸凑过来给我摸。我见四周没人注意,便伸手摸了摸。蝶说:"你再捏一下。"我便认真地捏了捏。"什么感觉?"她急切地问我。我说确实细嫩光滑。她问还有什么感觉?我说还有弹性。她欣喜地叫道:"那就对了,这就是胶原蛋白!"我恍然大悟,原来白皙丰润的脸蛋是猪蹄子的功效。从那以后,我一看到闪亮水嫩的女人脸,就立马联想到餐桌上金黄肥腻的猪蹄子。当然,结婚几年后,蝶无论怎么啃噬猪蹄,她那张脸仍然无可救药地变得如荒芜的盐碱地了。

"喝一杯吧?"邹健问我。

"不喝。"我说,"你开车呢,还喝酒?"

"没事,我有酒后驾驶证。"他胡说八道,还一脸得瑟。那个年代,岛城对酒后开车禁控不严,更没有酒驾一说。

我蔑视道:"你永远闭不上这张吹牛的破嘴。"

邹健给我点了一份猪脚饭,他自己要了一瓶啤酒,自斟自饮起来,"你不去那里看看?"他抿了口酒,问我。

我知道他是问我去不去蝶家。

我沉吟了一下,沮丧地说:"看啥,早没家了。"

邹健咧着嘴"嘿嘿"笑了笑,"去看看她父母哪,不管怎么说,也是你女儿的外公外婆嘛。"

我黯然神伤,鼻子有点发酸。

他见我这个样子,轻轻地叹息了一声。"要不,"他征求我的意见,"给你去香格里拉开个房,顺便按个摩?"

我摇了摇头,"没劲。"

邹健想了想,"下午我得处理一些事。那就跟我去公司,晚上,我俩再好好喝一杯。"

我又摇了摇头:"你去忙你的事吧,我自己到街上转转,然后搭班车回庄里。"

"你就真的离不开那庄了?"他问我。

我苦笑了一下,"我是一只狼,我还是回我的荒原吧。"

邹健摇了摇头,不再说什么。

我啃了几块猪脚,邹健喝了半瓶啤酒,我俩都感觉吃不下了。"那我回公司了。"邹健说。我点了点头。

他上车的时候,我想起村里那事,我说:"记得给村里支持水井的钱。"

邹健说:"放心吧,我回公司就办,保证让村里很快喝上干净的自来水。"

我走在岛城的街道上。

岛城依然车水马龙、依然光怪陆离、依然人声鼎沸。而我,感觉到了人疏地生,感觉到了孤独恐慌,感觉到了与它的格格不入。

经过西湖公园的时候,我一眼望见了那个低调奢华有内涵的高档小区。那年,我与蝶离婚,净身出户,搬出了小区。这一刻,我心里真的涌出了进去看看两位老人的冲动。

我心虚胆怯却又情不自禁地走了进去。

小区依然静谧,绿植依然茂盛地生长着。所谓岁月静好就是这个意思。事实上，我知道，这岁月静好之下潜滋暗长着多少悲哀与无奈的故事。

我最终没有勇气走向那幢品字建筑。

我在广场花坛边上的石凳子上坐了下来，远远地观望着那幢房子。我的目光急切地寻觅着那扇曾经属于我的窗户，那个曾经属于我的家。几个像我女儿一样大小的孩子好奇地打量我，然后交头接耳。那时，我经常带着女儿在这广场玩耍，我想他们一定认出了我是他们小伙伴的爸爸。

签署离婚协议的情景历历在目。

那晚，我回到家已是十点了。透过门缝，我看到蝶歪卧在床头，手里握着一本书，女儿抓着蝶的一只手，睡得很香。我悄悄地溜进了自己的房间，爬上了床。我看着天花板，那儿趴着一只巨大的壁虎。后来，我抱着枕头睡着了，我梦见一列绿皮火车咚锵地从山坡上向我飞驰而来，从我的身体上碾轧过去——开始时，是一种钻心的痛，后来，我麻木了，最后，我的身体舒畅地飘浮起来……

"谈天！"一声尖锐的叫喊把我吓醒，我睁开眼，便看见蝶站在床前，"签名吧。"她将一张纸放在桌上，一脸漠然，声音冰冷。我看了看那张纸，上面写着：离婚协议书。我望着她，突然感觉是那么的陌生，"你是蝶吗？"我问她。

"我没心思跟你开玩笑。"

"你这是真的吗？"

"别废话，你签不签？"

"如果不签呢？"

"你不签我就起诉！"

这句话把我吓着了，心头掠过一丝愤怒，更多的是绝望。我立即正襟危坐，迅速地把离婚协议书的内容扫了一眼：夫妻没什么共同财产分割，女儿归她，房子是她父母的，跟我没有关系，我即日搬出。我明白了，我这是净身出户。我果断地签上了我的名字。

签完字的那一刻，我眼里还是有些湿润。我低下头，不想让蝶看到我的眼睛。我的婚姻维持了七年，终于在今晚戛然而止。对不起，七年了，我没有真正爱过这个家，我一直怀着憋屈与愤懑住在这里；对不起，七年了，我一直认为是你们对不起我，是你们欠我的；七年了，我体验到了一场功利的婚姻让一个曾经胸怀理想、积极上进的小男人最后堕落成颓废叛逆出轨无德的渣男的全部过程。今晚，所有恩怨都随着这张纸而终结。是的，终结了，这就是人们常说的始乱终弃——就这么回事。

离婚一年后，蝶便有了新家。先生是她的大学同学，一位定居在新加坡的建筑工程师。我后来怀疑，是不是因为蝶有了工程师撑腰，才那么急切地叫我签字离婚。女儿一直在社长夫妻身边，我偶尔会去看看她。

去年年末，蝶回来接女儿去新加坡定居，女儿要我为她送行。在机场咖啡厅里，女儿趴在窗玻璃上看停机坪上的飞机，我与蝶聊了一会。我说："对不起了。"蝶说："我也对不起你。从你到我家的那天起，我就知道你受着委屈，你一直憋屈……"我听着蝶的这些话，不知道说什么好。我还能说什么呢？我歉疚地对她苦笑了一下，"都过去了。"送她们进安检的时候，女儿突然转身扑进我怀里，哭喊着："爸爸，爸爸……你要来看我。"那一刻，我心如刀绞。我背过脸去，抹了下自己的眼睛，然后，佯装笑脸，对女儿说："爸爸一定会去看宝宝……"

我想女儿了。

我不敢再在这广场坐下去了，我怕我会控制不了自己的情绪而失声痛哭。我站起身来，再次环视这个小区，我再一次伤心地感悟到：我真的不配住在这里。

时间还早，我在街上漫无目的地瞎逛了一会。

经过望海书店的时候，我又想起了小菲。我想，应该让书陪伴小菲度过人生最痛苦的时光。于是，我走进书店，在励志区挑选了几本心灵鸡汤。经过文学区时，一眼看到橱窗上摆放着一本名叫《谈天故事》的小说。这部小说我多年前看过，是一个名叫南方岸的作家写的，讲述了一个发生在作家身上的真实故事：作家爱上了一个名叫李小菲的美丽女孩，没想到李小菲是夜总会的舞女，而且吸毒。作家决心以爱来拯救李小菲。然而，回天无力，深陷毒品的李小菲根本无法回头。最后，因贩毒被枪决了。作家的笔触充满了悲悯与追悔。我给小菲买下了这本书。两个李小菲，命运有点相似。作家生命里的李小菲死了，我希望我生命里的李小菲好好活着。我在扉页上给小菲写了一句话：相信你一定能够戒掉。那一天，我会来接你的。落款是：大叔。

我又去超市给小菲买了些日常用品。

我打车返回戒毒所，把东西交给刘所长，请他转交李小菲。刘所长不知是表扬我还是嘲讽我："李小菲有你这朋友真是万幸，她要不戒掉都对不起你啊。"

从戒毒所出来时，有个捡垃圾的人坐在不远处的大树下朝我笑。

"我们认识吗？"我问他。

他点了点头。"你来看人啊？"他问我。

我觉得那张脸是有点熟，想了半天，终于想起他是个木工师傅，几年前曾帮我与蝶装修过房子。那时他年轻阳光，做事勤快，木工手艺不错。几年不见，他变得又黑又瘦，满脸沧桑。我对他笑了笑，走过去，递给他一支烟。他摇了摇手——我注意到他扬起的手掌少了两根指头。

"你的手——"我疑惑地问他。

他对我笑了笑，说："两年前我也吸上了那玩意，把一点积蓄都吸掉了。有天毒瘾上来了，我一刀砍了这手指……"他说完站起身去捡树边一个矿泉水瓶。

我沉痛无语。

"一定要戒掉啊。"他用脚把矿泉水瓶子在地上踩扁，弯腰拾起，扔进彩塑袋，对我凄凉地笑了笑。

我点了点头。

我打了一辆的士赶往汽车东站，坐上了最后一班回灵山的公交车。

回到怡人庄的时候，夜幕已经笼罩在原野上。妮妮看到我，奔跑过来，缠绕着我的裤脚，向我发出一连串呜呜呜的问候。经过石头房子时，我听到黄庄主咳嗽了一声。我问："还没睡吧？"黄庄主说："刚躺下呢——你回来了？"我说："是的。"黄庄主说："那早点休息吧。"

这个时候，屋顶上传来阿杰惊喜的叫声："有信号啦——有信号啦！"

门"吱呀"开了，黄庄主披衣走出石头房。他站在院子里往屋顶上看了看，显然，他这个时候才知道阿杰在屋顶上。只见他眉头一拧，朝着屋顶叫道："小子，你赶紧下来去睡觉！"阿杰在天台上答道："黄哥，睡不着呢！"

"睡不着就去挖地！"黄庄主严厉地说道。

天边，一道闪电掠过。"要下雨了！"我对阿杰喊道。

第二十八章　说谎遭雷劈

周末的午后,阳光明媚。邹健打来电话叫我跟他去看块地,"文山,一个千年古村,风景美,风水好。"邹健在电话那头兴奋地叫道,"五千亩火山石地,抛荒几百年了,圈到手一定发大财,你帮我去看看啊!"

我对他的炒地生意从来没什么兴趣,"不去。"我说。这段时间,我与蝶一直冷战着、僵持着,心情实在低落,哪也不想去。

"带上蝶一起吧,算是郊游,顺便笼络一下夫妻感情。"邹健说。

这话让我觉得这个粗鄙的家伙心还挺细腻。再想想我跟蝶结婚这么多年,确实从来没有一起出门游玩过,这或许还真是个改善夫妻关系的机会。我便厚着脸皮问蝶:"我们出去郊游,好不?"蝶一脸狐疑地看着我,"你——你这么好心?你叫错人了吧?"她的语气充满了强烈的讥讽意味。我向她解释邹健去乡下看块地,顺便邀请我们一起去乡下玩。

"不要跟我提邹健!"蝶再次发怒,几乎是咆哮,"他是个什么东西?别以为有点钱就了不起!你们就是一丘之貉!你们在一起干了些什么?不要以为我不知道!"我知道,这种无趣的邀请无疑是火上浇油。我摇了摇头,叹息一声:"好吧,我错了——不该叫你。"

就在这个时候,我的手机响了——

"是大叔吗?"

我一下子就听出了是李小菲的声音。说实话,李小菲的这个电话来得有点邪乎,几乎令我心惊肉跳。我承认,自那晚后,李小菲成了我空虚无聊心灵的一缕慰藉，成了我婚姻沙漠的一抹清凉。有几次想跟她联系，但我最终还是压制住了那个念头。而且，我知道这段时间她宅在宿舍里一边等夜电酒吧的录用通知，一边炮制毕业论文。我始终坚信她会找我，但是，我没想到她会在这个时候找我。

我握着手机的手指不停地把手机音控键往下按，尽量让她的声音变小，"我是谈天。"我压住内心的惊慌，"你是哪位？"我瞥了一眼蝶，故意抬高语调问道。

"你猜我是谁？"

我当然知道她是谁。但是，在蝶面前，我不能知道她是谁。我继续发问："你是哪位？"

电话那边略微停顿了一下，"你老婆在边上吧？"她低声问。

我没有回答。我注意到蝶正拿眼盯着我，目光冰冷。

"我是李小菲呀。"电话里的小菲有些生气地说道。

我依然表现出镇静："哦，是小李啊，有事吗？"

"大叔你装得真像。"小菲在那边嘻嘻地笑了，"你不是说叫我有事没事找你吗？"

李小菲的笑声让我轻松了一下，我转念一想，我与李小菲也确实没啥见不得人的关系。于是，我就表现出了大方，语调也显得平和与自然。我问："小李，你还好吧？"

"不好，"小菲在电话那边说，"我好难受，吃了个苹果肚子疼。"

我把手机紧紧地贴在耳朵上，生怕泄露出一丝她的声音。我把自己的音调再提高八度，"那有空再聊哦。"

小菲说："大叔，知道你说话不方便，不逗你了，你别装了——我有件事想跟你讨教。"

我说："哦，说吧。"

小菲说："我毕业论文写了一半，不知道怎么写了……"

我说："小李啊，其实论文也不是那么难写…………嗯嗯，这样吧，我现在……有点忙，有空再……说吧。"然后，我就挂掉了电话。

蝶一直在看着我，面部表情已经严重扭曲。"你装得挺像。"她从牙缝里挤出这句话。

我笑了笑，"一个考研的朋友而已。"

"她是谁？"蝶的语气咄咄逼人。

我相信女人嗅觉灵敏，尤其身处婚姻危机中的女人。这么多日子，蝶就像一只潜伏在我不远处的猎鹰，嗅着我的气味，观察着我的动静。她越是不动声色，我就越觉得恐惧。有几次，她三两句不经意的盘问，都令我胆战心惊半天。但是，我也始终表现出淡定，以不变应万变。"邹健的朋友，写论文需要些材料。"我语调平缓地告诉她。说完后有点后悔，我为什么要说是邹健的朋友呢？我这真是自找苦吃。"谈天，你撒谎都撒不像！"不出所料，蝶立即扑上来，要抢我的手机。我不给，她便伸手扯住我的胸襟，啼哭道，"邹健的朋友给你打电话？你是个什么东西？你撒谎……你臭不要脸！……"我想掰开她的手，但她更加起劲地撕扯我的衣服。

我说："我跟她是正常交往，我是清白的，你要怎么样才信呢？"

她一边哭泣着一边推搡着我，歇斯底里地叫嚷："你滚！找那臭婊子去！"我望着她，感觉她真的好恐怖。

我总算挣脱了她的纠缠，摔门而出。"找那臭婊子去！"我走出家门好远，耳畔还回响着她的咆哮声。

我开着车给李小菲打了个电话，想给她解释刚才的事情。她的声音有点迷糊："知道你老婆在边上——你不方便。"

我说："……呵呵，又吵了一架。"

她说："对不起哦。"

我说："没事，习以为常了。"

她有些吃惊："你们经常吵架吗？"

我笑笑，"吵不了多久了——黎明前的黑暗。好了，不说这些了，我在路上。"

她问我去哪？

我说陪一个兄弟去乡下看块地。我突然产生了邀她同行的想法，"要不，你跟我一块去？路上可以聊聊论文，你也开阔下眼界。"

听说去乡下，她有些兴奋，"河沟里有小蝌蚪吗？"

"蝌蚪？"我没搞明白是个什么梗。

"我想抓几条回来养。"她嘻嘻地笑道。

我说："现在是秋天，怎么会有蝌蚪？"

她长长地拖出一声"哦——"然后，在那边嘻嘻地笑道，"你来学校接我吧。"

海甸岛又在修路。

那些年，岛城的管理者非常热衷于修路，一条好端端的大道，建了拆，拆了建，不厌其烦，乐此不疲。城市机器轰鸣，天空灰尘弥漫。修路让城市日新月异，也让我们这些开车族时刻面临"此路不通"的窘境。

我开车绕了半天才来到岛城大学大门前的广场。刚停下车，就看到李小菲走了出来。齐眉的刘海，耳边梳两条细辫子，一条白底蓝花连衣裙。她看见我的车，径直走过来，拉开副驾车门坐上来。

我盯着她看。

"大叔，"她对我妖娆一笑，问，"你盯着我干吗？不好看吗？"

我赶紧点头，一笑，"好看，清纯的学生妹一枚。"

"大叔，你这笑有内涵哦，不会别有用心吧？"李小菲噘着嘴，扭过头。

我赶紧收回目光。

我打电话给邹健，他在那端叫道："你还没动身啊？"

我说："被老婆骂得心灰意懒了。"

他哈哈一笑，道："那寻思一下，看看有没有别的美女跟你做伴，赶紧联系。"

"你是个聪明人，"我有点炫耀地说，"有个美女正坐在车里呢！"

邹健叫道,"那赶紧过来吧,我在高速路口等你们。"

滨江路也在翻新,临时车道变得越来越堵。而且,每个红绿灯也变得特别漫长。车流走走停停,磨磨蹭蹭,半天挪不了几十米,真是考验开车人的耐心。我打开车里的CD,里面传出一首耳熟能详的歌曲:

> 好一朵美丽的茉莉花……
> 让我把你摘下来,
> 送给别人家——

"一直搞不懂,这么美的花,摘下来干吗?还送别人家,这不是傻呀?"我嘟哝道。

小菲捂着嘴乐。

我感觉她总是拿眼偷偷地瞄我,这令我有点紧张。于是,我一边听着音乐,一边用手指在方向盘上轻轻地敲打着节拍。这个动作,我做得全神贯注,渐渐地,有点得意忘形。直到交警跑过来敲车窗,我才醒过神来——前面的红绿灯早已由绿变成了红,再回头一看,车排成一条长龙,催促的喇叭声声声凌厉。我一下子慌了,本能地挂挡加油起步——天哪,我竟然实实在在地闯了个红灯!

交警追过来,一边跑一边向我示意把车靠边。

我把方向盘一打,停在路边。摇下车窗,看着交警,表现出一脸无辜。

交警问:"你敢闯红灯?"

我说:"实在对不起哈,没注意啊!"

交警问:"你注意什么了?"

我说:"一直注意着红绿灯。"

"注意了吗?"

"注意了。"

交警觉得我当他面说假话似乎胆儿太肥,"你以为我是瞎子?我一直看着你!"他吼道。

我笑了笑,"您戴着墨镜,肯定没看清楚。"

我的诡辩令交警恼火,他一挥手,说:"扣车!"随即一只白手套快速地从车窗伸进来拔掉了我的车钥匙。

我知道惹大事了,赶紧开门,下车,赔笑,对警察说:"警官,我真不是故意的,认错行不?"

交警不理睬我,"驾照!"他呵斥道。

我无计可施,只好掏出驾照,恭恭敬敬地递上。

"谈——天?"他翻开我的驾照,念了一下上面的名字。

我赶紧点头,说:"是我。"

"是那个写《老邹的爱情》的——谈天?"

我说就是就是。

他的脸色一下变得温和起来,"哦,大诗人呢,开车要看红绿灯!"

我满脸堆笑,"一定一定,下次绝对不敢闯红灯了。"

"我也喜欢诗歌,算是你的粉丝。"他把驾照与钥匙还给了我,"怎么说你也是个名人啊,下次可不能这样!"然后,对我挥了挥手,"赶紧走吧。"

我连声说着谢谢,赶紧上车,打火启动,飞驰而去。

李小菲一脸惊魂未定,盯着我看了半天,叫道:"大叔,你是名人啊!小女子失敬了!"

我哭笑不得地自言自语道:"我真的是名人了吗?"

高速公路入口处,远远地看到邹健的豪华大奔停在泊车道上。我驶过去,按了下喇叭,算是告诉他我到了。邹健没有下车,从车窗口向我做了个手势。我明白他的意思,叫我跟在他后面。透过车后窗,我望见副驾上坐着一个女孩。前些日子邹健还在嚷嚷着没有爱情,咋这么快副驾位就被女孩占领了?

十来分钟后，文山村到了。

一幢幢低矮陈旧的火山石屋散落在绿野上，一条清澈的河沟，一条白亮的水泥小道环绕整个村落。整个村子似江南水乡，静谧灵秀，让人一见就喜欢。邹健将车沿着青石板路往村后开，直开到原野跟前才停下车。他跳下车，走到另一边，帮女孩打开车门。邹健穿一件敞开着领子的米白色丝绸衬衣，脖子上挂着一条粗粗的金项链，左手腕上佩戴着一块金表一只金手镯。在太阳照射下，浑身金光闪耀。他拉着女孩子的手走过来，对我说："阿梅，我女朋友，老家就这个村。"邹健指了指刚刚经过的文山村。然后，又向女孩介绍我："谈天，我的兄弟，大诗人哦！"

我仔细端详了一下阿梅姑娘，个头不高，微胖，乌黑的长发扎成一条马尾，上身穿一件粉色碎花衫，下身着一条米色裤子，黑里透红的脸，眉目间荡漾着一缕羞涩的笑，看一眼就能感觉出是个秀气朴素的农家姑娘。唯一让我感觉有点突兀的是，她手臂上挽着一个崭新的还吊着牌子的 LV 包——那包与她的身份气质明显不符——我想，一定是邹健这个土包子送的。

初次见面，阿梅有些拘束，抿着嘴，对我和小菲笑了笑。我附在邹健耳边低声说："这姑娘不错，早点结婚。"邹健瞪了我一眼，压低声音道："别瞎说，八字还没一撇呢！"我也拉过李小菲向他俩介绍："李小菲，大学生，未来的歌星。"我的语气明显有点炫耀的意味。李小菲娇嗔地瞪了我一眼，然后，大大方方地与邹健和阿梅握手。"你还是学生妹妹啊？"邹健眼睛眯成一条线，盯着李小菲问。李小菲点了点头。邹健走到我身边，一只手搭在我肩膀上，对我挤眉弄眼，低声问："什么时候认识的？"我挪开他的手，"别搞那么亲热——不告诉你，但是，得感谢你。"

他嘿嘿地向我笑了笑，竖起大拇指。

我知道他又想歪了。

原野上清风浩荡，原生态火山湖清澈秀丽。邹健带着我们往地里走。"文山村离岛城这么近,不需要几年就开发了。"邹健说着跳到一块大石头上,一脸自豪,嗓音也提高了八度,"这块地,我看了一次——就认定它了!"手一挥,很有气势,很有"这是寡人打下的江山"的意味。

我立马恭维道:"你眼光确实不错。"

"往里面看看吧。"邹健跳下石头,对我们叫道。然后,他走到阿梅身边,伸出手,与阿梅十指相扣,向原野走去。

我与小菲跟在后面。我也想牵着小菲的手,说心里话,我也有点纠结,不知如何给小菲定位——普通朋友?不像,女朋友?更不像。我知道,我与小菲之间就隔着一张纸。我极力想捅破这张纸,又害怕把她吓跑。

地里疯长着各色花儿,清香扑鼻。我弯腰摘下一朵野菊花,对小菲说:"来,大叔给你戴朵花!"小菲还真把头凑给了我。我便一边给她戴花,一边学着杨白劳给喜儿扎红头绳的样子,唱道:"人家的女友有名包,大叔我钱少不能买,摘下了一朵野菊花,给我家菲儿戴起来,哎哎哎戴呀戴起来……"小菲笑得弯腰喊肚子痛,然后,娇嗔地瞪我一眼,问:"我啥时成你家菲儿了?"看着她一脸的春暖花开莺飞草长,我的心忍不住杂花生树暗度陈仓了。我顺势去揽她的腰,她把手一抬,一下子拍打在我手背上,一脸严肃地说:"大叔,不准占我便宜啦!"邹健和阿梅在一块开阔地里停住了脚步,"你俩在干吗呀,快点过来啊!"邹健叫道。

我和小菲快步走了过去。

邹健从挂包里取出三根香,用打火机点燃,双手举过头顶,神情庄严、虔诚,嘴里喃喃道:"山神,树仙,蛇妖,还有各路小鬼,邹健今日在此拜过了!请各位大神大仙小妖小鬼成全我的心愿!"他面向天地四野躬身拜了三下,然后,将三根香插在地上。邹健立起腰,对我们说:"初来乍到,得敬一下哩。"我觉得好笑,但是没敢笑出来,只是抿着嘴道"那是"。阿梅一脸崇拜地点着头,小菲眼闪笑意一脸稀奇。

四人继续往荒地深处走。小菲与阿梅走在前面，两人叽叽喳喳有说不完的话，像一对重逢的姐妹。看见路边有野果子，阿梅便采摘下来给小菲吃。

我和邹健走在后面。

"你看——"邹健指着前面对我说。我顺着邹健手指的方向望去，一个偌大的蓝色水塘静静地隐藏在灌木丛中。"你知道不，这片荒地里总共有二十多个这样的天然火山石水塘，可以说是星罗棋布啊！"他喜形于色地叫道。我点了点头，"这个确实珍贵。"

"你知道吗，按照一个标准高尔夫球场占地一千五百亩，这五千亩火山荒地就是四个天然的高尔夫球场啊！"邹健感叹道。

"高尔夫球场建设不是明文禁止了吗？"我不解地问。

"有一种开发叫戴帽。"邹健笑道。

岛城人都知道，去年年底，随着帝都一纸禁令，岛城政府发展高尔夫球场致富的伟大梦想遭到严重打击，高尔夫球场建设偃旗息鼓，高尔夫球场开发商们眼睁睁地看着"世界高尔夫休闲地"的名号随风而逝，他们欲哭无泪。

"你打算戴什么帽？"我问他。

"绿色文化林。"他语气坚定地告诉我。

"绿色文化林？"我一阵诧异，看着他，"何为绿色文化林？"

邹健眼里闪耀着胜利者的光芒，"绿色文化……"他顿了顿，对我嘿嘿地笑了笑，道，"当然，我现在还不懂，但我以后就会懂了。"

我想他一定是从哪儿荡来的这个时髦词。

我继续陪着这个未来的岛城土豪在地里转悠。每到一处，邹健便如数家珍地告诉我，这棵树能值多少钱，他将把它移栽到哪里，那撮荆棘能做成什么景观，他要砌一堵墙把它围住，塘边那片开着淡白色小花的野草有什么药用价值，他要跟谁合作开发……他完全沉浸在已然征服了这片土地后的意淫中，叫我不忍心打断。我心里颇为惊奇，他从哪学到这么多植物与园林知识。

小菲与阿梅手里捧着刚采摘的野果,一边吃着一边嬉笑着走了过来。

邹健继续带着我们往火山石地深处走去。穿过一片灌木丛,面前便是一条废弃的火山石头垒起的水渠。阿梅说这条渠是外国人建的。她小时候跟小伙伴一起放牛放羊经常来这里。阿梅说那时候渠里的水满满的、清清的,她与小伙伴经常在渠里打水仗。我知道这条渠,这是二十世纪六十年代初期联合国为海岛援建的一条水利渠。几十公里,从南渡江引水,解决了沿途数十个村庄的饮水与浇灌问题。八十年代末,政府给每个村挖了水井,水渠就不用了。邹健看着水渠,思忖了一会,一脸兴奋,对我说:"看来,这条渠得变废为宝重新利用了。"我问如何重新利用,邹健说:"可以开发成漂流渠——你想想,让城里孩子来这大自然里玩耍,然后在水渠里漂流一回。那该是多快乐的事哈!"我想,这家伙确实是个天才生意人,他机灵的头脑令我不得不佩服。

沿着渠边小道走了一会儿,高大的灌木丛挡住了路,脚下小道也淹没在荒草与荆棘之中。"奶奶的,迷路了。"邹健说。他从口袋里掏出一个圆盘指南针,拨弄了一会,东南西北地转了一圈,"往回走。"邹健告诉我们。

我们便往回走。

在地里转了几个圈,仍然没有找到出口,我鄙薄道:"你那东东太高科技了,在这儿用不着。看来咱们得采取土办法了,扔鞋吧。"我脱下一只鞋子往空中一抛,鞋子划了半个圆,落在地上,"鞋尖的方向就是出口。"

"为什么呢?"小菲好奇地问。

我说老天爷告诉我的。事实上,我清楚,别以为灌木丛林挡住了你,只要你坚定地往前走,肯定会走出去的。往鞋尖方向走了约莫一支烟工夫,真的走出了灌木丛。大家开怀大笑。

天色向晚,晚霞洒在广袤的原野上,蝙蝠窜飞。邹健站在出口的一块大石头上,一手挽着阿梅,一手向空中一挥,对着我与小菲喊道:"这里将诞生出震惊世界的绿色文化林啊!"我哭笑不得,一个连"绿色文化"为何物也搞不明白的炒地贩子,却一口一个"绿色文化林"。我摇了摇头,表示对他的扯淡没有兴趣。但是,我始终不能忘记他站在霞光万道里挥手的那幅剪影。

夕阳西坠,紫色雾霭弥漫了四周。

"请你们吃个饭。"邹健的目光先是扫了一眼我,然后落在小菲身上。

小菲摇了摇头,"不吃了,我得回学校,明天考试。"

我对邹健说:"算了,给你省钱,我送小菲回学校。"

"回学校也得吃吧?"邹健说,"我请你俩去吃个好东西——你们肯定没吃过。"他一脸神秘的样子。

"什么好东西?"我禁不住问。

"你俩绝对没有吃过。"邹健看了看阿梅。阿梅嘻嘻一笑,点了点头,附和道:"好吃,邹哥带我去吃过。"

小菲眼睛闪亮了一下,对我点点头,眨了眨眼睛。我明白她的意思,有好东西吃她是可以不着急回学校的。我会心地笑了笑,"好吧,那就去尝尝邹大富豪说的好东西。"

邹健带我们去了岛城东海岸。

椰林深处,独立一幢木屋,门边挂着两只硕大的红灯笼,门匾上写着:生蚝馆。餐厅不大,四周墙壁上粘满大小不一的生蚝壳,色泽斑驳灰暗,宛如海底珊瑚礁石,桌椅均由黝黑破洞的船木做成,很有沧桑的意味。年轻女老板笑逐颜开地走过来跟我们打招呼,邹健扬了扬左手,手腕上的金表金镯在灯光下闪出一串金光。"四个位,按老规矩办。"他吩咐道。老板娘一边点头一边把我们带到靠窗的四人位。

"不就是生蚝嘛!"我在小菲耳边道。小菲也不以为然,与我相视一笑。

"喝酒不?"邹健大声问我。

"开车,不喝。"我说。

"不喝酒多没意思。"他嘟哝道。

阿梅扯了扯邹健的衣角,"你也别喝嘛,你答应晚上陪我逛女人街。"

邹健想了想,一副讨好阿梅的样子,"是哦,那就不喝了。"

我差点笑出声来,这酒鬼终于有人管了。

女老板亲自服务,端上一砂锅蟹粥与一碟绿油油的青菜,接着又端上了一大钢盘渗着乳白色液汁的带壳生蚝。"老规矩,每人五只。"邹健指着生蚝说。那新鲜白嫩的生蚝,确实又肥又大,明显优于我以往吃过的那些生蚝。"生蚝也能刺身?"小菲一脸惊诧,小声问我。我哈哈一笑,"我也没吃过生蚝刺身。"

"深海捕捞上来的,绝对环保,放心吃啦!"邹健叫道。他剥下一只生蚝肉,放在阿梅碟里,又剥下一只,放在小菲碟里。这动作,让我觉得他很是绅士。阿梅夹起那块肉,沾了沾芥末,送进小嘴,咀嚼了几下,对小菲笑了笑,点了点头,说:"好吃呢。"

小菲迟疑不决地夹起生蚝肉要往嘴里送,我提醒道:"沾上芥末。"小菲便往碟里沾了沾,送进嘴里——猛地,她一只手捂着嘴,一只手抱着头,脸上显出一副无比痛苦的表情——芥末发生了作用。第一次吃的人,是绝对承受不了这刺激的。好一会儿,她才缓过神来,表情恢复正常,嗫嚅道:"我……我不吃了……不……吃了。"

我们哈哈大笑。

阿梅对小菲说:"再吃一块就好了。"

小菲坚决不吃了。

我也剥下一只,沾上芥末,放进嘴里。芥末我还习惯,但这生蚝肉让我感觉到一股强烈的腥味,难以下咽,"这吃法,真不是我们能消受的。"我感叹道。

邹健看了看我，又看了看小菲，哈哈大笑，"好东西呢！"他叫道。然后，低下头，认真地剥肉，放在阿梅的空碟里，阿梅显然十分享受，夹起那肉块，又沾了沾芥末，送进小嘴，咀嚼了几下，对小菲笑道："真的很好吃呢！"

小菲摇着头，不敢再吃。

邹健干脆用手拈起一块肉直接往嘴里送，咀嚼着，"吃吧，很有营养的！"他对我说，然后，还吮吸一下手指。我看着都有点恶心，低声骂道："瞧你那吃相——"

"这可真是好东西！"他提高声调对我与小菲道，"高级营养品呢！"

我指着铁盘对他叫道："都归你啦！"我又瞥了一眼正埋头吃着的阿梅，笑道，"你俩多吃点，补充一下营养。"

阿梅脸上浮出一片羞赧的红云。

邹健叫了声老板娘，又扬了扬左手，手腕上的金表金镯在灯光下闪出一串金光，他对跑过来的老板娘说："还有什么好吃的？送上来，不差钱！"

老板娘小声地对邹健说："这里主要是吃生蚝，别的……"

小菲看了看邹健，说："不用了不用了，这还有蟹粥呢。"然后，又客气地对老板娘说，"我们吃不惯生的。"我也斜了一眼邹健，"知道你有钱，我们喝粥就行了。"

蟹粥煮得非常地道。秋意盎然的夜晚，喝上一碗鲜美的蟹粥，实在舒坦。我与小菲每人喝了两碗。

再看邹健与阿梅，两人吃得津津有味，很快就消灭了那盘生蚝。邹健又吮吸了一下手指，拿起一块纸巾擦了擦嘴巴，对我说："去外面抽支烟吧。"

我跟他来到餐厅外一棵榕树下抽烟。"你觉得阿梅怎么样？"他点燃一支烟，吸了口，望着我问。

"不错，你俩倒是很般配。"我诚恳地告诉他。

邹健嘿嘿一笑,说:"我……也是想结婚了。"我喜出望外,"太好了,结婚好。你再不结婚生个崽,就真的完了——邹家庞大的家产没人继承不说,整晚搂个空枕头还不废了你一身功夫?"邹健点了点头,"你看出了这一点,说明你懂我了,到底是兄弟!"突然,他显出若有所思的样子,盯着我问:"你真的认为我跟阿梅般配吗?"

"为什么这样问?"我看了看他。

"这些日子,我越来越觉得……"他欲言又止。

"觉得什么?"

邹健深深地吸了一口烟,缓缓地吐出一个烟圈,"我觉得……乡下姑娘上不了台面……而且没文化,对后代……不利。"

我看着他,很认真地告诉他:"阿梅不错的,一看就是个本分姑娘。你也是个农村人,你的文化有多高呢?你可不要忘本。再说,你现在也是个有钱人了,花点小钱让她去学点什么,好好培养,就当扶回贫吧!"

他摇摇头,瞄了瞄餐厅,转过头低声对我说:"你那个小菲姑娘好,大学生,人又漂亮,要不……你把小菲……介绍给我吧,肥水不流外人田。"

我惊诧地望着他,怒斥道:"你……你他妈真是厚颜无耻!"

"你别发这么大火嘛……我开个玩笑不行吗?你……你是不是在泡她?那可不行啊,你是有老婆的人!"

那一刻,我想抽他一嘴巴。但是,我控制住了自己的情绪。"即便我不泡她,她也根本瞧不起你这种人。"我冷笑着,拿眼角余光斜视他。

"我这种人咋了?"他有点不服地问。

"暴发户,土财主,显摆,装逼……"我咬牙切齿地用最低级的词语来贬他。

邹健把烟头往地上一扔,脚一踩,摘掉链子与金表金镯,"这下可以了吧?低调了吧?"他嘿嘿地笑着。

"以后，"我以警告的口吻对他说，"以后不准拿小菲开玩笑。"

邹健猥琐一笑，"终于明白了，白天教授晚上禽兽，说的就是你这号文化人。"

"你是不是把人家阿梅办了，然后就想甩掉？"我问他。

"绝对没有！"邹健信誓旦旦地说。

"真没有？"

"我不说谎！说谎遭雷劈！"

"你等着雷劈吧！"我骂道。

吃完饭，我送小菲回学校。

"大叔，你唱歌的样子好萌啊！你真会哄女孩子开心。"小菲侧着身子对我说。我有点摸不着头脑，问："我啥时候唱歌了？"小菲说："在邹老板地里。"我"嘿嘿"一笑，一边开着车，一边又轻轻地唱了起来："人家的女友有名包，大叔我钱少不能买，摘下了一朵野菊花，给我家菲儿戴起来，哎哎哎戴呀戴起来……"

这一次，小菲没有笑，很认真地看着我。我唱完后自己反倒哈哈大笑起来。

很快就到了学校门前广场。我把车停下，小菲没有下车的意思。小菲侧着身，看着我的眼睛，问："大叔，你老实交代，你今天是不是有过几次冲动？"

那一刻，我不知道说什么。她能够如此直率地问出这样的话，完全令我感到不可思议。我的表情有点僵硬，甚至有些狼狈，脸红着承认今天确实是有几次无礼的念头。

"看来，"她望着我的窘态，笑了，"大叔是个管得住自己的男人。"

"我没想过要管住自己哦。"我似乎是自言自语，"只是，我没有占女孩便宜的习惯。"

她"哦"了一声，低下头，说："如果这样的话，大叔是个好男人。"突然,她靠近我,轻声道,"大叔,我……抱一下你。"

我愣了一下,很快清醒,我想她应该是故意试探我。我双手扶着方向盘,一副正襟危坐的样子,对她微微一笑,"你这是很危险的想法。"但是,她任性地转过身来抱住了我。我索性放下方向盘,转过身抱住了她。

我开始只是轻轻地象征性地抱着她,但很快我就紧紧地抱住了她。我感觉到了她丰满而富有弹性的胸脯,感觉到了她柔软的腰肢轻微地扭动。刹那间,天雷地火奔腾于胸中。我明白我对李小菲的拥抱里含有强烈的暗示,但是,我很快就抵制住了这种邪恶的念头。回家的路上,我暗骂自己是个伪君子。

第二十九章 阿杰与黑虎

大老远，我就听见阿杰与二叔在争吵，声音很大，这让我有些吃惊。

"它不就是一只狗么，你怎么跟它计较？"阿杰吼道。

"是狗就可以偷吃吗？"二叔也扯着公鸭嗓子吼。

"你干吗不一刀砍死它呢？"阿杰气恼地叫道。

"我只是吓唬它而已。"二叔似乎在解释。

我走过去，看到阿杰脚边趴着黑虎，它背上掉了一撮毛，露出红红的皮肉。它显然很痛苦，张着嘴呻吟。

"你这是吓唬吗？有往狗身上泼开水吓唬的吗？"阿杰眼圈泛红，他叫道，"它也是一条命！它也知道痛！"

"它偷吃！"二叔不退让。

"哪条法律规定它不能偷吃？"阿杰咄咄逼人。

"偷吃就不是好狗，得教训它！"二叔毫不示弱。

"这么个岁数……一点善心也没有！"阿杰骂道，"真是狗熊不问出路，坏人不看岁数。"

"我咋没善心呢？妮妮我不爱吗？你喂过它吗？妮妮还不是我一手带大的？妮妮多乖，多听话。"二叔反怼。

"哦，妮妮高贵，它命好，黑虎是土种，它命就贱。"阿杰说着弯腰抱起黑虎，轻轻抚摸着它的背。

"它偷吃，就得教训。"二叔不以为然。

这话再一次激怒了阿杰，他放下黑虎，一个箭步冲到二叔面前，挥起拳头在二叔面前扬了扬,"你再教训它试试?"

"你想打我?"二叔暴怒,呵斥道,"你为了一只狗打我?"

"真想揍你!"阿杰狠狠地说。

二叔没说话,转身去厨房拿了一把铁勺子,回到阿杰面前——"来吧,你来揍我试试。"

"你这个老混蛋!"阿杰嘴里骂着,伸手一推,二叔一个趔趄,摔倒在门槛边。

"狗日的!"二叔从地上爬起来,扑向阿杰,扬起手中的铁勺。阿杰往后一退,铁勺落空。阿杰立住,指着二叔道:"你再敢出手,我打死你这个老混蛋!"

我赶紧冲过去,站在他俩中间。一老一少瞪着眼睛对峙着,像两只好战的公鸡。"好了好了,都少说一句,消消火吧。"我又好气又好笑。

黑虎是一只灵山本地土狗,数月前的一个黄昏,我们刚吃完晚餐,木桥那边小路上走来一胖一瘦两个小姑娘。"请问你们这里是农家乐吗?"胖姑娘站在桥那头问。

二叔起身回答道:"不是呢,我们只是个养鱼的农庄。"

问话的胖姑娘与身边的瘦姑娘嘀咕了什么,一会儿,胖姑娘又问:"你们要不要收养一只小狗狗?"

我们注意到瘦姑娘怀里抱着一只毛茸茸的小狗。

二叔说:"姑娘,我们不收养呢。"

她们有些失望,准备离开。

"我来养。"阿杰突然站了起来,对黄庄主说。

黄庄主看了看阿杰,点了点头。

阿杰走向桥头,对她们充满友好地说道,"我收养……你们进来呀。"

俩姑娘便走进了庄园。

胖姑娘自我介绍说,她们是出来郊游的大学生,在原野小路边看到了这只被人遗弃的小狗。小狗显然几天没吃没喝,饿得奄奄一息。俩姑娘觉得小狗可怜,便把它捡了起来,想带回学校。可一想,带回学校也没有地方养啊。于是,经过怡人庄的时候,她俩便打听有谁愿意收养小狗。

阿杰盯着胖女孩,突然大笑起来,"天哪,你……你不认识我了?"胖女孩望着阿杰,也一愣:"好面熟啊,你谁呀?"

"我是阿杰啊,山鸡哥的兄弟啊!"阿杰叫道。

"想起来了想起来了!"胖女孩嘻嘻地笑道,"世界真是小啊,你怎么在这里呀!"

阿杰流浪岛城的时候,网吧里认识了一起玩游戏的大学生山鸡。山鸡经常带着一些爱玩游戏的女同学来网吧,上大一的胖女孩便是其中一个。于是,他们经常一起组局游戏。"没想到遇着了你!"胖女孩欣喜地说,"太好啦,这小狗狗交给你了,你可要把它养好!"

阿杰点了点头,从胖姑娘手里接过小狗,说:"嗯,一定会的。"然后,把小狗放在地上。胖姑娘有些不高兴了,埋怨阿杰:"你怎么把它放在地上呢?地上好凉的。"胖姑娘把小狗抱起来,摸了摸小狗的毛发,"它身体好虚弱的。它好可怜呢。"一副无比怜悯的神情。

阿杰嘿嘿地笑,起身去自己竹寮房拿来半条旧毛毯,铺在地上,然后把小狗放在毛毯上,说:"这回它不冷了吧?"

看着阿杰如此有爱,我和黄庄主相视一笑。

二叔端出半碗吃剩的肉汤泡饭,递到小狗面前。饿极了的小狗小心翼翼地嗅了嗅,伸出舌头舔了舔碗边,接着狼吞虎咽地吃开了。

我对俩姑娘说:"你们放心,阿杰会把它养得好好的。"

俩姑娘点着头,开心地笑。

胖姑娘问阿杰:"我们可以经常回来看它吗?"

"当然可以呀。"阿杰说。

瘦姑娘蹲在地上,抚摸着小狗的头,说:"给它取个名字吧。"

阿杰朝我看了看,叫道:"谈记者,你帮忙取个名吧。"

我看了看小狗,说:"它全身溜黑,虎头虎脑的,挺可爱,又是个小男生,要不,就叫它黑虎好了。"

俩姑娘嘻嘻一笑:"这名字好!"

"我们这里还有一只狗狗呢,它有伴了!"阿杰环顾四周,叫了起来,"妮妮——"

妮妮一蹦一跳地从栅栏边的小窝里跑了出来,突然,它在几米外停下步子,盯着地上的小黑虎,一动也不动。"妮妮,你有伴了呢!"阿杰对它叫道。

但是,妮妮仍然没有动。好一会儿,它鼻子抽动了几下,然后,一脸漠然地返回自己的小窝。我们一下子明白了,妮妮看不上这土狗黑虎,没兴趣搭理。

"二叔,给姑娘们做点饭菜。"黄庄主吩咐道。

"我们不饿,回学校再吃。"胖姑娘说。

阿杰说:"没事,吃了饭再走。"

二叔炒了两个菜,端上桌,姑娘们也确实饿了,不再推辞。吃罢,瘦姑娘要付钱。阿杰诚恳地说:"不要钱,算是感谢你们送给我们这黑虎喽。"

天色向晚,原野上飘起缕缕冷湿的风。胖姑娘看了下手表,叫道,"六点了,我们要回岛城了。"阿杰问:"你们知道在转盘处上车吧?"姑娘说:"知道呢。"于是,阿杰抱着黑虎送俩姑娘出庄。

"你要经常给它洗澡呢。"胖姑娘对阿杰说。

阿杰点头。

"你要给它建个窝,像妮妮那样的窝。"瘦姑娘指着栅栏边上妮妮的小窝。

阿杰点头。

胖姑娘给阿杰留下手机号,"你可以打我的手机,给我发黑虎的照片。"

阿杰又点了点头。

阿杰的神情郑重而专注，很像是在领受一件重大的使命。

姑娘们走了，阿杰抱着黑虎在桥头站立了好久。

从那天起，阿杰担负起了哺养黑虎的任务。也正是从那天起，阿杰变成了一个特别爱干净的人。他除了把自己拾掇得干干净净外，还每日为黑虎用沐浴露洗澡。他在妮妮小窝边上给黑虎也做了一个木屋，里面还放了些妮妮玩过的小玩具。黑虎也特别认阿杰，几乎与阿杰寸步不离形影相随。尤其是到了晚上，黑虎根本不进自己的小木屋，硬是要趴在阿杰床底下睡。

我们都明白，与其说阿杰上心于黑虎，不如说他上心于胖姑娘——他在兑现对胖姑娘的承诺。在阿杰的悉心照料下，黑虎过着快乐无忧的生活。阿杰与黑虎朝夕相处，建立了深厚的感情。他用手机给黑虎拍了很多照片，他每天勤奋地爬上屋顶去捕捉信号。如果说他以前寻找信号是为了玩游戏，那现在只为给胖姑娘打个电话发些照片，他想告诉胖姑娘黑虎成长的点点滴滴。虽然一直没有成功，但他持之以恒地寻找着信号。

没法联系上胖姑娘的日子，阿杰便常常带着黑虎徘徊在小路上，或一脸失落地坐在桥头。我们当然明白，他是在等待那个身影，一个月、两个月……黑虎茁壮成长，胖姑娘的身影始终没有出现……

"你们这是干吗呀？"黄庄主低沉的声音从石头房里传了出来。

阿杰一屁股坐在枇杷树下一只断了腿的凳子上，眼睛瞪着二叔。二叔握着一把铁勺子，脸黑沉，站在厨房门前。

黄庄主披着麻布衫，一步一瘸地走了出来，"一大早的，你们不能好好说话吗？"他走到木桌边，坐下。

二叔走过来，一脸委屈，对我与黄庄主说："你们评评理吧。"于是，二叔道出缘由：二叔正在做早餐，一盆刚出锅的红烧肉就放在灶边一只矮凳上。这黑虎不知什么时候溜了进来，刚好够着，便偷吃了起来。二叔手里提着一壶开水，转身撞见了黑虎正在偷吃。他本是去驱赶的，谁知没拿稳水壶，开水泼出去洒到了黑虎背上。"我又不是故意的。"二叔委屈地辩解,"为了一只狗要打我,令我心寒。"

"黑虎也是一条命,也应被人爱护。"阿杰在一边叫道。

两人便又互相指责起来,不一会,又扭到了一块。

"你们给我分开!谁动手谁从庄里滚出去!"黄庄主一声怒吼。

两人不敢吱声了。

"阿杰疼爱黑虎的心情是好的,二叔呢,肯定也不是故意泼开水。"我说。

黄庄主的声音降低了八度:"一老一小,还真是不要脸面了。"

"好了好了,这事翻篇了。"我对阿杰与二叔说。

二叔与阿杰虽然还生着气,但明显没有了刚才的气势。

"早餐做好了吗?先吃早餐吧。"黄庄主说。

二叔默默地回到厨房,把早餐端到桌上。

阿杰坐在枇杷树下那断了腿的凳子上,看着温驯地趴在他脚边的黑虎,眼圈儿红红的。

黄庄主匆匆吃罢早餐,对我说:"我得出去一趟——"

"回岛城吗?"我问他。

黄庄主抬起头,看了我一眼,没有回答。我意识到不应该问。我有些尴尬地低下头,接着吃早餐。我再一次感觉到他对我有一种近乎本能的警惕。

"你跟阿杰这两天把那块菜地的水沟清理下,雨季要来了。"黄庄主吩咐道。

我点了点头。

随后,黄庄主便进房去了。

我对坐在另一边的阿杰说:"别生气了,过来吃早餐,我们还要去干活呢。"

阿杰没有理我,埋着头,抚摸着黑虎的背,眼里吧嗒吧嗒地掉下几滴泪来。

我安慰他:"别生气了——要不,我一会带你去找网络信号。"

这时，黄庄主从石头房里走了出来。他换上了一套黑色西装，戴着那顶黑色礼帽。他看了看我，又看了看阿杰，再看了看厨房。然后，一步一瘸地走向停在路边的农夫车。他爬进驾驶室，从车窗里探出头，意味深长地朝我笑了笑，伸出一只手指了指阿杰，又指了指厨房，向我做了个鬼脸——我立马明白了他的意思：他放心不下，叫我安慰调解阿杰和二叔。我点点头，朝他打了个OK的手势。

黄庄主关上车窗，启动车子，向庄外驶去。

第三十章　听天由命

周六晚上，我正在写作，手机突然震动。

打开手机，是小菲的短信："大叔在干吗呢？"我看了下时间，十一点。我回复："在码字呢。你的演出结束了吗？"她回复："是的，刚回到宿舍。"

"今天演出怎么样？"我问。

"唱了几首英文歌，客人们挺喜欢。"她回复。

我知道，她擅长演唱英文歌曲，她对某些英文歌星的模仿几乎可以达到以假乱真的程度。"那得祝贺你！"我说。

"可我不开心。"她说。

"怎么了？"

"回到宿舍，同学们都回家了，我一个人不快乐。"

"哦？"

"大叔能带我去看看大海吗？"

我吃了一惊，什么时间了，看大海？但是，我拒绝不了一个女孩的邀约。我瞄了一眼蝶的房间，门紧闭着。我想，她和女儿应该睡了。我立马回复："我去接你吧。"

后来我才明白，没有恋爱过的已婚男人总有一种心有不甘的感觉。这种不甘始终潜伏在他内心深处，一旦时机来临，这种感觉会增强并放大，他突然会产生一种时不我待的急迫感，甚至会生出一种飞蛾扑火粉身碎骨在所不惜的献身感。

我驱车来到校门广场。门岗里坐着两个打瞌睡的保安。小菲站在路边一棵椰子树下,她穿着一条蕾丝边连衣裙,涂着口红,画着烟熏眉,一头长发盘着,显然还没有卸下演出妆。我把车开过去,小菲拉开车门钻了进来。两个保安便朝这边张望。我努了努嘴,说:"人家保安警惕性好高!"

小菲妩媚一笑,"他们担心人贩子拐卖女大学生呢!"

"看我像吗?"我问。

"这么晚来接女生,让人怀疑哦。"小菲嬉笑道。

我也哈哈大笑,心想,一个老男人,这么晚来大学里接女生,尤其是漂亮女生……我都怀疑自己是不是好人了。

"去哪看海呢?"小菲问。

我想起了一个夜观大海的去处,"我带你去就是了。"

车程十分钟,我们来到岛城新设立的公共景点观海台。这是用无数礁石垒成的巨大平台,夜深了,观海台上空无一人。我把方向盘一打,车便驶上了台边专供停车用的草坪。停住车,面前便是苍茫大海,一缕腥咸的海风从窗口吹进来,令我打了个冷战,"外面有些凉啊,就坐在车上看海吧。"我建议道。

小菲点了点头。

大海安然入睡,月光静静洒在海面上。数不清的鱼儿在海上穿梭跳跃,鳞片在月光下一闪一闪,宛如无数萤火虫在翩翩起舞。"夜里大海真的好美啊,"小菲趴在窗口,"我好想跳下去……"她扭过头来对我妩媚一笑。"你跳我也跳。"我学着《泰坦尼克》"男猪脚"的腔调对她说。小菲打量了我一下,"这位大叔,这么会说话,还真有点男朋友的意思。"

我笑道:"我扮演一下也不行吗?"

"不行。你是有家室的人哦。"她扬了扬头发,一脸傲娇。

一片乌云滑过月亮,在海面上投影出一片暗灰。一艘轮船正在夜航,一束强光射向远方。"大叔,"小菲转过头,看着我,"可不可以问你一件事?"

"当然可以。"

"你过得快乐吗?"

我的心震颤了一下,竟不知如何回答。

"我感觉,你也不快乐,"她转头望向窗外,"从与你第一次交往,我就感觉到了。"她缓缓地说。

她这样一说,令我有点黯然神伤。

"你是不是——"她侧过脸来看着我,"是不是想找婚外恋?"

这话把我吓了一跳,我讷讷地问:"你……你怎么……这样说?"

"我得提前告诉你哦,大叔,我不做第三者的。"她盯着我,一脸认真。

我脸上有点发烫,但是,我还是平静了一下内心,我嬉皮笑脸地对她说:"我承认……我是有点喜欢你。"

她瞪了我一眼,摇了摇头,一副决绝的口气:"那不行,我不会喜欢已婚大叔。"

我有些尴尬,嘿嘿地笑了笑。

"不过,"很快,她嘴一撇,妩媚一笑,"今晚许你临时扮演。"

我哈哈大笑。这真是个迷人小妖精。

我们继续看夜色中的大海。月亮悬挂中天,微风荡过,海面波光如鳞。"'夜电'老板说,他要包装我。"突然,小菲侧过身说。

我一怔,"他如何包装你?"

"他说会给我举办专场演唱会,还让电视电台报纸做专题。"

我觉得不可思议。我明白正规媒体不可能去宣传炒作一个夜场歌手,"不可能的。"我明确地告诉她。

小菲手撑着下巴,若有所思。

"他是不是看上你了?"我问。

小菲瞪了我一眼,叫道:"大叔,你别那么庸俗好吗?"

"哦,"我想我不能打击她,"你把握好吧。"

"怎么把握?"她问。

"管住……自己的……裙带。"我笑道。

"讨厌!"她手握成拳敲打我的肩膀,"你应该相信我是凭实力的!"

我笑着躲闪,"我相信你有实力,但是,我不相信那老板。现在很多老板专逮你这种涉世不深的女孩。"

"你也是吗?"

"我又不是老板。"

"你想多了,我不是那么傻的女孩。"她微微地笑了笑,"无论他包装不包装我,我一定要成为岛城最红的歌手!"她眯着眼,一脸幻想着的幸福,似乎对我说,又似乎是自言自语,"我一定会红的!我一定会成功的!"

"我祝愿你成功。"我笑了笑,补充道,"不过,岛城夜场乱七八糟,希望你能出淤泥而不染。"我怎么觉得自己有点吃醋的味道。

她点了点头,"我知道大叔是为我好。"

几辆小车从我们侧边无声驶过,然后,一头插入左前方一片幽暗的椰树林里。月色迷离,椰树在夜风中婆婆起舞。我用眼角余光瞟到了那些车的前座坐着一男一女,我当然知道他们钻进椰林里会干什么。

我看了看小菲,她趴在车窗口,看着月光下的大海。远处,大海如一抹灰毯,风平浪静;台下,海水拍打礁石,浪花飞溅。她背对着我,身体更显窈窕,从窗口吹进的风里含有她的发香,我几乎触手可及那偶尔抖动一下的白皙圆润的肩膀。她偶尔会回过头来对我轻轻一笑,神态妩媚无可言说。我从来不相信,一个男人面对美目流盼、桃腮带笑的美女,真的能坐怀不乱心无旁骛。之所以这样说,是因为现在的我已经情不自禁……

我一把从后面抱住了她。

她没有反抗,相反,我明显地感觉她顺势倒在我怀里。我正想得寸进尺,她却猛地推开了我。她惊慌地指了指前面——两个警察朝车这边走了过来。我立马正襟危坐。一个警察敲了敲车窗，我放下车窗，探出头，对他们微笑了一下，"例行检查，请出示驾驶证。"

我知道他们是海岸交巡警，负责海岸区域的交通与治安。我立即掏出驾驶证递了出去。另一个警察拿手电筒扫了扫车里，一束光打在小菲脸上，她脸色一下子变得苍白，闭着眼睛躲闪那强光。那警察问我："她是你什么人？"我赶紧解释："是我……女朋友，我们来看夜海。"那警察关掉了手电筒，说："这段时间有违法犯罪分子利用车辆在这儿卖淫嫖娼。"小菲瞪了一眼那警察，然后，扭过头望向车窗外。

我对这两个警察的言行深感不满，但我控制了情绪，我知道不能把事情搞得复杂。那个看我驾驶证的警察觉得我们不像可疑之人，便还给我驾驶证，指了指前方那片椰林，"那林子里经常发生抢劫事件，你们要注意安全。"说完，他俩走到不远处一条石凳上坐下，在那儿抽起烟来。

真操蛋。看海的雅兴顿时全无。"十二点了，我送你回去吧。"我对小菲说。

"我还不想回宿舍，一个人好无聊。"小菲一脸不开心，望着窗外，嘟着小嘴。

我对这鬼地方产生了强烈的厌恶感，一分一秒都不愿待了。我想起学校边上有一间咖啡屋，据说是几个创业大学生做的，我摸了摸她的头，"要不，我请你喝咖啡吧？"

"不喝，晚上喝咖啡更睡不着。"

"那请你喝老盐柠檬茶。"

小菲勉强地点了点头。

我启动车，掉转车头，打开音乐台——该死的，竟然又是那首歌：

  我踏着沉重的步伐
  是为了等待你的到来
  在慌张迟疑的时候

你跟我来……

小菲伸手拧掉开关,侧着脸,杏眼圆睁,"你好大胆,竟然说我是你女朋友!"

我哈哈大笑,"这叫灵机一动。"

"那也不行,不能冒称我男朋友。"

"要不然,怎么对他们讲?"

"你就说一般的朋友嘛。"

"一般的朋友?"我瞟了她一眼,"丫头,哪有大叔半夜陪一般的朋友来看海?"我哈哈大笑道,"你以为他们是傻子会相信啊?"我再次斜视了一眼小菲,只见她脸上掠过一缕红云,眼帘低垂,默默看着窗外。

咖啡屋还没打烊,低低地回响着萨克斯《回家》,浪漫而温暖。我点了杯海岛本土咖啡,给小菲点了杯老盐柠檬茶。咖啡有些苦,我将小碟里的方糖扔进去,方糖慢慢溶化,渐渐地与咖啡融为一体。小菲啜了口老盐柠檬茶,盯着我的咖啡杯看。我笑了笑,说:"我是苦咖啡,你是小方糖,看我如何溶化你!"

小菲看了看我,问:"能吗?"

我说:"能。"

小菲问:"你那么有信心?"

我说:"我把这老春献给你!"

小菲眉头一扬,不屑一顾:"哼,谁稀罕你的老春呢!"

……

咖啡吧打烊了。小菲也困得眼睛打架了。我送她到校门广场,小菲一下车,那两个打着瞌睡的保安醒了,张着嘴看着她踉踉跄跄地走进校门。接下来的日子,我与小菲的约会紧锣密鼓。事实上,我心里还是很纠结,甚至是恐惧。我知道,一个已婚男人这样做是不道德的,甚至有些卑劣;我更明白,如果某天东窗事发,蝶会把我撕碎。

但是,天打雷劈,我确实已经喜欢上了这个女孩,并且,我也感觉得出她虽然嘴里反感我是已婚男人,实际上对我并无排斥。这样一来,我似乎又有了些贼心贼胆了。

"听天由命,随着感觉走。"我对自己说。

第三十一章　阿杰出走

狗只认一个主人。

狗有记性，你爱过它，或者虐过它，别以为它不说话，它心里清楚得很，都会记得。那些日子，黑虎见了二叔就躲，躲不了就绕着走。当二叔盯着它的时候，它撒腿就跑。

二叔为此很是沮丧与失落。

令我们诧异的是，阿杰变得沉默寡言了，也开始冷落妮妮了。我们都知道，阿杰虽然精心饲养着黑虎，但也一直宠爱着妮妮。有事没事，总喜欢摸摸黑虎、抱抱妮妮。闲暇之余，总带着黑虎和妮妮嬉戏。而这些日子，他劳作之余，便带着黑虎一头扎进竹寮，疏远了妮妮。

"他觉得妮妮是我宠着的，所以他就讨厌妮妮了。这小子记仇得很呢！"二叔悄悄地对我说。

阿杰的心情变得越来越糟糕，脾气大得一点就爆。那天下午，庄里来了几个游玩的大学生，他们先是观赏荷花，然后，稀奇地观赏我们挖地开荒。兴起时，一对男女同学便在菜地边上跳起了舞。阿杰不耐烦地叫道："你们踩着菜苗了！"男同学瞟了阿杰一眼，不以为然，说："真是小气，踩几棵菜苗怕啥，这叫踏青呢。"阿杰二话没说，走过去，连飞两脚，把人家踹到了水塘里，骂道："老子让你去踏浪！"

我赶紧下塘捞人。几个大学生吓得半死，赶紧逃出了庄园。

二叔与阿杰对峙着。

坐在一起吃饭时，空气都是凝固的。两张冷若冰霜的脸让我看出了他们对彼此的愤怒与不屑，我甚至感到他们咀嚼饭菜的声音里都充满了怨恨。我算是明白了男人之间的冷战比真枪实弹地干上一仗更为可怕。我想缓和这种状态，却实在找不到机会。这个时候，我希望黄庄主早点回来。

吃完饭，阿杰把碗筷一丢，爬上了黄庄主的石头房。

"黄庄主去岛城好几天了，什么大事要忙这么多天呀？"我问收拾桌子的二叔。

"应该快回来了吧，"二叔道，"他从来没在岛城待这么久的。"

我指了指屋顶，对二叔说："你也是叔了，原谅他吧，他毕竟是个孩子。"

"这种事不能惯着他。"二叔不以为然。

"我就搞不懂你俩，不就是为了一只狗嘛，有多大仇恨似的？"我说。

"那你得去问他。"二叔摇了摇头，端起空碗碟往厨房里走。"太不懂事了，竟然为了一只狗打我。"他回过头来，有些恼恨地对我说道。

我看了看屋顶上的天台，阿杰正捧着手机在努力地寻找着信号。我爬了上去。阿杰看到我，对我笑了笑。"阿杰，我们聊聊。"我道。

他没有理我，继续移动着身体寻找着信号。

"阿杰，别闷在心里，有什么事说出来。你是男子汉，敢说敢当。"我大声说道。

阿杰停止寻找信号，转过身来，盯着我，一脸认真，"如果怡人庄也跟外面一样，那还有什么意思呢？"他说。

"什么跟外面一样？"我问。

"跟外面一样分高低贵贱！"

我哈哈一笑，道："傻小子，别夸大了。"

他高举着手机停在空中，瞪着我，眉头紧锁，"我夸大了吗？妮妮与黑虎的待遇就明显不一样,妮妮想吃肉就吃肉,黑虎想吃肉就要挨打。每次妮妮吃剩的,黑虎再吃——这不是分等级贵贱吗?这公平吗?"

我开导他:"不是那么回事,狗与狗的品种不同,养法也不一样……"

"怎么养法不一样?只要是狗,就该是一样的待遇!"阿杰语气强硬地打断我的话,"如果不一样,那就是不平等,那就是恃强凌弱!我管不了那么多,反正谁欺负黑虎,就是欺负我!我就绝不接受!"

我意识到阿杰走入了认知误区,我总算明白了他的心结——他把自己的命运与黑虎的命运联系了一起,他认为他与黑虎是这个世界上的弱势群体。我觉得这有点可笑,但是,我不能笑,笑不出来。

"反正我不想待在这儿了。"阿杰说着又举起手机寻找信号。

我一惊:"你要离开怡人庄?"

他看了看我,点了点头。

"黄庄主会同意吗?"

他摇了摇头,眼睛望向远处,"我不想告诉他,我要带着黑虎一起走。"

"这可不好,你这样不尊重黄庄主。"我有些忧虑地说。

"我知道,黄哥对我好。但是,我一天都不愿意看到那个人。"

我知道他说的那个人是二叔,看得出,他是彻底杠上二叔了。这是个真正的麻烦,我有些无语。我走下天台,来到二叔房间,推开门,二叔正躺在床上听着那段他永远听不厌的戏曲。见我进来,二叔关掉收音机。

"阿杰想走。"我说。

二叔问:"他去哪?"

"不知道。"我说。

二叔沉吟了一下,说:"这小子就是一头犟驴,拉不住的。随他吧。"

"你去劝劝吧,他还在生你的气。"

二叔摇了摇头,"生我的气我也没办法,我还生他的气呢,让他走吧。"

"二叔……"我笑了笑,诚恳地说,"跟他道个歉吧……"

二叔的脸一下子阴沉下来,"道歉?怎么可能,我跟那小子道歉?"他看着我,一副不可思议的神情。

调解起不了作用,我遗憾地摇摇头,走出小屋。我爬上屋顶天台,阿杰仍然举着手机绕着圈寻找信号。

"黄庄主在岛城会去联系胖姑娘的。"我故意提起那姑娘。

我这话还真让阿杰有所反应,他的肩膀抖了一下。

"说不定胖姑娘会跟着黄庄主一起回来看黑虎呢!"我走过去,拍了拍他的肩膀。

"她不会回来的。"阿杰摇了摇头,一会儿,他耷拉下脑袋,神情依然沮丧。

"她要是回来看不到黑虎咋办?"我问。

"她不会回来的。"阿杰抬起头来,眼里掠过一丝凄迷的笑。"我曾经等待过一个女孩,她有世界上最美的背影。"他竟然背诵起我写在黑板上的那句诗!我哈哈大笑,接龙道:"当那背影走来,你却玩笑着离开——"

原野上,滚过一声炸雷。

我望了望天空,一片乌云笼罩在我们头顶。我对阿杰说:"回去睡觉吧,睡一觉,就好啦。"阿杰把手机关上,插进裤袋,对我笑了笑,说:"我得帮你改一下那句诗,不是'玩笑',是'认真'。"说完,转身走向天台出口的木梯,只见他把两级踏板当成一级,敏捷地跳了下去。

那天晚上,窗边的风吹得呜呜的,雨下得很大,竹寮顶上炒豆似的响个不停。

我一夜没睡好，想不出挽留阿杰的办法。

清早，我起床推开窗户。天空阴沉，雨淅淅沥沥地下着。突然，我看到阿杰背着行李，抱着黑虎，沿着小道走向木桥。我立即意识到他真的要离开庄园了。我赶紧奔出竹寮，追上他，扯住他的行李，"阿杰，你知道自己在做什么吗？"我几乎是吼道，"你真的别冲动！"

阿杰摇了摇头，看了看怀里的黑虎，没有说话。

"等黄庄主回来了再说，好吗？"我几乎是恳求他。

他对我笑了笑，"大记者，不要劝我了，我知道自己在做什么，我决定的事是不会改变的。"他说着走上了木桥，步子坚定从容。

这个时候，妮妮拖着肚子从小窝里冲了出来。它奔上木桥，扑向阿杰，咬住阿杰的裤腿，嘴里呜呜地叫，不让他挪步。阿杰一下子愣了，他迟疑着俯下身子，放下黑虎，抱住妮妮。黑虎非常懂事地退到一边，虎头虎脑地看着阿杰与妮妮。"妮妮要做妈妈了……"阿杰抚摸着妮妮的背，抬起头，对我说道，"你帮我看好妮妮哦，它身上有草虫，带它玩的时候，帮它捉掉，多了就会生病。它的玩具都在我房里……"阿杰的声音有些哽咽，我看到他眼里湿润了，我不知那是他的泪还是天上的雨水。不一会儿，他放下妮妮，对我凄迷地笑了笑，抱起黑虎，向前方走去……

第三十二章　寄情河海

周末傍晚，我带小菲吃完"豪享来"的牛排，便送她去"夜电"上班。

海风习习，空气里流淌着菠萝蜜般快活的香味儿。岛城宾馆前的椰子树婀娜多姿，路灯下站着一些神秘的红男绿女，他们鬼鬼祟祟，一脸机警，宛如电影里正在接头的谍报工作者。车到南大桥，我的兄弟大卫打来电话，问我能不能陪他去海上夜钓。我想都没想，脱口说行。

大卫因"华天凶杀案"的失误，正在等待局里的处分。工作清闲了一些，他便经常叫我陪他去钓鱼。那阵子，我与蝶闹得不可开交，心里郁闷烦忧。虽频繁与小菲约会，但毕竟还只是一般朋友交往，灵魂没有着落，心里空荡荡的。惺惺相惜，我乐意陪着大卫寄情山水垂钓湖海。

大卫问我现在在哪里？

我说我正在去"夜电"的路上。

"'夜电'？"他在电话那头问道。

我回答："是的。"

"你少去那种地方哦，你可是有'案底'的人。"他在电话里笑道。我当然知道他说的"案底"是指我当年与老师的那事儿。我嘿嘿一笑，"大哥，法律没有禁止我去娱乐吧？"大卫说："娱乐可以，但不能叫小姐。要让我逮到，照样治你罪！"我说那不会，我只是送个朋友去上班。他"嗯哦"了一声，说："我刚好离'夜电'不远，我去接你吧，你把车停那就行了。"

我把小菲送到"夜电"大门前，"十一点来接你。"我对她说。她一脸幸福相，点了点头，下了车，身段妖娆步履轻盈地走进大门。

我把车停在停车坪，刚下车，大卫便开着一辆破旧的老海马来到我旁边，他摇下车窗，叫我上车。我看着那车吃了一惊，问："你的座驾呢？"我迟疑地钻了进去。"换了。"大卫拍了拍方向盘，说，"这车性能挺好的，适合越野。"

"下文件了吗？"我问。

他摇了摇头，"还没。不管了，随他娘的便！"

"你自己要换的车？"我仍然有点打抱不平地问。

"是喽。"他回答着，踩了一脚油门，老海马便像一个体弱的老人咳嗽了几下，声音虽大却气力不足。

"大哥，没下文件之前，你还是局座，不至于搞得这么凄惨吧。"

大卫沉默了一下，看了看我，"主动换，不难为他们。"

事实上，我明显感觉得出他满怀愁绪。我笑了笑，道："也罢，事了拂衣去，隐藏功与名。"他苦笑了一下，淡淡地说："哪有什么功与名喽，这样也好，少了烦心事，以后有更多时间钓鱼了。"我明白，他心有不甘，还是放不下的。人家借酒浇愁，他钓鱼释忧。"我顺便跟你学学钓鱼哈。"我说。大卫拍了拍方向盘，道："是哦，以后我俩一起去打比赛！"

大卫没别的爱好，唯独喜爱钓鱼，尤其喜欢海上夜钓。我陪他钓过几次鱼，他的垂钓技术很高，算得上垂钓高手。因为妻儿都不在岛城，他的业余生活比较单调，节假日或工作之余，大都在钓鱼中度过。像所有垂钓者一样，大卫一到水边，特别能坐，宛如屁股铆上了钉子，一动不动。困了抽支烟，饿了啃个面包，渴了喝口保温杯里的浓茶，就这样度过他寂寞孤独的闲暇时光。我问他："钓鱼是不是真能使人心静？"大卫瞥我一眼，撇了撇嘴巴，道："也许吧，钓鱼的时候，心里确实啥也不想。"

老海马吭哧吭哧地行驶在滨海大道上。

"忘了问你,你送什么朋友去'夜电'?"

"女朋友。"我脱口而出。话一出口我立马就后悔了。

"女朋友?"大卫侧过脸来,一脸诧异。

我立马更正道:"一个女性朋友。"

"她在'夜电'上班?"大卫问。

我点了点头。

"我可是刑警出身,你的眼睛告诉了我你在撒谎——老实交代,是不是搞了'小三'?"他侧过脸来,瞪着我。

"大哥,别说得那么难听,什么'小三'!"我说。

"老弟,你的婚姻是不是出了问题?"大卫试探着问。

我沉默无语。

大卫摇了摇头,叹息了一声,"看来,你鬼迷心窍了。"

我诚实地说:"大哥,我与小蝶……快要离了。"

"什么原因?"

"一直分居,没感情了。"我苦笑道。

"分居?没感情了?"大卫一脸困惑。

我点了点头,"不离是一种犯罪。"

大卫刀削般的脸庞抽搐了一下,神情有些黯然,"我跟你嫂子分居八年了,像你这么说,也没感情了,得离了。"他似乎是对我说,又像是自言自语。我苦笑了一下,委屈地说:"大哥,那不是一回事。"

老海马突突地行驶着,路边椰影凄清。车内,两人沉默无语。我拧开音响开关,机内有盒卡带,哧哧地传出刘欢唱的《便衣警察》主题曲:

几度风雨几度春秋

风霜雪雨搏激流……

"奶奶的,听着这样的歌,还真有些悲哀。"大卫嘟哝道。"这么多年,我就只有一个想法,多抓几个坏人,多破几个案子,多为老百姓做点事情。"

我知道大卫说的是心里话。这么多日子的交往,我对他有了更多的了解,他算是子承父业——他父亲是新中国西北省第一批刑警,官至公安厅副厅长。他从小受父亲影响,喜爱福尔摩斯。高考那年,母亲让他报考文科院校,老父亲认为学文科的都是些之乎者也风花雪月的书呆子,男子汉就得做大英雄,叫他报考警校。大学毕业后,他分配到市公安局刑警队,并参与了数次重大刑事案件的侦讯。大卫业务能力强,肯钻研,勤思考,有担当,深受老领导赏识。后来,老领导调任岛城,想带他前往。他二话没说,抛家舍业随老领导来了岛城,完全是冲着干番事业来的。他没想到,岛城官场如此复杂。面对凶残的犯罪分子,他从没在乎过,但面对官场,他感到心累与沮丧。

刘欢仍然在深情地唱着:

历尽苦难痴心不改

少年壮志不言愁……

突然,我看见大卫的眼里有些湿润,赶紧把音响关了。"听着这歌,突然有些伤感。"大卫抬起手,抹了抹眼睛,冲我笑了笑。

"你觉得还有希望改变吗?"我问大卫。

他摇了摇头,说:"不可能。"

"要不,让我哥们帮帮你,他是岛城企业家,市政协委员,跟市领导蛮熟……"

大卫侧过脸,瞪着我,问:"你看我是那种跑官要官的人吗?"

我解释道:"我不是那意思,我是想让我兄弟帮你说几句公道话而已。"

"谢谢。"大卫苦笑了一下,一手扶着方向盘,一手从口袋里摸出一包烟来，递给我。我赶紧抽出一支，点燃，递给他。他深深地吸了一口，缓缓吐出，"我当警察二十多年了，为了升迁跟上头拉拉扯扯的事从来不干。"他双手紧握着方向盘，眼睛望着前方，语气坚定地说："人啊，凭本事吃饭最稳当。"

我点了点头。

滨海大道尽头是一片广袤的海岸荒地，它原是一片茂盛的海岸防风林，为了更好地招商引资，政府决定开发这儿。消息放出，香港几家财团闻讯而动，一夜之间圈走了这片林地，并向世界宣布：这里将打造全球最奢华、最优美、最自然、最人文的"黄金海岸"，邀请全球顶级富商来此居住度假。据说，比尔·盖茨、李嘉诚等已率先确认在此购买房产。这是岛城继"高尔夫球梦"后的又一次"富强梦"，岛城人民笑逐颜开奔走相告，他们坚信，与世界豪富同居一城，想不富裕都不可能。

大卫把方向盘一打，海马便进入一条泥石小道。月色凄迷，道路坎坷。海马吭哧吭哧前行了几里，一个小海湾便映入眼帘。"就是这里。"大卫把车停在小道边，对我说道。这是一个乱石林立、无人问津的小海湾，月光下，突兀的礁石与怪异的灌木拉长着黑色的影子，像妖魔鬼怪，像尸骸骷髅，令人毛骨悚然。我说："大哥，你真行，这一看就是个凶险的地方。如果不是跟着你来，我一个人是不敢来的。"大卫哈哈一笑，"地方是险，可是块宝地，几家开发商打架抢着要呢！而且，这湾里鱼种繁多！"

大卫找了块礁石，一屁股坐下，一边摆弄钓具，一边跟我聊起鱼经："小鱼以群的形式活动，无论觅食还是闲游，总是黑压压一片，团体观念特别强，只要遇着，半天工夫可以钓上大一堆；而大鱼们明显不爱群聚，你很少见到大鱼成群结队的，它们基本上特立独行，这样才不容易暴露目标，所以大鱼难钓。"

"大鱼会不会高处不胜寒啊？"我笑道。

大卫瞅我一眼，哈哈大笑，"听说你最近在写诗？难怪，写诗的脑子都乱七八糟。"他站起来，奋力地把挂着彩色鱼漂的鱼钩甩向大海，"大鱼潜伏在最深处，藏得深，当然会感到孤独与寒冷。"

"今晚能不能钓条大鱼？"我兴趣盎然地问。

大卫看着幽暗海面上漂浮着的鱼漂，说："只要你有耐心，凡事皆有可能。"

夜色黑沉，大海辽阔，远方海上渔火点点。没有风声，听不到鸥鸣，除了脚下海浪偶尔拍打岩石发出的声响外，世界是那么寂静。

"消失快一个月了，他奶奶的，一点动静也没有。"大卫似乎是在跟我说话，又似乎是在自言自语。

"你在想那家伙的事吗？"我问。

他点了点头，"你脑子灵活，给你做个选择题——"他侧过那张冷峻的脸，说道："A．他还在岛城；B．他跑去了大陆；C．他藏在海岛上的某个角落。"

我觉得有意思，想了想，回答："我选择B。"

"为什么？"

"天高任鸟飞，海阔任鱼跃。跑到大陆，你们鞭长莫及。"

大卫沉吟了一下，摇了摇头，说："这一点，我也想过，但还是排除了。我查阅过不少案件，发现岛城犯罪分子的岛屿意识非常强，尤其是生活习惯非常顽固，犯事后很少逃往大陆。"

"那选择A。"我笑了笑。

"为什么？"

"俗话说最危险的地方就是最安全的地方——大隐隐于市，小隐隐于野。他还在岛城。"

"你觉得他是大隐？"

"……"

"哟嗬，你太高看他了，"大卫摇了摇头，一脸轻蔑，"他不在岛城。"

"那就选C吧。"我狡黠地笑道。

大卫点了点头,"我也觉得是 C。"他一脸严肃,"他应该躲在海岛上某个角落。"

海面上,鱼漂在一浮一沉,"有鱼!"我叫道。

大卫去抓放置在岩石上的鱼竿,就在这时,他口袋里的手机急促地响起,他当即松开鱼竿去掏手机,鱼竿便被鱼儿拖着往下滑。我赶紧往前一跃,去抓那鱼竿,不料一脚踩空,身子往前一个踉跄,鱼竿抓空,我差点摔下岩石。我坐在那里,眼睁睁地看着鱼儿拽着鱼竿往远处游去……

手机里传出一个低沉而急切的声音:"卫局,刚接到市局通知,辖区发生一起抢夺案……"

"案发点在哪?"

"机场路中行宿舍附近。"

"你们在哪?"

"我们在现场。"

"好,盯住嫌犯,我马上过去!"

收拾钓具的时候,我看见那支鱼竿已被拖到了百米之外,彩色鱼漂在海面上一浮一沉。"一条大鱼啊!"我气恼地叫道。大卫笑了笑,自嘲道:"世上本无意外,结果总是遇上了凑巧!"

我们赶到机场路中行宿舍附近的时候,刑警队员们已经悄悄地跟踪俩嫌犯来到了一条夜宵街。车里信号不好,大卫把车停在路边,下车到一棵硕大的椰子树下听队员汇报。我也下了车,跟了过去。大卫听完汇报,沉思了几秒,对着手机,发出了抓捕指令。

据说,俩嫌犯还没来得及弄清怎么回事,其中一个便被牢牢地扭住了胳膊。另一个见势不妙,夺路欲逃。队员们穷追不舍,一时间,过路行人驻足围观。几个在附近值岗的交巡警也参与了围捕,那小子跑出几百米便被擒住。

"人赃俱获!"队员们在电话里汇报。

"完美!漂亮!"大卫对着手机喊道,"把他们送到局里,我亲自审讯！"

我们走回停放海马的地方。"这么小的案子，你还要亲自审啊？"我问大卫。

大卫笑了笑，"我一直认定'三哥'躲在海岛的某个角落，但是，以他的性格，他不会老老实实藏着，他一定会经常冒泡。所以，我把辖区里的大小案子都与他联系上，不放过任何蛛丝马迹。"

我点了点头。我心想，他不愧是个经验丰富的老刑警，我再一次对他充满了钦佩，却又有些心疼他，"一边受着委屈，一边勤勉工作。"我感慨道。

他笑了笑，"明白什么是刑警了吧？"

我"啪"的一个立正敬礼，道："阿sir，我代表岛城人民对你说声对不起！"

大卫摆了摆手，斜着眼睛看我，说："可惜你代表不了呵。"

我"嘿嘿"地笑了。

我看了看表，时间正好是十一点，小菲也该下班了。我对大卫说："我就不陪你回局里了，我得去接朋友。"

大卫说："那你打个车过去吧。"

他钻进破海马，启动引擎，摇下车窗，对我叫道："你过来一下。"我走过去，他冷峻地盯着我，"你想过没有，你在岛城也算有头有脸了，你把人家一脚踢掉……"

"大哥，不是你想得那样。"我说。

"我不管你有怎样的情况，只要你离婚，我就可以肯定是你出了问题。"

我不知如何接话了。

"老弟，"他系安全带的手停了下来，"那种地方的女孩，你最好不要去惹。"

"……"

我想给大卫解释，小菲是个歌手，只是在那儿唱歌。

"敢离婚,看我怎么收拾你!"大卫粗暴地打断了我的话。然后瞪了我一眼,轰了一脚油,老海马突突而去。

我愣在那里半天没回过神。

第三十三章　灵山土地节

大清早，饭桌上，黄庄主对我与二叔说："今天是灵山村的土地节，一会儿村民们要来庄里过节，我们准备一下。"

"到庄里过节？"我有些不解。

二叔告诉我："每年一次，很热闹，去年我还喝醉了呢！"

黄庄主对我说："这是灵山村重要的节日，庄里顺便请村民们吃个饭。一年一次，算是答谢。"

二叔笑道："这在旧社会就叫吃大户。"

黄庄主瞥了一眼二叔，道："吃什么大户，塘里有鱼，地里有菜，棚里有鸡，正好那两头猪也要出栏了，杀一头，摆几桌饭菜，招待一下而已。"

二叔问："打点酒不？"

黄庄主说："不了，村长说他们带地瓜酒来。"

我笑道："最好别让他们带那个'龙虎宴'。"

黄庄主点头道："村长说了，不在庄里吃那个。"

我们分头开始张罗，二叔摘菜，我捉鸡，黄庄主捕鱼。"那猪谁杀？"我问黄庄主。"村里有杀猪的。"黄庄主说。

一会儿，听见二叔在后院那头向我们叫喊："妮妮生了六只仔啦！"

这是个大喜事。我与黄庄主把手里东西一扔，去后院探望妮妮。

前些日子，二叔在后院放农具的库房里给妮妮建了个分娩的窝。地上铺着一张废弃的干净毛毯，边上放着两个铁盆，一个盛水，一个放食物。我与黄庄主走近小窝,只见妮妮侧躺着,慈眉善目,奶头突挺。六只眼都没睁的小家伙与三只小猫挤在妮妮怀里,贪婪地吸吮着奶水。妮妮见我们来了,一阵羞赧,一阵兴奋,抬起头来,想起身迎接我们。六仔三猫不同意,它们紧紧地咬住奶头不肯松开。妮妮显然没法挣脱,只得无奈地看着我们。

"怎么全是黑色的呢?"我惊讶地问。

"忘记那天妮妮跟谁配的了吗?"二叔笑道。

我想起那天妮妮确实是与一只矮黑公狗交配的——我再一次相信黑色基因的强大。

黄庄主蹲在妮妮边上,伸出手,充满怜爱地轻轻抚摸妮妮的头,说:"妮妮乖,做妈妈了。"妮妮眼睛湿润着,也许还在回味生产的阵痛、委屈和幸福。它无言地把头放在毛毯上,眼巴巴地看着我们。黄庄主伸手将三只猫拨开放到一边,说:"你们就不要凑热闹了,都这么大了,还要抢吃。"妮妮抬起头,看着黄庄主,眼神里似乎有一种请求,它艰难地挪了挪身子,把头伸过去,用嘴叼起一只猫,放回怀里。我们立即明白,它不想让小猫离开。"视为己出,此乃大爱!"我感慨道。二叔咂了咂嘴巴,文绉绉地吟诵道:"我家妮妮真是乖,六仔三猫显母爱!"我"扑哧"笑道:"好诗!"黄庄主站起身,抿嘴一笑,扫了眼二叔,道:"以后你就辛苦了,多给妮妮搞些好吃的,让它补补奶水。过些日子,还是把它的家搬回前院吧,那边好照顾些。"

"知道哩,放心吧。"二叔爽快地回答。

我突然想起了阿杰。"要是阿杰知道妮妮生仔了,一定开心死了。"我说。

"他离开庄里一个多月了吧?"黄庄主看了我一眼,淡淡地问。我从他的眼神里读出一种很复杂的情愫。

"是的,一个多月了。"我埋怨道,"也不知那小子过得怎么样,没个音讯。"

黄庄主没有说话。

我明白，阿杰的离开成了黄庄主心头难言的痛。

二叔听着我与黄庄主的对话，默默无言，我能感觉出他心里的懊悔。他走到黄庄主边上，诚恳地说："要不，你抽空去崖城找找？"

黄庄主看了看他，摇了摇头，道："怎么找？崖城说大不大，说小不小，真要找个人……"

二叔望了望我，说："要不谈记者去报社登个寻人启事。"

黄庄主斜了二叔一眼，"你有点搞笑，他一不是小孩，二不是弱智，还登广告寻人？"他起身一步一瘸地向前院走去。"走了的人，不必去寻找，他要是真想你了，自然会回来。"黄庄主回过头来对我们说。"也是。"我对二叔说。

太阳悬在头顶的时候，来过节的村民们陆陆续续进了庄。他们向黄庄主打着招呼，甚是亲热。黄庄主吩咐二叔将调配好的消火茶端出来，摆放在枇杷树下的大木桌上。村民们围坐桌旁，抽着劣质烟，喝着消火茶，偶尔往地上吐一口浓痰。

不久，村长来了。他一进庄就握着我的手，连呼感谢感谢。我莫名其妙，"你感谢黄庄主就行了。"村长说："也要感谢你。"他告诉我邹健已经给村里捐了一笔钱，水井就要开挖了，他代表村里感谢我与黄庄主。我笑道："邹健喝了村里的地瓜酒，就该给村里办点事，这叫来而不往非礼也。"村长诚恳地说："水井上要刻上他的名字，饮水思源嘛。"

我点头称是。

"你知道这土地节吗？"村长问我。

我摇了摇头。

村长笑逐颜开地告诉我："在灵山人眼里，土地爷才是最大的神。每年的今天，全村男女老少都要祭拜土地神。"他大声对村民说："真心感谢黄庄主，每年都请我们来庄里过这个节呢！"黄庄主正撅着屁股收拾渔网，他弓起腰来，朝村长拱了拱手，说："过奖过奖，难得请大伙儿来庄里热闹热闹！"

几个擅长杀猪的村民来了。

他们带来一个硕大的木盆、一条结实的麻绳和一把亮闪闪的弯刀，一副从容而安详的神情，村长安排他们坐到桌边，每人喝一碗消火茶。

黄庄主让我带两个村民去猪舍里赶猪。"抓那头黑的。"黄庄主嘱咐道。

猪舍里有一黑一白两头猪，养了快一年了。黑猪可能预感到了自己的末日，硬是与白猪哼哼唧唧不肯出栏。我说："黑哥啊，你也不要怪我了，你长大了就要过这关，你生命的意义就是为了这一天。"俩村民哈哈大笑，年轻一点的说："到底是记者，杀头猪都要讲道理。"

花了好一会工夫，总算把黑猪赶出了栏，它那敦厚的屁股一扭一扭，极不情愿地走在我们前面。一村民说："这猪得有两百斤了！"另一村民说："这种猪肉香哩！"

祭拜场设在怡人庄那块未开垦完的荒地上。

村民们在荒地上架起一口大铁锅，注满了水，木柴噼噼啪啪地燃着。边上放着那个大木盆，盆边摆着一条长凳，屠夫蹲在地上细致地磨刀。我们把猪赶到盆边，几个村民便围了上来，抓耳朵，捉腿，使劲把肥猪往木凳上拖。两百多斤的家伙可不好对付，四脚乱踢乱蹿，几次差点挣脱。屠夫不慌不忙，提着刀走过来，毕恭毕敬站立猪前，嘴里不知念叨些什么。非常离奇，那猪虽然仍在哼哧哼哧，全身却似打了麻药般地再不闹腾。人们迅速将它绑在木凳上，屠夫往前跨出一步，一手握刀，一手扯住一只猪耳朵，"按住！"他大喝一声，手起刀落，一股鲜血喷出老远……

荒地另一头，村民们将枇杷树下的大木桌搬了过来，桌上铺了一张红布，正中间摆放着一只大香炉。香炉前竖立着一块红漆牌子，上面龙飞凤舞写了四个字"土地神位"。神位左边堆着香烛冥币，右边立着一缸灵山地瓜酒。二叔端来两只煮得黄灿灿的鸡鸭,一个壮实的村民接过,摆在香炉正下方。屠夫将割下的猪头清理干净,放入铁锅烹煮。村长告诉我,用鸡鸭敬神,用黑猪头驱邪,这是祖先留下来的习俗。我这才明白,黄庄主为什么嘱咐我要赶那头黑猪。

喝茶聊天时,村长总向小路那头张望,他应该是在等谁。一会儿,一伙身着青衣黑裤的人上来了,其中几个扛着锄头,头上扎着白毛巾,村长起身迎了上去。

"他们是做什么的?"我问边上的小伙。

"道师。"小伙子说,"他们是做仪式的。"

"还扛着锄头?"我问。

"挖洞啊"小伙答。

"挖洞?"我更是困惑了。

"是呢,请土地神出山。"小伙笑道。

我觉得太不可思议了,立马想起黄庄主月圆之夜挖洞的事,难道,他也是跟土地神对话?

他们一到便开始了工作。道师手捧罗盘,嘴里念念有词,转了几个圈,然后,指着荒地东南角,对几个拿铁锄的人说:"就那儿!"

那些人便开始挖土,不一会儿,就挖了个一米多深的大洞,洞口呈圆形。

这时,猪头熟了,几个村民抬着摆上供桌。香烛齐燃,烟雾缭绕。道师跟村长嘀咕了一会,村长宣布祭拜开始。

道师举着一支火把,半眯着眼睛,嘴里念念有词,先在人群中穿来穿去,然后走到洞口,蹦蹦跳跳转起圈来。几圈后,道师立住,神情极其肃穆虔诚,轻轻扬了扬手中的火把,嘴里唱起了什么,走向神位。

我一句也听不懂。

小伙悄悄告诉我:"道师请土地神出洞上神位。"

我点了点头。

道师唱毕,将火把递给身边人,接着高举三根粗壮大烛,躬身叩拜三回,将烛插在香炉里,随后,向村长点点头。村长走过去,也点燃三根大烛,道:"土地为灵山祖先所赐,乃灵山后人之福,祈愿土地神保佑灵山人丁兴旺万物平安。"言毕,村长把三根大烛插入香炉,跪下磕了三个响头。

村长祭拜后,一家家轮流烧香叩拜,香烟袅袅,炮声隆隆,虔诚至极。

黄庄主一拐一瘸地来到我身边,轻声说:"入乡随俗,到一方山拜一方神,你也拜一下吧!"然后,他点燃三根大香烛,领着我与二叔在土地神位前叩拜了一番。我看到他微眯着眼睛,神情极度虔诚——如那些个月圆之夜一样,他嘴里喃喃地吟诵着什么。

十张木桌已在荒地上一字排开,鸡鸭鱼肉果蔬野菜摆了十盆,灵山地瓜酒舀了十缸,全村男女老少欢声笑语围坐桌边。

从午时开始,一直延续到夕阳西下,年轻人点燃了早已架好的木柴,村民们便围着篝火唱起他们的灵歌:"啊——啊——咦——噢——"

这是我第二次听他们唱灵歌了。虽然仍然一句也听不懂,但我再次感受到了他们对祖先与土地的敬重与热爱。土地是他们祖先经过抗争甚至血斗得来的,他们从一出生就在这片土地上了,土地属于他们,毫无疑问,他们最有资格敬拜与讴歌这片生养他们的土地。

第三十四章　财富新贵

那天傍晚，邹健打来电话，"我的公司都搬家这么久了，你也不来看看我。"

电话那边的声音充满埋怨，我这才想起确实有些日子没见他了。这么多年，我算是邹健在岛城唯一的兄弟，甚至在某些方面是他的主心骨——他做任何事情都会第一时间告诉我，希望得到我的认可，包括炒哪片地，睡哪个姑娘。

那时，我与蝶已进入完全的冷战模式。邹健带着我频繁地穿梭于岛城各大夜场，常常夜不归宿。有一天，邹健对我说，他想请嫂子吃个饭。我知道，他总是想改善我与蝶的关系。但我明白，邹健的饭局蝶是绝对不会参加的。没料到邹健打电话邀请蝶，蝶竟欣然赴约。我暗自纳闷。

饭局设在岛城风味馆的包厢。我与邹健先到，蝶神色冷峻地推门而进，邹健迎上去叫"嫂子请坐"。蝶不落座，一脸漠然。我预感风暴将来。蝶冷笑一声，瞪着邹健，叫道："你以为我真会吃你的饭？我来，就是要告诉你，不要欺人太甚！"邹健一脸懵逼。蝶的圆脸扭曲得更加严重，她吼道，"你俩在一起做了多少缺德事？你们想过没有？"那个时刻，邹健脸上是猴子屁股的通红，我的脸上恐怕是锅底的灰黑。蝶骂完拂袖而去，我与邹健面面相觑。我知道蝶把对我的愤怒发泄给了邹健，我能感受到他的自尊心受到了多大的伤害。自那以后，邹健与我联系少了。我对邹健心存愧疚。

邹健的公司搬到了滨海大道上的中环国际大厦。

在岛城，象征财富的地方有三处：市中区的望海国际、世贸区的金融国际和滨海区的中环国际。这三处是岛城最高档最昂贵的写字楼，顶级公司大都汇聚于此。能在这三处租场子办公，哪怕你的实力还差那么一点，但离财富也不远了。邹健就是如此，经过数年打拼，腰包渐肥。也就是说，邹健跻身于岛城财富新贵之列已是指日可待。

我转了个头晕目眩才把车停在大厦的立体停车场，走出来，仰望了一下这幢由航海集团投资建造的著名楼宇。航海集团是岛城数一数二的高尔夫球场开发公司，掌舵人是位虔诚的佛教徒。航海集团在高尔夫球场开发中赚得盆满钵满后便把目光瞄向了房产开发。两年内，在岛城南城与北城各建造了一幢造型奇特的大厦，南城的叫中环国际，外形酷似男性生殖器；北城的叫环球国际，外形宛如女性生殖器。两座大厦遥相呼应，诠释着玄妙的阴阳之道。据说，设计出自米国一著名建筑设计师之手，且双双获得了世界建筑设计金奖。这两幢大厦以开放的造型与厚实的人文韵味，成为岛城的标志性建筑。

每当夜幕落下，强劲而迷离的七彩灯光正好照射在这两幢巨大的楼宇上，将两尊钢筋水泥构造的男女生殖器勾勒得惟妙惟肖分外妖娆。广场上站满了岛城的男女老少，他们或仰头观看，或指指点点，或会心微笑。他们到底看到了什么，到底指点着什么，到底为什么微笑，不得而知。但是，从他们充血的眼神里，从他们喉结发出的古怪响声里，似乎能够察觉出一点什么。这两幢高大奇特的建筑，其实是试金石，是照妖镜，时刻检验着岛城人民的品格。

仰望中环国际，我脸红到脖子，火烧到耳根。我感觉我不是欣赏这幢建筑艺术，而是在偷窥。

邹健西装革履满面春风地站在大门前。

他带我走进第28层他的办公室。我一下子惊呆了，数百平方米的办公室布置得奢华气派：红木大班台、真皮大班椅、紫檀大书柜、花梨会议桌……北墙上挂着海岛著名书法家杨飞的两幅手迹，一曰"上善若水"、一曰"厚德载物"，下面摆着一张明代雕花大茶台和四把红木官帽椅。我粗略估算了一下这些摆设的价值，暗自惊叹邹健真的富可敌国了，羡慕妒忌恨油然而生。

我坐在一把真皮老板椅上旋转了一下，指着大班台上立着的一台崭新的HP电脑，问他："懂开机不？"

他撇了一下嘴，说："不懂。"

我说："招聘我做秘书，专管开机。"

他一脸鄙夷，小眼睛眯成一条缝，道："你又老又丑，不用！"

我随意地伸手去开电脑，他按住我的手，脱口而出："别打开！"神秘兮兮一脸紧张相。我有点好奇，问："有啥见不得人的东西？"

他脸上显出一片猪肝色，结结巴巴，"当然……是……好东西，你……肯定看不到的好东西！"

这话更是刺激了我，我干脆就按下开关启动了电脑。他本能地朝门外一望，快速起身关门，扯下窗帘，然后，返回来，点开电脑屏幕上一个文件夹。一串雪花闪过后，一个日本女优宽衣解带。"切，我以为什么重大机密呢！"我不屑地叫道。邹健压低声音对我说："一个客户从国外带回来的。"幽暗中，女优光亮的身体一闪一闪。我忍不住笑出声来。邹健捅了捅我胳膊，问："笑啥，过瘾吧？"我看见邹健像头发了情的公狗，双耳竖立，眼睛贼亮，喉结蠕动，似要一扑而上的样子。"拜托你有点出息，好吗？"我嘲笑道。邹健睨视我一眼，继续盯着屏幕，道："你真是饱汉不知饿汉饥。"我伸手把电脑关了，道："你胆子不小啊，办公室电脑里敢存放这些东西！"邹健一脸不满，"你天天吃着碗里的看着锅里的，还装得挺道貌岸然的。"

我明白，在城市现代文明的熏陶下，乡村计生干事出身的邹健早已发生了翻天覆地的变化。

"你跟阿梅分手了？"我问。

"分手了。"他眯了眯小眼睛。

"你嫌弃人家……她真可怜。"

"我发誓，绝对不是我嫌弃她，反而是她嫌弃我，说我不给她买礼物。"他一脸委屈。

至此,我也无语了。我相信他说的话,我知道他的德性:有时豪爽大方无比,有时吝啬小气至极。见我没有说话,他反倒安慰我:"不错过些歪瓜裂枣哪知道什么是最好的?"我摇了摇头,叹息道:"这些年,你是真的长坏了。"邹健问:"我长坏了吗?"

我懒得理睬他。我走到巨大的紫檀书柜前,发现不爱读书的邹健竟然在里面放了不少书。这些书门类繁杂,但摆放得倒也整齐划一。"没事多读点书吧。"我看了看他,"知识就像内裤,虽然看不见,但真的很重要。"

"哪有时间读书呢!"他不以为然。

"你什么都好,就是功利性太强。"我感叹道。

邹健坐在宽大柔软的沙发里,望着我嘿嘿笑,说:"关公作证,我是有格局的人。"他指了指电脑边上立着的一尊铜像,红脸关公身披战袍手持大刀,威风凛凛,铜像下依偎着一只金猫——我突然觉得,把视金钱如粪土的关公与招财进宝的金猫放在一起,实在有点邪恶。我看着那只金猫时,它竟然神奇地对我眨了眨眼睛。这把我吓了一跳,以为到了幽冥世界。"别小看这只猫,它可是纯金!"邹健炫耀道。我点点头,"嗯,金子确实能使鬼推磨,把个死猫都弄得眨眼睛了。"

我再次环顾整个办公室,开玩笑说:"你确实是用心了,也算是鸟枪换炮了,把个诈骗窝点搞得金碧辉煌了,看来一定又有什么大动作了!"

"狗嘴里永远吐不出象牙!怎么说话呢,咋成了诈骗窝点?"邹健瞪了我一眼,然后很认真地对我说,"炒地这一行,是与农民打交道,农民最实在,你不搞豪华点不行啊,他们上岛城来找你,要是连个好的办公室都没有,他们哪能信你有实力?"我点点头。

"这段时间,我一直在运作文山村那块地。"

"到哪一步了?"

"设计搞完了,也报到了市里。"

"能批得下来吗?"

"应该能批下来,市里也希望开发那些火山地,正苦于没好项目呢!"

"地征得下来吗?"我问。

邹健轻轻地叹了口气,"阻力蛮大。"

"什么原因?"

"农民嫌地价低。"

我说:"你出价高一点嘛。"

邹健像不认识似的瞪着我,"你懂做生意吗?那可是一块荒地,根本没人愿意开发的!"

我问:"没人愿意开发,你征来干什么?"

他摇了摇头,"哎,我不是告诉过你我要搞绿色文化林吗?"

我说:"我懂,你是圈起来种点树,把地养着。"

邹健把身体窝在沙发里,叹了口气,埋怨道:"这些农民很狡猾,一开始,他们很欢迎我去,等我花了大把钱费了大把力走到签约这一步,他们却一点也不急了。"邹健发出一连串苦笑,"这是我炒地十多年遇着的最滑稽的事儿,说好明天签约,我到了村里,连个人影子都看不到。我进村,他们出村,我出村,他们进村。签个屁约!"

"村民们是在拖着你耗着你逼你出高价呢!"我哈哈大笑。我当记者的时候,曾采写过岛城农民躲避土地征收签约的专访,我了解他们。当村民们听说有老板要征用他们的土地,自然高兴。但为了讨个高价,他们一边与老板套着近乎,一边又与你玩起躲猫猫。到了签约时间,村民或骑着沾满泥巴的摩托车,或坐着当地人称为三脚猫的小货车去到镇上,钻进某家简陋的老爸茶坊。"大哥,要征地了,要发财了!"服务员大都是来自邻近乡村的姑娘,与村民十分熟稔。村民们懒得搭腔,找个桌位一屁股坐下,鞋一脱,泥巴未净的大脚板往椅子上一搭,然后不紧不慢地从口袋里掏出香烟和火机,往桌上一扣,

"一壶茶,一张报,两个饼啦!"服务员心领神会,在点餐本上歪歪扭扭地记下,她刚转身,一只脏兮兮的大手便拍在了她的小屁股上。她惊慌地往前一挺,嬉笑着躲开。就这样,一壶茶、一碟饼、一张打彩小报,不足十块钱,村民们为了躲避签约,可以在这间茶馆里泡上一整天。

邹健向我哀叹道:"你说我跑村子还有啥用?"我有些同情他了,"可你还得多跑,一定要跟村民交上朋友。"邹健摇了摇头,"现在的村民可不是交个朋友便给你签字画押的啦。"我笑道:"那你就用钱砸!有钱能使……"我看了看那只眨眼的招财猫。邹健非常鄙夷地看着我,"你的意思是还没签字画押就给他们砸钱?你知道那风险有多大吗?""我当然知道,但总得试试吧。"邹健摆了摆手,神秘地对我说:"这几天我一直在想能不能请李老大帮忙。"

邹健说的李老大指的是岛城主管企业的李副市长。在去年的一次中小企业座谈会上,邹健认识了李副市长。吃饭时,他给李副市长敬了三杯酒,李副市长也给他留下了电话号码。"他会帮这个忙吗?"我问。邹健说可以试试。我摇了摇头,"不太可能。"邹健问:"为什么?"我说:"毕竟你们没有深层次的交往,说直白点,没什么勾搭。"邹健一副轻蔑的样子,说:"我不信这世界有不接米米的主?"他做了个数钞票的样子。我指着大班台上的关公铜像,说:"有,他就是。"邹健鄙夷地一笑,道:"他要米米干啥?他都成仙了!"

我彻底无语。我知道,这家伙为达目的是会不择手段的。

第三十五章　大风起兮

台风来得很突然。

但仔细琢磨，还是能够发现台风来临前的一些反常迹象。已是深秋，而天热得如炎夏。整个上午，太阳炽烈地烤着大地。好在有微风从荷塘和原野上吹过来，让我们在炙热的阳光下感受到丝丝凉爽。

午饭时，风一下子就停住了。太阳如一轮火球悬在天空，万里无云，沉闷无比。回到竹寮午休，整个房间就如一只火炉，连床板都是热烫的。待不下去，我只好走了出来。

黄庄主与二叔还坐在枇杷树下。黄庄主面对水塘，在认真地观望着什么。二叔在听收音机，锣鼓咚锵胡琴悠扬中，女子仍在唱着那段古老的戏文。

"简直喘不过气来——这什么鬼天气！"我埋怨道。

"你看看塘里。"黄庄主指了指荷塘。

我向塘里望去，零星的枯荷将水塘点缀成一幅水墨画，水面上，一群罗非鱼在快速地游弋，它们一会儿汇集聚拢，一会儿如受惊般四散逃窜。黄庄主说，"估计有台风要来，而且，还是不小的台风！"我笑道，"这也能看得出来吗？"黄庄主说，"自然界比人类灵敏，人类总是迟钝的。"二叔说，"这个时候来个台风也好。"黄庄主笑了笑，"希望它来，能带些雨水，带来凉爽，可是，又害怕它来，每次来，都带来灾害。"二叔嘿嘿一笑，道："这好有一比，就好比黄花闺女思新郎，希望他来，又怕他乱来。"我对二叔伸出大拇指，"形象、贴切！二叔油菜花！"

"什么油菜花？"二叔问我。

"谈记者夸你有才华。"黄庄主道。

二叔嘿嘿笑，他打开挂在胸前的收音机，不停地调频，找到了岛城电台，里面正在播台风警报：

……今年第十六号台风"山妖"已于18日15时30分前后在海岛西部沿海地区登陆，中心附近最大风力14级，达到40米每秒的风速，中心最低气压为910百帕，8级大风范围半径约350公里，12级大风范围半径约180公里。预计"山妖"未来24小时内将以每小时20到25公里左右的速度继续向西北方向移动，望有关方面迅速做好防御工作。

二叔一脸惊讶，把收音机声音调小，抬起头，"台风真的要来了。"话音刚落，一声炸雷在天际响起。我们循声望去，成片的黑云正从西边原野上空向怡人庄这边压过来。黑云下，可以看到一股股大风把原野上疯长的野草一会儿压倒，一会儿拽起……黄庄主一挺身子，说："赶紧，已经过来了！"

二叔起身往厨房走。"把米与其他食品搬到石头房里。"黄庄主对二叔叫道。二叔回头说："知道呢，厨房漏雨。"

"我们去看一下鸡舍那边。"黄庄主对我说。

黄庄主在我前面不再是一步一瘸地走，而是三步一跳地小跑。他几次失去重心，差点摔倒，我伸手去扶他，他转头对我笑了一下，甩开我的手。我们一前一后朝小树林跑去。

来到鸡舍边，鸡们早已躲进了鸡舍。旁边有一大片废弃铁皮，黄庄主对我说："把它压上去。"我们二人合力抬起铁皮，重重压在鸡舍棚顶上。黄庄主又去工具房取来钳子铁丝，将铁皮四角紧紧地扎在棚顶上，"这样可以放心些了。"黄庄主对我笑道。我点了点头。他又朝塘边堤坡上的鸭围看了看，"安全起见，把鸭子也赶这边来。"他对我说。

我俩快步走到塘边,将一百多只嬉戏吃食的鸭子往鸡舍这边驱赶。鸭们可能也预感到了风雨即将来临,非常听话,配合默契。鸡鸭们如两支部队会师,叽叽喳喳,兴奋无比。鸭子太多,很快将十来平方米的鸡舍占领,鸡们被挤压在鸭群里,露出鸡头,张着尖嘴,喘着粗气。黄庄主说:"不行,这样子鸡会被挤坏。"他想了想,说:"看来,还是把鸡鸭分开,鸡淋不得雨水,鸭子不怕雨水。"我们又用了一会儿时间才把鸡鸭分开,"鸡住室内,鸭住阳台。"我笑道。

忙完这一切,正想返回前院的时候,狂风如千军万马排山倒海地扑过来了,我们拔腿开跑,但是,风太大,根本站不住脚。"咔嚓"一声,前面小道边一棵巨大的印度紫檀树被风拦腰折断,枝丫满地,仿如一只被打趴在地的狮子,于风中张牙舞爪地怒盯着我们。黄庄主叫道,"路被堵了,过不去了,赶紧躲一下!"我不知往哪儿躲,黄庄主一把拉起我的手,往塘边的一间废弃了的厕所跑。我们刚迈进厕所大门,一块铁皮"嗖"地飞来——我还没反应过来,黄庄主纵身一跃,扑到我的身上。"轰隆"一声,厕所门边的墙壁砸开了一个窟窿。随即,铁皮又被大风揪起,像一艘飞碟,尖叫着腾空升起,掠过厕所,在空中画了道粗黑的弧线,重重地砸在几十米开外的水塘里,水花窜起几米高。我胆战心惊,半天没有回过神来。如果铁皮稍微向左边移一点,那个窟窿就开在黄庄主的身上了……我无法想象那惨象,我想着都后怕。我不知道黄庄主的这纵身一跃算什么?他为什么会这样纵身一跃?我抬起头,凝视着他,眼里痒痒的,一抹,是湿润的。无论如何,我永远记住了黄庄主纵身一跃让我偎缩在他的庇护之下的那一场景。

狂风宛如从牢笼里冲出来的野兽,纠缠着、扭曲着、喧嚣着、咆哮着,张牙舞爪地撕咬和吞噬这个世界。屋顶上的铁皮、彩瓦被一片片地撕下来,然后又被抛向乌黑的天空,越过原野,掠过沟渠,像炸弹像战机,呼啸着,旋转着,穿梭着;粗壮的树木摇曳着、扭曲着,然后被连根拔起重重地甩在地上,轰然翻滚。

我一次次感觉到厕所在摇晃、倾斜,几近坍塌的恐惧在我心头一次次冒出。我几次产生冲出去的念头,黄庄主瞪着我,严厉地警告我:"绝对不能出去,出去死无葬身之地。"言罢,他似乎仍不放心,用力抓住我的胳膊,不让我有任何冲动的机会。我当然明白,只要往外边挪一脚,要么是脑袋不见,要么是全身开花。我想着后怕,全身瘫软。

整整两个小时,狂风暴雨扫荡了我们的原野,蹂躏了我们的怡人庄。风雨渐渐变弱,我与黄庄主迫不及待地冲出厕所。我们跃过东倒西歪的断树,穿过横七竖八的栅栏,踩着铁皮,蹚过积水,两百来米的水塘小道,我们走了将近二十多分钟,终于到达前院。几步冲进石头房,二叔扑过来抱住我俩,声音哽咽:"我以为看不到你们了……"妮妮带着它的六仔三猫也在石头房里,见到我们安全归来,妮妮高兴地缠着我与黄庄主呜呜地叫唤。

"那厕所一直没倒,连顶棚也没吹走。"我心有余悸地感叹道。黄庄主笑了笑,道:"因为低矮,所以稳固。"二叔看了看我,又看了看黄庄主,喃喃念叨:"老天有眼,保佑好人。"

夜幕降临。

庄里水电全停,黑灯瞎火。三人吃了点中午的剩饭剩菜,给妮妮也分了一份。外面仍在龙啸虎吟、瓦砾齐鸣。我们实在是又困又累,于是,挤在黄庄主的床上睡着了。

醒来时,天已大亮,霞光万道,蔚蓝澄清,台风不见了踪影。

怡人庄里一片狼藉:桌椅门窗支离破碎,残枝败叶散落一地。枇杷树被扒了个精光,瘦骨嶙峋地立在那里,剥过皮的枝丫像无数根苍白的手指伸向天空;厨房的屋顶上开了个巨大的天窗,屋里积了膝盖深的水;二叔那间房很惨,窗户被吹到了水塘里,只剩四面通透的墙架;荷塘上的竹寮虽然屋顶没有损坏,但是墙体已经东倒西歪。令我不可思议的是,小道上,一块巨大的铁皮砸落在黄庄主的"座驾"边十几厘米不到,车子连块油漆也没碰掉。这让我唏嘘了半天,相信了世间真有奇迹。

我们去查看后院。

鸡舍的棚顶完好无损。除了一棵树折断倒下砸死了两只鸭外,没有任何损失。我默念着黄庄主的那句话:"因为低矮,所以稳固。"我打开栅栏,鸡鸭们摩肩接踵勾肩搭背地从棚里鱼贯而出,开始了它们的正常生活。

台风后的庄园重建非常艰辛。幸亏黄庄主与二叔是各项全能:水电、木工、电焊,都难不倒他俩。我基本上只能做一些清理与打扫的工作。

台风后第三天,刚吃完早餐,二叔指着小木桥叫道:"天啊,阿杰回来了!"

果然,阿杰一身湿透地从木桥上向我们走来。

我们惊喜地迎了过去。

妮妮也带着它的六仔三猫蹦蹦跳跳地跑过来了,小家伙们站在桥头迎接阿杰回庄。阿杰赶紧蹲下身来抱起妮妮,一阵抚摸。妮妮摇着尾巴,在阿杰怀里呜呜的叫个不停。二叔上前抱住阿杰便哭,"二叔对不起你……二叔对不起你……还没吃早餐吧?二叔这就去给你煮你爱吃的荷包蛋。"

黄庄主走过来拍了拍阿杰的肩膀,"行,还记得回来。"

我也向阿杰竖起大拇指,"我就知道你是个懂事的小伙子!"

阿杰说:"这两天一直在岛城救灾,回来晚了。"

黄庄主说:"回来了就好,回来了就好。"

我问:"岛城受灾情况怎么样?"

"这台风让岛城亏大了!海甸岛海水倒灌,街道全被淹了,龙昆南也被淹了,交通瘫痪、水电停了……真的惨不忍睹。"他抹了抹脸上的水,笑了笑,"大转盘那儿现在还淹着,齐腰深,我走进来花了一小时。"

黄庄主找了套衣服递给阿杰，说："快换上。"

阿杰换完衣服出来，说："进灵山的路被淹了，公交车停开了。今天刚好有一辆救援车下乡，我便搭顺风车进来了。"

二叔端着满满一碗荷包蛋放在阿杰面前，说："赶紧趁热吃了。"

阿杰说："二叔啊，我吃不了这么多啊！你什么时候看过我吃得下六个呢？"

二叔笑道："多吃点多吃点，你很久没吃二叔煮的荷包蛋了。"

我与黄庄主都笑了。

阿杰一边吃着荷包蛋，一边告诉我们，他现在是岛城志愿者，请假回来帮两天忙，然后，要去重灾区抗风救灾。黄庄主点点头，"好，我们这只是小灾，我们能自救，你救大灾要紧。"

我问："黑虎呢？"

阿杰嘿嘿一笑，望了一眼我，又瞥了一眼二叔，说："黑虎现在长大了，齐我腿高了！可乖呢，在工地上帮我看材料。"阿杰告诉我们，他在岛城帮人在建筑工地上销售水泥。我问他见过胖姑娘没？他说，从庄里出去后，他便去学校找过胖姑娘。胖姑娘已经毕业了，在岛城工作。他俩都加入了岛城志愿者协会，闲暇时，一起去做公益工作。

我说："这不错，挺感人的故事——你跟胖姑娘谈恋爱了吧？"

阿杰脸一红，摇着头说："怎么可能，人家是大学生，看不上我的。"

二叔鼓励道："努把力，可以追到的。"

阿杰摇了摇头，"不急着恋爱，我只想好好赚钱。有钱了，就在岛城买个房子，这样黑虎也有地方住了。"

黄庄主点了点头，说："阿杰长大了。"

我笑道："到时再把胖姑娘接来一起住。"

阿杰抿着嘴笑。

我说阿杰确实长大了，知道害羞了。

……

阿杰在庄里干了两天活，一辆救援车过来接他去文昌台风登陆中心救灾。

那天傍晚，夕阳西下，晚风悠悠。二叔一边抹眼泪，一边将一大袋带壳煮鸡蛋放进他背包里。阿杰也擦了擦眼睛，对我们说："我会经常回来的。"妮妮带着六仔三猫跑了过来。阿杰弯下腰，摸了摸妮妮的脑袋，说："妮妮乖，我会回来的。"黄庄主说："行，想庄里了就回来吧。"

阿杰上车的时候，妮妮抛下六仔三猫，缠着阿杰的裤腿，咬着不放。车子启动后，妮妮追赶着跑了好远。

很久以后我回想起，那天，妮妮是不是预感到阿杰再也不会回来了呢？

第三十六章　我唱歌，你写诗

那晚，我签完离婚协议书。

开始，我觉得一身轻松，后来，就觉得心堵，最后，大脑一片茫然——那是一种无喜无悲无怨的状态。走出家门时，我心里充满了愧疚，甚至眼底还有些湿润——毕竟那是一场七年的婚姻。

我在滨海大道上漫无目的地行驶。路灯幽明，椰子树搔首弄姿。我不知道去哪里，也不知道哪里才是终点。当长堤大道钟楼的钟声敲出十响时，脑子里突然闪出一幕场景：蝶坐在床头翻看女儿作业，女儿在睡梦中叫着爸爸……但是，这个场景只有一瞬间，很快就从脑子里消失了。我知道，这个场景再也不会出现了。

我把车停靠在路边，想找个人诉说点什么。我拿出手机，给邹健拨了过去，"嘀嘀"两声后我便挂断了。我想，能跟他说什么呢？就他那副幸灾乐祸的嘴脸我就受不了。我又想起了大卫，好多日子没联系了，不知他的情况如何？我按了两个数字，便打消了念头——我又能跟他说什么呢？告诉他我与蝶离婚了？那等待我的肯定是一顿臭骂。我突然发现，兄弟并不是能够安抚你心伤的人。快乐可以与兄弟分享，悲伤还是只能留给自己。

我想起了小菲。

我觉得我已经从情感上认定了小菲，我视她为红颜知己，我想她应该是我可以倾诉的人——至少她不会幸灾乐祸，至少她不会臭骂我。兄弟与红颜的区别就在于此。我拨通小菲的手机，"嘀"的一声后，小菲就接了。她欣喜地喊道："大叔，我们心有灵犀啊！"我问为什么？她说："我正想着你呢，你的电话就来了。"

我问她在干吗，她说刚下班回到宿舍。

"你呢？"

"一个人在游荡。"

"还在外面？"她觉得不可思议，"几点了，知道不？"

我看了一下手表，"十点半了。"

"那怎么还不回家？"

我黯然神伤，"就想找个人说说话。"

小菲显得很开心，说，"那我陪你说话。我正想告诉你呢，我今晚唱了首新歌《风继续吹》，乐队配合得很好，客人们都说好听，老板也说不错，还给我奖励了一个红包。你想听不，我现在唱给你听。"

我说："好。"

小菲在电话里唱了起来：

> 我劝你早点归去
> 你说你不想归去
> 只叫我抱着你
> 悠悠海风轻轻吹
> 冷却了野火堆
> 我看见了伤心的你
> 你叫我怎么舍得去
> ……

我听不下去了，鼻子有些塞，"我……不听了。"

"怎么了，大叔？"小菲显然听到了我的哽咽，停止了演唱。

"刚签完字，心里乱。"我如实告诉她。

"签什么字？"

"离……了。"

"啊——"她轻声叫道。

"一无所有了。"我有些伤感地说。

电话那边沉默了一会,"你是不是怪……我?"过了好久,她才说话。她的声音很轻,似乎有些难过与自责。

"怎么可能!"我明确地告诉她。

又是一阵沉默。"你……可以来校门口……接我吗。"她有些迟疑地问。

"好吧。"

我把车开到岛城大学门前广场,便看见小菲站在一盏路灯下。灯光昏暗,拉长了她高挑的影子。"大叔……"小菲上车后,轻轻地叫了我一声。她的头发披散在肩膀上,穿一件紧身T恤,胸脯高耸。

我凄惶地对她笑了一下。

"去哪呢?"她问我。

我摇摇头,我也不知道。

"你想去哪就去哪——"她说,"反正大叔是自由人了。"

我开车带着她游荡在滨海大道上。各色小车幽灵般地从车边窜过——我感觉他们正匆匆忙忙地赶往某个地点。我突然觉得他们是幸福的,至少他们还有终点。我觉得胸口有些痛,额头上沁出些汗珠。

"大叔,你真的不怪我吗?"小菲打破沉闷,一脸歉疚地看着我。

"真不关你的事。"我安慰她道。

她轻轻地叹息了一声,说:"我有一种犯罪感。"她咬了咬嘴唇,低垂下头,"大叔,你不是一无所有,你……还有我。"

一阵温暖,一阵惊喜,一阵感伤。

"大叔,不要害怕,我会有钱的,你好好写诗,我唱歌养你。"她安慰我道。

"你……养我?"我被吓到了。顿了顿,我侧过脸,看着她,一字一句地说,"我情愿死掉!"

"我不是那意思,我的意思是想让你专心写诗,你一定会获贝尔诺奖的！"小菲看着我，一脸郑重。她伸出浑圆纤柔的小手握住我的手，"你写诗，我唱歌。"她笑着说。我握着她的手，看着她，努力地还给她一个苦笑。

长堤大道的钟楼传来了十二响钟声，划破午夜的宁静。我心里很乱。"不早了，送你回学校吧。"我说。她有些不情愿，但还是勉强地点了点头。

回到校门广场，我把车停下，看了看小菲。小菲突然伸手将车钥匙拔了出来，推开我握着方向盘的手，"不让你走。"她俯过身来偎到我怀里。我有些吃惊，"小菲——这是校门口。"

"不怕。"

"好吧，那就坐会儿吧。"我伸手轻轻地抚摸她的头发。

"你把座椅放下。"她突然盯着我，有种命令的口气。

"？"我有点不明白。

"把座椅放下嘛。"她说着双手抱住我脖子。

"啊……不要，这可是学校门口——这玻璃可是看得见的！"我一边说着一边试着将她的手从脖子上移开。

"我不管我不管。"她嚷着，把手松开，然后，自己伸手将我座位的靠背放了下去，我随之仰躺下。只见她敏捷地从副驾位子上跃过中间隔断，一抬腿骑在我身上。我大气都不敢出地看着她。她坐在我身上，伸手要脱我的衬衣——那一刻，我吓得惊慌失措，死死地抓住她的手。她想挣脱，却动弹不得。于是，她开始笑，狂野地笑，笑得身体抖动起来。"你别、别抖啊——"我按住她，央求她。

她停下来，盯着我，"你怕什么？"

"这是学校门口，你……"

她大笑，恶作剧般地笑着，动作更加狂野，身体抖动得更加厉害，整个车子也在抖动。我有些绝望了。心一横，躺下，任她坐在我身上无法无天为非作歹一番。

她的脸像一轮悬在天空的红月亮，她的眼睛像黑暗里闪烁的星星。一会儿,她终于累了,重回了文静,趴在我身上,脸靠在我脸旁,对我说:"知道吗,这是我很久以来想做而不敢做的一件事。"

我无言地抱紧了她。

她躺在我身上,闭着眼睛,一脸安详。车里很静,我能听到她均匀的心跳声,闻到她身体散发出的幽幽女儿香。这时,我透过车窗玻璃看到不远处有几个大学生对着车指指点点。我一下子坐起身来,"小菲,人家发现我们了!"

"那又怎么样?你是单身男人,我是单身女孩,我们又不违法!"小菲哼了一声,极不情愿地从我身上退到副驾位上,整了整凌乱的衣衫。然后,侧着身体转过头来向我露出一个美艳的笑容,"我做了个决定,今晚与你在一起,我知道这个时候你最需要我在你身旁。"

我有一种想哭的感觉。

我把车径直开到白沙门海湾的半岛酒店,将车停在酒店门前树下,"等我一会。"我说着便下了车。小菲似乎明白我要做什么,"我不去。"她咬了咬嘴唇,埋下了头。

"怎么了?"我问她。

"感觉像做贼一样。"

我一愣,"你的意思是——"

"我要挽着你进去!"她抬起头,对我坚定地说道。我明白了。我把手往她前边一伸,她妩媚一笑,挽起了我的胳膊。

进了房间,我有些疲惫,就往床上一躺,她却一下子扑了上来,我本能地弹跳了起来。她嘻嘻笑着,叫道:"你神情紧张的样子好萌啊,大叔!"我一个反转压住她,吻住她的嘴,她也顺势将舌头伸进我嘴里搅动,我的血液燃烧起来。我抱紧她,突然有点黯然,"我生君未生,君生我已老……"我感叹道。

她望着我,笑了笑,"你不老,真的不老!"

她说背上有点痒,我便给她挠了两下。"不到位。"她叫道。我问在哪?她说文胸系带的地方。我便往文胸系带处抓了几下。"还是不到位!"她嗔怒道。估计是文胸扣子有点紧,我说:"贫僧修为浅薄,尚不能隔衣搔痒。"小菲嘻嘻一笑,媚眼一瞪,道:"小女子知了。"

热烈拥吻。她再次将舌头伸进我嘴里窜动,我全身血液再次炽烈燃烧起来……

天亮的时候,我们困了。她枕着我的臂弯,我闻着她的发香,一同进入了梦乡。

我与小菲在白沙门海边租了一套公寓房,开始了同居生活。

小菲将房间布置得非常温馨、浪漫,墙壁上贴满剪纸,花瓶里插着鲜花。确实有点面朝大海春暖花开的意味,也让我由衷感觉到她确实是个热爱生活情趣盎然的小小艺术家。

"你写诗,我唱歌。"

我的第二春焕发出蓬勃生机。白天,她去上课,我关在房里勤奋写诗。晚上十一点,我会准时去"夜电"接她——我把车停在车场,坐在车里等她。一会儿,便看到她穿着绮丽的演出服,神采飞扬步履轻盈地向我跑过来。她总会在几米远的地方,向我打出一个OK的手势,表明她今晚演出成功。我把车门打开,她钻进车里,给我一个热烈的拥抱。我启动车子,在保安们妒忌的眼神中风驰电掣地回到寓所,收拾妥当,就迫不及待地钻进散发着缕缕幽香的被窝里,体会水乳交融的性爱快乐。

第三十七章 大卫进庄

那天，事情发生得很突然。

我们吃完早餐，正准备下地劳作，一个村民急匆匆地跑来报信，说村里发生了斗殴，村长被打伤了。村长叫我和黄庄主去一下村里。我们大为诧异。灵山村从来就是个安宁和谐的世外桃源，不要说斗殴，村民们生气闹意见的事情都少听说。

我与黄庄主立即赶到村里。林村长躺在他家的山茶木床上，打人者也已回到各自家中。村长皱着眉头龇牙咧嘴地喊痛，并哼哼唧唧地坐起来给我们展示他的惨状：厚实的肩膀上留了不少扁担印，胖墩墩的屁股上已经明显青紫红肿了半边。他媳妇——一个胖胖的女人，哭哭啼啼地告诉我们，是村里那些叔伯们打的。他媳妇说是村后那块破坟地惹的祸。

从村长媳妇口中，我们大概知道了这次斗殴的缘由。事情是村里一块集体坟地引发的。几十年来，坟地绵延数里，已扩展到公路边上。除去自然之力毁掉的坟，大小坟头如粒粒围棋子稀稀拉拉散落在巨大的棋盘中。前日，村长从岛城开完文明生态村建设会议回来，便召集村民开会讨论如何响应政府号召建设美丽灵山村。他提议，首先将村后那片坟地改建成乡村公园。他说："那么大一片地，荒掉实在可惜。如果把那些分散的坟头迁到一起建个大坟山，再把边上空出的大片地建个绿色公园，这样，就像城里的烈士陵园一样，既可美化那块坟地，又可让村民们有个休闲去处，岂不是一举两得？"

村长的提议获得了年轻人的赞成，却遭到老人们的强烈反对。老人们的理由是，活人不能抢死人的地盘。千百年来，灵山村就立有规矩：只要是灵山人，无论在家种地，还是外出打工，不管是寿终正寝，还是天打雷劈，只要是村里的一员，必有一席之地，死后要葬回来，魂魄始终在村里。老人们认为如果将坟山建成公园，意味着任何人都可以在坟头上乱踩乱踢、撒尿吐痰，打扰了先人们，是对先人们的大不敬。而村长固执地认为，既然地下先人们还视自己是村中一员，那就更应该与村民们融合在一起，哪有那么多顾忌？再说，公园里热热闹闹，也让先人们有个陪伴，再不孤独与寂寞，多好。

这么大一件事，村长说干就干。村长开了台挖机，带着一群年轻人干开了。村长的一意孤行惹怒了老人们，他们握着棍棒赶到坟地，将村长他们打得落荒而逃。村长受伤最重，无数根扁担和木棒落在了他的肩膀和屁股上。

"报警了吗？"我问。

"报了。"村长媳妇啜泣着说："有什么用呢，人家打完都躲起来了。"

村长痛得咬牙坐起来。"这村子为什么这么多年没法发展，就是因为这些守旧的老家伙。"他咳嗽了两下，媳妇递了一碗水给他，他倚靠床头侧身坐着，"我叫你们来，是想告诉你们，我不想当这个破村长了，我要上岛城去打工，我不在这儿受气了……"

黄庄主说："知道你受了委屈，但这村子离不开你。"

村长摇头说："没法干了，我不干了。"

正聊着，一串警笛声响起，村长的胖媳妇进来说："公安来了，镇长也来了。"话音刚落，院子里走进来几个警察，我一眼便看到了大卫。原来，灵山村归大卫的西郊派出所管辖。大卫走进屋来，一脸惊愕地看着我，"你——你怎么在这里？"他在我胸脯上擂了一下。

"我不是告诉过你我在怡人庄吗？"我说，"怡人庄就是灵山村的。"

大卫瞪了我一眼，道："谁知道你的怡人庄在哪个角落呢！"

"来，认识一下，"我指着大卫向村长介绍道，"这位是西郊派出所的卫所长。"然后，又指着躺在床上的村长对大卫说，"这位是林村长。"村长想坐起来，但伤痛厉害，动弹不了。大卫俯身与村长握了握手。我又指着身边的黄庄主向大卫介绍道："这位是怡人庄的黄庄主。"大卫的目光转向黄庄主时，黄庄主讪讪地向大卫笑了笑。大卫盯住黄庄主的脸，伸出手来，与黄庄主轻轻地握了一下。

一会儿，镇长也走了进来。镇长上前握着村长的手说："老林，你受苦了。我代表镇政府来看你。伤重不重？要不要去医院？"

村长说："是皮肉伤，医院倒不要去了。"

大卫说："你安心养伤，我们会将打人的全部抓起来带走。"

村长一听要抓人，就眼巴巴地看着大卫，说："教育一下就行，好不？不能抓走啊，抓了他们……我可不想去给他们送饭啊。"

村长媳妇插嘴说："你们不知道呢，打他的全是他叔叔伯伯，他们的孩子都在城里打工，这些年，全是老林一个人管着。如果你们抓了他们去坐牢，最后还是害了老林，他每天得去给他们送饭。"

大家哈哈大笑起来。

镇长对大卫说："你们就网开一面吧。"

大卫点了点头，说："好吧，你们这样一说，我们就从轻处理了。"他转头对身后几个警员交代道，"把他们带到派出所教育教育，晚上就送回来。"

"你们可千万要好好地对待他们啊，他们一旦哪根筋不对路，我的麻烦就大了！"村长又央求道。

大卫笑道："你放心吧，公安文明执法。"

镇长也点了点头。

村长便抓着镇长的手，说："我向镇里提出申请，我不当村长了。"

镇长不高兴，说："你一村之长，不能受点委屈就要撂挑子。"

村长抹了抹眼睛，说："这些年我受的委屈多着呢，我没怪过政府,也没怨过社会。"他看了看镇长,继续道,"我就是觉得,这个村我没办法待了。"

黄庄主说:"其实灵山村你管得蛮好的,你的功劳大家也是有目共睹的。"

我也点了点头。

这时候,一个警员进来报告大卫:"打人的共七人,全部抓上了车。"

大卫想了想,对警员摆了摆手,"算了,不带回去了。"

警员一脸困惑地望着大卫。大卫说:"刚才村长求情了,镇长也同意了,就不拉回派出所,现场批评教育一下。告诉他们,无论辈分高低,都要遵纪守法,动手打人是违法的。考虑是一家人,也算初犯,就不处罚了,但要赔礼道歉。"

警员出去了。村长握着大卫的手说:"感谢你们。"

一会儿,打人的几个村民被警员带了进来,一个个向村长承认错误,赔礼道歉。一个老者给村长抱来一只黑母鸡,说给村长补身子。

平息了村里的事,警员们走了。我拉着大卫站在大榕树下说话,黄庄主走过来,跟我说他去镇上拉点鱼饲料。我说我一会儿就回庄里。"没事,你多陪陪卫所长。"黄庄主朝大卫笑了笑,一步一瘸地走了。

大卫看着黄庄主的背影,有点发愣,"他的腿怎么了?"

我说:"这个还真不清楚,可能是小儿麻痹症吧。"

大卫摇了摇头,"从走路姿势看,不像是腿病,应该是脚伤。"

我对他撇了撇嘴,"大哥,你牛,这你也能看得出来。我待在庄里快一年了也没看出。"

"而且,"大卫说,"我怎么觉得这个人似曾相识呢?"

我一惊,道:"不可能吧,你是职业病犯了吧?"

大卫摊了下手,对我古怪一笑,说:"可能吧,这段时间老产生幻觉。"

"不急着回岛城吧？"我问大卫。

大卫看了看时间，说："不急。"

"要不，去怡人庄看看？"我邀请道，"顺便钓一杆，好久没和你垂钓了。"

大卫若有所思地点了点头，"哦，那去看看吧。"

他还是开着那辆老海马。

"也该报废了吧？"我说。大卫道："舍不得报废——别说，日本这东西确实耐用，不得不服啊。"我点了点头，"那确实。"

初冬一个阳光明媚的上午，我带着我的兄弟大卫走进了怡人庄园。

二叔跟黄庄主去镇上买鱼饲料去了，庄里只有妮妮与它的六仔三猫站在桥头列队迎接。被台风摧毁后重建的怡人庄园显得整洁和肃穆。水塘堤边的三角梅花如一团团燃烧的火，这是今年最后一季了；荷塘显然还没有恢复元气，枯荷无精打采。"确实是个好地方。"大卫背着手沿石板小道观赏，不时微笑地向我点头。

我们在荷塘边一棵树下坐了下来。

大卫摸出烟，点燃，吸了一口，望着波澜不惊的荷塘，说："塘不大，但很美——这应该是天然塘吧？"

我点了点头，"是的，听黄庄主说，他租的就是天然水塘。"

"天然水塘好养鱼。"大卫说。

我说："这里自然鱼类居多，而且，好多年没有干过塘。"

大卫说："你书呆子了吧，养鱼怎能不干塘？"

我笑笑，"这我就不懂了。"

大卫说："这样看来，这黄庄主也不是专业养鱼人了。"

我疑惑地看了看大卫，不明白他的意思。

大卫说："如果是专业养鱼人，每年冬天都要干鱼塘，把塘里所有杂鱼都清理掉，然后晒塘消毒，等来年开春再放鱼苗。"

不可思议！大卫竟然懂得如此多养鱼知识。

"这黄庄主来这里多少年了？"大卫又摸出一支烟，点燃，吸了一口，问我。

"听说是六年。"我答。

"哦。"大卫眉头皱了一下，看了看水塘，"他是哪里人？"

"海岛西部人。"我说。我记得以前阿杰与二叔曾说过。

"哦——"大卫身体震颤了一下，然后，若有所思地点了点头。

"你们警察是不是见到人就要盘查一番？"我讥笑道。

大卫看了看表，问我："黄庄主什么时候回来？"

"可能还要一会儿吧。你要见他？"

大卫摇了摇头，说："我就问一下。"

我说："要不，你钓一杆，顺便等黄庄主？"

大卫笑笑，"没带工具。"

"用二叔的钓具——钓上鱼后，我叫二叔给你做，味道一流。"

"钓一竿可以——但不在这里吃饭。"

我回二叔房里取来钓具，还特意搬了只小凳子。大卫接过钓竿，熟练地上了鱼饵，将钓竿一扬，钓线甩出好远。然后，坐在那只小凳子上，眼睛望着水面，"那小子消失了八年，跑哪儿去了呢？怎么就人间蒸发了呢？"他开始自言自语了。

我明白，他又在想那个人了。

我能理解大卫，他这辈子都不可能忘掉那个令他蒙羞并毁了他仕途的人。那个人一天不抓住，他心里就一天不会停止纠结。

鱼儿咬钩，鱼漂在水面上一浮一沉。但是，大卫根本没有起水的意思。我笑了笑，说："这些年，你是不是一直与他在意念中斗智斗勇啊？"

大卫看了看我，刀削般的脸庞依然坚毅，冷峻的眼神依然犀利，道："你信不，我会抓到他的！"

我点了点头。我当然相信他的话。

突然，他站起身来，把鱼竿往地上一丢，"不钓了，我得回去了。"他甩开手臂，迈步向庄外走去。我有点丈二和尚摸不着头脑，跟在他后面。"怡人庄里确实有大鱼!"他转过头对我说。

我看着他钻进老海马。他摇下窗,盯着我,意味深长地说:"我会回来的。"

我返回鱼塘边收拾大卫没有起水的钓具,一条硕大的罗非鱼挂在鱼钩上。

第三十八章　邹健签约

在明珠商场首饰柜台前，小菲对着一条价格不菲的铂金项链纠结起来。绿宝石心形坠子吸引了她。小菲经常演唱《泰坦尼克号》主题曲《我心依旧》，"如果佩戴这条项链，我能够很快进入角色。"小菲说。但我觉得项链有些俗气，与她的气质不搭，戴着可能会适得其反。小菲犹豫不决时，我的手机响了，一看，是邹健，我便走到一边接电话。

"东海岸的新岛海鲜舫，知道吗？"他问我。

"当然知道。"

"六点半，过来吃饭。"

"干吗去那么高档的地方？"我以为他又做成了一笔生意，请我与小菲吃饭。

"有重要客人。"邹健说，又补充一句，"不要带人。"

"什么重要客人见不得人呢？"

邹健压低声音说："请李副市长吃饭。"

我一听就摇头，"我对当官的不感冒。"

"我的爷啊，我那项目卡在半路，得请他出山。"

"那我去干吗？"

"你毕竟是著名诗人啊！逼格不一样啊！你得帮我作陪啊！"

我有点无语，想了想，还是答应了："好吧，我过去坐坐。"

邹健说："千万别迟到。"

小菲还在纠结着。她把项链捧在手里翻来翻去地琢磨，往脖子上戴，随即又取下来。"别犹豫了，如果喜欢，就把它买了吧，算是我送给你的！"我说。小菲一脸吃惊，小嘴微张，望着我，"你——送给我？"她问。我微笑着点了点头。说心里话，我一直有些歉疚，在一起这么久了，还真没送过她一份礼物。她仍觉得不可相信，一脸狐疑地问："你接了个电话，就这么讨好我，有什么阴谋？"我哈哈一笑，坦白道："邹健叫我过去帮他陪个领导。"她嫣然一笑，"原来这样哦，我说你咋就这么爽快大方了。"

把小菲送回住处，我直奔新岛海鲜舫。

新岛海鲜舫是岛城最高档的海鲜餐厅，由一艘停泊在海上的大渔船改造而成，可以用金碧辉煌气势磅礴来形容。据说，所有海鲜保证野生鲜活，全是渔民从深海捕捞上来的，而且是以最快的速度，在最短的时间内运送过来的。在那里吃海鲜的，非富即贵、非官即商。

霓虹闪烁，海风拂面，一只摆渡船将我送到漂浮在大海中的渔船上。海浪轻轻地摇晃着巨大的船体，几只鸥鸟从船头掠过，发出清脆的叫声。长长的过道两边是盛着海水的橱窗，迎宾小姐一边带我走向包厢，一边指着橱窗向我介绍——"游动的是金枪、红友、海鳗，石头下趴着的是石斑、鲍鱼、龙虾……"我说："不错，条条珍贵，只只生猛。"

包厢里，壁灯柔和，音乐低绕。邹健坐在副宾位，边上坐着一位穿着漂亮旗袍的年轻女子，一双丹凤眼，一张丰润妩媚的笑脸，宛如出水芙蓉。"岛城艺术学院的刘春燕老师，人称岛城旗袍大使！"邹健向我介绍道。我伸出手，"久仰大名，我看过你的旗袍秀，那真是美！"刘春燕握着我的手，凤眼流转，"谈天老师好，我也读过你的诗歌《老邹的爱情》，写得真好！"邹健笑道："今日规格高，一边是著名旗袍美女，一边是著名诗人帅哥。"我差点脱口喷出：高逼格的忽悠团！

说话间，迎宾小姐领着贵宾过来了——李副市长手提公文包，健步跨进门来。大家起身，邹健敏捷地迎了上去，一把握住李副市长的手,叫道:"李市长好!"

李副市长五十多岁,相貌堂堂,身材魁梧,精神非常好。之前听邹健夸奖李副市长如何风度翩翩风流倜傥,今日一见,果然名不虚传。邹健向李副市长介绍我是岛城"著名诗人",介绍刘春燕是"著名旗袍大使"。李副市长热情地与我俩握手,夸道:"年轻有为,年轻有为。"

主宾落座,酒菜便鱼贯而上:南海龙虾刺身、大洲岛燕窝粉丝羹、西沙大虾、和乐膏蟹、东山羊排、加积鸭卷……海岛名菜,似乎悉数到桌。邹健站起身,手里握着一瓶价格不菲的珍藏版岛城特酿,将每人面前的酒杯斟满,然后,端起自己面前的酒杯,道:"一路走来,承蒙李市长关心爱护,邹健一辈子不能忘怀,万分感恩。这第一杯酒,我敬给李市长!"说完一饮而尽。

李副市长正襟危坐,面含微笑,也端起酒杯,说:"忧企业之所忧,急企业之所急,是政府义不容辞的责任。所以,与企业家交朋友,帮助企业发展,是我应该做的事。"说完,头一抬,一杯也下了肚。

我举杯给李副市长敬酒,也是一通马屁:"岛城这些年经济发展迅猛,城市繁荣昌盛,是因为岛城有李副市长这样的好领导,您居功至伟,所有话都在这杯酒里。"我头一仰,也见了杯底。

刘春燕也端起酒杯,笑着站起来,说:"我喝不得酒,也不懂说话,但是,我也要敬李市长一杯。我随意,李市长多喝。"

我们哈哈大笑。

李副市长看着刘春燕,道:"春燕老师一脸旺夫相啊!"

刘春燕落落大方地说:"谢谢市长夸奖,只是不知夫君在何处。"

李副市长哈哈一笑,关切地问:"还未婚啊?"

邹健赶紧抢答道:"未婚未婚呢!"

"未婚好啊,前途无量。"李副市长又瞥了一眼刘春燕,意味深长地感叹道,"不过,岛城的贵圈有些乱,有点复杂啊!"

刘春燕明白了李副市长的话意，脸上有些不悦，说："市长，我不是那个'贵圈'的呢。"

邹健赶紧打圆场，说："李市长真幽默，亲民啊！"

李副市长也意识到自己说了令美人不喜的话，于是另找话题，他看了看刘春燕，说："春燕老师这身旗袍再配上这身材，不仅仅是旗袍大使，如果跳国标，我看肯定能成国标皇后呢！"

刘春燕听到这话，妩媚一笑，"我还真想在岛城办个国标业余培训班，正想跟市文化馆合作哟，还望李市长关照啊。"

"啊哈，"李副市长显然很高兴，看着刘春燕说，"没问题啊，需要我打招呼的话，我一定帮忙。其实吧，我也蛮喜欢国标的！"他说着站起身，面向刘春燕，双手张开，道，"要不，请春燕老师来一曲？"

春燕一下愣住，邹健笑着起哄，"好啊好啊，李市长与春燕老师现场来一曲！"说完赶紧叫服务员进来选放舞曲。

李副市长说："算我拜师学艺吧，春燕老师请——"他做了个邀请的手势。刘春燕不好推脱，只好接受了邀请。

一会儿，音箱里响起《马兰花》：

马兰花，马兰花
开放在六月的草原
马兰花，马兰花
一身傲骨映着那蓝天……

包厢空间大，足够李副市长与刘春燕旋转。两人配合得挺默契，舞姿优美动人。李副市长抱着刘春燕一边跳着，一边在她耳边说着什么，刘春燕不时点点头，微微一笑。舞到酣畅之际，李副市长那只手开始在舞伴的腰臀之间摩挲起来——先是试探，最后稳稳地停在圆翘的屁股上。

我看了一眼刘春燕。她似乎意识到了这一点，脸色有些不自然了。我凑近邹健耳边，悄声道："李市长怎么像个老流氓？"邹健拿眼瞪了我一下，低声道："关你鸟事。"

一曲终，李副市长兴致不减，缠着要刘春燕再来，刘春燕勉强同意，迅即被李副市长抱着旋转起来。

饭局变成调情舞会，我有点倒胃口了。于是，借口上洗手间，走出了包间。邹健也跟出来了。邹健对我说："领导都这样，禁锢太久了。"我对他的话嗤之以鼻，瞪了他一眼。从洗手间出来后，我俩站在舷窗边抽烟。这时，刘春燕一脸绯红地从包厢里跑了出来。邹健赶紧走进包厢。

刘春燕低着头走过来，我问她怎么回事，她不说话，眼里有泪。我明白了。

我与刘春燕在窗边站了一会儿，默默无言。海风从窗口吹过来，带来一丝凉意。"还是进去吧。"我对刘春燕说。她用纸巾擦了下眼睛，用手拢了拢头发，对我凄楚一笑，跟着我回到包间。

我俩进到包间，看到李副市长与邹健坐得很近，正聊着什么。见我们进来，他们很快分开。李副市长笑着对刘春燕道："春燕老师的舞确实跳得不错，以后要向你多学习了。"话音刚落，手机响了，他快速走出包厢去接电话。

刘春燕神色僵冷地坐在那里。

过了一会儿，李副市长走进来，说："实在对不起，我得走了，有个紧急会议。"

邹健提起李副市长的公文包，我觉得那包有些沉。我透过窗口看到，邹健把李副市长送到船头，将公文包递给李副市长。李副市长看了邹健一眼，微微地笑了笑，然后，敏捷地跳上停靠在边上的摆渡船。邹健向李副市长挥了挥手，摆渡船便"突突"地驶向苍茫的夜海。

邹健返回包厢，刘春燕的脸上已经写满愤懑。"以后这样的活动不要叫我了。"她冰冷地对邹健说。邹健赶紧赔不是,说:"李市长是个爱浪漫的人,并没有坏心。"刘春燕站起来,对着邹健,一字一句地说:"不要有下次,我再也不想见到他!"说完,提起包走出包间,留给我们一个冰冷的背影。

邹健一脸苦笑,无奈地摇了摇头。他走到备餐桌前,移开红酒盒,一台手机赫然立在那里——他迅速检查了一下手机,兴奋地叫道:"搞定了!"

我问什么搞定了?邹健拿着手机打开视频让我看——

李副市长抱着刘春燕跳舞。

我与邹健一前一后走出包间。

李副市长贴紧刘春燕,刘春燕将他推开,但又被抱住。

李副市长把脸贴近刘春燕的脸,刘春燕扭头抗拒。

李副市长伸手去抚摸刘春燕胸部,刘春燕挣脱,跑出包厢。

邹健进入包间,与李副市长坐在沙发上交谈。

说话间,邹健将一包东西放进李的公文包里,李佯装不知……

我被这一幕震惊得目瞪口呆。

我对邹健使用如此下三烂的招数怒不可遏。我指着他的鼻子臭骂起来:"你这种表面厚道的土鳖,干起坏事来,并不比那些恶贯满盈的混蛋逊色!"

邹健一脸讪笑,任由我骂。

"你不但利用我,还利用了刘春燕,你太坏了!"我愤怒地发泄着。

"骂完了吗?"邹健瞪了我一眼,从沙发里站了起来,"我知道这样做不好,可是,不这样做我能成功吗?我也是不得已而为之,马克思不是说了,资本的原始积累每个毛孔都沾满了血!"

我说你会得报应的。

他笑道:"我左青龙,右白虎,关公挂胸前,毛爷在腰间,人见杀人,佛见杀佛。"

我说:"我终于明白了有人为什么肆无忌惮,坏事做绝,原来是那几个臭钱给了他作恶的自信,给了他目空一切的自大!"

邹健张着嘴望着我,道:"原来——原来你——你一直仇富啊!"

几天后,邹健的岛城地产公司与市里的征地工作组在文山村举行了声势浩大的签约仪式。李副市长应邀出席,我作为旁观者列席参加。

太阳照耀着文山村。村头大榕树下的方桌上,堆放着一沓沓花花绿绿的现钞。一百多户村民兴高采烈,他们多年没有像这样聚在一起了。

李副市长致辞。他首先讲,国际国内形势一片大好,然后讲,岛城开发建设硕果累累,又讲了岛城明天的繁荣昌盛。足足讲了半个小时后,他端起茶杯,喝了口水,清了清嗓子,话锋一转,"大家都知道,土地虽然在你们手里,但是,土地的所有权是国家的。现在政府需要这片地了,所以,你们要支持与配合政府的征地工作,绝对不能拖岛城开发建设的后腿。"

村民们心里一阵惊慌。

接着是邹健讲话。邹健首先描绘了绿色文化林的宏伟蓝图,畅想了绿色文化林将给文山村带来的种种益处,"这片文化林是世界的,也是你们的!你们想想看,美国总统克林顿有一棵荔枝树种在你们家后山上,联合国秘书长安南有一棵芒果树种在你们家后山上,影视明星成龙的菠萝蜜种在你们家后山上……这将是多么光荣与自豪的事情啊!"邹健搓搓手,看了看台下,继续道,"当果子成熟的时候,说不定你就遇到了来摘果子的克林顿;当你在后山放羊时,说不定就遇着了成龙;有一天你一开门,说不定安南来你家讨碗水喝呢!"

掌声雷动。

眼前模糊了,我已经认不出这台上手舞足蹈的人是邹健,我更想不起多年前那个乡村计生小干事的模样了。

听了李副市长气势磅礴的致辞和邹健巧舌如簧的演讲，村民们热血沸腾。他们可以不相信邹健，但他们绝对信任李副市长。"李副市长代表政府，政府不会坑我们。"他们互相打气道。再看着桌子上那签名即可得到的一沓沓钞票，闻着已经摆好的一桌桌酒菜的香味，他们的双脚不自觉地往签字台边移动。

村头大榕树下，村民们排成长龙，一个个签下自己的名字，攥着一沓钞票离开，一个个心满意足。

邹健圆满地签下了这块地。

"你们这是抢农民的钱。"回城路上，我愤慨地说。

邹健把方向盘一拍，瞪了我一眼，"你的意思是说我是强盗？"他把头凑近我，压低声音，"我这样做其实是在保护农民。你想想，如果我不圈掉这块地，不出几年，政府也要盯上这块地了，随便找个什么借口，以更少的钱从农民手里征下来，政府拿了地，再搞个红头文件，这地便成了合法的建设用地。不需要太久，开发商就来找政府要地了，政府便翻个十倍甚至几十倍的价格卖给他们。你说，我还是强盗吗？"

我没有话说了。邹健不再是那个身扛肩挑游走乡野的炒地贩子了，他已经从一棵幼苗茁壮成长为一棵参天大树了。毫无疑问，这片火山石荒地的获得，使邹健一夜之间真正跃入了岛城大富豪之列。

邹健开始频繁地参加岛城各种活动，积极向岛城各类公益事业捐款。很快，邹健被媒体评为岛城著名慈善企业家。年底，邹健当选为岛城市政协委员。邹健就职政协委员那天，岛城电视台进行了直播。邹健演讲道："我在岛城生活了十几年，我热爱这片土地，热爱这里的人民，我把岛城当成我的第二故乡。从今往后，我将为岛城经济的发展添砖加瓦，我将为岛城人民的幸福做出应有的贡献！"

我和小菲坐在电视机前目睹了这一切。看着邹健人模狗样口沫横飞，我不由得大笑起来，我笑得眼泪横飞，我的狂笑吓坏了小菲，她说要送我去精神病医院。

第三十九章　风云变幻

"嘭嘭嘭嘭！"

那个声音总是在下半夜突然发出又突然消失。

被惊醒后，我坐了起来，凝神屏息，侧耳倾听，却没有任何声响。我想或许是自己出现了幻觉，于是又重新躺下。"嘭嘭嘭嘭！"刚睡着，那声音又把我惊醒。我再次坐起，凝神屏息，声音又没有了。然后，我等待，直到天明，那声音再也没有响起。

那古怪的声音是在近一段时间才出现的。我在竹寮里住了快一年，从来没听到过。它非常诡异，突然出现，又突然消失，时断时续，毫无规律。它会在你不知不觉中响几下，而等你警觉时，它便消失了；等你放松警惕时，它又那么来几下。

我努力地寻找声源，然而根本找不到。那声音既不像从屋外传进来，也不像是房子里发出；它有时像从遥远的天边传过来，有时又像是在你的眼前发出。我开始感觉到了恐惧、困惑、焦虑和烦躁。

多年后，航天英雄杨利伟上了太空。回到地面后，他说自己在飞船里听到过一种奇怪的声音，他形容那声音"嘭嘭嘭嘭"，就像榔头敲打铁桶的"敲击声"。我觉得我听到的那古怪声音跟他形容的声音极其相似。

"嘭嘭嘭嘭！"

那个晚上，奇怪的声音又出现了。我感觉是从窗外传来。我立即起床，打开窗户，向外望去——夜色中的水塘，波澜不惊，静谧无声。突然，夜空掠过一道耀眼的闪电，照得大地一片雪亮。闪电消失,原野又陷入无边的黑暗。紧接着,一阵风从原野上扑过来,我立即关上窗户,重新回到床上。"嘭嘭嘭嘭!"我还没躺下,那怪声再次响起来。这一次,我真切听到是从水塘里传出来的,我想,难道有什么怪物在敲击竹寮的立柱吗?我跳下床,趴在地板上,两耳竖立,屏息倾听了半个时辰,一无收获。

我睡不着了。倚坐床头,我神思恍惚,直到天明。

早晨,大家围坐在枇杷树下吃早餐,妮妮带着六仔三猫静静地趴在桌子底下。

二叔问我:"谈记者,你的眼圈都是黑的,你没睡好觉吗?"

我点了点头,"这几个晚上老睡不着。"

黄庄主望了我一眼,问:"有心事了?"

"最近几个晚上,你们有没有听到古怪的声音?"我问他俩。二叔摇了摇头。黄庄主也摇了摇头。我便把那诡异的声音说了出来。

二叔说:"你是出现幻觉了吧?"

我说:"不可能。再说,幻觉不可能连续几个晚上都出现。"

黄庄主说:"神经衰弱了吧,静养几天就好了。"

我摇了摇头。

二叔突然凑近我,低声说:"你去镇上买些香烛纸钱。"

我问买那干吗。

二叔看了看黄庄主,有些迟疑地说:"我……我听村里老人说过,这里,很早以前……是个坟场,埋过……很多人。"

黄庄主眼一瞪,对二叔叫道:"你危言耸听些什么呢!"

我笑了笑,对黄庄主说:"没事,让二叔说说。"

黄庄主把碗一丢,回房去了。

我与二叔面面相觑。"讲吧,我不怕。"我对二叔说。

二叔便讲开来了:"我说的是真的,我想可能是那些孤魂野鬼晚上出来显灵。你火影比较低,所以,能够听到他们的声音。"

我问火影是什么?

二叔说："心里不干净的东西积累多了的话，就会看到或者听到一些乱七八糟的东西。"

我问是不是我心里不干净？

二叔看了看我，说："应该是。"

一股悲凉袭上心头。我来怡人庄园，本是想让泥土埋葬过去、让大自然洗涤内心，可是，这么多日子了，发霉的往事总像幽灵般纠缠我，乱七八糟的东西总是侵扰我心。

二叔说："你听我的，去买些香烛纸钱——哦，顺便买一桶白醋。"

我听从二叔的话，买了东西回来。

天黑下来的时候，二叔带着我在水塘四个角落点上香烛。好奇的妮妮带着六仔三猫浩浩荡荡地跟在我们后面。二叔一边烧着纸钱，一边喃喃念道："各位孤魂大侠，知道你们过得不好，给你们送钱来了。怡人庄是个清静地方，希望你们高抬贵脚啊！"二叔走走停停，面向四野，揖手遥拜。一阵风从原野上吹过来，纸钱随着火焰飞了起来。我全身汗毛竖立，腿脚有些哆嗦。

拜毕，二叔去厨房取了口大铁锅，抱了捆木柴回来，"你去捡几块灰砖来。"他吩咐我。"灰砖哦。"他强调道。

我把灰砖搬过来，二叔一块块地按灶台样式码好，然后将铁锅架在砖上，再把醋倒入锅中。他点燃木柴，一会儿，铁锅中就冒出醋气。风将醋气吹散，空气中弥漫着浓郁的酸味。二叔说："醋能驱邪，熏走那些不干净的东西。"

村长路过怡人庄园，见我们又是烧纸钱又是叩拜，甚觉奇怪，便走进院子。

二叔迎上去，跟他说明缘由。村长听完一阵大笑，"哪是什么鬼魂哦，这水塘原来叫长鱼肚塘，我小时候就知道塘里有一条鲢鱼精，几丈长，油桶粗，它白天翻着肚皮在水面上晒太阳，晚上就沉到水底用尾巴敲打泥土。"

我问:"它干吗要敲打泥土?"

村长说:"它也寂寞啊,用那声音引个伴啊!"

黄庄主一步一瘸地走了过来,"村长也讲神话了。"他笑道。

村长一脸当真的样子,"这塘里确实有条鲢鱼精咧,村里很多人看到过的。"

我与二叔也哈哈大笑起来。

非常灵异的是,自那次祭拜熏醋后,我再也听不到那奇怪的声音了。

几天后,黄庄主告诉我,其实那些晚上他也听到了那古怪的声音。"现在,我已经知道那声音从哪里来的了。"他说。"从哪里来的?"我惊奇地问。黄庄主没有回答我,他指了指石头房顶,"上去看看?"黄庄主带着我爬上天台——阿杰走后,没人爬过这天台了——天台上落满枯枝败叶,我很困惑,难道声音是从这里发出的?

黄庄主与我并肩站在天台上,他指着西北方向,说:"你看吧。"我顺着黄庄主指的方向望去,一片黑压压的高层建筑耸立在那里。我叫道:"天哪,才几个月没上来,怎么就有那么多建筑了啊?"黄庄主点了点头,说:"十八幢高楼即将开盘。"

我知道,这几年,岛城建设风起云涌,昔日的房地产开发商卷土重来,他们前赴后继摩肩接踵涌向海岸线、森林、湿地、乡村……他们征地、圈地、炒地、挖沙,甚至填海,忙得不亦乐乎。城市化迎面扑来,钢筋森林已耸立在不远处——可以预见,用不了多久,这片原野,包括原野上的灵山村与怡人庄,就要被这城市化浪潮吞噬。我想着这些不由得一阵伤感。

"可是,它们与那声音有关吗?"我不禁问道。

"你看到那些打桩机了吗?"黄庄主指了指那片建筑。

我仔细看了看——是的,我看到了好几台打桩机。

"知道是什么声音了吧?"黄庄主问。

"那奇怪的声音是打桩机发出的?"

黄庄主点了点头。

"为什么总在半夜发出呢？"

"因为那个时间倒灌水泥最合适，天亮时就干涸了，不影响施工进度。"

我恍然大悟。

"可是，"我说，"我还是有点不明白，为什么二叔听不到那声音？"

"因为他没心事，睡得沉。"黄庄主看着我，"你有心事，睡得浅，甚至潜意识里将那些声音放大。"黄庄主有点犀利。

我笑着问他："你也有心事吗？"

黄庄主沉默一下，笑了笑，道："谁心里没点事呢？你以为都是二叔啊！"

当我们走下天台时，一辆黑色轿车悄然停在庄外小道上。车上出来两个西装革履的年轻人，接着下来一位老人。那老人穿着一件宽大的黑色麻布衫，脚踩米色棉布鞋，脖子上吊着一圈油光锃亮的佛珠，头戴一顶黑色礼帽。老人径直走上木桥，两个年轻人一动不动地站在桥头。这阵势跟上次邹健来怡人庄一模一样。我奇怪，这些人怎么都爱来怡人庄耍把式呢？

突然，妮妮从小窝里冲了出来，它吠了一声扑向老人。老人一个激灵，差点跌倒。妮妮在一米远处停下，盯着老人，又吠了一声。老人很快站稳，恢复平静，然后，神态安详双手合十立于桥头。黄庄主大声喝住妮妮，快步迎了过去。

老人面含微笑，对黄庄主点了点头，道："多年不见，你还是老样子。"

"你也一样。"黄庄主也对老人笑了笑，回礼道。

老人走进庄里，环顾了一下四周，说："不错的地儿。"

黄庄主脸上浮出些微红，道："养鱼谋生而已。"

老人说："简明扼要，我就来谈个事儿。"黄庄主点了点头。

显然，黄庄主与老人是熟人。

黄庄主邀老人在枇杷树下的大木桌边落座，便开始了交谈。我在不远处拾掇一把松动的锄头，听他们谈话。他们一会儿就改说岛城土话了，我听不懂。二叔从厨房里端来茶水，给他俩各斟上一杯，老人对着二叔微笑了一下，用食指敲了敲桌沿——这是岛城的礼节。

老人在说话间始终保持着慈祥的微笑与温文尔雅的神态，而黄庄主的脸色一直在变。两人交谈了一会，黄庄主起身，对厨房里的二叔叫道："不要做我的饭了，我要回岛城。"黄庄主说着离开桌子，进了石头房。

黄昏，落日熔金。

黄庄主从石头房出来，对我淡淡地笑了笑，没有说话，然后，一步一瘸地跟在老人后面走出了庄园。我注意到黄庄主连衣服也没有换，也没有戴黑色礼帽。妮妮从窝里跑了出来，赶上黄庄主后，嘴里呜呜地叫着咬黄庄主裤腿，黄庄主低头看了看妮妮，没有言语，径直朝他的农夫车走去。

老人与两个年轻人钻进黑色小轿车，随即启动了引擎。黄庄主打开车门，竟然没有爬上去，他只好一手握住车门边沿，一手撑着座位，屁股往上一耸，艰难地移了进去。妮妮呜呜地叫着在车前车后跑着，黄庄主按了一下喇叭，妮妮便懂事地站在路边。两车一前一后驶上了通往岛城的路。

老人神秘来访，黄庄主行色匆匆地返回岛城，我猜测应该发生了什么事。

二叔说，他送茶水的时候听到他们好像在谈论阿杰的事。

"阿杰什么事？"我问。

"我也没听清楚。"二叔摇了摇头。

"他什么也没带，应该很快就会回来。"我说。

二叔点了点头。

我与二叔忐忑不安,等待黄庄主回来。

那晚的月亮很大,月光静静地洒落在怡人庄园。我打开窗户,眺望那方深冬的荷塘——那里,枯荷萧瑟,塘水清冷。然而,我发现水面上还是零星地探出了几枝小小的荷尖,似是告诉我,冬天终将过去,春天总会来临。

无法入睡,我心里七上八下。"睡不着就去挖地。"我想起了黄庄主曾经说过的那句话。我起床扛起锄头,来到荒地。我握锄躬腰,翻垄挖地。

"哎哟!"我清晰地听到了一声呻吟。

我一愣,举起的锄头悬在半空。环顾四周,没人。我以为是耳幻,继续埋头落锄,"小子,你锄着我了!"我真切地听到了这个声音。我大惊,立住,屏住呼吸。地下传出一个老人的声音:"你就不能轻点儿锄吗?"那一刻,我惊吓得差点心肌梗死,"你……你是谁?"

"此地由我管,此界由我巡视——"话音落下,一位老人从地里无声飘出。

月光里,我看清站在面前的老人:长衫飘逸,鹤发童颜,仙风道骨。我惊骇至极,失声叫道:"您是——"

老人满不在乎地拍打着沾了泥土的衣衫,一脸不悦,问:"小子,没见过土地神?"

"土地神?!"我惊讶地叫道。

"正是本官。"他瞥了我一眼,"你打扰我睡觉了!"

我诚惶诚恐,深感这太不可思议了。

"小子,有烟不?"土地神问我。

我赶紧从口袋里摸出一包芙蓉牌香烟,抽出一支,送给他。我取火机时,却被他制止了。他把卷烟放在嘴边吹了吹,烟头立即有一缕白烟冒出。他吸了一口,一通咳嗽,抬起头,语气和缓地说:"你们这烟比我们的厉害啊!"

我差点"扑哧"笑出声来,心头的惊恐一下子减掉了不少,我点头哈腰道:"您那边抽的是神仙烟,我们这边抽的是要命烟。"

土地神捻了捻花白胡须,又吸了一口,随即又咳嗽了一通。咳罢,眯缝着眼睛,看着我,问:"你不会是来圈地的吧?"

我赶紧摇头否认,"不是。"

他点了点头,突然大声呵斥起来:"你们真是一群贪婪的家伙,挖我的山,毁我的水,砍我的森林,在我的地界建起城市。你们盖起的高楼压得我整天喘不过气来,而且,那些该死的吵闹声让我整夜没法入睡。你们这是逼我搬家呀,可是,我能搬到哪里去呢?"

我明白,城市化已经惹怒了土地神。

他叹息了一声,"欲望让你们变得贪婪,自私让你们变得冷酷,名利让你们迷失方向。醒悟吧,停止愚蠢的行为吧,否则,你们会遭到报复,不会有任何希望。"

我虽然觉得土地神的话有点危言耸听,但我无力反驳,只能如鸡啄米般地点头。

又是一串咳嗽,我看见他的脸胀得通红,他一边咳着,一边弯腰将烟屁股戳进土里掐灭,"好了,我要休息了。"说完飘然而逝。

我僵立那里。

世界恢复了无边的寂静。

空中悬挂着一轮清冷的明月,树林里稚鸟发出几声啼鸣。

第四十章　花痴已疯

作为新晋土豪并当上市政协委员的邹健，算是岛城有钱又有品位的人了。遗憾的是，老婆的事还没着落。虽然往他身上靠的女孩多不胜数，但他总觉得她们并不是理想中的老婆。"你现在也是有身份的人了，也算个公众人物了，你可不要乱泡妞，不三不四的场合也不要随便去了。"我说。邹健认同我的话，点头如捣蒜，"我现在严格要求自己啦！夜场不去了，酒吧也不去了，看到漂亮姑娘也不搭讪了，一门心思正儿八经地找老婆。"

有一天，邹健在电话里欣喜若狂地告诉我，他爱上了一个姑娘。

那姑娘叫海角，江南人，大学毕业，长得水灵漂亮，在一家公司做文员。邹健与她在一次聚会上认识，彼此都留下了不错的印象。

姑娘每天都能收到邹健的一枝玫瑰花。在收到若干枝玫瑰花后，姑娘终于动心了，"你是真的喜欢我吗？"姑娘问。那天，邹健刚好与客户喝完酒出来，借着酒劲，他信誓旦旦地答："是真的喜欢！"

为了表示他的真心，他要带姑娘去逛商场。"我在生生百货看见一条裙子，你那身材穿着一定漂亮！"姑娘脸上有些发烫，心里充满渴望。姑娘心里明白，生生百货可是岛城最高档的商场，那里有全世界最齐全最奢华的品牌。"男人爱不爱你，就看他愿不愿意为你花钱。"闺蜜也这样告诉她。

跨进金碧辉煌的商场大门时，邹健忽然想起了什么，"你在这里等我一下。"他对姑娘说完便走了。姑娘在大门前足足等了半个多小时，仍不见他的身影。打手机，响了半天，却没人接。姑娘纳闷，他这是玩的哪一出？想了想，便去停车场看邹健的车还在不在。

车还在，车窗半开着。姑娘把车门一拉，傻了眼：睡在里面的邹健鼾声如雷。望着死猪一样的邹健，姑娘气得几乎想哭。她本想转身离开算了，但脾气还是上来了，她一把揪醒他，叫道："你就是这样跟女孩谈恋爱的吗？"

邹健揉了揉惺忪的眼睛，支支吾吾说了原因：跟客户喝了不少酒，进商场才记起银行卡放车里了，于是返回车里取卡。一进车里，头晕乎乎的，躺下便睡着了。

姑娘转身要走。邹健拉住姑娘的手，嬉皮笑脸道："别生气嘛，不就是买件衣服嘛，要不，我给你钱你自己去买。"

这话更是激怒了姑娘，她杏眼圆睁："你以为你有很多钱吗？"

邹健觉得姑娘这句话是在怼他，心里不爽。"我有的是钱！"他从座位下摸出皮包，从包里一把掏出一沓整齐崭新的钞票，"啪"地甩在驾驶台上，然后，将那些纸钞一张张摆开：壹分、伍分、壹角、贰角、伍角、壹元、伍元、拾元、贰拾元、伍拾元、壹佰元。"你仔细看，中国人民银行发行的钱都在我这里，不够吗？"邹健叫道。

姑娘恨不得赏他一嘴巴，"我怎么会遇上你？"姑娘咬牙切齿，"天涯海角有多远，你就滚多远！赶紧滚！马不停蹄地滚！"

失恋后的邹健苦笑着对我说："一点不如意，就生气就分手，这种姑娘能做女朋友吗？以后结婚了，哪天一生气就跑了，我还不得打单身？"

我摇了摇头，实在为他惋惜。

我问他理想中的老婆到底是个什么样子，他说他也说不清，反正就是日里夜里不离身的那种。我说那不是老婆，那是酒。邹健说革命尚未成功，同志仍需努力——继续寻找。

又过了些日子，邹健说有好事找我，叫我去他公司。我便赶过去。一落座，邹健神秘兮兮地对我说："我发现了一个好地方，有好多漂亮姑娘！"我一头雾水，他便打开电脑给我看，我明白了，邹健说的好地方是一个聊天交友网站。

我问:"你找我就是为这好事吗?"

他理直气壮道:"这还不是好事吗?好事要与兄弟分享。"

我无语了。

他一脸认真地对我说:"我聊上了个女孩,你帮我看看,这两天准备相亲呢!"他从口袋里摸出手机,向我扬了扬。

我哭笑不得,摇了摇头,"你厉害,手机和电脑全都用上了。"

"没办法啊,我是真的想找个老婆了。"他打开手机屏幕给我看那女孩照片,"就是她。让我看着就心动的姑娘,都快成我梦中情人了。"他说。

我瞄了一眼便看出那照片是从色情网站荡来的。我问:"这照片是她自己的吗?"

"当然是她自己的呀!"

"我认识这女孩。"

"你认识——?"他张大着嘴巴,目光充满了警惕,好像我跟那女子有一腿似的。

"是的,她叫苍井空。苍天的苍,井水的井,空气的空。"我说。

"你鬼扯吧,她姓王,叫王诗妮。"他一副鄙夷的神情。

我说:"对,她叫'玩死你'!"

他收起手机,瞪着我,说:"狗嘴里吐不出象牙!不跟你说了,你等着喝我喜酒吧!"

我彻底无语了,想了想,"以前,我一直怀疑你的情商,现在,我完全怀疑你的智商了!"

邹健从钻石王老五到恋爱花痴再到情色疯子,只走了很短一段路程。从他掏出苍井空的照片的那一刻起,我就料想他会出事。只是,我没想到会来得这么快。

那天晚上,我从"夜电"接小菲回到住处,手机响了。小菲露出狐疑的眼神："这么晚谁找你？"我看了一下屏显，陌生号码。本想不理，但怕小菲疑神疑鬼，还是接了。

"你是谈天吗？"一个低沉而粗鲁的声音问。

我说是的。

"你兄弟邹健在我手里，赶快准备十万赎人——不准报警，不准耍花招，否则撕票！"

我差点笑出声来："你在开玩笑吧？他只值十万？"

"鬼才跟你开玩笑！"对方挂断了电话。

我拨打邹健手机，关机。我知道他的习性，二十四小时都不会关机的。我赶紧找出他办公室主任的手机号，打过去，好一会主任才接电话。

我说："王主任你好，我是谈天，我有急事找邹总。"

"你打他手机呀！"王主任估计在睡觉，显然对我的打扰有些不满。

"打不通。你马上联系他。"我说。

王主任睡眼惺忪，连打两个哈欠，"邹总今天下午三点多就出去了，说是去见一个外地来的朋友。"

"他有没有告诉你去哪里见朋友？"

"好像说是在哪个宾馆……哦，城西宾馆。"主任一边说着，一边又连打两个哈欠。

我意识到邹健真的出事了。

想起那张苍井空照片，我想，这绑匪应该就是"她"了。

我迅速在手机地图上查找城西宾馆位置。手机显示，城西宾馆位于城郊椰海大道。再查，椰海大道归西郊派出所管辖。我立即拨打大卫电话，大卫正好在派出所值班。听完情况后，他沉吟了一会，"你赶紧过来报案！"

我对刚躺下的小菲说："穿衣，去西郊派出所！"

我带着小菲直奔西郊。

大卫在办公室等我。大卫看了看小菲，然后盯着我，一脸严肃，问:"什么情况?"

"我来报案呀。"我说。

"你俩什么个情况?"大卫用眼睛瞟了一眼小菲。

"我女友,'夜电'歌手李小菲。"我说。

大卫长长地"哦"了一声。我讪笑了一下,如实告诉他:"我与蝶已经离婚了,一直不好意思跟大哥说。"

"真……离了。"大卫的表情有些复杂,有惊讶有遗憾有鄙视。小菲大大方方地走过来,向大卫伸出手,说:"卫大哥好,我现在是谈天的合法女友。"大卫有点尴尬,迟疑着伸出手,跟小菲握了握,说:"好……吧,只要你们是认真的就好。"

大卫安排我做立案笔录。"你们今晚就不要离开派出所了,得在这里等他们的电话。"笔录结束,大卫对我说。小菲有点不乐意。我跟她解释:"委屈一下,不抓住绑匪,我俩也不安全。"

大卫叫我把手机放在茶几上,好好盯着,一有电话打入立即叫他。他扔给我一条毛毯,指了指办公室里的长沙发,说:"困了就在那里眯会儿吧。"说完就走出办公室忙去了。

小菲说有些紧张,我拥抱了一下她,安慰道:"别紧张,派出所很安全。"她说不是那回事,是她长这么大没进过派出所,没想到今晚要在这待一晚。

绑匪一直没来电话。

天亮时,大卫带着早餐走进办公室,"随便吃点。"他把早餐递给我。

"嘀嘀嘀嘀——"我的手机急促地响起来。我看了一眼号码,是一个新的陌生号。大卫示意我接,"跟他约好地方。"大卫在我耳边低声说道。

"钱准备好了吗?"还是那个低沉而粗鲁的声音。

"准备好了。"

"你听着,如果报警,你就给你兄弟收尸吧!"

"放心，你们又没有狮子大开口，区区十万拿得出。"

"嗯，算您识相。"

"你们说个地方我送钱过去。"

"十二点，明光酒店大厅。"电话随即挂断。

绑匪浮出水面，警察们兴奋异常。但是，大卫摇摇头，充满疑虑，"赎金十万，交钱地点在市中心明光酒店——这是什么套路啊？哪有绑匪这样玩啊？"但大卫不敢懈怠，立即调兵遣将起来。

十一点不到，我们便向明光酒店进发。

车上，大卫扔给我一个袋子，说："钱在里面。"我提了提袋子，感觉还是有点儿分量。大卫说："千万不能紧张。"

十一点半时，我的手机又响了："改到琼山大道大转盘花卉大世界农家乐的芙蓉包厢。"又是那低沉粗鲁的声音。

我说："怎么又改变了？你们要讲信誉，收了钱要放人啊！"

"你别啰唆，记住，十二点整，否则就撕票！"电话挂断。

我们立即调转车头，往指定地点赶去。

十二点整，我提着钱袋走进了芙蓉包厢。房间里烟雾缭绕，三个穿着花衬衫的年轻仔坐在麻将桌边等着我。他们一个个骨瘦如柴，是一阵风都可以将他们吹倒的那种瘦。见我进来，他们脸上做出一副凶狠的样子。"钱带来了吗？"一个又瘦又高的家伙低沉而粗鲁地问我。这正是打电话的那个声音。我想，他应该是个头儿。

我点点头，抖了抖手里沉甸甸的袋子。

瘦高个正准备起身过来接袋子，房门便被踹开了，大卫领着十来个警察冲了进来。没有任何悬念，三人当场被擒。我打开手中钱袋一看，原来是一沓沓捆好的如百元钞票大小的报纸。

"人质在哪里？"大卫一声猛喝。

三人还想抵赖，大卫怒不可遏地挥起一只手，往瘦高个头上砸了一拳，"如果凭你们这种智商还能抵赖的话，我脱下这身衣服不干了。"

三个家伙立马怂了。

警察押着三绑匪来到附近荒坡上一幢半拉子建筑跟前，从幽暗狭窄的楼梯爬上三楼，瘦高个指了指一间门窗用木板钉死了的房间说："在那。"

警察一脚踹开房门，冲了进去。

眼前的景象令人吃惊：地上满是烟头、快食面盒、空啤酒瓶、瓜皮，还有几个注射器。蚊蝇乱飞，幽暗的光线从钉死的木板缝隙间透射进来，房间显得阴森恐怖。邹健手脚被捆绑着，嘴里塞了一只臭袜子，他缩在墙角，身上明显有被打过的痕迹。

邹健看到我们，扑通一声跌倒在地，然后，连滚带爬地扑到我们面前。我们取下他口里的臭袜子，他"哇"的哭出声来，号叫道："救命啊！救命啊！"我他妈真想踩他一脚。

后来，大卫告诉我，这纯属是一个瞎扯淡的绑架案。

邹健应约去城西宾馆704房见"王诗妮"，在停车场下车，正好遇着这三个穷途末路的吸毒仔从宾馆出来。邹健脖子上吊着金链子，手上戴着金手表金手镯，他们一下子明白财神爷来了。于是，三人围过去，瘦高个伸手从后面给了邹健一个熊抱，笑着问邹健："你猜我是谁？"邹健还以为是哪个熟人跟他开玩笑，刚开口，嘴里便塞进一只臭袜子，头上罩上了一只大黑袋，随即，被扔进一辆车里……

"那'王诗妮'呢？"我问大卫。

"哈哈——"大卫差点笑岔了气，"704房确实住着一个叫'王诗妮'的人，但是，那是一个专门靠网络聊天进行性诈骗的人妖。他归案后，承认确实约了邹健来宾馆。"

我恶心得真想对着邹健吐一身。

几天后，邹健的身体恢复了。

为感谢大卫的救命之恩，邹健跟我说要请大卫吃个答谢饭。我打电话给大卫，大卫说："这是我应该做的，饭就不吃了。"我说："是我兄弟，吃个饭没事的。"大卫想了想，便接受了。

包厢里，邹健敬了大卫三杯后，从座位下取出一个纸包递给大卫。大卫刀削般冷峻的脸庞"唰"的变得惨白，我也有些惊呆，场面十分尴尬。我把大卫拉到一边，说："邹健绝对是自家兄弟，他是真心实意地想感谢你。"

大卫脸色阴沉，盯着我，问："我们交往了多久？"

我说："十年了吧。"

大卫凌厉的目光盯着我足足有一分钟之久，问："十年了你还没了解我？"

他站起身，狠狠地瞪了我一眼，摔门而去。那一刻，我感到无地自容，差点把手中的酒杯砸向了邹健。邹健耷拉着脑袋，"我真的想表达一下我的心意啊，我真的想感谢他的救命之恩啊！"

报答大卫救命之恩成了邹健最大的心事。一计不成，又来了一出。这一出我只能从岛城纪委的审讯材料中去还原了。

香江酒店一间豪华包厢里坐着两个人：一个是邹健，一个是李副市长。

邹健开门见山："李副市长，请你再帮一个忙。"

"什么忙？"李副市长问。

"把大卫调回分局。"邹健说。

"这个……我帮不了。"

邹健从包里摸出一块金砖，递上："您能帮的，我知道您与市长的关系。"

"这个我真帮不了。"

邹健又从包里摸出一块金砖，放在李副市长面前："您肯定能帮的。"

李副市长有些迟疑地摇了摇头。

邹健再从包里摸出一块金砖，"您一定要帮！"

"是大卫叫你来的吗？"

"不是,是我自己想帮他。"

李副市长笑了笑,把三块金砖收进黑色提包,"让我想想办法吧。"

就在这个时候,门被推开了,走进来三个人,其中一个对李副市长说:"李副市长,我们是市纪委的,麻烦您跟我们走一趟。"

李副市长的腿软了,跌倒在桌边。原来,市纪委早已盯住了李副市长与邹健。

没有任何悬念,李副市长落网带出一场官场大地震。

大卫也于当晚从派出所办公室被带走。几天后,大卫出来了——他完全不知情,那只是邹健单方面所为。他总算保住了派出所副所长一职,但是,这无疑让他的仕途雪上加霜。出来后的大卫卧床不起,病了三天。我去看望他的时候,他咬牙切齿,一句话都不愿意跟我讲,最后,仰天长叹了三声。

至于邹健,经过律师的百般辩护,加上主动如实供述行贿事实,得了个从轻处罚:行政拘留十五天,撤销政协委员资格,停止绿色文化林项目,文山村征地协议无效。

我去拘留所看望邹健。

几天下来,他明显消瘦了。他趴在铁窗边,神情沮丧,面容憔悴。我说:"邹健啊,别装出那个死相。不是我说你,你本就一俗人,凭着投机钻营赚了几个臭钱,能混得长久吗?坏事做绝,迟早会有报应。"

邹健眼圈红红,欲哭无泪地望着我。

我怒火难平,"大卫救你,是职责所为,你感谢他,我不怪你。可是,你一而再而三地不走人道走鬼道,你自己身败名裂算是罪有应得,可你把大卫害惨了!"

邹健哽咽起来:"我真的只是想帮帮他啊,我真的只是想感谢他的救命之恩啊!"

探视完邹健,我一个人走在街上。行人稀少,路边椰影凄清,几

辆的士在逡巡觅客。一棵椰子树下,有个流浪歌手在吟唱一首歌:

  霓虹灯湮没了那些纯真
  水泥森林迷失了回家的路
  噢,再也回不去……

  是的,我们再也回不去了。来到这里,都市的浮华湮没了我们身上泥土般的质朴,闪烁的霓虹抹去了我们的纯真,我们接受了所谓的优雅和文明,学会了自以为是的算计,我们人模狗样,道貌岸然,穿梭名利场,蹁跹水榭台,放任灵魂在这欲望的都市四处游荡……我们再也回不去了。

第四十一章　阿杰之死

一轮弯月悬挂枝头，天地沉寂，万物休眠。

我与二叔收拾完院子便进房休息了。半睡半醒中，忽然听到二叔在枇杷树下喊我："谈记者——来前院啊——"那是一种哭腔。

我从床上一跃而起，向前院冲去。

枇杷树下，灯光昏黄，我看见黄庄主与二叔坐在那里。"黄庄主回来了！"我叫道。黄庄主没有回应我，耷拉着头，脸上显出刀刻般的痛楚。我再看二叔，他也是满脸泪水。"怎么了？"我急切地问。

二叔看着我，哭丧着脸，哽咽道："阿杰被杀了……"然后低沉地哭起来，"是我害了他啊，我不该跟他吵架啊……"男人的啜泣声在这寂静的夜晚尤显悲怆。

我的腿一下子发软，"这、这是——真的吗？"我问黄庄主。

黄庄主抬起头，眼角泪痕依稀，点了点头。

我问："什么时候的事？"

黄庄主说："昨天下午。"

"阿杰现在在哪？"我问。

"在岛城医院太平间。"黄庄主沮丧地回答。

二叔仍在哀泣："台风那次他回来……我咋不把他留下呢？"

院子里肃穆无声，凄冷无比。妮妮不知什么时候来到边上，它没有发出任何声响，默默地趴在地上，一会儿看着黄庄主，一会儿看着我，一会儿看着二叔。"我们现在就动身。"黄庄主起身对我们说。他看了一眼二叔，吩咐道，"你到菜地里包一袋土带上。"

二叔去挖土，我回房间换了件衣服。几分钟后，我俩回到枇杷树下。黄庄主穿着一套黑西装，戴着那顶黑色礼帽，神情冷峻地走了出来。

月亮冷冷地斜挂在中天，原野萧索，"咕咕——咕咕——"从幽暗的灌木丛中传来几声野鸡急促、悠长的鸣叫声。夜风阵阵，寒意袭人。

我们走上小木桥，妮妮默默地跟着后面，它在为我们送行。它的眼神告诉我们，它已经明白了世间发生的事情。黄庄主说："妮妮乖，庄里没人，你好好地看家，好好带着仔仔们。"

妮妮悻悻地退了回去。

黄庄主把木栅门关上的时候，妮妮两只前腿趴在栅栏上，注视着我们。黄庄主启动车，我看到他握着方向盘的手一直在颤抖，我轻声问："要不，我来开？"黄庄主摇了摇头，"没事。"

月色中，我回头看了一眼怡人庄。几幢竹寮伫立在荷塘里，它们一脚跨在清水里，一脚伸进黑土里。一黑一白，极其鲜明。我突然感悟出黄庄主建造这竹寮的寓意。

黄庄主沉闷地开着车，大家默默无语。车出大转盘，驶上了大道，黄庄主才说出阿杰遇害的详情。

"昨天进庄的神秘老头是岛城的黑帮老大。十多年前我们有过交集，这些年，老头金盆洗手，搞了一家水泥供应公司，掌管着海岛上所有建筑工地的水泥供应。事实上，老头仍然是岛城的黑道幕后。

"阿杰鬼使神差地闯入这个行业，经营了一家水泥代销店。因为价格公道，水泥质量好，受客户喜欢，生意越做越好。老头手下便找上门了，警告他不要破坏行业规矩，并将代销店砸得稀巴烂。

"阿杰也不是好惹的，有天晚上，他提着一大桶水，溜进老头手下一家门店，将店里的水泥全部浇上了水。第二天，老头手下进到店里，眼都直了，那垒着的一袋袋水泥全凝结成了硬块。

"昨天下午，老头手下在西部盐场工地逮住了阿杰……老头听说阿杰是我的人,便赶到庄里,想请我去调解。没想到,我去晚了……这个蠢蛋,他一个人怎么能够斗得了他们呢?"

我看了看黄庄主,他戴着那顶镶着金边的黑色礼帽,冷漠的脸庞棱角分明,牙关紧紧咬合。有一刹那,我看见黄庄主眼里掠过两道冷酷的白光,瞬间又消失了。接着,便听到他喉间滚落出一声长长的叹息——那是从胸腔深处发出的,一种难以名状的哀伤,一种无可言说的悲愤,一种"奈何落花流水去,人间换了江湖"的沮丧。沉默,车内如灵堂,令人感到一股股揪心的悲恸。

太平间。阿杰躺在一张窄小的推拉床上,身上盖着白布。办案警察告诉我们,阿杰是在海边盐场与人斗殴时被人用刀捅死的。海边盐场,我去过——岛城西部,一片白茫茫的腥咸世界。

我问:"凶手呢?"

警察说:"正在追捕。"

我问:"通知阿杰家里人了吗?"

警察点点头:"通知了,正在赶来。"

我掀开白布,阿杰双目紧闭,脸上还有血迹,掀起衬衣,满身是蜂窝般的刀眼。我握着阿杰冰冷的手,泪水夺眶而出。我脑海里浮现出一幅凄美的场景:一轮红日悬在天空,皑皑白雪般一望无际的盐海里,阿杰像胎儿蜷缩于母亲的子宫般侧卧着,鲜血汩汩地流出,浸润了身下晶莹剔透的白盐。雪白血红,海风吹过,一缕歌声飘来:

久久不见久久见

久久相见才有味

阿妹哎……

二叔扑上来,抱着阿杰哭号着:"我不该啊……我不该跟你吵架啊……我不该啊……我不该让你走啊……"黄庄主抚摸着阿杰的脸,手在微微地颤抖,"阿杰……黄哥对不住你,没有照看好你……"他嘴唇嗫嚅着,转头问二叔,"那包土呢?"

二叔抖抖索索从怀里摸出那包用塑料袋装好的土,递给黄庄主。黄庄主将土放在阿杰胸口上,"阿杰,给你带了包庄里的土,你在庄里待了六年,也习惯了那里,你想庄里的时候,就闻一下这土的味道,它会让你找到回庄的路……"黄庄主再次哽咽起来。

我们从太平间出来的时候,遇着胖姑娘,她带着黑虎站在医院大门口。保安不让黑虎进入,胖姑娘哭着央求:"它是我杰哥的兄弟,你们就让它看一眼我杰哥吧。"黑虎似乎闻到了阿杰的气息,挣扎着要往里面冲。保安死死地抓住它脖子上的绳索不让它进入。我们走了过去,胖姑娘见到我们哭得更是稀里哗啦。黄庄主指着黑虎对保安说:"我来负责,它绝对不会伤人。"保安这才把绳子交给黄庄主。我们围拢上去,黑虎似乎认出了我们,在我们脚边急切地嗅着,拼命地摇摆着尾巴。二叔上去抱住黑虎的头,黑虎温驯地看着二叔。"黑虎,我好后悔啊——我对不起你们啊!"二叔哭道。

黄庄主将绳子抖了抖,黑虎挣脱了二叔的怀抱,往太平间冲去。

我们陪着胖姑娘与黑虎再次回到阿杰身边。

胖姑娘伏在铁床边哭泣,她说:"你怎么这么傻呢?……你怎么不跑呢?……你怎么能够打得过他们呢?……"黑虎总是往上跳,它想看到躺着的阿杰,可是,它没办法直立,它就不停地跳跃,而且变得焦躁起来,它长吠了两声。黄庄主赶紧把它抱起,扶着它站立。它终于看到了阿杰,对着阿杰呜咽起来。它眼睛湿润了,流出了两行浊泪……

我们从太平间出来后,跟胖姑娘商量是不是让黑虎跟我们回庄里。胖姑娘不同意,她说她可以带着它。黄庄主想了想,说:"就让黑虎跟着姑娘吧,也是个念想。"

黄庄主带我们去了生生百货,他要给阿杰买一身品牌衣服鞋袜。他说:"这小子一直想穿名牌。"我说:"我给他送一台手机吧,他可以在那边经常玩游戏了。"二叔擦了擦眼泪,说:"我给他送个钱包吧,他那个钱包是个假名牌。"

我们一直等到阿杰家里来人后才回庄。

阿杰遗体火化后由家人带回老家。

那些日子,黄庄主坐立不安,吃睡不香,缓不过神来。他总是四处寻找阿杰生前的痕迹,即便路过阿杰住过的那间小屋,也会情不自禁地叫出声来:"阿杰——"声音无比悲伤。

"阿杰的那个饭盒呢?"有一天,黄庄主叫二叔寻找阿杰的一个饭盒。二叔找了半天没找着。黄庄主说:"如果看到了,不要扔掉,那是我送给他的,留下做个念想。"二叔眼里湿润,咳嗽了一声,点了点头。

那天晚上,月亮很大很圆。

我看见黄庄主扛着锄头一瘸一拐地经过我的窗前。我看着他的背影感觉到一股透心的悲凉。我知道他去挖坑跟土地神说话,我明白他心里有太多话要倾诉。我躺在床上,眼前一遍遍幻化出一副图景:黄庄主结实的屁股在月光下一升一降,他跪在坑洞前说着什么……

后来,我迷迷糊糊睡着了。

第四十二章　悲伤成河

晚上十一点，我开车去接小菲，收音机里听众正在点播小菲唱的歌曲。

小菲演唱的歌曲已经进入岛城电台和电视节目，《岛城日报》娱乐版上也有了她的专访。更重要的是，岛城举行的某些重大文娱活动也常常邀请她演出。我从心里为她感到高兴和骄傲，但是，总觉得她对音乐作品的情感处理并不到位，也就是说，她演唱时对情感的把握度不够，我担心这将是她成为歌手最致命的障碍。我一直认为，一个歌手在演唱一首作品时，如果情感处理不准确，或者过于简单，就无法显现特色。恰到好处的情感表达才是一个歌手的生命线，基于此点，我觉得小菲离真正歌手还有一段距离。

随着名气的提升以及粉丝的增多，我已经隐隐地意识到，她变得骄傲、自负，对我的建议或者批评，开始是怀疑，继而是拒绝，最后认定我是故意找她的碴儿。"你是不是害怕我成功？"她傲娇地扬起头，眼睛盯着我，半开玩笑半认真地问我。这样的诘问常常让我胆战心惊。

手机响了，小菲打来电话。我把车靠边，踩住刹车。"大叔，今晚演出结束后有个聚会，你不要来接我了。"小菲在电话里说。

"哦，好吧，那我回家了。"我赶紧掉转车头。我想赶回去继续创作一首新诗。"打个车回来，注意安全。"我嘱咐她。

我创作完第一稿的时候，十二点了。我想她应该要回来了，赶紧起身给她开热水器，这样她回来就能洗个热水澡。一个小时后，还是没有回来。我觉得有点奇怪,便拨打她的手机,结果关机。她从来不关机的,我想可能是手机没电了。于是,继续等待。我把诗歌修改完,抬头一看,凌晨两点了,她还没有回来。这让我开始有点紧张,再次拨打手机,仍然关机。我心里隐约觉得有什么不对劲,决定去"夜电"找她。

我出门时有个习惯,关灯关窗户。我走近窗口时,看到小区外林荫道上驶过来一辆小车。小车停在离大门一百多米外的道旁。紧接着,车门开了,我竟然看到她从车里走出来!但是,她并没有立即离开,而是走到驾驶室旁,把脸凑近车窗,我清楚地看到车窗里伸出一个戴着POLO帽的脑袋在她脸上亲了一下……那一刻,我全身像触电般地颤抖了。

我坐在沙发里抽着烟,烟头一闪一闪。她开门进入房间,看到了我,"你怎么不开灯,怪吓人的啊!"她叫着拧开了灯。

我盯着她——头发凌乱。我深深地吸了一口烟,冷冷地问:"怎么这么晚?"

"去海边烧烤了。"她轻描淡写地说道。我注意到她说这话时眼神是飘忽的。

"谁送你——回来的?"我看着她的眼睛,不紧不慢地问。我都感觉自己的声音有点阴森。

"打车回的。"她说。目光躲闪着。

"你的眼睛看着我。"我对她说。

"大叔你怎么了?"她瞪了我一眼,声音提高了八度,问。

我摇了摇头,叹息了一声。"你先洗澡吧——我想我们应该谈谈了。"

她没有说话,去洗澡。

我默默地坐在那里抽烟,我突然不知道跟她谈什么。

很快,她洗完了澡。像往常一样坐到我边上,"说吧,你想谈什么?"她一边梳着头发,一边问我。

"你腻味了我们的生活吗？"我转过脸，直截了当地问她。

"大叔，你什么意思？"她侧过脸看我，反问道。

"你可以说实话。"我说。

"我不明白你想听什么实话！"她说完起身冲进卧室，将被子一拉，一头蒙进被子。

我想了想，不能这么简单粗暴地谈话，这样下去，结果只会更糟。我走进卧室去抱她，她挣扎着不让我抱，我轻轻地叫了她一声，她终于转过头来，望着我。我伸出手，像以往一样地抱着她。她也温顺地依偎过来，把头枕在我的臂弯，鼻尖顶着我的脖颈。我努力的平静着自己的内心，默默地反省自己：我哪里做错了，是不是对她的关心和支持不够。

"你是不是害怕我成功？"她突然坐起来，望着我，问道。

"我有那么自私吗？"我反问她。

"大叔，我的青春一定会绽放，我的梦想一定会实现！"声音冰冷。

她躺下，背对着我。

我没有再去抱她。

天亮的时候，她钻进我怀里，无论怎么挑逗，我毫无兴趣。她问："你还在生气吗？"我说："不舒服。"她再次问："你还在生气吗？"我说："还想睡会儿。"事实上，我一夜未眠——小区前那一幕令我窒息、压抑和厌恶。

那晚以后，我找出各种理由拒绝温存。

"大叔，你怎么了？你以前不这样的啊！"她像一只顽皮的绵羊，使劲往我怀里钻。

她竟然不知道我为什么会这样，这让我反倒觉得自己做错了什么。我苦笑，告诉她："我感觉浑身不自在。"小菲把头扬起，望着我，问："你是不是生病了？"这话让我一愣，我不知怎么回答。"我生病了吗？"无眠的午夜，我反复扪心自问。

我已经意识到我与她之间存在着可怕的间隙了，我常常感觉到她的某些言行非常奇怪，令我无法判断其真实意图。我像是进入了一个虚幻的世界，看不清她的面容，她只留给我一个扑朔迷离的影子。

人生不易，爱人更难。我想我还得努力。我照常接送她上下班。

那天晚上，我在车里等了好久，她一直没从大门出来。我觉得奇怪，便走进去找她。服务生指着一个叫"梦巴黎"的包厢告诉我，小菲在陪客人喝酒。这让我吃惊，作为驻场歌手，她很少喝酒，更不会去包厢里陪客人喝酒。

走近"梦巴黎"包厢，透过窗口，看到包厢里挤满了人。我推开门悄悄地走了进去，没有人注意我，我在边角的一张沙发上坐了下来。

小菲确实是在喝酒，她坐在一张吧椅上，面前摆着喝剩了半瓶的洋酒，边上围着一群奇装异服的男女。她的衣衫有点不整，头发有些凌乱，左手夹着一支香烟，右手擎着满满一杯酒。"女神，我们爱你！"男女们向小菲叫道。

小菲显得很开心，没有推辞，举起酒杯，脖子一仰，一饮而尽。包厢里爆发出雷鸣般的尖叫声。

一个脖子上戴着条粗金项链的男子端着酒杯走近小菲，那猥琐的目光令我恶心。他对小菲说："小菲，我也是你的粉丝，我敬你一杯！"他给小菲斟上满满一杯。

"女神，我们都爱你！"男女们起着哄。

我知道这种洋酒的厉害，满满一杯下去，小菲肯定会趴下。我严重怀疑，这些所谓粉丝完全是不怀好意地想看小菲的笑话。我赶紧挤了过去，对那男子说："兄弟，她已经喝醉了，放过她吧。"

那男人盯着我，目光轻蔑，问："你他妈是谁啊？你他妈是哪根葱啊？"

这人太没素质，但我还是礼貌地对他笑了笑，说："我是李小菲的男朋友，我来接她回家的。"

所有目光都聚焦在我身上。"这位大叔是你男朋友？"那男子指着我问小菲。

小菲低垂着头，眯着眼睛，看了看我，摇了摇头，问："你……谁啊？"

所有人都哄笑起来。

我心里咯噔了一下，我想小菲已经醉得不轻。而且，我也明白，明星们因害怕失去粉丝，都不愿在公众面前承认自己的私情。但是，我管不得那么多，我走过去，对她说："小菲，我来接你回家。"

小菲一下子站起，睁着惺忪的眼睛，斜视着我。"谁跟你回家？知道吗，他们都是菲粉！知道什么是菲粉吗？"她向我叫道，"就是我李小菲的粉丝！"我感觉她是彻底找不着北了。我去拉她的手，想带她离开。她甩开我的手，傲慢地看着我，"大叔，你拉着姐的手干吗？想带姐开房？你睡得起吗？"

"他妈的，假冒李小菲的男朋友！"我听到那男子骂着向我伸手过来。我感觉事态要恶化了，来不及张口解释，脸上背上肩上就挨了不少拳头，随即，一股力量把我从包厢门里掀了出去。我靠在门外的墙边，包厢里传来一阵狂笑声。

嘴角咸咸的，一抹，手背上有一缕血。

我跟跟跄跄地走出"夜电"大门，疼痛让我一屁股坐在门前的花坛上。我点燃一支烟吸了起来。烟雾中，我记起与小菲相识的那晚，也是这个花坛，她应聘成功后从大门出来，长发飘逸地向这边走来……我坐在花坛边上，想着过去，想着今晚，一种无可言状的悲怆涌上心头。突然，我发出一串阴森恐怖的狞笑。我艰难地站起身，回到车里，启动了车子。

凌晨四点，她一身凌乱摇摇晃晃地走进房间。

"大叔，你还在生气吗？"

我心里生出一股厌恶感，没有理睬她。

"大叔，你知道，唱歌是我的事业——"她说着走近我，想坐在我身边。如果是以往，我会将她揽在怀里。今晚，我推开了她。"去包厢里陪客人喝酒醉得乱七八糟也是你的事业？"我愤怒地打断了她的话。

我这话显然激怒了她，她毫不示弱地叫道："大叔，我的事，你可以不干涉吗？"

"当某一天你输得一塌糊涂，我也不干涉吗？"我冷笑着问她。

"大叔，我再次告诉你，我的青春一定会绽放，我的梦想一定会实现，谁也不能阻挡我。"声音冰冷得让我浑身垒起一层鸡皮疙瘩。

……

一连串事情的发生，我从忧虑变成了惶恐。

我相信小菲的胸中燃烧着志在必得的欲念，这种欲念照耀着她前行——那是一种飞蛾扑火般的决绝。我开始重新审视我们的爱情：我问自己，你真的跟她合适吗？你真的能给予她想要的东西吗？……无须多问，我心里充满了绝望与悲伤。

要来的，终究会来。

几天后，我去崖城参加一个诗会。晚上十一点半，我想小菲应该回到了家。我突然很想念她，便拨通了她的手机。

"回家了吗？"我问。

"嗯。"

"在干吗呢？"

"刚洗完澡，准备休息。"

"哦，想我吗？"我忐忑地问。

我感觉出了她的迟疑。"还有事吗？"她问我。我明显听出她的不耐烦。

"不想聊点什么？"我问。

"有些累。"她的声音有些冷。

"哦——"我正准备放下手机，突然听到电话那端传来一个男人低沉的咳嗽声。那一刻，我全身石化，血液凝滞。"你——边上——有人吗？"我问。我想，她应该也是愣在了那里——好一会儿，她才答非所问:"我要睡了。"

我立马回拨过去,关机。再拨过去,仍然关机。再拨,还是关机。

我立即决定返回岛城。

我收拾行李,奔到前台退房。服务员问:"先生,您要赶飞机吗?需要我们派车送您到机场吗?"我苦笑道:"我要回岛城。"

我一口气驱车十公里,在即将驶出崖城市区的护城河边停下了。

我看到前方有一个背影,一个跌跌撞撞地行走着的男人的背影。看得出,他是一个夜行者,他应该走过很长的路,头发蓬乱,衣衫褴褛,他似乎很疲惫。他是谁?他从哪里来,他要到哪里去?我凝神屏息地注视着他,看着他如何独自深一脚浅一脚地往前走。那是寂静午夜的崖城河边,河堤上路灯的光线拉长了他的影子,使他显得更加孤独。我驾着车,慢慢地跟着他,突然想跟他打个招呼,想给他一声问候。我叫了声——"喂!"他回过头来——我惊骇地看到,那是我自己!

我为什么要回去?

去发泄我的愤怒?

去呵斥她的背叛?

去挽回爱情?

我想,我既然都已看到了夜行中的自己,我就应该停止那种愚蠢的行为。

我返回酒店。第二天,我去了海角天涯。我坐在那块孤独的石头上,看大海,看海天一线,看云卷云舒……我在海边坐了三天,一次次感觉路已到了尽头,最后那天,我心里突然有了些许舒畅。

第四天正午,我回到了岛城。

我走进我与小菲的住处,房间里的摆设还是我走时的老样子,小菲这些天应该没有回来。我给她打手机,手机仍然是关机状态。我打开她的橘红色行李箱,衣服整齐码放着,散发着一缕缕她身体独有的幽香。我感觉胸口如刀绞般的痛了两下。

那是冬日阴凉的下午，太阳在低垂的云层中穿行，岛城弥漫着丝丝雾气。小菲回来了，她说她是来取行李的。她低着头不敢看我，像个做错事的孩子，眼里有泪水。几天不见，我很想告诉她，我一直惦念着她。但是，我没有说。

"好聚好散，不要生恨——把电话开着，好吗？"我微笑着说。妖孽横行的世界，我在内心深处祈愿她能够出淤泥而不染。

她抬起头来，点了点头，默默地擦了擦眼泪，"我可以抱抱你吗？"

我伸出双臂，和她轻轻地拥抱了一下。

小菲收拾好行李，走出了我们共同居住了一年的寓所。

我站在窗前，看着小菲走出小区，然后，走向一辆停靠在大门边的轿车。车边站着一个魁梧的男人，头上戴着POLO帽。我认出来了，他是夜电酒吧老板。

太阳透过厚重的云雾，在窗台上投射出一闪一闪的光影。我伸手去抓，一丝光影从我指缝间溜得无影无踪。

这座城市叫岛城。它是天使之城，又是欲望之城。它时而风和日丽，时而阴霾密布；时而浪漫如歌，时而残酷如铁。它也许会让你心花怒放，也会让你欲哭无泪。它给予你激情、欲念与梦想，也给予你伤心、眼泪和绝望。它更像一个魔女，诱惑你，拥抱你，成就你，羞辱你。你有一百个理由热爱这座城市，也有一百个理由痛恨这座城市。

我写完了在岛城的最后一首诗的最后两行：

每条通往明天的路，总在施工
我是一匹狼，把我抛弃在荒原吧！

第四十三章　庄主出庄

那天吃罢晚饭，收拾完院子，二叔便回房间去了。

夕阳悬在原野尽头，云层里涂抹着点点金晖。枇杷树光秃的枝丫伸张着，那场摧枯拉朽的台风留给它的后遗症还未痊愈。我与黄庄主坐在枇杷树下喝着茶，"我要回岛城几天。"黄庄主一边揉搓着他那条不灵便的腿，一边对我说。

"什么时候？"我问。

"今天晚上。"黄庄主说。

我知道，阿杰的死对黄庄主是一个很大的打击，这么多日子，他一直没有从悲戚中走出来。"到岛城散散心也好。"我点了点头。

黄庄主摇摇头，道："也不是去散什么心，是这腿脚老不对劲。可能是天气太凉，酸痛得不行。我去城里看看中医。"黄庄主撩起裤腿给我看。

我看到黄庄主脚踝处有一处伤疤，缝过针的痕迹隐约可见，整个伤疤像一条通体褐红的蜈蚣趴在那里。"这是怎么了？"我有些惊讶地问。

他抬起头来，看了看我，没有说话。

"我觉得黄庄主是个有故事的人。"我说。

黄庄主迟疑了一下，盯着我，"想知道？"

"如果你愿意的话……"我笑了笑。

"刀——伤。"他吐出这两个字。然后，他把裤腿放下，说，"你是第一个看到我这伤疤的人。"一丝莫名的笑挂在他嘴角。

刀伤。

这让我突然想起大卫曾说过黄庄主的腿疾:"从走路的姿势看,不像是腿病,应该是脚伤。"我不免暗暗佩服大卫的眼力。

"你来庄里多久了?"黄庄主突然问我。

"过完冬就快一年了。"我说。

黄庄主点了点头,没有说什么,扭过头去看了看二叔的房间,"二叔身体有点不好,你多照顾一下他。"他对我说。

我点了点头。

"我走了,怡人庄就拜托你了。"

"你放心。"

"你是个好兄弟。"他突然伸出手来握住我的手,表情有些凝重,"怡人庄建了六年,我真不希望它垮掉。"

这话让我有些困惑——这是话里有话啊!但我不便细问,我也握紧他的手,说:"放心吧,不会垮掉的,我们都爱着怡人庄呢!"

黄庄主点了点头,舒坦地笑了。

这么长时间的相处,黄庄主在我眼里不仅仅是一个神秘的养鱼人,更是一个亲切的隐居者,一个善良的庄园主。虽然我一直不能抵达他的心灵,但在我心里,早已视他为一位慈善的兄长。

空寂的庭院,我们彼此能够听出对方的心跳。"有些事……"我对黄庄主笑了笑,"不知道可不可以问?"

黄庄主瞟了我一眼,说:"可以。"

"你在岛城有喜欢的人吧?"我问。

黄庄主愣了一下,眉头皱了一下,没有回答我。

"你为什么来这里养鱼?"我又问。

他仍然没有回答。我看到他的目光有些游离,我再一次确信这是他讳莫如深的话题。但是,我无法抑制自己的好奇心,"我看到过你跟土地神说话。"我直截了当地说。

黄庄主的脸黑沉了下来,一会儿,又恢复了正常。他抬起头,看了看我，眼神里充满柔和，说："这样看来，你知道了一些事情。"

"你眼里隐藏着很多秘密，你心里隐藏着很多伤痛。"我说。

黄庄主再次惊诧地望着我，他应该是觉得我这话有点不可思议。"你怎么这样说？"他问我。

我说："我从你黑色的礼帽里看出来了，我从你月夜挖洞的背影里看出来了，我从你去岛城的叹息声里听出来了……"

黄庄主的肩头震颤了一下，他摆了摆手，似乎是在制止我继续说下去，又似乎是在否定我的某种判断。他沉吟了一会，垂下头，语气有些低沉，"你知道太多对你不利。"

"那不重要，"我诚恳地告诉他，"我只是想替你分担点什么。"

他无言地摇了摇头，望了望天空，那儿飘浮着一片绚丽的晚霞。"我得走了。"他起身，离开座位，向石头房走去。"我本来想回到大自然——"他停住步子，回过头看了看我。

我回味着他的这句话。

他经过二叔房间时，跟二叔打了个招呼："我要回岛城了。"二叔咳嗽了一声，走出房间，黄庄主伸出手跟他握了握，说："你要多注意身体，不能老叫别人养生，自己却成了个病秧子！"

"知道知道。"二叔连连点头。"要不要带点土货啊？"二叔问。

"这次就不带了。"黄庄主走进了石头房。

二叔咳嗽着来到我的身边。我问："严重不严重啊？"二叔说："没事，可能是感冒了，老想咳嗽，胸口有点闷。"

一会儿，黄庄主戴着黑色礼帽走了出来，缀在帽檐上的金边有些脱丝，帽冠上的那朵蓝玫瑰也有些发暗。黄庄主经过妮妮小窝的时候，对趴在窝里张望着的妮妮叫道："妮妮，你要乖乖的。"妮妮看着黄庄主，几次想挣脱出来，可是六仔三猫死死地吸吮着它的奶头不松口，它迈不动步。

黄庄主神情肃穆地一步一瘸地走过木桥，走向他的"座驾"。我看着他的背影，忽然感到一股心酸。

他爬上车的那一瞬间，回过头来，对我与二叔微笑了一下。我突然从他的眼神里看到了一种视死如归的决绝。这令我倒吸一口凉气。

车子启动时，妮妮突然如一枚黄箭"嗖"地从窝里射了出来。它跃过木桥，冲上小路，跟着黄庄主的车子跑了好远。

晚风捎过来原野枯草腐叶的气味，我和二叔站在枇杷树下。

"黄庄主这次回城有点反常呢。"二叔自言自语，一脸困惑。

我也感觉不对头，但又说不出是哪里不对头。"是跟以前不一样。"我说。

事情来得非常突然。

黄庄主走后的第二天晚上十点左右，我从前院回竹寮休息。刚推开门，身后便响起一串急促的脚步声。还没来得及回头，就听到有人厉声喝道："不准动！"随即，两边有人扑上来把我两手往后一绞。"老实点，我们是警察！"我又听到了一声低喝。回头一看，五六个荷枪实弹的警察站在身边。这令我惊愕无比，出于自我保护的本能，我连声叫道："有话好好说，我不是坏人！"

一名警官模样的人低沉地对我说道："不要说话！"

接着，两名警察一把将我推进竹寮，按在竹椅上。三名警察冲进房间，开始了急切的搜寻。三名警察搜了一遍后，对视一眼，摇了摇头。

"身份证呢？"警官问我。

我对着床头努了努嘴，"枕头下。"

一名警察掀开枕头，取出我的身份证，边上刚好有我的那台从没用过的手机，他一并收了起来。

"手机没用过，这里没信号。"我说。

那警察按了按开机键，开不了机。"手机暂时交给我们保管。"他对我说。

我说："行，你们拿去。"

"你是这里的什么人?"警官问我。

"住客。"

"来这儿做什么?"

"养心。"

"养心?你心坏了?"

"是的,坏了。"

一名警察走来,在警官耳边嘀咕了一会。他们走出竹寮,在小道上交头接耳了一番。然后,那个审问我的警察回来,把身份证与手机交给我,说:"没事了,你休息吧,今晚不要走出房间!"

我惊魂未定地坐在竹椅里。我有一种非常不祥的感觉:黄庄主出事了。

打开窗户,探头向前院瞄去,我看到二叔正瘫坐在枇杷树下,几名警察围着他问话。太远,听不清楚。然后,我看到至少有十多名警察的身影游动在怡人庄各个角落。我再一次意识到,黄庄主应该是出了大事。

一个多小时后,怡人庄恢复了宁静。月亮悬挂在清冷的天空,水塘里传出几声凄厉的蛙鸣。感觉警察们应该撤走了,我准备去找二叔,我想他一定也如惊弓之鸟。我推开竹门,探出头,发现小道昏暗的阴影里仍然有移动的身影,我立马明白,他们并没有撤走,他们这是在蹲坑。

那个晚上,我无法入眠。后来,迷迷糊糊地睡着了,竟然做了一个梦。我梦见黄庄主坐在一条江边哭泣,江边有一片阴森的树林,江水像墨汁一样黑,黄庄主的眼泪像血一样红。梦境中,江的一端始于山巅,另一端伸向大海。梦醒,我觉得那地方既熟悉又陌生,想了半天,应该是南渡江,发源于海岛五指山,最终流向大海。

天已微亮,我打开窗户。

"收兵回城!"我听到有人在低声叫道。随即,两辆警车急速开来。我看到从怡人庄各个角落里走出来十多名警察,他们在枇杷树下汇聚后走出庄园，然后钻进车里，警车一溜烟地消失在小路尽头。天空灰蒙蒙，塘风冷飕飕，院子空荡荡，我感觉一阵阵凄凉。

二叔在房间里咳嗽。我在窗前叫了一声，他便哎哟哎哟地打开房门。我看到他脸上憋得通红，眼神浑浊黯淡无光。他奋力地咳嗽了几下，有什么含在口中。他捂着胸口，佝偻着腰，脚步沉重地走到门前下水沟边，一口浓痰带着血丝呼啸而出。我惊骇地看着他，一下子竟不知所措。他抹了抹嘴唇，对我沧桑一笑，问："昨晚警察闹腾了一夜，是咋回事啊？"

我想了想，安慰他道："没事，要过年了，岛城治安联防惯例，自然要来清查一下怡人庄啦。"

二叔摇了摇头，自言自语道："不会是黄庄主出了什么事吧？"

我笑了笑，道："他会有什么事呢，别瞎想。你再躺会儿，我去做早餐。"

我去厨房煮了两碗面条，端了一碗送到二叔房间。二叔摇了摇手，说："我吃不下。"我说："人是铁，饭是钢，不吃东西更没精气神。"二叔说："那去枇杷树下吧，我坐那儿等黄庄主回来。"

我和二叔坐在大木桌边，我像往常一样大口地吃着早餐，尽量不让二叔看出我的焦虑和不安。二叔喝了两口面汤，又咳嗽了一阵，"我总是担心黄庄主有什么事。"他有气无力地对我说。我笑了笑，安慰他道："二叔不要急，黄庄主没事的。"他还是一脸不放心，对我说："要不我们去岛城找黄庄主。"我摇了摇头，"那不行。岛城虽不大，但要找个人，还真如大海捞针。"我说，"就在庄里等着吧，黄庄主肯定会回来的！"

第四十四章 水落石出

那两天,二叔神情落寞地坐在枇杷树下。我如往常一样地忙着庄里的活儿,佯装成平安无事的样子。但是,随着二叔的一声声咳嗽,我心中便生出一种惶惶不可终日的感觉。我不知道二叔生了什么病,也不知道黄庄主出了什么事,事情有多大。我在心里默默地祈祷二叔的病快点好,祈望黄庄主早日平安归来——我多么希望这只是一场虚惊。

下午三点左右,一串警笛声从小路那头传过来,一辆警车"嘎"地停在桥头。我的兄弟大卫从车里钻了出来,走上木桥,"你这破地方手机也打不通,找你不亲自来还不行。"大卫一边走一边埋怨道。

我迎了过去,"大哥,你来得正好,你们的人前晚在这折腾了一宿。"

大卫笑了笑,"我知道。"

我看了一眼树下的二叔,他正盯着我和大卫。我把大卫往塘边小道上一拉,"大哥,借一步说话。"大卫随我走上小道。

我问:"你们干吗呀?把怡人庄搞得如临大敌似的!"

大卫看着我,一脸不悦,"你是明知故问吧?"

我说:"我真不知道发生了什么。你们的人搞得那么吓人,我都差点让抓走了。"

大卫摇了摇头,走了几步,说:"看来,你在这里待蠢了。"

我问:"到底发生了什么事吗?"

大卫立住,瞪着我,"前天晚上,岛城热闹着呢,全城大搜捕,多少警察一夜未眠。不过,还好,总算第二天早上抓到了——哦不,是投案自首了。"

我一惊,"谁投案自首了?"

"'三哥'!你们的黄庄主!"大卫说。

我目瞪口呆,说不出话来。

妮妮趴在不远处的小窝里,六仔三猫挤在它的怀里,它眼巴巴地望着我们,似乎在用心地听着。"你赶紧收拾收拾,跟我回岛城一趟。"大卫对我说。

我不解地看着大卫。

"你是八年前的跟踪记者,又是怡人庄园的见证人,你跟我回派出所做个笔录。另外,你还得给我完成那篇报道!"大卫说。

我点了点头。

我回到枇杷树下时,二叔脸上又憋得通红,正努力地干咳着,"我知道你们在说什么。"他停住咳嗽,看着我说。

我看了看他,没有说话。

"谈记者,二叔我不是个傻子。"他说。

我点了点头,"黄庄主确实出了点事,不过,没多大的事。大卫是我兄弟,他过来叫我回岛城帮帮黄庄主。放心,没事的。"

二叔再也忍不住,号啕大哭起来。大卫走过去对二叔道:"有啥好哭的,出了事就解决,哭有啥用?"

"黄庄主真的是个好人啊……"二叔哽咽着问大卫,"你们会宽待他吗?"

大卫笑了笑,对二叔说:"那不是我管的事,我想,法律会考虑他投案自首情节而从轻处罚的。"

后来,我看到西郊派出所呈报的材料中,明确写出了黄三强属于投案自首这一重要细节。这对法院量刑是有参考价值的。

二叔对我说:"给黄庄主带点吃的。"他佝偻着腰蹒跚地走进了厨房。一会儿,提着一只塑料袋子颤颤巍巍地走了出来。他把袋子放在我面前,"这都是他喜欢吃的。"我打开一看,有这两天我摘下的香蕉和水果玉米,还有几只我们当早餐的煮地瓜。大卫看着这些东西,"扑哧"一声笑了起来,说:"不能送。"我问:"吃的也不能送吗?"大卫严厉地瞪了我一眼,"我怀疑你送毒进去灭口!"我只好对二叔说:"听到了吧,不能送。"二叔抹了下眼睛,"你带在路上吃吧。"然后,喘了口粗气,说,"你告诉黄庄主,我病一好,就去岛城看他。"我点了点头。

"走吧。"大卫对我说。

车过崎岖小路,便是大转盘。大卫踩了下油门,老海马"哼哧"一声飞驶在通往岛城的大道上。"你还记得八年前抓捕'三哥'时茶几上的那个礼帽盒吗?"大卫问我。

"当然记得,张小潜送他的。"我说。

"这次,三哥戴着它回岛城的。"大卫说。

我淡淡地笑了笑,"不是这一次,他每次都戴着它回岛城。"

"你一点都没有怀疑过他吗?我可是第一次去你们庄里就怀疑上他了。"大卫说。

这话让我愣住了。是啊,一年时间,黄庄主有很多举止令我困惑,但平心而论,我确实没有怀疑过他是被追捕了八年的"三哥"。

海马在飞快地行驶。大卫向我讲起了黄庄主投案的过程。

警方接到情报后,立即开始了抓捕行动。十多名特警队员围住了那家咖啡厅,没料到黄庄主竟然再次奇迹般地逃走。市局震怒,立即下令全城搜捕。全市几百名警察地毯似的搜查,可以说滴水不漏,然而,折腾了一宿,竟然还是没找到黄庄主的蛛丝马迹。天放亮时,只好沮丧收兵。疲惫不堪的大卫带着两名协警回到派出所,刚把门打开,黄庄主便走了进来,微笑着向大卫伸出手,说:"我在你们厕所里待了一个晚上。"

晨曦中,大卫一下子僵住了。

"我这算自首吗？"黄庄主笑了笑，一脸认真地问。大卫这才反应过来，惊魂未定地连连点头，说："算，当然算。"两名协警一拥而上死死地抱住了黄庄主，大卫迅速从屁股后面掏出手铐铐住黄庄主。黄庄主笑了笑，说："别铐得太紧——放心吧，这回让我跑我也不跑了。"

大卫立即向市局做了汇报。

"能给我一杯水吗？"黄庄主对打完电话的大卫说。大卫看着面前这个八年来让他受辱让他恨得咬牙切齿的逃犯，突然发现自己已经恨不起他来了，倒像是个多年未见的老朋友。他镇定了一下，笑了笑，拍了拍黄庄主的肩膀，说："黄庄主，不，'三哥'，你真牛逼！"他亲自倒了一杯水，端给黄庄主。黄庄主一口喝下，抹了抹嘴巴，嘴角浮出一缕微笑，说："一个晚上没喝水，真是渴死了。"

市局的警车开过来了，全副武装的特警队员扑上来按住了黄庄主。黄庄主走上警车时，回过头来，对大卫笑道："谢谢你啊！"

大卫讲完黄庄主投案的过程，长长地呼出了一口气。

我感叹道："八年的隐姓埋名，大自然洗涤了他的心。"

大卫点了点头。

"人也抓到了，你的心愿也完成了，你可以进一步了。"我对大卫说。

大卫转头瞥了我一眼，叹息了一声，"也没什么想法了，也不想折腾了，就在派出所平安着陆吧，准备退休了。"

我说："大哥，没必要那么悲观吧，你离退休还有老远呢。"

大卫摇了摇头，"身体也不行了。"他转过头来，对我笑了笑，"到时候，我就到怡人庄园去钓鱼，不知谈庄主欢迎不？"

我说："绝对欢迎。我还代表黄庄主欢迎你。"

到了派出所。

我向大卫提出带我见一见黄庄主。大卫说："肯定见不了，正在审讯期间。"我说我跟他没案情可谈。"那也要等审讯结束。"一个警察走进来在大卫耳边低声问，"黄三强给谈记者写了封信，可以转给他不？"大卫瞄了我一眼，低沉地问："涉及案情吗？"警察说，"我们看了，无关紧要。"大卫点了点头，"那就给他吧。"他们声音很小，但我都听到了。

警察将信交给我，我打开看了起来——

谈记者：你好。

说来好笑，我躲在西郊派出所厕所里给你写这封信。

首先，你不要担心，我现在很好，主要是心情好。再过两个小时天就要亮了，那时，我就可以解脱了。八年了，我一直期望着这个时刻。

我知道你想听我的故事，现在好了，有时间跟你说了，说完我就轻松了。

我在三十岁生日那晚，喜欢上了一个给我送花的女孩，她叫张小潜。谁知，她家里不同意，嫌我无职业，是个道上混的。她嫁给了一个有钱人，我虽然痛苦，但也祝福她。我没想到的是，那个有钱人根本不珍惜她，新婚一个月，便有无数次家暴，差点将她打死。

我实在愤慨。于是，约那男人见面。我是一个人去的，哪曾想他带了几个马仔。马仔们上来便割断了我的脚筋。我成了一个残疾人，这是我无论如何不能接受的。一个月后我带着几个兄弟在华天酒店停车场把他砍了。也许是天意，我竟然跑掉了——对不起你的兄弟大卫，让他背了八年的黑锅。

我在岛外待了两年，然后，回到岛城，隐姓埋名来到荒郊野外租了两口水塘，取名怡人庄，就是想让大自然抚我残身慰我苦心。我自建竹寮，竹寮一脚跨在水里，一脚立在地上——那是我活着的方式，也是提醒自己时刻清醒，如履薄冰。

昼与鸡鸭为伍，夜看星星月亮。这是一场苦心的潜修，感谢大自然解开了我一个个心结。本可以从此忘了江湖，安安静静在怡人庄园过着日子。可是，那男人一直没有放下，他找不到我，就每天折磨张小潜，令她生不如死。这让我不得安宁，无法原谅自己，我骂自己是个懦夫、孬种。我发誓绝不放弃，并一次次潜回岛城，寻找跟他解决的机会。

昨天，我看完腿伤，给张小潜发信息，约他见面。他来了，我们面对面坐着。他明显衰老，身体有些虚弱，这令我生出惭愧。我说我们的事可以做个了结了。他问如何了结，我说你现在可以给我两刀，我绝不还手。但我只有一个条件，请你不要再伤害张小潜了。他问我是不是还爱着她，我告诉他，这八年我已明白了很多事理，已经放下了。他认为我还在帮张小潜说话，说明我还在爱她，并发誓还将惩罚她。至此，我已不想与他多说了。

而这个时候，我注意到咖啡厅进来了一些便衣。我问他是不是报警了，他说我是那种人吗？我立即明白是张小潜报警了。我站起身来告诉他：你老婆是爱你的，你真的应该好好跟她过。我起身去了洗手间，然后，再一次逃脱。

我知道岛城警察们为了我忙碌了一个晚上，我深感对不起他们。

我本来可以不跑的，我早已做好了被捕的准备——八年的躲藏，我不想再继续，我渴望解脱。可是，我觉得我应该让另一个警察来抓我。而那个警察，就是你的兄弟大卫，因为我欠他的。

我逃到了西郊派出所，大卫带着所里干警抓捕我去了。所以，我只好在他们厕所里蹲了一个晚上，并给你写了这封信。马上就要天亮了，大卫一回来，我就解脱了。

这一次，我不能再像以前一样回到怡人庄了。我动身前把怡人庄托付给你，是因为我相信你能把它好好地打理下去。我感谢老天爷给了我一个好地方，也感谢二叔、阿杰、你、妮妮的陪伴。我会怀念你们的。我也希望你把二叔和妮妮照看好。另外，我那车放在南华区玉沙村182号王大娘家前面的车场，你找王大娘拿钥匙，把车开回庄里备用。

好了，天要亮了，大卫也该回来了。祝你们一切都好。

黄三强

我读着黄庄主的信，泪如雨下。我连抽了三支烟，想让自己平静下来。

第四十五章　乘风归去

我准备去取黄庄主的车。我问大卫："那车不算赃物吧？"大卫思忖了一下，说："要不，我送你过去吧。"

我说："不要，我叫个摩的就行。"

"快去快回，我们等着你做笔录呢。"大卫说。

我按照黄庄主信上的地址，七弯八拐钻进了南华区玉沙村。这是岛城最后一个脏乱差的城中村，墙壁上到处张贴着拆迁公告和治性病广告。找了好半天，才找到182号。敲门，一位大娘从窗口露出脸，盯着我，冷冷地问："你找谁？"

"您是王大娘吗？"我问。

"你是谁？"

"我是怡人庄来的。"

听说我是怡人庄来的，她脸色一下子和缓了，说，"我就是呢。"我说，"大娘您好，黄庄主说车钥匙放在您这里，叫我过来取车。"大娘赶紧说，"好的好的，你快进来吧快进来吧。"她拉开门把我迎进了屋。

王大娘是典型的海岛乡村妇女，黑瘦，背有点驼，人显得苍老。她请我坐，给我泡茶。屋子简陋，但收拾得干净利落。我一眼看见正面墙壁上贴着一排"三好学生"的奖状，奖状边上贴着一张过了塑的照片。这照片引起了我的注意：两个年轻人，勾肩搭背站在岛城一座天桥上。"那奖状是我小孙子的，那照片是我儿子的。"王大娘一边向我介绍，一边递给我茶水。"左边那个小伙子似曾相识，他是谁?"我问大娘。大娘"呵呵"一笑,道:"那是强儿呢!"大娘见我一脸懵懂,笑道:"你们黄庄主呀!"我一下子想起来了,黄庄主叫黄三强。

我仔细端详起来,黄庄主当时应该二十来岁,面容清秀,身材单薄,头发向后梳着。穿着得体,上着蓝白条纹T恤,下着米黄军裤,大头皮鞋锃亮。我想,如果鼻梁上架副眼镜,就是上世纪文质彬彬的知识青年了。

我指了指黄庄主边上的小伙子,问:"您儿子?"

大娘道:"是呢。"

"您儿子叫什么名字?"我问。

"王伟。"大娘道。

"啊——"我大吃一惊,差点叫出声来。

"你认识伟儿吗?"大娘见我那惊愕的表情,问我。

我不知道怎么说,憋了一会,还是说了,"八年前……见过一面。"

"唉,那会儿他……"大娘叹息了一声,"年轻不懂事……"大娘擦了擦湿润的眼睛。

"大娘您怎么一个人住在这?"我有点好奇地问。

大娘叹了口气,"伟儿出事后,他媳妇也跑了……那时我小孙子才读一年级,没人管……我这老太婆子便从乡下过来照看小孙子。"

我似乎明白了。

"强儿怎么没来啊?"大娘问我。

"哦,忘记跟您说了,黄庄主出差了,要过段时间才能回来。"我说,"以后我会常来看望您的。"

"嗯嗯,没事,没事,你们忙工作要紧。"大娘眉开眼笑。

"黄庄主是不是经常来看您?"我问。

"是啊,他挺忙的,还每个月来看我,给钱还送吃的……这些年,多亏黄庄主啊,日子总算过得不难。还有那小潘,也常来看我,送这送那的。"大娘问我,"那闺女还好吧?"

"小潜?您认识小潜?"我惊诧地问。

"咋不认识呢,强儿来的时候,她总会过来呀。她身体不好,听说老公还经常打她……哎,那么个乖闺女,嫁错了婆家,作孽啊!每次来都哭得稀里哗啦,怪可怜的。"

我全明白了。

大娘回房里取了车钥匙交给我。我想起背袋里还有一些香蕉、玉米、地瓜,赶紧掏了出来,"黄庄主又给您捎了一些您爱吃的。"我给大娘递上。

大娘的眼睛又湿润了,说:"黄庄主真是好人啊……"她念叨道,"再过两年,我伟儿就要出来了……"

我点了点头。

告别了大娘,我开着黄庄主的农夫车去西郊派出所。一路上,我想着黄庄主,我对他有了更多的理解,也对他产生了更多的怜悯——毫无疑问,八年不算漫长的岁月里,他无时无刻不遭受着无可言说的心灵煎熬。

到了派出所,大卫安排警员给我做了证人讯问笔录,内容如下:

一、询问我当年见证抓捕黄三强的过程;

二、证明黄三强有六年时间确实潜伏在怡人庄园;

三、提供黄三强在怡人庄园的日常生活情况。

讯问完毕,我签字摁手印。

天近黄昏,大卫留我吃饭,我说不了。我惦念二叔与妮妮,我得赶回庄园。

出岛城的时候,我看到路边有家宠物店,立即停车,买了些火腿肠和饼干。我想起还有件事没有做,于是借店老板的手机给岛城小动物协会王秘书长打了个电话。六仔三猫越来越大,自私不懂事,只要妮妮一趴下,它们就扑上去含着乳头一顿猛吸,妮妮明显营养不良。前些日子,黄庄主对我与二叔说:"这样下去,妮妮会被拖死,得想个办法。"我提了个建议："要不,把小狗和小猫送掉吧?"二叔问："送给谁呢?"我想了想,觉得有一个合适的人选,岛城小动物协会的王秘书长。

我在电话里把情况一说,他便欣然同意收养。"明天傍晚,你在庄里等我。"他说。

我回到怡人庄园里的时候,天已完全黑了下来。

二叔一边咳嗽一边在厨房里煎着他自制的一种草药,空气里弥漫着一股浓浓的药味。"你见到黄庄主了吗?"二叔一边咳嗽一边问我。

"没见到。"我摇了摇头。

他长叹了一声。

"你回房休息吧。"我说。

二叔的身体越来越糟糕了,饲养鸡鸭和妮妮的工作全由我接手。我给鸡鸭上完食,收拾好鸡棚鸭舍,又给妮妮送上火腿肠饼干。妮妮似乎不喜欢吃,只是趴在一边看着六仔三猫们吃得不亦乐乎。

二叔在房里咳得厉害,我走了进去。二叔躺在床上,眼睛直直地瞪着天花板。我说："二叔,我得带你去医院看看。"二叔摇了摇头,喘着气,"没事……没事。你帮我换个电池,收音机……没……声音了。"他试着想坐起来,却无力坐直。我扶着他,给他背后垫了个毯子。我回竹寮取了两节电池给他换上,收音机还是没声音。我说："可能是零件坏了,要不把我房里那台拿给你吧。"二叔说："别拿了,你也早点休息。这两天你太累了,辛苦你了。"我安慰他："没事,你病好了我就不累了。"

"你那养狗的朋友什么时候来?"他忽然问我。

"忘了告诉你,他明天傍晚来。"

"你要记得让它们吃顿团圆饭……再送走啊。"二叔吩咐道。

我点了点头。

第二天早上,我去镇上买了些猪骨头,煮了一大锅。这是妮妮最喜欢吃的美味,妮妮闻到了肉香,不时地跑进厨房,缠着我的裤脚,嘴里呜呜叫着。我对它说:"我知道妮妮想吃肉,等会儿吧。"妮妮便乖乖地回到它的小窝。

傍晚时候,王秘书长开车带着一个网箱来了。

骨肉分离的情形我不忍直视。

我端着肉骨头,带着王秘书长走近妮妮。妮妮趴在窝里,六仔三猫挤在它怀里,吸吮着干瘪的奶头。我看到妮妮的奶头都已变白,有两只还裂开了口子,血丝往外渗出……我想象着妮妮遭受的哺育之苦,心里一阵阵难过。

妮妮见我端着骨头来了,努力地挣脱那些小家伙,站了起来,尾巴一个劲地摇摆着,显得无比幸福。当它看到我身后的王秘书长时,一下子变得机警——它立在那里,鼻子嗅着,嘴里呜呜着,一会儿看我,一会儿看秘书长,一会儿看着身下的六仔三猫。

我把骨头全部倒入铁盆,妮妮迟疑地走过来,回头看了看窝里的六仔三猫,似乎是在召唤它们过来一起用餐。妮妮咬了一截骨头,走到一边,趴在那里啃咬起来,明显是把位置让给小家伙。六仔三猫一个个争先恐后爬起来,拥到铁盆边,嗅的嗅,舔的舔,咬的咬,不亦乐乎。它们当然不知道这是最后的团圆饭,也是此生分离的告别饭。

我蹲下,抚摸着妮妮的头,说:"妮妮,你也知道,阿杰走了,黄庄主也回不来了,二叔又病了,我又要忙些乱七八糟的事,真的没人照顾你们。"

妮妮眼睛一眨不眨地盯着我。

我又摸了摸它的背,问它:"你听明白我的话了吗?"

妮妮不出声,任我如何揉捏它,也无动于衷。"你要是没听明白,那也没办法。我就不征求你的意见了,我替你做主了。"

王秘书长轻声问我:"可以捉了不?"

我点了点头。王秘书长便蹲下身来,伸手抓起一只小狗。这一刹那,妮妮似乎明白了什么,它立即站起,对着王秘书长吠了两声,似乎是在警告他不要靠近。我伸手压着妮妮的背，不让它站起来。妮妮只好趴下，一脸无奈地望着我，似乎是在问我："这是为什么呢？"

我一边按住它，一边轻轻地抚摸它。我说："我知道妮妮舍不得，但是，崽大分家，女大当嫁，你要让它们独立啦！"妮妮不出声，眼睛瞪着王秘书长，看着他将六仔三猫全部放进了网箱。王秘书长关掉铁窗，站起来，拍了拍手，我便松开了妮妮。妮妮如箭一般射向网箱，围着箱子，嗅着，舔着，呜呜地叫唤着……

王秘书长带着六仔三猫走了，妮妮疯狂地追赶着王秘书长的车，任我如何叫唤也不肯回头。直到夜里十点多，我回到竹寮，刚准备躺下，便听到门外妮妮的吠声。我欣喜它回来了，我跳下床，打开门，它便一头冲了进来，扑上来，咬住我的裤腿，死劲地往外拽。我想它可能还在遭受着骨肉分离的痛苦煎熬，或者是对我无情的拆散充满了怨恨。我蹲下，抚摸着它，说："妮妮，我知道你还在想念仔仔们，过几天就好了。"它默默地望着我，我惊恐地发现它竟然眼泪汪汪！过了一会儿，它又一口咬住我的裤腿，使劲地将我往外拉。

"你怎么了，妮妮？"我想它可能是饿了，我记得包里还剩下一条从岛城带回来的火腿肠，赶紧取出来放在它面前。它连看都不看，仍然盯着我，眼泪汪汪，然后，又死咬我的裤腿，把我往外拖。我更是觉得奇怪了，我蹲下去，问："到底咋了，妮妮？"

它不理我，仍然咬着我的裤腿不放，我只好随它走出竹寮。

它放开我的裤腿，径直往院门奔去，然后，在桥头停下，立在那里等我。我走过去，它便在原地不停地转圈，嘴里哼哼唧唧，神情显得极端烦躁与焦虑。我从来没有见过妮妮这样的情形，我非常惊诧，我蹲下按住它，一遍遍地抚摸它的头和背，问："妮妮啊，你到底怎么了？你是要告诉我什么吗？"

妮妮被我按着趴在地上，也许是累了，它终于安静了，埋下头，神情沮丧地喘着粗气。它一直趴着，任我怎么逗它哄它唤它，全然不再理睬。后来，我实在有些困了，只好放下它，回了房间。

第二天早上,我起床时,看到妮妮仍然趴在桥头,一动不动。我心里一阵难过,给它送去了鸡蛋和昨晚它没吃的那根火腿。它抬起头,看了看,用鼻子嗅了嗅,却没有吃。

我照顾二叔吃早餐。二叔说,昨晚一直听到妮妮在哭。我说你这是幻觉吧,二叔说是真的,狗哭不吉利啊,看来有什么事要发生了。我说你别整那些迷信的,二叔不再言语。我劝二叔跟我去岛城看病,二叔死活不同意,说挺几天就会好的。我说必须去,庄园人手不够,早点治好病我也轻松点,二叔这才同意了。

我扶着二叔走上木桥,妮妮抬头看了我们一眼,二叔声音微弱地叫唤了一声妮妮,妮妮没有动弹。

我开着"农夫车"经过琼州大桥时,桥道上一片狼藉,人山车海,严重堵车。许多交警在忙碌,一问才知,昨晚十点大桥上发生了重大交通事故:岛城小动物协会王秘书长驾驶的小轿车与一辆重型水泥车在桥上相撞,两车越过桥栏,掉落于南渡江中。

我两脚瘫软,双手握不住方向盘,只好把车停靠一边,平复情绪。我明白了,妮妮昨晚死咬我的裤腿往外拖拽,原来是它感应到了灾难啊!

风萧萧兮江水寒。生命如此脆弱,王秘书长带着妮妮的六仔三猫去了天国。

第四十六章　缘来缘去

我带二叔在岛城医院做了一番检查。医生把我叫到办公室，举着X光片，低沉地对我说："肺癌晚期。"那一刻，我如五雷轰顶，僵立如石。医生说："带他回家吧，吃好喝好。"我点了点头。

带二叔回庄里的路上，我把车停在一家商场前，我对二叔说："我进去买几瓶好酒。"二叔感觉奇怪，"我都戒酒了，你也不喝，干吗买酒呢？"

我说："医生说了，你没什么病，保持心情快乐就行，想吃什么就吃什么，想喝一口就喝一口。"

二叔听了很开心，说："行，回庄里我们好好喝一杯。"

我笑道："回去杀只大阉鸡——医生说，你缺营养，得把伙食搞好。"

二叔说："那么大一只鸡，我们俩人也吃不完，还是等黄庄主回来一起吃吧。"

我说："还有妮妮呢。"

二叔点了点头。"能不能去看一下黄庄主呢？"他问。

我摇了摇头，说："看不了，案子还没结。这期间，看守所不让进。"

二叔叹息一声，说："没想到会有这么一天。"

我问："什么这么一天？"

二叔笑了笑，说："没想到我这身体会有这么一天……"他一边说着，一边猛烈的咳嗽起来。

我不敢多说了，我想，机灵的二叔可能意识到了什么。

"不过，我也知足了，"他看着车窗外，似乎是自言自语，"我这个人，一辈子就是贪杯，幸亏黄庄主带我到庄里戒了酒，让我多活了这些年。"

"没事的，二叔，保持好心情，病就会好的。"我安慰道。

后来的那些日子，我仍然穿梭于岛城与怡人庄之间，我想用最快的速度为大卫弄完那篇报道。每天早上，我把二叔的饭菜做好，然后出庄，采访结束，无论多晚，必须赶回庄里。

二叔在床上发出一阵阵不祥的咳嗽时，妮妮趴在床边，眼巴巴地望着他。人与狗相依为命。

二叔咳嗽得越来越厉害了，而且一次比一次咯血多。"昨晚梦见我老娘了。"他倚坐在床头，眼里滚出两行浊泪，吧嗒吧嗒掉在手中的收音机上，"我老娘都死了快三十年了，怎么会梦到她呢？"他又开始自言自语。

我装出一脸轻松，笑着问他："老娘说什么了？"

"老娘叫我去寻回她的孙子。"

"你想家了，想儿子了。"我笑道。

"可是我上哪找我的儿子呢？"他似乎是在问我，也像是在问自己。

"跟他娘俩一直没联系吗？"我问。

他摇摇头，抹了抹眼睛，"那年离完婚，我便上了岛城，老婆带着儿子跟一个包工头去了大陆。"

"你从没打听过吗？"我问。

他又摇了摇头，过了好一会儿才说："离婚了还打听啥呢？"

我也不知道如何安慰他了，"要不，我送你回老家吧。"我试探着问他老家地址，但他不肯告诉我。他看着我，很坚定地说："不回了，老家也没什么人了。"他一把握住我的手，"谈记者，我不想离开怡人庄，假如我死了，你就把我埋在庄里！"

我笑了笑，安慰他道："你身体好好的，哪会死，别瞎想。"我想，这块地是黄庄主从村里租来的，村里怎么会同意这种事儿。

二叔似乎看出了我的心思，说："你把村长叫来。"

那天下午，我真去村里叫来了村长。

二叔手抖脚颤地从床上坐起，握着村长的手，说："我喜欢灵山，也爱怡人庄，我死了，你能不能让我埋在这里？"

村长先是吃了一惊，然后，沉静了一下，摇了摇头，说："这个……外姓人不能葬村里啊。"

二叔凄惶笑道："我会做饭菜。我到地下后，可以给村里的先人们当厨师啊。"

为了让他开心，我也开玩笑地对村长道："对呀，就让二叔留在村里吧，他有一手好厨艺呢！"

村长也笑，道："我回去跟大伙说说。"

第二天，村长来了，把我拉到一边说："村里人不同意。大家都希望二叔叶落归根，回自己老家。我发动村民去找二叔老家了，到时，村里人都来送他。"

我点了点头。

几天后，一个小伙子开着一辆皮卡车来到怡人庄。村民们已经找到了二叔的老家，他侄子专门来接他回家的。二叔仍然不同意回去，他手抓着床板，不肯松手。我抚摸着二叔的手，哽咽道："二叔，回家吧，安心……养病，病好了……再回庄里。"二叔不说话，眼睛闭着，眼角滚出两行浊泪。

我把房里的岛城牌老式收音机放在他耳边，收音机里又响起那熟悉的锣鼓咚锵胡琴悠扬，我们清楚地听到那女子幽怨地唱道：犹自深闺怯晓寒，暖风吹梦到临安……

一轮斜阳挂在冬日原野上。

一缕风吹过来。

二叔出庄的时候，村长带着很多村民来送行。

收音机里咚咚锵锵的锣鼓声与激昂悲愤的唱词在泥泞小道上洒了一路，然后，与灵山村竹林中那群叽叽喳喳的喜鹊的叫声遥相呼应。就在这个时候，瘦弱的妮妮像一枚黄色利箭，冲出小窝，跳过栅栏，跃过桥头，朝着皮卡车消失的方向射去……

我往返于岛城与庄园之间。我已经决定不再为大卫写八年前那篇跟踪报道了，我觉得那已经没有新闻价值了。我想将大卫与黄庄主这八年的恩怨写成一部追捕与自首的小说，为了收集一些材料，有时会在岛城待上两天。

怡人庄里，只有形单影只的妮妮了。

它仍然忠于职守。白天，它拖着皮包骨头的身子看家护院，到了晚上，它蹲守桥头，眼望小路，静静等待。阿杰、黄庄主、六仔三猫、二叔，接二连三的生离死别，已将妮妮击倒，它日渐枯槁。我再次相信了黄庄主说的那句话："怡人庄的所有生命，都是我们最亲的一员！"

每当我回到庄里，刚下车，它不知从哪里钻出来，扑上来，缠我的脚，咬我的裤腿，嘴里呜呜地叫唤，在我面前欢快地跑着，把我送到竹寮门口。我知道，它见到了唯一的亲人，惊喜不已。看着瘦骨嶙峋的妮妮，我心酸极了。我总是抑制着难过，蹲下身来，抚摸它，拥抱它。我会掏出从岛城带回来的最好的食品，放在它面前。但它只是嗅一下，并不去吃。我预感到妮妮的日子不会太久了，心里充满悲凉。我一天比一天纠结，不敢与它有太多的亲近，更不敢给它太多的抚慰——我真的害怕我承受不了分别的痛苦。

几天后的一个深夜，我在竹寮里写作。妮妮悄悄地从门里溜了进来，钻到床底下，静静地睡着了。偌大庄园，妮妮有很多地方可以选择，但它选择在我床下离去。妮妮，你的儿女们在天国等你，你不会再孤单了。

我把妮妮埋在枇杷树下，让它头枕着荷塘，尾朝向院门。妮妮长眠在树下，守望着怡人庄园。世间万物均有灵性，妮妮，希望我们来生还能相遇。

怡人庄，我留下了。

我等着黄庄主，等着阿杰，等着二叔，等着妮妮，我等着过去的所有。我相信他们都会回来，我相信逝去的都会因怀念如约而来。我过着简单的生活，困了，在某棵歪脖子树下打个盹；饿了，吃一口粗糙的食物。荷塘里绿荷点点，鱼儿们在水中快乐嬉戏，鸡鸭们在树下无忧觅食，果蔬们在地里自然生长，就连原野上的小草、蟋蟀、蛙蛭们都是那么简单地生存着。

某个清晨，一位女游客走进了怡人庄园。

"你……你是谈天吗？"她看着我，一脸笑意。我也一眼认出了她——"老师！"我惊喜地叫道。

握手，互相凝视。

"你还是老样子。"她说。

"你也没变啊！"我说。

岁月在她身上似乎没有留下什么痕迹。她还是那么时尚，一条牛仔裤，配着一双小筒靴，一件青色风衣勾勒出她修长的身材，披散在肩的长发使她仍显优雅与年轻，脸上荡漾着一种超然物外的成熟与丰盈的微笑。

老师说真没想到会在这里遇上我。她说她是回岛城旅游的，顺便来看看那十八幢房子，听人说边上有个开满荷花的农庄，就带着好奇心来了。

我俩坐在观荷亭上，时值初春，荷塘里只有毛茸茸的小荷，虽没有荷花，但仍可闻到季节的幽香。她告诉我，她刚刚经历了婚姻的变故。我也告诉她，我这些年的不顺。她说道："都不容易，我们要好好地活着。"

当我提起那段往事时,她沉默了。过了好一会儿,她说:"那只是寂寞灵魂的碰撞。"

"没有一点点爱吗?"我轻声问。

她笑了笑,平静地看着我,答非所问:"把一些事收藏好,不去打扰,不去唤醒,会更加美好。"

虽然我对她如此简单地回答我的提问有些沮丧,但我也同意她的这种观点。她突然问我,"你后悔过吗?"我摇了摇头。"你后悔过吗?"我盯着她的眼睛反问她。她也摇了摇头。

是的,为什么要后悔呢?穿过时间的雾霭,多少爱夭折于擦肩而过,多少情湮没于命运之海。漫漫人生路,我们将走过多少未知的驿站,经过多少迷蒙的旅程。这每一站每一程,都是生命无法分割的部分,构成了悲喜交集的有情人生。

"在我们最年轻的时候遇上,没有后悔。"我说。

她点了点头,眼里有些湿润,"你真的长大了。"

"我们还会再见吗?"我问她。

她擦了擦眼睛,莞尔一笑,"缘来了,即便天涯海角,自然会有相见的一天;缘去了,即便街角相逢,也会擦肩而过。为何要平添烦忧呢,为何要放不下呢?"

我点了点头。

第四十七章　殊途同归

春暖花开的时候，西北面那十八幢建筑彩旗飘扬开盘出售。大转盘到灵山村的小路也进行了拓宽改造，更令我惊喜的是，怡人庄的通信网络搭桥开通了。看着手机里那满格的绿色信号，我便想起了阿杰，想起了他爬上石头房寻找信号的样子。我的眼里有些湿润。

我去镇上买鸡鸭饲料。店老板还没开门，我捡起门边桌上一张《岛城日报》看了起来，一则新闻吸引了我：

　　岛城的好人，你在哪里？

　　日前，本报接到我市福利院的求助，希望帮助寻找一位好人——岛城地产集团总裁、我市著名企业家邹健先生。邹健先生于近日将全部财产捐给了我市福利院，收养了100个儿童。随后，便失去了联系。福利院希望通过本报找到邹健先生表达敬谢之意。

　　本报记者立即前往岛城地产公司所在地，发现公司搬迁，人去楼空，确实无法联系上邹健总裁。据了解，邹健先生早年来海岛创业，白手起家，目光敏锐，经过十多年的奋斗，创造了从1000元到千万富翁的财富神话。近年来，他作为岛城公益家，一直关爱社会，以一己之力帮助了众多弱者，为社会输出了正能量……

邹健？！我目瞪口呆。

这简直是不可思议的事情。

我拨打邹健的电话,电话关机。

他会去哪呢?突然,我有一种预感,他会来找我。

那一夜,我无眠。

清早,我起床推开窗户,一眼就望见邹健背着一只旅行袋从小木桥上走进了怡人庄。我赶紧出门,快步追过去,兴奋地叫道:"我就知道你会来!"

邹健对我嘿嘿一笑,"这次来就不走了,陪鸟诗人当农民了。"

我哈哈大笑,奚落他:"你真舍得那些?"

邹健点头道:"舍得舍得,全扔了全扔了,现在感觉一身轻松。"

放下行李,我与邹健坐在枇杷树下的大木桌旁聊了起来。他告诉我,他把公司过了户,股份也兑现了,财产都捐了。"真的全捐了啊?"我问。"全捐了。"邹健笑答。

"怎么想通的呢?"

"因为有你呀,我来过怡人庄,我知道,即便我捐完再回到穷光蛋,我也饿不死了,因为我有个当农民的兄弟!"邹健笑道。

我说你就瞎扯吧,这不是想通了的理由。

邹健认真地说:"你那次骂得对。要那么多钱干嘛,生不带来死不带去。钱就是王八蛋,有了钱,念头就多了,胆子就大了,什么坏事都敢做了。"

我笑了笑,仍然觉得他说的这些构不成裸捐的理由,"你肯定还有其他原因。"

他不再贫嘴了,神情有点沮丧地说,有一天,他感觉下体不舒服,去医院做检查。医生拿着检验单,瞪着他问:"你经常乱搞吧?"

邹健摇了摇头,脸有些红,"以前乱……过。"

医生一脸严肃,"你的问题挺大!"

邹健忐忑不安了,一脸懵逼地看着医生。

医生问:"有孩子了吗?"

邹健说："我还没结婚……"

"那你赶紧治！拖久了怕生不了了。"医生看了看他，"你的经济情况如何？"

邹健答："钱不是问题。"

医生点了点头，"有钱就好。这样吧，治好性病后，你先来保存精子，等有老婆了再来做手术。"

"什么手术？"邹健只觉天要塌下。

"人工试管婴儿。"

"我未来的老婆会愿意做这种手术吗？"他问。

医生笑了笑，嘲讽道："你们有钱人不是喜欢找代孕嘛——只是费用高些。"

邹健摇了摇头："我能相信那个我不认识的女人肚子里怀的真的是我的种吗？"

医生道："那你自己决定好了。"

打了半个月吊瓶，吃了一个月药丸，性病总算治好了。养精蓄锐两个月，邹健去医院做了精子测试。医生拿着报告单，看了又看，头摇了又摇，说："你的精子根本做不了保存。"邹健打了个冷战，问："你的意思是我不可能有自己的孩子了？"医生点了点头，"当然，也不能完全绝对，建议你慢慢地调养，也许会有奇迹呢。"医生安慰他。

邹健一阵晕眩，大脑似乎要爆炸。他从医院出来后，公司也不去了，万念俱灰。

我听得有点伤感，鼻翼有些发酸。我相信了邹健说的这个理由。

邹健望着我，笑了笑，"兄弟，这就是命。我把财产全部捐给福利院，收养一百个孩子……"

我笑了笑，"这样也好。你在岛城虽然没得到一百个女人，但你得到了一百个孩子。这是大得，也是大德呀。想过没，当你要死了，一百个孩子跪在你面前，哭喊着爹爹的时候，那场景是多么壮观，你是多么自豪！"

邹健说:"鸟诗人,你永远是狗嘴里吐不出象牙!有些天我也很失落,奋斗了这么多年,算是把整个青春都献给了岛城,如今又一无所有……不过,现在心情好了,想想能够让一群孩子生活得幸福,我也觉得自己蛮牛逼蛮有价值的。"

我点了点头。

"你这个好人失踪这么久了,不能让岛城人民为你担心着急。"我笑道,拿出我的手机,按照那条新闻提供的联系方式,给记者打了个电话,"请你们转告岛城人民,邹健先生裸捐后当农民去了。他确实已经一无所有,估计要靠干农活卖苦力为生了!"我对记者说。挂掉电话,我与邹健相视大笑。

我请村里人砍了几车竹子送过来,与邹健一起动手,依着荷花塘又搭建了两间竹寮。这一次,我没有让它们跨在水塘里,我让它们稳稳地立在原野上。我想,这回怡人庄是脚踏实地了。

我给大卫打电话,大卫一阵惊喜,"不错,终于有手机信号了。"我问他有空来庄里不?他问啥事?我说庆祝我的二房圆满建成。电话那端没了声音,数秒后,他问道:"难道新庄主登基纳妾了?"

我一阵狂笑。

我解释说,"盖了两间竹寮,给你一间钓鱼专用的,你得找个时间过来看看。"

"我还以为你娶二房了呢,很快就去很快就去!"他在那边笑道。末了,他问,"你接到通知了吗?"

"什么通知?"

"戒毒所刘所长可能打不通你的电话——那我转告你,李小菲在戒毒所里表现很好,戒毒非常成功,这周末提前释放了。"

我叫道:"太好了!"

"你要把她接到怡人庄吗?"大卫关心地问。

我沉吟了一下,点了点头:"是的。"

大卫说："好，解铃还须系铃人，她的伤确实需要你来治。"

周末的清晨，朝霞满天，怡人庄沉浸在一片紫红的薄雾中。邹健升起了炊烟，他知道我要去接小菲回庄，他说要做一顿好饭菜招待小菲。

我赶到戒毒所，在大门口等了一会儿，小菲便走了出来。我迎上去，无言地抱住了她。"我以为你不会来。"她在我怀里哭得稀里哗啦。我笑了笑，问她："想去哪？"她望了望天空，眼里一片空洞与茫然。

"要不，回我们原来住的地方？"我低声问她。

她肩头一震，眼里掠过一丝惊慌。我哈哈一笑，说："放心，不去那地方。"她抬起头，泪眼婆娑，幽幽地问："去哪？"我道："去怡人庄园。"我看了看她，"你会喜欢那里的。"她点了点头，对我微微笑了笑。笑容凄迷、酸楚。

我们回到怡人庄园时，邹健做的饭菜已经端上了桌子，鸡鸭鱼果蔬齐全。小菲埋着头吃饭，不说话。我与邹健说些笑话缓和气氛。我知道，阴影还在她心里没有散去。

吃完饭，我带她去看她的房子——新建的竹寮。我指着竹寮对她说："这里就是你的家。"她点了点头，蹲在门前看我种下的百香果苗。我告诉她，它们现在还是小苗，但会茁壮成长，不久便绿荫如棚。夏天，它们会开出七彩花儿，朵朵如轮盘；秋天，它们会挂满果实，丰硕红润。小菲开心地笑了。

竹寮另一边有一块荒地，生长着一些低矮的海岛野生兰菊。几朵盛开的菊花，花瓣上带着朦胧的橘黄。风吹过来一缕清香。小菲凑近嗅着。"香吗？"我问。她微笑着，眼眶有些湿润。我摘下两朵小菊花，插在她的发上，哼起很久以前编的那首歌：

  人家的女友有车开，

你叔我钱少不能买,
摘上了二朵野菊花,
给我家菲儿戴起来,
哎哎哎戴呀嘛戴起来……

"还记得吗?"我问她。

她点了点头,脸上飞过一片红霞,"记得。"

几天后的一个黄昏,大卫背着一箱钓具来到怡人庄。

枇杷树下,大卫告诉我们,因身体原因,他办理了内退,"摸爬滚打半辈子,算是尽心尽力了,现在就是寻一处归宿。"他说。

我说:"大哥,怡人庄园欢迎你。"

为了欢迎大卫的到来,也为了庆贺我们在怡人庄的团聚,我们合力做一桌饭菜:大卫钓鱼,邹健抓鸡宰鸭,小菲择菜洗盘,我翻锅掌勺。

"要不去村里搞点地瓜酒给大哥喝?"邹健问我。

我说:"算了,不去打扰村民们。"

我想起我曾给二叔买过两瓶好酒。那阵子事多,没来得及陪二叔喝。"二叔,对不起了。"我心里默念道,便去二叔房里把那两瓶酒找了出来。

夕阳西下,枇杷树挂绿,木桌上饭菜飘香。我把每人面前的酒杯斟满,提议每人说两句。我举杯,说:"欲念追逐成过往,爱恨情仇成云烟。"手一抬,见了杯底。大卫端起杯子,说:"笑看红尘多少梦,一杯浊酒慰平生。"说完脖子一仰,杯中滴酒不剩。邹健也端起酒杯,嘿嘿地笑了笑,说:"我不懂念诗,就自罚三杯。"他仰头三次,往喉咙里倒了三杯。小菲捂着嘴,望着我们笑,迟疑着端起酒杯,说:"我喝不了酒,要不,我给大家唱首歌。"小菲放下酒杯,唱起了歌:

> 我劝你早点归去
> 你说你不想归去
> 只叫我抱着你
> 悠悠海风轻轻吹
> 冷却了野火堆
> 我看见了伤心的你
> 你叫我怎么舍得离去……

我知道，这是小菲最喜欢的一首歌。小菲的歌声充满了一种无与伦比的沧桑之感，那是一种经过磨难后对音乐的顿悟。我突然明白，那正是她以前缺少的那种音乐情感。"好听好听！"大卫与邹健拍着手叫喊着。我也沉浸在她的歌声中，过去的一幕幕在我眼前浮现，我鼻翼发酸，有种想哭的冲动。

沉寂的怡人庄终于传出了欢歌笑语。

当太阳从原野上升起，天空一片绚烂。机场那边又隐约传来飞机升空的轰鸣，灵山村里也飘出一抹抹炊烟。田垄上，一头母牛带着一头小牛悠闲地啃着沾满了露珠的野草。我们也开始了日常的劳作：邹健身强力壮，热爱土地，他主动请缨负责那片我与阿杰始终没有开辟出来的抛荒地上的垦荒种菜工作。小菲喜欢上了庄里的鸡鸭，她担任鸡鸭饲养员。她穿着牛仔裤，戴着小草帽，提着满满一桶饲料走向鸭舍鸡棚。大卫炉火纯青的养鱼垂钓技术在怡人庄发挥得淋漓尽致。草鱼和鲫鱼都爱吃草，大卫每天早上去原野上割草，挑回来剁碎，拌在鱼饲料里一起抛向塘里。忙完这些，他会坐在塘边开始垂钓。

我呢？劈柴做饭——火头军一枚。"开饭啦！"我系着围裙，敲着铁盆，一声吆喝，大家便齐聚枇杷树下。围坐大木桌边，咀嚼着我们自己生产的饭菜。饭毕，来一壶黄庄主留下的老叶子枇杷茶。小菲尝了尝，咂了咂嘴巴，伸出舌头，叫道："好苦！"我抿了一口，学着黄庄主的口吻："浮生若茶，甘苦一念……"邹健喝了一口，答：

"不经苦,何来甜?"大卫也端起茶杯,总结道:"一念苦,一念甜,转个念就是希望。"在怡人庄,在枇杷树下,大家俨然都成了茶学家。

而当太阳落水,晚风便从原野上吹过,一缕歌声也会随风荡漾——

> 久久不见久久见,
> 久久相见才有味,
> 阿哥哎!
> 好久不见真想见,
> 见到阿妹心欢喜,
> 阿妹哎!……

这样的时刻,邹健打着赤膊,蹲在枇杷树下,研究着那把缺了口的铁锄。大卫辗转反侧于塘边的那张吊床,惦念着某条放生后的罗非鱼是生是死。小菲一次次往返鸡棚,探望那两只生了病的小鸡。我收拾完厨房,备好明天的餐料,便溜进竹寮去写我那部才开头的小说……

我的竹寮有一棵夜来香。每个夜晚,寂静如月,暗香浮动,沁人心脾,伴我入梦。但是,我再也没有梦见那个笑容甜美眸如星辰脚步轻盈裙摆飞扬的美丽女子了——那个越过原野、蹚过小溪,从天边向我翩跹而来的女子去了哪里呢?

怡人庄在哪里?

在一片苍茫的原野之上,在太阳升起的地方,在日落而息的地方,在水云深处百香果开出七彩轮盘花的地方。

后　记

　　这一晚，院子里显得很静谧。塘边路灯洒下一串昏黄，夜来香伸展枝丫花香扑鼻，鸡鸭们早早聚集舍中，肥鹅们以不变的姿势浮于水面，林子里的夜鸟偶尔"叽喳"几声……我坐在小阁楼上，鸟瞰夜色中的庄园，涌出无数感慨。

　　离开繁华都市六年。六年里我做了一个农庄梦，这个梦让我劳累，也带给我一种从未体验过的另类生活，我相信它将成为我人生最重要的一部分。

　　这部小说构思于几年前，我想以一个庄园为背景，写一部带有魔幻意味的小说，毫无疑问，它是一部关于灵魂回归的作品，也是一部明显带有试验性质的作品。我原想一气呵成——我喜欢那种痛苦并快乐的感觉，然而，正当我踌躇满志渐入佳境时，惨绝人寰的台风降临，农庄遭受了灭顶之灾。从那天开始，我中断写作，投入到艰辛的农庄重建中。这一停，便是几年。几年里，我无时无刻不心系这部小说——我知道，我必须完成它，我没有退路。我庆幸我这样做了，我欣喜我完成了它。

　　小说初稿打印出来近三百页，有的朋友等不及了便复印来读，这令我感到了一种莫大的欣慰。在此，我真诚地感谢朋友们对这部小说的关注。

　　如果小说里看到了熟悉的影子，请不要对号入座——这只是一部小说，你懂的；如果小说里对怡人庄扯了太多闲话，或者涂抹了太多颜色，或者泛滥了一把矫情，请理解——因为我太爱那个自然的所在；如果小说中我不按规则出牌，或者自说自话，那也不要怪我——我就是一匹狼，把我扔回荒原吧！

再次回眸原野。

原野最值得我们信赖，最值得我们凝望。自由自在地走向原野，踏踏实实地伫立原野，去吮吸它的芳香，去触摸它的温润，去感受它的胸怀，去追思、沉吟、袒露、哭笑、歌唱……你的心灵将会完成一次救赎，你的生命将会获得一种质感。

2020 年 11 月 18 日于怡人庄园

图书在版编目（CIP）数据

岛城往事 / 唐彦著 . —— 北京：新星出版社，2021.6
ISBN 978-7-5133-4514-9

Ⅰ.①岛… Ⅱ.①唐… Ⅲ.①长篇小说-中国-当代 Ⅳ.① I247.5

中国版本图书馆 CIP 数据核字（2021）第 088776 号

岛城往事

唐彦 著

责任编辑：高晓岩
责任校对：刘 义
责任印制：李珊珊
封面设计：斑 马

出版发行：新星出版社
出 版 人：马汝军
社　　址：北京市西城区车公庄大街丙3号楼　　100044
网　　址：www.newstarpress.com
电　　话：010-88310888
传　　真：010-65270449
法律顾问：北京市岳成律师事务所

读者服务：010-88310811　　service@newstarpress.com
邮购地址：北京市西城区车公庄大街丙 3 号楼　　100044

印　　刷：北京天恒嘉业印刷有限公司
开　　本：910mm×1230mm　　1/32
印　　张：11.75
字　　数：220千字
版　　次：2021年6月第一版　　2021年6月第一次印刷
书　　号：ISBN 978-7-5133-4514-9
定　　价：48.00元

版权专有，侵权必究；如有质量问题，请与印刷厂联系调换。